os desaparecidos

M.R. HALL

os desaparecidos

Tradução de
Flávia Souto Maior

EDITORA RECORD
RIO DE JANEIRO • SÃO PAULO

2013

CIP-BRASIL. CATALOGAÇÃO NA FONTE
SINDICATO NACIONAL DOS EDITORES DE LIVROS, RJ

H184d
Hall, M. R., 1967-
Os desaparecidos / M. R. Hall; tradução de Flávia Souto Maior. –
Rio de Janeiro: Record, 2013.

Tradução de: The disappeared
ISBN 978-85-01-08242-8

1. Investigação criminal – Ficção. 2. Ficção policial inglesa.
I. Souto Maior, Flávia. II. Título.

11-7023.
CDD: 823
CDU: 821.111-3

Título original em inglês:
The disappeared

Copyright © Matthew Hall 2009

Texto revisado segundo o novo Acordo Ortográfico da Língua Portuguesa.

Todos os direitos reservados. Proibida a reprodução, no todo ou em parte, através de quaisquer meios. Os direitos morais do autor foram assegurados.

Editoração Eletrônica: Ilustrarte Design Produção Editorial

Proibida a venda em Portugal.

Direitos exclusivos de publicação em língua portuguesa
somente para o Brasil adquiridos pela
EDITORA RECORD LTDA.
Rua Argentina, 171 – Rio de Janeiro, RJ – 20921-380 – Tel.: 2585-2000,
que se reserva a propriedade literária desta tradução.

Impresso no Brasil

ISBN 978-85-01-08242-8

Seja um leitor preferencial Record.
Cadastre-se e receba informações sobre nossos lançamentos e nossas promoções.
Atendimento e venda direta ao leitor:
mdireto@record.com.br ou (21) 2585-2002.

Para Boby e Romayne
E muitos anos de coragem

Não cubra, doce Amine, o teu espelho
Até que a noite também possa cobrir cada estrela!
Tu viste uma dupla maravilha aqui:
O único rosto tão belo quanto o teu,
Os únicos olhos que, perto ou longe,
Podem olhar nos teus sem desespero.

JAMES CLARENCE MANGAN

UM

Nos seis meses desde que Jenny Cooper assumiu como juíza investigadora de Severn Vale, poucos cadáveres permaneceram não identificados por mais de um ou dois dias. Uma indigente, ou JD0110, estava envolvida em sua mortalha de plástico na gaveta de baixo do refrigerador do necrotério do hospital de Severn Vale há pouco mais de uma semana. Devido ao grande número de corpos esperando necropsia, ela não foi aberta nem examinada.

Foi levada pelas águas do rio Severn, percorrendo o lado inglês do estuário até chegar à foz do Avon; então, foi deixada pela correnteza, nua, em um banco de areia um pouco mais abaixo de onde a autoestrada M5 cortava o silêncio do rio. Era loura, 1,70m de altura, não tinha nenhum pelo no corpo e havia sido parcialmente comida por gaivotas. Pouco havia restado do tecido macio de seu abdômen e seus seios, e, como em todos os cadáveres deixados ao ar livre por um certo período de tempo, havia cavidades vazias onde um dia estiveram seus olhos. Por questões de identificação, Jenny insistiu que colocassem olhos de vidro. De um azul artificial, deixavam-na com cara de boneca de má qualidade.

Alison Trent, assistente da juíza investigadora, havia agendado a visita de algumas pessoas para um possível reconhecimento do corpo no final de uma tarde de sexta-feira, mas, na última hora, foi chamada ao depósito de um supermercado onde os corpos de três jovens africanos haviam sido descobertos dentro de um veículo refrigerado, no meio de uma carga de carcaças de carne importadas da França. Para não deixar as famílias esperando, Jenny, relutante, saiu do escritório mais cedo para ir pessoalmente ao necrotério.

Era a última semana de janeiro; uma chuva congelante, com neve, caía oblíqua de um céu cor de bronze. Ainda não eram 16 horas e a luz do dia já havia quase se esvaído. Jenny chegou e encontrou um grupo de cerca de 12 indivíduos esperando na recepção vazia do edifício do necrotério, nos fundos do hospital. Os aquecedores antigos estavam desligados ou não funcionavam. Quando as pessoas em volta deles sussurravam umas com as outras, sua respiração se transformava em pequenas nuvens. Eram, na maioria, pais de meia-idade que faziam cara de terror para mascarar sentimentos mais profundos de culpa e vergonha. "Como isso foi acontecer?", pareciam dizer seus rostos amargos e marcados.

Como não havia nenhum assistente disponível para ajudar a conduzir as identificações, Jenny foi obrigada a se dirigir ao grupo como uma professora primária, instruindo-os a se revezarem para passar pelas portas de vaivém e ir até o fim do corredor que leva ao refrigerador. Ela os alertou de que o corpo poderia não ser instantaneamente reconhecível e forneceu os detalhes de um laboratório particular que tiraria amostras de seu DNA e as compararia com o da indigente: aquilo implicaria um pequeno gasto que seu modesto orçamento não poderia cobrir. Educadamente, todos anotaram o endereço de e-mail e o telefone da empresa, menos um, notou Jenny. Ele também não escreveu seus dados na lista dos que queriam ser informados no caso do surgimento de outros corpos não identificados. Em vez disso, aquele homem alto e magro, com aproximadamente 50 e poucos anos, ficou afastado do grupo, sem nenhuma expressão no rosto envelhecido pelo sol. Seu único sinal de ansiedade foi levantar eventualmente a mão e passá-la pelos cabelos curtos e pretos, com alguns fios grisalhos. Jenny notou seus impressionantes olhos verdes e esperou que não fossem deles as lágrimas que cairiam sobre o chão de ladrilhos.

Sempre havia lágrimas.

O prédio era composto de forma a maximizar o trauma dos visitantes. A ida de 20m até o necrotério obrigava-os a passar por uma fileira de macas, cada uma com um cadáver embrulhado em um invólucro de polietileno branco e brilhante. O ar rançoso era impregnado com o cheiro de decomposição, desinfetante e uma pitada ilícita de fumaça de cigarro. Um após o outro, três casais conseguiram passar pelo corredor e se prepararam para olhar para a cabeça e os ombros descobertos da indigente. Sua pele começava a amarelar e ganhar uma textura semelhante à do papel. Um após o outro, balançaram a cabeça em negativa, com expressões de alívio misturadas com incerteza e medo de terem de passar novamente por provações como aquela.

O homem de olhos verdes não se arrastou como os outros. Seus passos eram ligeiros e seus modos, abruptos e sistemáticos. Ainda assim, parecia esconder, de alguma forma, uma tristeza ou incerteza que Jenny interpretou como arrependimento. Sem hesitar, ele olhou para o rosto da indigente, analisou-a por um instante, depois negou com a cabeça de forma definitiva. Curiosa, Jenny lhe perguntou por quem estava procurando. Com um culto sotaque transatlântico, ele explicou que sua enteada estivera viajando pelo Reino Unido e não entrava em contato há várias semanas. Seu último e-mail havia sido enviado de um café em Bristol. A polícia lhe havia informado sobre o corpo. Antes que Jenny encontrasse um pretexto para continuar a conversa, ele se virou e saiu tão rapidamente quanto chegou.

O Sr. e a Sra. Crosby chegaram depois do grupo principal. Ele tinha cerca de 50 anos e usava um terno social compatível com os de um profissional de alto nível ou um executivo; ela era vários anos mais nova e tinha as feições bem-preservadas e o jeito mais leve de uma mulher que não fora oprimida pela rotina de trabalho. Com eles, estava um jovem de 20 e poucos anos, também vestindo terno e gravata. O Sr. Crosby apresentou-o formalmente como Michael Stevens, namorado de sua filha. O termo parecia constrangê-lo, como a um pai que ainda não está pronto para se render aos afetos da filha crescida. Jenny ofereceu-lhes um sorriso compassivo e observou-os enquanto olhavam para o corpo, viam os contornos do rosto sem vida, trocavam olhares e balançavam a cabeça.

— Não, não é Anna Rose — disse a Sra. Crosby, com um rastro de dúvida. — Seu cabelo não é tão longo.

A declaração pareceu satisfazer seu marido, mas o jovem estava dando mais uma olhada, esperto o suficiente para saber, Jenny podia ver, que os mortos podem ter aparência bem diferente dos vivos.

— Os olhos são de vidro — disse ela —, então a cor pode não ser a mesma. Não há marcas distintivas e o corpo estava completamente depilado.

Os olhos do Sr. Crosby correram, questionadores, em sua direção.

— Ela não tem nenhum pelo no corpo — explicou sua esposa.

Ele deu um resmungo de indiferença.

— Não é ela — disse, finalmente, Michael Stevens. — Não, definitivamente, não é ela.

— Se estiverem inseguros, eu os aconselharia a fazer um teste de DNA — disse Jenny aos pais.

— Anna Rose é adotada — disse a Sra. Crosby —, mas acho que podemos encontrar algo dela. Uma escova de cabelo serviria, não?

— Uma amostra de cabelo já basta.

O Sr. Crosby agradeceu concisamente e colocou uma das mãos nas costas de sua esposa, mas quando começou a levá-la para fora, ela se virou para Jenny:

— Anna Rose está desaparecida há dez dias. É formada em Física; trabalha na Maybury com Mike. Ela não tinha nenhum problema, parecia perfeitamente feliz com sua vida. — A Sra. Crosby fez uma breve pausa para se recompor. — Você já viu isso antes?

O Sr. Crosby, constrangido com a ingenuidade da esposa, baixou os olhos e ficou olhando para o chão. Mike Stevens olhou transparecendo insegurança para os pais de sua namorada desaparecida. Havia preocupação em seus olhos. Algo passava por sua cabeça.

— Não. Não frequentemente — disse Jenny. — De acordo com minha experiência, suicídio, se é nisso que está pensando, é invariavelmente precedido de depressão. Alguém próximo da pessoa teria percebido.

— Obrigada — disse a Sra. Crosby. — Obrigada.

Seu marido a conduziu para fora.

Mike Stevens olhou rapidamente para Jenny, como se tivesse uma pergunta para lhe fazer, mas, por vergonha ou protocolo familiar, guardou-a para si mesmo e seguiu atrás dos Crosby.

Quando sumiram de sua vista, Jenny lembrou vagamente de uma notícia que havia escutado no rádio sobre uma jovem que desaparecera de sua casa em Bristol — uma estagiária de Maybury, a usina nuclear desativada a quase 5 quilômetros de distância da ponte Severn. Maybury e as três outras usinas desativadas no estuário haviam sido muito discutidas no noticiário local, recentemente: uma nova geração de cientistas estava sendo recrutada para desativar os reatores de 50 anos e construir os novos que haviam recebido o aval do governo. Ouvindo os debates calorosos, Jenny sentira a empolgação do idealismo de sua adolescência, evocando lembranças de viagens de fim de semana com colegas estudantes a acampamentos antiguerra perto das bases aéreas americanas. Parecia-lhe estranho que, uma geração depois, uma jovem mulher iniciasse sua carreira em um ramo da indústria que Jenny passou seus anos de formação acreditando ser uma representação de tudo o que havia de corrupto e perigoso no mundo.

Jenny colocou uma luva de látex, cobriu o rosto da indigente com o plástico e fechou a pesada gaveta. Depois de cinco meses de substitutos irresponsáveis trabalhando no necrotério, um novo legista chegaria na segunda-feira. Ela mal podia esperar para solicitar relatórios de necropsia e não ter de perder suas tardes com tarefas que deveriam ser cumpridas por esses funcionários. Estava sendo difícil manter a dignidade profissional em um gabinete carente de verba e, embora já tivesse visto centenas de cadáveres em todos os estados possíveis e imagináveis de desmembramento e decomposição, ficar perto de pessoas mortas ainda a deixava horrorizada.

Tirou a luva e correu para fora o mais rápido que pôde com seus saltos finos. Tinha um compromisso a cumprir.

A morte e seu difícil relacionamento com ela ocupavam a maior parte do tempo que tinha de passar com o Dr. Allen, no consultório do hospital de Chepstow, durante seus encontros quinzenais no início da noite. O progresso era lento e as descobertas eram restritas, mas Jenny havia conseguido limitar-se ao regime de antidepressivos e betabloqueadores, e respeitava em grande medida a proibição de misturar tranquilizantes e álcool. Embora não estivesse nem um pouco curada, sua síndrome de ansiedade generalizada havia, nos últimos cinco meses, sido quimicamente contida.

O jovem Dr. Allen, meticuloso como sempre, havia pegado o grosso caderno preto que reservara exclusivamente para suas sessões. Ele voltou à última anotação e a leu com cuidado. Jenny esperou pacientemente, preparada com respostas educadas sobre seu filho, Ross, com quem o doutor normalmente abria a consulta. Um instante depois, ela começou a sentir que algo estava diferente. O Dr. Allen parecia absorto, distraído.

— Sonhos... — disse ele. — Normalmente não dou muita bola para eles. Em geral, apenas reprocessam o lixo do dia. Mas confesso que ando lendo sobre o assunto. — Seus olhos permaneciam firmes no caderno.

— Sério?

— Sim. Interessei-me pela análise junguiana quando estava na faculdade, mas ela não era muito estimulante; um beco sem saída, como dizia um professor. Nunca conheci um paciente que tenha sido curado com o entendimento do significado de seus sonhos.

— Isso significa que eu o levei ao desespero?

— De jeito nenhum. — Ele voltou para o caderno, procurando uma anotação anterior. — Só lembrei que, antes da medicação, você costumava ter uns sonhos bem intensos. Sim... — encontrou o que procurava. — Uma sinistra rachadura se abria na parede do quarto onde passou a infância, levando a um espaço negro e sombrio. Uma presença aterrorizante estava lá dentro à espreita, mas você nunca podia enxergá-la ou visualizá-la completamente... Um horror indescritível.

Jenny sentiu os vasos de seu coração aumentarem de tamanho, uma onda de calor tomar seu rosto, um tremor de ansiedade em seu plexo solar. Ela tentou manter a voz firme. *Aja com calma, fique calma*, repetia mentalmente para si mesma.

— Você está certo, eu costumava ter esses sonhos.

— Com quantos anos sonhou com isso pela primeira vez? — Ele voltou para uma página em branco, preparado e alerta.

— Eu tinha 30 e poucos anos, acho.

— Época de estresse, equilibrando trabalho e maternidade?

— Sim.

— E quantos anos você tem em seu sonho?

— Sou criança.

— Tem certeza?

— Eu nunca me *vi*... Acho que apenas estou presumindo.

— E, como criança, você se sente desamparada? Aterrorizada com uma ameaça que não tem poder para controlar?

Ela concordou com a cabeça.

— E acho que já sei o que vai dizer em seguida.

— O quê?

— Que não tem nada a ver com infância. Que o sonho é mero reflexo de meu estado de medo e paralisia.

— Essa é uma interpretação possível. — Sua expressão se desfez um pouco por ter sua teoria revelada tão facilmente.

— Concordo. Mas ainda não tenho lembranças de quando tinha 4 e 5 anos de idade. E não me diga que imaginei tudo isso — ela o encarou com um olhar que o deixou pensativo.

— Há uma escola de pensamento que diz que uma lacuna de memória é um mecanismo de defesa do subconsciente — disse ele.

— Uma proteção, se preferir, um vazio no qual a mente consciente pode projetar uma razão aceitável, uma explicação lógica para seu sofrimento. Uma mente inteligente e racional como a sua, segundo a teoria, buscaria uma resposta satisfatória; portanto, enquanto a dor persiste, sua mente tem de se satisfazer com a noção de que a causa continua desconhecida...

Ela interrompeu:

— E continua.

— Mas e se estivermos procurando pela causa errada? E se a causa for profundamente simples e direta — um mero estresse, por exemplo?

Jenny se permitiu considerar a possibilidade, embora continuasse ciente de que ele pudesse simplesmente estar tentando pegá-la de surpresa, distraí-la com um novo pensamento antes de disparar uma pergunta penetrante quando ela baixasse a guarda. Ela esperou pela continuação, mas não veio.

— E então, o que acha? — pergunta ele, com os olhos iluminados com a simplicidade engenhosa do diagnóstico.

— Agora você vai me dizer para tirar longas férias ou para mudar de emprego?

Um tom severo tomou sua voz.

— Para dizer a verdade, você insistiu em não tentar nenhum desses dois métodos testados e comprovados.

Jenny desamassou as dobras da saia como forma de esconder seu desânimo.

— Esse é um modo educado de dizer que exaurimos tudo o que podia ser feito a meu respeito?

— Estou apenas tentando excluir o óbvio.

— E depois disso?

— Longas férias, pelo menos...

— Vou lhe dizer o que acontece comigo quando tiro férias: tudo começa a voltar. A ansiedade, os pensamentos desagradáveis, medos irracionais, sonhos... — fez uma pausa, sua língua começou a engrossar na boca — um acréscimo repentino à sempre crescente palheta de sintomas.

— O que foi, Jenny?

Ela viu as lágrimas caírem em seu colo mesmo antes de senti-las escorrendo dos olhos.

— Por que está chorando?

Não havia uma razão imediata, apenas uma sensação vaga, familiar, de terror que lentamente ia apertando, como grandes mãos sufocando sua mente.

— Eu não sei...

— A última palavra que disse foi *sonhos*.

Outro rio de lágrimas e o medo incipiente ficou ainda mais forte; um calafrio passou por seu corpo e deixou suas mãos trêmulas enquanto tentava alcançar a sempre presente caixa de lenços.

— Conte-me sobre seus sonhos.

Ela começou a balançar a cabeça — o medicamento havia bloqueado seus sonhos ou a salvado deles —, mas então a imagem apareceu por trás de seus olhos, um único quadro que se conectou ao seu medo, causando mais um tremor, como um choque elétrico.

— Você teve um sonho?

— Tive um... o mesmo — suas palavras saíam gaguejadas entre suspiros contidos de choro.

— Quando?

— Anos atrás... Eu tinha uns 19, 20 anos...

— Conte-me.

— É um jardim — a imagem veio rápido em sua mente —, há muitas crianças, meninas usando saias e marias-chiquinhas... Estão fazendo fila em grupos de três, de mãos dadas e pulando; é alegre. E então... — ela pressionou o lenço de papel empapado contra os olhos. — Elas param. E em cada grupo de três, duas meninas seguram uma corda de pular, e a terceira pula... e quando a corda passa sobre suas cabeças, elas *desaparecem*.

— Quem desaparece?

— As meninas que estão no meio.

O Dr. Allen escreveu em seu caderno.

— Para onde elas vão?

— Para onde? Eu... eu não sei... Fica apenas um *nada*.

— E as meninas que ficaram?

— Elas parecem não notar.

— Só isso?

— Sim. — Jenny respirou fundo, a onda de medo lentamente se desfazia, deixando-a paralisada e dormente. Ela olhou pela janela, para a lâmpada de vapor de sódio sob a chuva fina que caía sobre o jardim árido.

— Quantos anos você tinha mesmo quando teve esse sonho?

— Eu estava na universidade... Ele ficava se repetindo. Lembro-me de ter se prolongado durante vários dias, que deveriam ter sido tranquilos.

— O que isso representa para você?

Ela balançou a cabeça, fingindo para si mesma que não sabia, mas as palavras se formavam sozinhas e eram ditas quase contra sua vontade consciente.

— Para cada coisa há um nada. Para cada objeto, uma ausência... Não é da morte que tenho medo, é do *vazio*.

— Você tem medo de desaparecer?

— Não... — Ela lutou para transformar seu estado mental em palavras. — Tenho medo de estar onde não há nada... e de não estar onde há tudo.

O rosto do Dr. Allen registrou sua luta para entender.

— Como estar presa do lado errado de um espelho? Fora do tempo, fora do lugar, fora de contexto?

— Acho que sim.

Ficaram em silêncio enquanto o doutor olhava para suas anotações. Depois esfregou os olhos, tenso com um pensamento que sua expressão dizia ser problemático, mas necessário expressar. Olhou para ela e estudou seu rosto por um instante antes de decidir falar.

— Você é uma mulher de fé, Sra. Cooper? — O uso do sobrenome confirmou seu desconforto.

— Por que pergunta?

— A trindade é um poderoso símbolo cristão. Pai, Filho e Espírito Santo...

— Muitas coisas vêm em trios: mãe, pai, filho. Bom, ruim, indiferente. Céu, terra, inferno.

— Um exemplo. Você foi criada dentro da fé, se bem me lembro. Os conceitos são claros para você.

— Éramos meio anglicanos, eu acho. E havia a escola dominical.

O Dr. Allen parecia pensativo.

— Sabe, acho que você está certa. Está faltando uma peça — a menina, o espaço além do quarto. Se é emocional, físico ou espiritual, ainda não posso dizer. Mas às vezes o que mais tememos é do que precisamos. As histórias mais poderosas frequentemente são aquelas sobre salvadores desconhecidos, demônios que se transformam em inspiração... como São Paulo, ou...

— Darth Vader?

Ele sorriu.

— Por que não?

— Isso está parecendo um diagnóstico ultrapassado de supressão. Acredite em mim, já tentei botar tudo isso para fora; não foi uma experiência feliz.

— Faria mais uma vez para mim? — de repente, ele ficou sério. — Eu gostaria muito de dar um grande empurrão para resolver isso.

— Pode dizer.

— Nos próximos 15 dias, faça um diário. Escreva todos os seus sentimentos, seus impulsos, seus extremos, não importa o quão estranhos ou irracionais sejam.

— Na esperança de encontrar o que, exatamente?

— Saberemos quando virmos.

— Você pode ser honesto comigo. Esta é a última tentativa?

Ele balançou a cabeça e sorriu gentilmente.

— Eu não estaria aqui se não achasse que ainda posso ajudá-la.

Jenny fingiu ter sido confortada, mas não conseguia deixar de pensar que a psiquiatria era uma estrada lenta que não levava a lugar nenhum. Tinha um pouco de esperança de que, de alguma forma, um dia poderia olhar para um céu limpo e não sentir nada além de felicidade pura, mas como isso aconteceria, ela ainda não sabia responder. Talvez suas discussões com o Dr. Allen valessem a pena. Pelo menos, ele a estimulava de tempos em tempos, fazia com que olhasse nos cantos que normalmente evitava.

Mais tarde, dirigindo para casa sob a noite sem estrelas, uma única frase do médico ficou se repetindo: *salvadores desconhecidos*. Era uma ideia nova. Ela gostou.

DOIS

JENNY HAVIA SE ACOSTUMADO A viver com o barulho de um garoto de 16 anos na casa, e parte dela sentia falta de Ross quando ele passava os fins de semana com o pai em Bristol. Ela havia ligado para Steve, o sujeito irritantemente desencanado que ela descrevia como seu "namorado ocasional", mas ele não ligava de volta há quase duas semanas, mesmo tendo sido obrigado a comprar um telefone pela empresa de arquitetura à qual estava vinculado pelo último ano de estudos. Ela o havia encorajado a sair do exílio autoimposto na pequena fazenda ao norte de Tintern, onde, durante dez anos, tentou viver uma fantasia autossuficiente. Agora que ele trabalha na cidade e passa as noites sobre uma prancheta de desenho, eles quase não se viam.

Ela não gostava de admitir a solidão — sair de um casamento sufocante para viver no interior era para ser uma libertação —, mas dirigindo para o sul pelo sinuoso vale Wye na segunda-feira de manhã, passando pelas densas florestas desfolhadas, ela ficava feliz porque em breve estaria livre de sua própria companhia. Uma semana de trabalho a esperava: mortes no hospital e na estrada, acidentes de trabalho e suicídios. Consolava-se ao lidar com os traumas inimagináveis dos outros com distanciamento profissional. Ser juíza investigadora lhe dera a ilusão de controle e imortalidade. Enquanto Jenny Cooper, a mulher de 42 anos, ainda lutava para ficar sã e sóbria, Jenny Cooper, a juíza investigadora, chegava para curtir seu trabalho.

Com um café para viagem em uma das mãos e sua maleta na outra, Jenny abriu com os ombros a porta da recepção do conjunto com duas salas, no andar térreo da casa do século XVIII na Whiteladies Road. Enquanto seu pequeno espaço foi redecorado, as áreas comuns do edifício continuavam deselegantes e as tábuas do corredor ainda estalavam sob o carpete surrado. A recusa do proprietário em não pagar nem por uma mão de tinta a irritava toda vez que passava pela porta. Já Alison, sua assistente, estava contente com o meio-termo. Tendo passado a maior parte de sua vida adulta trabalhando para a polícia, ela se sentia confortável em um ambiente prático e receava chamar atenção. Gostava de coisas simples e humildes. A mesa estilosa à qual agora sentava, cheia de pilhas de documentos que haviam chegado durante a noite, abrigava uma série de vasos de plantas, e o monitor de seu computador era decorado com cartões com mensagens inspiradoras comprados na livraria da igreja: *Vós sois a luz do mundo*, circulado com anjinhos com cara de crianças.

— Oi, Alison.

— Bom dia, Sra. Cooper. Receio que tenham chegado 15 relatórios de óbito durante o fim de semana. — Empurrou uma pilha de papéis pela mesa. — E está chegando uma senhora para vê-la daqui a cinco minutos. Eu disse que ela teria de marcar hora, mas...

— Quem? — Jenny interrompeu, consultando uma lista mental de vários obsessivos persistentes de quem teve de se livrar recentemente.

Alison verificou seu bloco de recados.

— A Sra. Amira Jamal.

— Nunca ouvi falar dela. — Jenny pegou uma pasta com espiral de fotografias policiais na sua bancada de correspondências e passou os olhos por várias imagens de cadáveres congelados em um caminhão de supermercado. — O que ela quer?

— Não consegui entender. Ela não parava de falar.

— Que ótimo. — Ao levantar os relatórios, Jenny notou que Alison estava usando uma cruz dourada por fora da volumosa camisa polo. Com menos de 55 anos, ela até tinha atrativos — tinha curvas e tingia seus grossos cabelos de um tom de louro natural —, mas uma certa seriedade havia tomado conta de sua aparência ultimamente, desde que começara a se envolver com uma igreja evangélica.

— Foi presente de batismo — disse Alison com um tom de voz um pouco desafiador, enquanto lia seus e-mails.

— Certo... — Jenny não sabia bem como responder. — Foi um acontecimento recente?

— Foi ontem.

— Ah. Meus parabéns.

— Importa-se que eu a use no trabalho? — perguntou Alison.

— Sinta-se à vontade.

Jenny deu um sorriso neutro e abriu a pesada porta de carvalho de sua sala, imaginando se, na idade de Alison, iria pelo mesmo caminho. Religião organizada e lesbianismo tardio pareciam ser as coisas mais frequentes. Ela não conseguia decidir pelo que optaria se tivesse escolha. Talvez tentasse ambas.

Amira Jamal era uma mulher pequena e roliça com não mais de 1,50 m e cerca de 50 anos. Usava um elegante terninho preto e um grande lenço de seda trabalhado, que tirou da cabeça e enrolou nos ombros ao se sentar. De uma pequena maleta de rodinhas, tirou uma caixa-arquivo contendo muitas anotações, documentos, declarações e artigos de jornal. Era claramente uma mulher educada, mas emotiva e agitada: falava em explosões curtas e nervosas sobre um filho desaparecido, como se presumisse que Jenny já estivesse a par do caso.

— Já se passaram sete anos — disse a Sra. Jamal. — *Sete anos.* Fui à Suprema Corte em Londres na semana passada, à Vara de Família, você não imagina como foi difícil chegar até lá. Tive de despedir o advogado, e outros três antes dele. Nenhum acreditou em mim. São todos idiotas. Mas eu sabia que a juíza ouviria. Não me importo com o que os outros dizem, sempre acreditei na justiça britânica. Veja estes papéis... — Ela pegou a caixa.

— Espere um pouco, Sra. Jamal — disse Jenny, pacientemente, embora não estivesse com a mínima paciência. — Receio que tenhamos que voltar um pouco.

— Qual é o problema? — A Sra. Jamal a olhou com olhos profundos e castanhos, sem entender. Seus cílios tinham uma grossa camada de rímel e as pálpebras estavam bem-maquiadas.

— É a primeira vez que ouço falar desse caso. Vamos dar um passo por vez.

— Mas a juíza me mandou vir até aqui — disse a Sra. Jamal em tom de pânico.

— Sim, mas os juízes investigadores são funcionários independentes. Quando olho um caso, preciso começar do início. Então, por favor, talvez a senhora possa explicar rapidamente o que aconteceu.

A Sra. Jamal dedilhou seus documentos desorganizados e tirou a cópia de uma ordem judicial.

— Aqui está.

Jenny viu que estava com a data da última sexta, 22 de janeiro. A Sra. Justice Haines, da Vara de Família do Superior Tribunal, havia declarado que Nazim Jamal, nascido em 5 de maio de 1982, registrado como desaparecido em 1º de julho de 2002 e ainda desaparecido durante sete anos, era considerado morto.

— Nazim Jamal é seu filho?

— Meu único filho. O único... Tudo o que eu tinha.

Apertou as mãos e ficou balançando de um lado para o outro de uma forma que Jenny imaginou que poderia ter deixado seus advogados mais irritados do que compassivos. Mas ela havia passado muitos anos na companhia de mães sofredoras — 15 anos trabalhando com Direito de Família, empregada pelo departamento legal de autoridades locais com problemas financeiros — para distinguir melodrama de fatos reais, e era tormento genuíno o que via nos olhos daquela mulher. Contra todos os seus instintos, decidiu ouvir a história da Sra. Jamal.

— Talvez seja melhor me contar o que aconteceu desde o princípio.

A Sra. Jamal olhou para ela como se tivesse esquecido por um instante por que estava lá.

— Aceita um pouco de chá? — perguntou Jenny.

Munida de uma xícara do chá forte e espesso feito por Alison, a Sra. Jamal começou, hesitante, a contar a história que já havia contado inúmeras vezes a policiais incrédulos e advogados. Ela pareceu desconfiada no início, mas quando viu que Jenny estava ouvindo atentamente e fazendo anotações cronológicas detalhadas, aos poucos relaxou e ficou mais fluente, parando apenas para enxugar as lágrimas e se desculpar pelas demonstrações de emoção. Ela era uma mulher nervosa, porém orgulhosa, percebeu Jenny. Uma mulher que, se tivesse tido outras oportunidades na vida, poderia estar sentada do seu lado da mesa.

Quanto mais Jenny escutava, mais perturbada ficava.

Amira Jamal e seu marido, Zachariah, haviam sido trazidos para a Grã-Bretanha ainda crianças, na década de 1960. Seu casamento fora arranjado pela família quando tinham 20 e poucos anos, mas felizmente se apaixonaram. Zachariah diplomou-se dentista e eles saíram de Londres para morar em Bristol no início da década de 1980, para que ele pudesse trabalhar no consultório de seu tio. Estavam casados há três anos quando Amira ficou grávida. Foi um grande alívio: ela estava começando a ficar preocupada que a família conservadora de seu marido pudesse pressioná-lo a se divorciar dela ou mesmo a arrumar outra esposa. Foi um momento de muita alegria quando deu à luz um menino saudável.

Com todo o amor e a atenção de seus pais corujas, Nazim destacou-se na escola primária e ganhou uma bolsa de estudos para o exclusivo Clifton College. Enquanto seu filho era absorvido pela cultura e pelo comportamento britânicos, Amira e Zachariah adaptavam-se ao novo círculo de pais de escola particular. Nazim ia cada vez melhor, tirando boas notas nas provas, jogando tênis e badminton no time da escola.

A primeira agitação familiar aconteceu quando Nazim tinha 17 anos, no início de seu último ano. Ao passar tanto tempo integrando-se com as outras mães, Amira começou a perceber o que estava perdendo ao se recolher em casa. Contra a vontade de Zachariah, ela insistiu em trabalhar fora. O único emprego que arrumou foi de assistente de vendas em uma respeitável loja de roupas femininas, mas ainda era demais para o orgulho de seu marido suportar. Obrigou-a a escolher entre ele e o trabalho. Ela achou que era um blefe e escolheu o trabalho. Naquela noite, chegou em casa e encontrou seus dois cunhados esperando com a notícia de que ele estava pedindo o divórcio e ela devia sair imediatamente.

Nazim cedeu à irresistível pressão familiar e continuou a viver com o pai, que logo em seguida arrumou uma esposa mais jovem, com quem teve mais três filhos. Amira foi obrigada a viver em um apartamento alugado. Nazim a visitava fielmente várias noites por semana e, para não deixar a mãe isolada, recusou uma oferta do Imperial College London e foi estudar Física na Bristol University.

Ele entrou na universidade no outono de 2001, na semana em que o mundo ainda achava que a palavra "muçulmano" havia se tornado sinônimo de "atrocidade". Sem interesse em política, Nazim mal mencionou o que acontecera nos Estados Unidos e saiu, feliz, para a faculdade. Em seu primeiro ato de rebeldia contra o pai, ele decidiu morar no *campus*.

— Quase não o vi naquele ano — disse a Sra. Jamal com um toque de tristeza misturada com orgulho. — Ele estava tão ocupado com o trabalho e com o tênis... Tentou entrar na equipe da universidade. Quando o via, parecia tão bem, tão feliz. Não era mais um menino, eu o vi se transformar em um homem — um rastro de emoção tomou novamente sua voz e ela parou por um instante. — Foi no segundo semestre, depois do feriado de Natal, que ele ficou mais distante. Só o vi três ou quatro vezes. Notei que deixou a barba crescer e às vezes usava o chapéu muçulmano para orações, o *taqiyah*. Fiquei chocada. Até meu marido usava roupas ocidentais. Um dia, ele foi ao meu apartamento usando o traje tradicional completo: uma túnica branca e *sirwal*, como os árabes. Quando lhe perguntei o porquê, disse que vários de seus amigos muçulmanos se vestiam daquela forma.

— Ele estava se tornando religioso?

— Sempre fomos uma família religiosa, mas pacífica. Meu marido e eu éramos seguidores do xeque Abd al-Latif: nossa religião era entre nós e Deus. Sem política. Assim Nazim foi criado, para respeitar os homens, não importa quem sejam. — Um olhar de incompreensão se instalou em seu rosto. — Depois disseram que ele estava indo à mesquita Al Rahma e a uma reuniões...

— Que tipo de reuniões?

— Com radicais, Hizb ut-Tahrir, disse à polícia. Eles me disseram que ele frequentava um *halaqah*.

— *Halaqah*?

— Um pequeno grupo. Alguns chamam de célula.

— Vamos parar por aqui. Quando ele começou a ir a essas reuniões?

— Não sei bem. Um pouco depois do Natal.

— Certo... — Jenny fez uma anotação com o objetivo de destacar que o que quer que tenha acontecido com Nazim estava relacionado às pessoas que conheceu no inverno de 2001 para 2002. — Você notou uma mudança em seu filho no início de 2002. E depois?

— Ele estava praticamente igual no feriado da Páscoa. Seu pai não falava comigo, então não sei como ele se comportava em casa, mas fiquei preocupada.

— Por quê?

— Nazim não falava de religião na minha frente, mas fiquei sabendo de umas coisas. Todos ficamos sabendo. Esses Hizb, seguidores daquele criminoso Omar Bakri... para eles, tudo era político. Disseram a nosso homenzinho que ele tinha de lutar por seu povo, por um califado — um estado islâmico. Isso é veneno para as mentes jovens.

— Tem certeza de que seu filho estava envolvido com radicais?

— Eu não sabia de nada. Ainda não sei. Só sei o que a polícia me disse — e virou-se para o arquivo de papéis. — Dizem que o viram entrar e sair de uma casa em St. Pauls todas as quartas-feiras à noite, para o *halaqah*. Ele e Rafi Hassan, um amigo da universidade.

— Fale-me de Rafi.

— Era do mesmo ano de Nazim. Estudava Direito. Seus quartos ficavam no mesmo prédio, o Manor Hall. Sua família veio de Birmingham.

— Você o conheceu?

— Não. Nazim mal falava dele. Tudo isso quem me disse foi a polícia... depois. — Ela tirou um novo lenço do bolso e secou os olhos, balançando-se para a frente e para trás na cadeira.

— Depois do quê? — disse Jenny, hesitante.

— Vi Nazim apenas uma vez em maio. Veio em um sábado, no meu aniversário. Suas tias e primos estavam presentes. Foi um dia ótimo, ele voltara a ser o que era... e depois mais uma vez, em 22 de junho, outro sábado. — Todas as datas estavam gravadas em sua memória. — Ele chegou de manhã, pálido. Disse que não se sentia bem, tinha febre e dor de cabeça. Deitou-se na cama de hóspedes e dormiu a tarde e a noite toda. Tomou um pouco de sopa, mas disse que ainda estava muito cansado para voltar à faculdade, então passou a noite ali. Acordei ao amanhecer e o escutei rezando: com uma pronúncia perfeita, recitando o Corão como tinha aprendido desde pequeno. — Ela respirou trêmula, e fechou os olhos. — Devo ter caído no sono novamente. Quando acordei para fazer o café da manhã, ele já não estava lá. Deixou-me um bilhete. *Obrigado, mãe. Tchau. Naz.* Está lá junto com os papéis... nunca mais o vi de novo. — Lágrimas escorriam por seu rosto. Pressionava o lenço sujo de rímel contra elas e tentava se recompor. — A polícia disse... eles disseram que o viram sair do *halaqah* às 22h30 de sexta-feira, 28 de junho de 2002. Ficava na Marlowes Road, em St. Pauls. Ele caminhou até o ponto de ônibus com Rafi Hassan, e foi isso. Não apareceu para jogar tênis na manhã seguinte e nem compareceu a nenhuma aula na segunda-feira. A polícia falou com todos os alunos na residência estudantil, mas ninguém os viu durante o fim de semana, nem depois.

Pela primeira vez na entrevista, a Sra. Jamal estava paralisada. Jenny deixou-a chorar ininterruptamente. Ela havia aprendido que a melhor resposta ao sofrimento de parentes era observar em silêncio respeitoso, dar um sorriso compassivo, mas falar o mínimo possível. Embora bem-intencionadas, palavras raramente aliviavam a dor.

Quando as lágrimas finalmente cessaram, a Sra. Jamal contou que os funcionários da faculdade haviam telefonado primeiro para seu marido quando Nazim não compareceu à aula na quarta-feira seguinte, o qual, então, ligou para ela. Ele deveria entregar uma dissertação importante. Zachariah e vários de seus sobrinhos procuraram pelo *campus*, mas ninguém havia visto Nazim nem Rafi desde a semana anterior, e nenhum dos dois parecia ter amigos próximos a não ser um ao outro. Até os alunos que viviam em quartos próximos apenas os cumprimentavam com acenos de cabeça.

Inicialmente, a polícia havia respondido com a indiferença de sempre a denúncias de pessoas desaparecidas. Um oficial de ligação chegou até a sugerir que haviam se envolvido sexualmente e fugido juntos. A Sra. Jamal conhecia seu filho bem o suficiente para saber que aquilo era improvável. Depois soube-se que os laptops e os telefones celulares de ambos haviam desaparecido. O sargento da polícia que havia feito a busca nos dormitórios encontrou evidências de que as portas foram forçadas com uma ferramenta similar, provavelmente uma chave de fenda larga. Então, quase uma semana depois, uma menina cujo dormitório ficava em um prédio vizinho, Dani James, apresentou-se à polícia dizendo ter visto um homem com uma jaqueta grossa e um boné enfiado até o rosto saindo rápido do Manor Hall por volta de meia-noite de 28 de junho. Ela acha que ele levava uma mochila grande ou uma sacola de viagem no ombro.

Apesar dos protestos das duas famílias, a polícia continuou relutante em investigar. A Sra. Jamal escrevia para o conselheiro municipal e para o representante local no Parlamento, desesperada por ajuda, quando recebeu em casa a visita de dois jovens, um branco e um asiático, que afirmaram trabalhar para o Serviço Secreto. Eles disseram suspeitar que Nazim e Rafi haviam se envolvido com o Hizb ut-Tahrir e que a polícia os havia visto participando de um *halaqah* radical.

— Foi a primeira vez que ouvi falar disso, embora suspeitasse de algo assim — disse a Sra. Jamal. — Mas eu não queria que fosse verdade. Expulsei esses pensamentos de minha cabeça. Ficavam me fazendo perguntas. Não acreditavam que eu não sabia o que ele estava tramando na faculdade. Praticamente me acusaram de estar mentindo para protegê-lo.

— O que eles achavam que havia acontecido com ele?

— Ficavam perguntando se ele havia mencionado que iria para o Afeganistão, se havia falado sobre a Al-Qaeda. Eu lhes disse que ele nunca havia dito nada daquilo. Nunca, nunca.

— Achavam que ele e Rafi pudessem ter ido para o exterior para treinar com extremistas?

— Foi o que disseram. Mas seu passaporte ainda estava na casa do pai.

— E o de Rafi?

— Ele nem tinha passaporte. E analisaram todos os registros bancários; não havia nada suspeito.

— Algum deles movimentou a conta bancária ou usou algum cartão de crédito depois do dia 28?

— Não. Eles apenas sumiram. Desapareceram.

Jenny sentiu uma onda de ansiedade, a sensação de constrição mental que era o primeiro estágio do pânico. Respirou fundo, relaxou os membros, tentando deixar a sensação se esvair.

— Chegou a descobrir mais alguma coisa?

— Duas semanas depois, um homem chamado Robert Donovan deu uma declaração à polícia dizendo estar em um trem para Londres na manhã do dia 29 e viu dois jovens muçulmanos que correspondiam à descrição deles. Ambos de barba e trajes tradicionais, disse. O depoimento está no arquivo. Isso fez com que a polícia pensasse que eles haviam ido para o exterior, então falaram novamente com todos os alunos da residência estudantil. Uma garota chamada Sarah Levin alegou ter escutado Rafi dizer algo no refeitório sobre "irmãos" que estavam indo ao Afeganistão. — A Sra. Jamal balançava a cabeça, determinadamente. — Ele não faria isso, Sra. Cooper. Conheço meu filho. Ele não faria isso.

Jenny pensou em Ross, em ter de apanhá-lo na escola no verão passado quando ele estava fumando maconha; em seus humores imprevisíveis e explosões eventuais de um desrespeito descomunal. Ela achava que conhecia o garoto sensível por baixo disso tudo, mas às vezes duvidava; às vezes, lhe ocorria que não conhecemos verdadeiramente nem as pessoas mais próximas a nós.

— O que a polícia fez com essa informação? — perguntou Jenny.

— Procuraram provas, mas não encontraram nada. Disseram que devem ter deixado o país com documentos falsos e ido ao Paquistão.

— Eles verificaram listas de passageiros? Não é fácil passar por um aeroporto sem ser notado.

— Disseram-nos que verificaram tudo. Disseram até que eles podem ter saído por outro país europeu, ido para a África ou para o Oriente Médio... Eu não sei. — Sua energia havia sido sugada. Ela parecia menor, mais frágil do que antes.

— Como isso terminou?

— Recebemos uma carta em dezembro de 2002. A polícia disse que havia feito todo o possível e que a explicação mais provável é que eles tenham ido para o exterior com um grupo islâmico. E isso foi tudo. Nada mais. Nada.

— E a mesquita e o *halaqah*?

— A polícia nos disse que a mesquita havia fechado em agosto daquele ano, assim como o *halaqah*. Disseram que o Serviço Secreto estava acompanhando suas atividades, mas não tinham mais nenhuma notícia de Nazim e Rafi. Prometeram avisar caso soubessem de algo.

— Essas pessoas do Serviço Secreto voltaram a entrar em contato?

A Sra. Jamal fez que não com a cabeça.

— Você mencionou advogados...

— Sim. Queria que eles investigassem, falassem com o Serviço Secreto e com a polícia, mas tudo o que fizeram foi tirar meu dinheiro. Ficou por minha conta. Descobri sozinha que depois de sete anos uma pessoa desaparecida pode ser declarada morta. — Olhou para Jenny. — E também li que o juiz investigador deve descobrir como uma pessoa morreu. O endereço do pai de Nazim, sua residência oficial na época, fica em seu distrito, e é por isso que estou aqui.

No momento em que viu a declaração da juíza, Jenny presumiu que a Sra. Jamal fora em busca de um inquérito, mas essa perspectiva implicava uma série de problemas, sem contar o fato de não haver um corpo, apenas uma suposição de morte. Em tais circunstâncias, a seção 15 do Estatuto do Juiz Investigador exigia que ela obtivesse autorização do Ministério do Interior para abrir um. A autorização só seria dada se a investigação fosse considerada de interesse público, o que era uma decisão tanto política quanto legal. E mesmo vencido esse obstáculo, não seria fácil, tantos anos depois do acontecimento, convencer policiais relutantes e funcionários do governo a desenterrar seus arquivos e liberar qualquer informação que não considerassem uma ameaça à segurança nacional. Por maiores que fossem, os poderes do juiz investigador, nessa instância, entrariam em conflito com a poderosa máquina do Estado.

— Sra. Jamal — disse Jenny com o que esperava ser um equilíbrio apropriado entre cuidado e preocupação —, olharei com prazer o caso de seu filho, mas tudo o que posso fazer é escrever um relatório ao Ministério do Interior solicitando...

— Sei disso. A juíza me falou.

— Então já sabe que a probabilidade de conseguirmos abrir um inquérito é pequena, e talvez nem exista. É extremamente raro em casos nos quais não há provas concretas da morte.

A Sra. Jamal balançou a cabeça, sua expressão fechava-se de decepção.

— O que está tentando dizer? Que eu deveria desistir depois de toda essa luta?

Se fosse completamente honesta, Jenny teria dito que, na ausência de um corpo, e depois de passados sete anos, o melhor que ela poderia fazer seria tratar a declaração do tribunal como prova final de que Nazim estava morto, permitir-se sofrer por isso e seguir adiante com a vida. Ela teria dito que o principal obstáculo para sua felicidade era a obsessão pelo destino do filho e que um inquérito provavelmente não a satisfaria nem curaria sua dor.

— Seria errado de minha parte alimentar qualquer esperança de descobrir o que aconteceu ao seu filho — disse Jenny. — Acho que talvez deva perguntar a si mesma a qual propósito acha que um inquérito poderia servir. Isso não o trará de volta.

A Sra. Jamal começou a juntar seus papéis.

— Desculpe-me por tomar seu tempo.

— Não estou me recusando a investigar...

— Obviamente não é mãe, Sra. Cooper, senão, entenderia que não tenho outra escolha. Minha vida não é nada comparada à de meu filho. Prefiro morrer tentando descobrir o que aconteceu com ele do que viver na ignorância.

A Sra. Jamal se levantou de sua cadeira como se estivesse pronta para ir embora sem dizer mais nada, mas de repente pareceu perder energia e hesitar. Lentamente, colocou o arquivo de volta sobre a mesa e cruzou as mãos perto da cintura. Sua cabeça pendia para a frente, como se não tivesse força para mantê-la levantada.

— Peço desculpas, Sra. Cooper. Esperei muito de você. Não estou aguardando um milagre... Sei que Nazim está morto. Quando ele foi ao meu apartamento naquela tarde, com febre, tive uma sensação. Sim... quando penso naquela manhã em que o escutei recitando o Corão, não tenho certeza se foi ele ou seu fantasma. — Olhou para cima com os olhos secos e desolados. — Talvez você esteja certa. Já se passou muito tempo.

Jenny havia recuado diante do que havia percebido como auto-piedade universal por parte da Sra. Jamal, porém mais uma vez viu além, viu a profunda dor de uma mãe em busca de seu filho desapa-recido. A última coisa de que precisava era outro caso tenso e demo-rado, mas suas emoções já estavam turbulentas, o rosto dos garotos desaparecidos já eram nítidos, seus fantasmas já a assombravam.

— Deixe o arquivo comigo — disse Jenny. — Vou analisá-lo esta tarde e lhe dou um retorno.

— Obrigada, Sra. Cooper — respondeu baixinho a Sra. Jamal. Alcançou o lenço caído sobre os ombros e o levantou sobre a cabeça.

— E Rafi Hassan? A família está em busca de uma declaração? — perguntou Jenny.

— Não nos falamos. Eles foram muito hostis comigo. Optaram por acreditar que Nazim foi responsável pelo que aconteceu a seu filho.

— E seu marido?

— Ele desistiu há muito tempo.

Jenny notou certa frieza no comportamento de Alison quando ela acompanhou a Sra. Jamal até a saída. Em seis meses trabalhando juntas, havia aprendido a ler qualquer mudança mínima no humor de sua assistente. Alison era uma daquelas mulheres com uma capa-cidade excepcional de deixar transparecer exatamente o que sentia sem dizer uma palavra. O que Jenny leu em sua reação à Sra. Ja-mal beirava a desaprovação descarada. Quando, minutos depois, ela voltou à porta para relatar que a polícia queria ver os relatórios de necropsia dos corpos no caminhão refrigerado, Jenny observou que ela parecia irritada com a Sra. Jamal.

Alison cruzou os braços.

— Eu me lembro do caso do filho dela. Estava no Departamento de Investigação Criminal na época. Todo mundo sabia que ele e o outro rapaz tinham ido combater no exterior.

Outro traço que Jenny havia notado: a adesão teimosa de Alison ao consenso entre seus ex-colegas policiais.

Jenny disse:

— E *todo mundo* era...?

— A unidade que os vigiou durante cinco meses. Os extremistas operavam livremente naquela época.

Jenny sentiu uma ponta de irritação.

— Ainda assim, a mãe tem o direito de saber o que aconteceu com ele, na medida do possível.

— Se eu fosse ela, acho que não gostaria de saber. Não podemos chamar testemunhas do Afeganistão.

— Não. Por acaso lembra quem era encarregado da vigilância?

— Acho que posso descobrir. Só não espere chegar muito longe, os espiões estão sempre em cima dessas coisas. — Alison mudou de assunto: — E esses corpos no caminhão, quer que eu dê uma olhada? Acho que a polícia também vai querer esse caso.

— Talvez seja melhor você fazer seu próprio relatório — disse Jenny, sem resistir em acrescentar: — Sabemos que nossos amigos de azul são capazes de ver uma coisa e escrever outra.

— Só estou lhe contando o que ouvi na época, Sra. Cooper — replicou Alison. — E naquele tempo ainda dávamos aos muçulmanos o benefício da dúvida.

Jenny segurou a língua, percebendo, pela reação de Alison, que a Sra. Jamal havia mexido com sentimentos complicados. Seis meses depois, Jenny sabia que Alison ainda sofria em segredo pelo homem por quem estivera apaixonada: o finado Harry Marshall, seu predecessor como juiz investigador. Eles haviam sido próximos. As circunstâncias confusas de seu falecimento haviam deixado sentimentos mal resolvidos que ela tentava eliminar com uma dose forte de cristandade. Quando ficava insegura, Alison apegava-se a instituições — a Polícia, a Igreja — e resistia a qualquer coisa que as ameaçasse. Era irracional, mas quem era Jenny para julgar? Sem seus remédios, ela também era tomada por medos irracionais.

— Seu filho foi declarado morto — disse Jenny. — Ela tem direito a uma investigação, mesmo limitada. Duvido muito que chegue a algum resultado.

A hostilidade de Alison ficou no ar como uma presença incômoda vinda mesmo depois de a assistente deixar o escritório. Jenny se sentiu quase culpada ao tentar colocar os papéis da Sra. Jamal em ordem. Não se sentia assim desde o primeiro caso em que ela e Alison trabalharam juntas — o do garoto de 14 anos Danny Wills, encontrado morto em sua cela em um centro de detenção privado. Talvez, como ex-policial, Alison pressentisse os problemas de forma mais aguçada do que ela.

Embora numerosos, os documentos da Sra. Jamal não esclareciam muita coisa. Havia listas de alunos que viviam na residência estudantil na época, declarações de membros de ambas as famílias, declarações de policiais que conduziram buscas no *campus*, cópias de correspondências inúteis com vários conselheiros municipais e políticos. Havia uma cópia da declaração original de identificação feita por Robert Donovan, na qual descrevia os dois jovens no trem, e declarações das estudantes Dani James e Sarah Levin, descrevendo o invasor misterioso e a observação de Rafi sobre irmãos muçulmanos partindo para o Afeganistão. Havia uma fotocópia grosseira do passaporte britânico de Nazim, a confirmação do órgão responsável pela emissão de passaportes de que Rafi Hassan nunca havia possuído ou solicitado um, e uma carta estritamente burocrática escrita por uma tal investigadora Sarah Cole, oficial de ligação familiar, explicando em tom patronal que a polícia havia decidido suspender a investigação até que surgissem novas provas. O último documento era um cartaz de "desaparecido" feito em um computador pessoal exibindo várias fotos do rosto dos jovens. Jenny ficou surpresa em ver como eram bonitos: olhos penetrantes e corpos esguios. Ela ficou olhando para ambos por um bom tempo, depois sentiu uma onda inesperada de tristeza quase insuportável: eles nem estavam mortos. Era pior do que isso: eles simplesmente haviam *desaparecido*.

Colocou o arquivo de lado, lutando contra as conexões irracionais que sua mente já estava fazendo com suas discussões com o Dr. Allen. Pessoas desapareciam sem deixar rastros o tempo todo. Era pura coincidência que esse caso tenha chegado à sua mesa. Tecnicamente, também poderia ser conduzido pelo juiz investigador de Bristol, pois Jamal foi visto pela última vez em sua jurisdição. Jenny não precisava pegá-lo... mas ainda assim, sabia não ter escolha.

O telefone tocou na recepção vazia e a ligação foi transferida automaticamente para sua mesa. Ela atendeu com sua voz mais séria:

— Gabinete da juíza investigadora de Severn Vale. Jenny Cooper falando.

— Bom dia. Andrew Kerr. Novo legista do hospital Vale. — Parecia loquaz e disposto. — Acabei de dar uma olhada nessa sua indigente. Acho que devemos nos encontrar.

TRÊS

UM DOS ASSISTENTES MONOSSILÁBICOS — uma raça taciturna que ela só havia escutado rir a distância, e entre os seus — apertou o botão do interfone para deixá-la entrar no prédio do necrotério. Ela entrou com cuidado pisando no recém-lavado chão da recepção, percebendo o som de vozes elevadas do outro lado das portas vaivém. Encontrou um jovem musculoso usando roupa cirúrgica, que deduziu ser o novo legista, fazendo o possível para defender-se de um escocês agitado. Usando terno escuro e casaco, o visitante tinha um tom ameaçador e uma aura de imprevisibilidade que a atingiu como uma pequena onda de choque quando ele colocou as mãos no peito do legista.

— Escute, filho, a garotinha de meu cliente se foi há seis meses sem deixar rastro. O coitado perdeu todos os cabelos. Não seria de assustar se ele tiver câncer por não encontrá-la logo.

— O senhor terá de voltar com a polícia. Não pode entrar aqui simplesmente exigindo ver um corpo.

— Sou o advogado dele, pelo amor de Deus. Seu representante legal. Sei que a educação é uma zona hoje em dia, mas você deve ter aprendido o que isso significa. — Ele jogou os cabelos ruivos e despenteados para trás, revelando traços de alguém que já foi atraente, e hoje é enrugado e vivido.

O legista colocou as mãos na cintura e manteve sua posição, mostrando um par de ombros definidos.

— Certo, já basta. Já lhe disse como as coisas funcionam. Você tem o telefone do detetive; ligue para ele. Preciso trabalhar. — Ele olhou atrás do homem e viu Jenny. — Desculpe, senhora. Posso ajudá-la?

Nem um pouco disposto a ir embora, o escocês irado disse:

— Que diferença faria ter um policial segurando minha mão?

Jenny aproximou-se e dirigiu-se a ele.

— Jenny Cooper, investigadora do distrito de Severn Vale. No momento, sou responsável pelo corpo. — Naquela hora, ela já tinha a atenção dos dois homens. — Dr. Kerr?

— Sim.

Ela se virou para o visitante:

— E você é?

— Alec MacAvoy. O'Donnagh & Drew. — Ele a olhou de cima a baixo com impressionantes olhos azuis que pertenciam a um rosto muito mais jovem. — Alguma chance de dar uma lição de Direito a esse rapazinho?

Ignorando a observação, ela disse:

— Se me disser exatamente quem está representando, talvez eu possa ajudar.

— O nome do meu cliente é Stewart Galbraith. Meu escritório representa a família desde que Deus era criança. Foi a polícia que lhe informou sobre esse corpo.

— Que polícia?

— Agora *você* está fazendo piada. Tentou ligar para a delegacia recentemente? Se não é um atendente indiano lá em Bangalore, é uma maldita gravação.

Jenny viu que o Dr. Kerr começou a ficar irritado, mas ela manteve a calma. Advogados eram pagos para serem desagradáveis. Apesar de sua arrogância, a injúria nos olhos de McAvoy lhe dizia que não havia animosidade pessoal.

— Você tem um cartão?

McAvoy resmungou e tirou um cartão do bolso do casaco:

Alec McAvoy, bacharel em Direito, assistente jurídico, O'Donnagh & Drew, Consultores Jurídicos. Ela leu duas vezes, perguntando-se por que um homem graduado em Direito seria um mero assistente jurídico e não um advogado qualificado.

Ele percebeu que ela havia notado.

— Há uma história por trás disso. Qualquer dia, eu conto — disse McAvoy.

— Importa-se se eu ligar para o seu escritório?

— Vá em frente.

Ela pegou o telefone, depois pensou melhor. Pareceu insignificante verificar suas credenciais. Conhecia o nome de O'Donnagh & Drew da época em que advogava. Era uma firma antiga, famosa principalmente por monopolizar o mercado de Bristol na área de grandes processos criminais.

Ela se virou para o Dr. Kerr.

— Você se importa de darmos uma olhada? É só um minuto.

— O corpo é seu, Sra. Cooper. Estarei em minha sala. — Deu meia-volta, saiu andando rápido pelo corredor e bateu a porta.

— Tem certeza de que ele tem idade suficiente para fazer esse trabalho? — perguntou McAvoy. — Ele mal saiu dos cueiros.

— Vamos logo com isso.

Conduziu-o ao refrigerador, passando por meia dúzia de corpos sobre macas, ciente de que McAvoy não tirara os olhos dela enquanto o seguia. Era um desses homens que nem tentava fingir que não estava olhando.

Jenny pegou uma luva de látex de um recipiente preso à parede.

— Tem uma fotografia da filha de seu cliente? Às vezes, pode ser difícil...

— Não precisa. Eu a conheço desde bebê.

— Como é o nome dela?

— Abigail.

Ela abriu a porta do refrigerador — uma placa grossa de metal de 2,5 x 1,2m — e puxou a gaveta. Observou McAvoy fazer, instintivamente, o sinal da cruz enquanto ela puxava o plástico que cobria o rosto. Ambos olharam para a mesma coisa: a face virada para cima com as órbitas oculares vazias.

— Meu Deus — sussurrou McAvoy.

Jenny ficou hesitante e olhou para o outro lado.

— Desculpe-me por isso. Ela estava com olhos de vidro, mas alguém deve tê-los removido.

Ele se inclinou para um exame mais detalhado. Com sua visão periférica, Jenny o observou examinando cada detalhe do rosto e depois puxando o plástico um pouco mais para revelar a parte superior do torso.

— Não. Não é Abigail — disse, endireitando-se. — Ela tem uma covinha no queixo e uma marquinha de nascença do lado do pescoço. De qualquer forma, obrigado.

Jenny confirmou com a cabeça, evitando olhar para baixo novamente, e cobriu o rosto.

— Permita-me — disse McAvoy, e puxou o plástico antes que ela o alcançasse. — Depois que a alma se vai, tudo vira pó, é isso o que você tem de dizer a si mesmo. — Empurrou a gaveta. — Outro tormento com o qual a maioria dos infiéis tem de conviver: achar que carne e osso são tudo. — Fechou a porta do refrigerador e olhou para os corpos alinhados nas macas pelo corredor. — Deixe um descrente aqui por uma noite, logo ele estará clamando por seu Criador — e deu um sorrisinho perverso: — Nunca a vi antes, vi?

— Não. — Tirou a luva e jogou-a na lata de lixo.

— Nova?

— Relativamente.

— É um trabalho e tanto para uma mulher. — Ele a estudou por um instante e depois fez um gesto positivo com a cabeça, como se tivesse matado sua curiosidade. — Sim, agora entendi. — Seu sorriso ficou mais leve: uma janela para seu lado mais gentil, talvez. — Bem, não passe muito tempo com esses caras. Vejo-a por aí. — Ele se virou e foi embora, tirando os cabelos dos olhos e enfiando as mãos nos bolsos do casaco.

Jenny ficou parada olhando até ele sair, como esperando que roubasse algo no caminho.

Jenny entrou na sala do Dr. Kerr e o encontrou trabalhando no computador. O avental havia sido substituído por uma camiseta que mostrava seus músculos peitorais. Imaginou que devia ter uns 30 anos e ainda fosse solteiro, com muito tempo para gastar consigo mesmo.

— Já nos livramos dele? — disse ele, enviando um e-mail.

— Sim. Ela não era quem ele procurava.

O Dr. Kerr rodou em sua cadeira para ficar de frente para Jenny. Ela notou que ele havia mudado os móveis de lugar e trocado a estante e o carpete. A fileira de livros na prateleira atrás de sua mesa parecia nova e intocada; perto deles, havia várias revistas *Men's Health* e *Muscle and Fitness*.

— Prazer em conhecê-la, Sra. Cooper.

Ele estendeu a mão. Ela tentou, mas não conseguiu reproduzir seu forte cumprimento.

— O prazer é meu. Já lidei com substitutos além da conta.

— Então ficará feliz em saber que eu escrevo meus próprios relatórios de necropsia e gosto de tirá-los da minha frente todas as noites antes de ir para casa.

— Estou vendo que já começou bem.

— Sem comentários — disse ele, sorrindo.

Jenny percebeu que o leve sotaque que detectou em sua voz era do Ulster. Por algum motivo, achou aquilo tranquilizador: sólido, confiável.

O Dr. Kerr disse:

— Notei que sua indigente já está aqui há um tempo, então dei uma olhada esta manhã. — Entregou um relatório de três páginas. — Não sabia se devia falar primeiro com você ou com a polícia, mas vi no arquivo que foi você quem abriu um inquérito.

— Abri e adiei enquanto tento descobrir quem é ela.

— A polícia não está interessada?

— Ficará se algo incriminador aparecer. Até então, estão mais do que felizes em delegar o trabalho.

Ele concordou com a cabeça, embora sua expressão fosse de surpresa. Jenny ficou torcendo para que seu trabalho fosse melhor que seu entendimento de política profissional.

— A partir de um exame inicial, é impossível dizer o que a matou. A maioria dos órgãos internos não estava mais lá — gaivotas, eu li.

— Aparentemente.

— Sobrou um pouco do tecido do pulmão, suficiente para sugerir que os brônquios estavam distendidos...

— E isso significa que...?

— Há a possibilidade de ter sido por afogamento, mas eu não poderia provar. Uma coisa que me interessa, no entanto, são dois cortes nas vértebras lombares, do lado do estômago. Podem ter sido feitos pelas gaivotas, mas eu também não posso eliminar a hipótese de ferimento à faca.

— Há alguma forma de saber?

— Receio que não — continuou ele, um pouco menos confiante. — Há mais duas coisas. Primeiro, os dentes: sem cáries, sem obturação, então os registros dentários não ajudarão em nada. E, em segundo lugar, dissequei seu pescoço procurando evidências de estrangulamento. Não encontrei nada, mas havia um tumor em estágio inicial na tireoide. Era grande o suficiente para que tenha começado a senti-lo. Pode ter ido ao médico reclamando de pressão na traqueia.

— Câncer de tireoide? O que poderia tê-lo causado?

— O que causa qualquer tipo de câncer? A não ser que ela recebesse uma dose de radiação ou algo assim, é impossível dizer.

— Radiação? — Lembrou-se da família Crosby e de sua filha que trabalhava na usina nuclear desativada. — Há uma jovem desaparecida que trabalha na usina nuclear Maybury, nos arredores de Severn.

— Certo. Eu ia dizer que esse tipo de tumor é mais comum na Europa Oriental, na área afetada por Chernobyl. Suas maçãs do rosto têm um toque eslavo.

— A família está providenciando um teste de DNA. Se não der em nada, podemos tentar algo mais sofisticado... análise mineral geográfica ou algo do tipo.

— Pelo meu orçamento, não podemos.

— Vamos ver — disse Jenny, com meio sorriso. — Podemos convencer a polícia a pagar por isso.

— Acho que posso conseguir um radiômetro em algum lugar. Há dados radiológicos bem precisos com os quais eu poderia compará-la.

Se ela é da Europa Oriental, posso conseguir delinear uma localização aproximada.

— Qualquer coisa que possa ser útil. — Jenny se levantou da cadeira. — Quanto antes a identificarmos, mais rápido você libera espaço em seu refrigerador.

— A esse respeito: o corpo não pode ser transferido para uma funerária ou...?

Jenny interrompeu:

— Seu contrato é permanente, certo?

— Sim...

— Então você pode movimentar seus músculos. Se não começar a fazer exigências primeiro, eles cortarão toda sua verba. Logo estará roubando talheres do refeitório para realizar as necropsias.

— Parece um pouco cedo para começar com cobranças.

Sentiu uma preocupação quase maternal em relação a ele. Nem chegou aos 30 e já está no comando do depósito dos segredos mais obscuros do hospital.

— Ouça, Andrew... posso te chamar assim?

— Claro.

— Vão lhe dar uma semana, depois os médicos começarão a ligar tentando convencê-lo a encobrir seus erros, e a direção vai sugerir que você pode fazer qualquer coisa, menos registrar infecção hospitalar como causa de morte. Seja corrompido uma vez, e não haverá mais saída. Pergunte a seu antecessor.

— Certo — disse, sem muita certeza. — Vou me lembrar disso.

A chuva havia passado e dado lugar a uma forte geada que cintilava na pista quando Jenny atravessava a longa ponte Severn, dirigindo para casa. As luzes das usinas de Avonmouth, à esquerda, e Maybury, à direita, refletiam na água parada de uma noite sem vento. Chegando ao outro lado e entrando em Gales, ela esperava se livrar das tensões do dia enquanto passava por Chepstow e adentrava a floresta. Os nós relaxaram um pouco, mas de alguma forma o senso de alívio não foi tão profundo esta noite. Encontrar a Sra. Jamal e a tortura de lidar com a indigente haviam gerado uma ansiedade teimosa que se recusava a deixá-la apreciar a lua crescente em meio às finas árvores.

Tentou analisar seus sentimentos. "Aleatórios", "injustos" e "aterrorizantes" eram palavras inadequadas que lhe vinham à mente. Pelos últimos três anos de sua vida, tinha sido assobrada e eventualmente subjugada por forças profundas e perturbadoras, mas estava tão longe de saber o porquê quanto da primeira vez em que se fizeram sentir. Havia feito um pequeno progresso. Há apenas seis meses, atravessava os dias com dificuldade, apenas com a ajuda de montes de tranquilizantes e garrafas de vinho. O Dr. Allen havia ajudado a quebrar ambos os hábitos. Estava medicada, mas controlada: funcionava. E havia provado que a máscara atrás da qual se escondia não era tão frágil quanto temia. Em seis meses, não havia caído. Quem não conhecesse sua história, nunca poderia adivinhar.

Seu pequeno chalé de paredes de pedra, Melin Bach, tinha luzes acesas em todas as janelas, o que significava que Ross estava lá. Ele pegava carona quase todas as noites com um professor-assistente de Inglês, recém-contratado pelo colégio, que morava um pouco mais para cima do vale. Até onde ela sabia, eles passavam o trajeto todo fumando cigarros e ouvindo músicas *indie* baixadas da internet e trocadas entre si. O professor era um garoto como Ross.

— *Todas* as luzes precisam ficar acesas? — gritou para o andar de cima. Havia música saindo de seu quarto: guitarras e vocais que soavam como uma imitação fraca dos Stones. — Não se preocupa com o planeta?

— O planeta já está todo ferrado — gritou Ross, detrás da porta.

— Que ótimo. — Pendurou o casaco. — Acho que não chegou a pensar no jantar, não é?

— Não.

A música ficou mais alta. Jenny foi para a sala, batendo a porta.

Recolheu os pratos cheios de migalhas de torrada, as xícaras e os copos sujos, e chutou de lado os tênis jogados no meio do chão de ladrilhos enquanto levava a louça para a pequena e antiga cozinha nos fundos da casa. Seu ex-marido rira ao ver — a cozinha dele havia custado 80 mil libras e havia sido instalada por um artesão alemão que chegara em um *trailer* Winnebago —, e foi exatamente por isso que ela havia se apegado a seu antigo armário galês e ao instável fogão a carvão datados, segundo vizinhos, do início da década de 1940.

Como sempre, não tinha nada para comer na casa. Ross havia acabado com tudo, menos um pote de lentilhas secas e um pacote de granola sem açúcar que um instinto inoportuno de autoaperfeiçoamento fez com que comprasse no verão passado. Vasculhou o fundo do armário e encontrou apenas uma lata de leite condensado e um vidro de pasta de *curry* vencida.

Ross apareceu usando uma jaqueta camuflada. Tinha mais de 1,80m; os olhos de Jenny ficavam na altura da parte de baixo de seu queixo.

— Você deveria fazer compras pela internet. Eles entregam em casa. Deve ser a única pessoa que não faz isso — disse Ross, jogando uma lata vazia de Pepsi no lixo.

— Ei, isso é reciclável.

— Ah, certo. Como se isso fosse nos salvar. — Ele se virou para a porta. — Vou sair.

— Vai aonde?

— Para a casa da Karen. A mãe dela a alimenta de verdade todas as noites.

— Nada o impede de...

— Cozinhar? Você tem ataque de pânico toda vez que eu entro aqui.

— Você nunca limpa nada.

— Não foi você quem quis viver com um adolescente? Só para lembrar... — Ele deu de ombros, sorriu com sarcasmo, e saiu.

Jenny foi atrás dele.

— Como você vai até lá a esta hora da noite?

— Andando.

— Está muito frio.

— Aqui também está. — Saiu pela porta. — Steve ligou.

— O que ele queria?

— Não disse.

A porta bateu. Ele estava lá fora, noite adentro.

* * *

Jenny o deixou ir. Estava se sentindo muito frágil para enfrentar outro ataque verbal. Entendeu que afastar-se era parte do crescimento de seu filho, mas aquilo não tornava nada mais fácil.

Contemplou suas opções: sair de carro e encontrar um supermercado ou ficar ali sentada, faminta, colocando em dia os relatórios de necropsia. Nenhuma das duas opções a atraíam. Sentou em uma poltrona e tentou pensar em como poderia organizar sua vida doméstica para deixar Ross feliz pelos próximos 18 meses antes de ir para a universidade. Precisava de um sistema para substituir as idas às lojas de conveniência dos postos de gasolina. Precisava deixar o chalé mais confortável: era tudo de pedra e madeira; Ross preferia as casas sem charme, acarpetadas e com aquecimento central de seus amigos. Ela precisava agir como uma mãe de verdade.

Jenny havia se arrastado para cima para arrumar o pequeno quarto do filho quando a campainha tocou. Olhou com cuidado pela cortina e sentiu uma onda de alívio: não era Ross voltando para censurá-la. Era Steve.

Abriu a porta e o encontrou sentado no degrau, usando botas de caminhada, um casaco grosso e carregando uma lanterna. Alfie, seu pastor-inglês, farejava o gramado da frente.

— Faz tempo que não vejo você — disse Jenny, com uma pitada involuntária de reprovação.

Ele deu um sorriso tímido.

— Achei que já estava na hora de vir aqui.

— Quer entrar?

— Estou passeando com Alfie. Ele ficou preso o dia todo. Pensei em chamá-la para ir junto. A noite está linda.

Subiram depressa a rua íngreme e estreita, com cercas vivas altas, e viraram na trilha de terra que levava a mais de 400 hectares de floresta. Alfie andava na frente, com o focinho no chão, atacando os arbustos. Jenny ficou perto de Steve, seus braços se tocavam, mas nenhum dos dois tentou pegar na mão do outro. Desde que se conheceram, em junho, não passaram mais do que meia dúzia de noites juntos e discutiram o "relacionamento" apenas uma vez. Não chegaram a nenhuma conclusão além de que, depois de dez anos de reclusão, Steve estava pronto para voltar a estudar e fazer as provas finais para se qualificar como arquiteto. Para pagar as contas, ele alugou sua casa para turistas de Londres e se mudou para um apartamento temporário, de um quarto, que arrumara às pressas no andar de cima do celeiro. Nunca sugeriu que queria morar com ela, e ela nunca o convidou, mas não conseguia fingir que nunca havia pensado nisso. Viver sozinha era algo suportável, mas conviver com um adolescente mal-humorado podia ser dolorosamente solitário. Havia épocas em que desejava a energia sólida de um homem para dissolver a tensão.

A lama congelada estalava sob seus pés. Uma coruja castanho-amarelado piava e, do meio das árvores, outra gritava em resposta.

Steve disse:

— Sabe o que eu amo ao vir aqui à noite? Nunca se vê uma alma. Todo mundo está preso na frente da televisão, sem perceber que há tudo isto aqui fora.

Ele tinha certo orgulho por não ter TV e por nunca ter tido. Jenny uma vez lhe havia dito que, para um antimaterialista convicto, ele havia conseguido se tornar competitivo em relação a várias coisas. Ele não entendeu a piada.

— Sua ideia de felicidade é não ver outros seres humanos? — perguntou ela.

— Eu gosto de paz.

— Ficar sozinho assusta a maioria das pessoas.

— Elas devem ter medo de si mesmas.

— Você nunca tem? Eu tenho.

— Não. Nunca.

Outra coisa que havia mudado nele: desde que deixara de fumar maconha, estava mais perspicaz. Dava respostas diretas em situações em que, antes, apenas daria de ombros ou sorriria. Ela gostava da nova atitude.

— Não se importa de ficar em um escritório cheio de gente o dia todo?

— Eu sobrevivo. A maioria de nós tem muito em comum.

— Achei que idealistas sempre brigavam.

— Ainda não brigamos.

Apesar de seu cinismo, Jenny gostava da ideia de Steve e seus colegas autodenominados "ecotetos" passarem o dia tentando deixar o mundo mais bonito e harmonioso. Seu trabalho sempre foi uma longa briga, e não dava sinais de trégua.

— Não se arrepende de ter alugado sua casa?

— Odeio ter feito isso, mas é por pouco tempo. Em um ano ou dois, estarei de volta.

— Talvez queira mudar ou construir algo do zero.

— Quem sabe?

Sua resposta a surpreendeu. Ele sempre falava de sua fazenda como algo que dava significado e estabilidade à sua vida. A madeira com que trabalhava e os vegetais que plantava eram sua realidade, todo o resto era um meio de permitir que ele ficasse imerso na natureza. Por um instante, ela sentiu que não o conhecia. Mesmo assim, continuou dando corda: em algum nível, ela deve ter suspeitado.

— Você realmente consideraria se mudar?

— Estou aberto a mudanças.

— Uau.

Ele olhou para ela.

— Foi você que começou essa história para mim.

— Talvez eu tenha sido apenas a desculpa de que você precisava.

Ele olhou para o outro lado.

— Você nunca aceita um elogio.

Continuaram andando em silêncio: Steve concentrado em pensamentos particulares e Jenny tentando compreendê-los. Ela não estava acostumada com ele sendo sensível. Sempre foi tranquilo, levava tudo o que ela dizia com leveza. A inquietação com o ressentimento dele transformou-se em desconforto. Percebeu o quanto queria que ficassem juntos, o quanto queria passar a noite com ele, deixar de lado as imagens dos mortos e desaparecidos que nunca se afastavam de seus pensamentos.

Ela passou o braço por baixo do seu, apertando-o contra seu corpo. Encontrou sua mão e entrelaçou os dedos frios entre os dele.

E então, lentamente, relaxou. Eram mais quentes e macios do que se lembrava. Mãos de arquiteto, não de operário.

— Desculpe-me, mas faz tanto tempo — disse ela, baixinho. — Não é que eu não tenha pensado em você.

— Está tudo bem.

— Não. Não está... Eu me fechei em mim mesma. Trabalho, Ross...

Steve hesitou, e depois disse:

— Você ainda está indo ao psiquiatra?

— Sim. Estou bem.

— Tem certeza?

— Por quê? Pareço estranha?

— Não... nem um pouco. — Havia um traço de incerteza em sua voz.

— Então qual o problema? — disse Jenny. — Você não parece o mesmo.

— Nenhum...

Apertou sua mão mais forte, determinada a arrancar dele.

— Conte-me.

— Sério. Não é nada... — Ele suspirou. — É que... minha ex, Sarah-Jane, apareceu outro dia...

— Ah. — Jenny sentiu uma pontada de ciúme no estômago. Sempre pensara em Sarah-Jane como alguém pertencente a um passado distante. As poucas vezes que Steve mencionou seu nome, pintou-a como um monstro: pretensiosa, emotiva, instável e nem um pouco envergonhada por tê-lo feito passar por anos de inferno antes de sair pelo mundo.

— Louca como sempre... Disse que eu lhe devia dinheiro. Saiu gritando quando lhe disse para sumir, depois apareceu no meio da noite querendo pular na minha cama.

— E você deixou?

— O que você acha?

— Desculpe-me. — Ela desejou não ter perguntado aquilo. — Não tive a intenção...

— Eu sei. — Steve soltou sua mão. Deus, ele estava muito sensível. — Nem sei por que estou lhe contando isso... Pensei ter me livrado dela. Ela parece um tipo de demônio. Você sabe como é... A única pessoa no mundo que consegue me derrubar com uma só palavra.

Jenny nunca o havia visto daquele jeito, trêmulo, absorto, mas ela entendia. Conhecia mulheres como Sarah-Jane: parasitas emocionais cujo egoísmo e humores violentos eram criativos. Steve era metódico, um planejador e, Jenny veio a perceber, delicado de um certo modo. Seu instinto era levá-lo para casa, confortá-lo e deixá-lo restabelecer-se. Mas, ao mesmo tempo, tinha medo de sufocá-lo e afastá-lo ainda mais.

Ela queria dizer algo gentil e perspicaz, mas o que saiu foi:

— Acho que a última coisa de que precisa é ter de lidar com outra mulher complicada. — Ela percebeu como aquilo soou carente tão logo disse.

Steve comentou:

— Está frio. Eu deveria levá-la para casa.

Acompanhou-a até o portão e saiu, sem parar para o momento costumeiro em que ela poderia convidá-lo para entrar. Estava confusa. Ele a havia procurado, mas em algum momento durante a caminhada, ela começou a sentir como se estivesse lhe impondo algo. Achou que havia aprendido a interpretá-lo, como levantá-lo de uma eventual melancolia e como fazê-lo rir. Nada havia funcionado esta noite.

Ross ainda não havia voltado e a casa estava fria e quieta. No silêncio, ela podia ouvir a estrutura antiga estalar e contrair, barulhos que até hoje, em sua quinta década de vida, eram transformados em fantasmas por sua imaginação. Uma batida fraca no encanamento de água quente virava o espírito perdido da indigente, vagando indiferente, procurando uma alma terrena a quem sussurrar seus segredos.

Foi para o menor e mais seguro cômodo — seu escritório ao pé da escada — e fechou a porta. Ligou um aquecedor, mais pelo ruído reconfortante que pelo calor, e pegou o bloco de anotações da última gaveta de sua escrivaninha para servir como o diário que o Dr. Allen lhe pediu para escrever. Fechou os olhos por um instante, permitindo que seus sentimentos entrassem totalmente, o máximo possível, em sua consciência, e escreveu:

Segunda-feira, 25 de janeiro

Você me perguntou se eu tinha fé. Não sei bem o que isso significa. Tenho religião? Não. Acredito em bem e mal? Sim. Paraíso e inferno? Acho que sim. Por quê? Porque conheço o lugar que fica entre eles, conheço o limbo. É *desse* lugar que tenho medo. O espaço vazio, o esquecimento, onde as almas esperam e esperam, incapazes de sentir, sem saber como ou por quê. Odeio o fato de conhecer. Queria poder trazer tudo para o aqui e agora, viver no presente, ser feliz e ignorante. Mas, por algum motivo, permitiram-me dar uma olhada para o que há além, e queria poder fechar a porta.

QUATRO

ALISON DESLIGOU O TELEFONE ABRUPTAMENTE quando Jenny entrou no escritório. Parecia tensa.

— Está tudo bem? — perguntou Jenny.

— Sim.

Dava para perceber que não estava, e ela sabia que Alison não ia gostar que ficasse sondando. Por trechos de conversas telefônicas, Jenny havia percebido que Alison e seu marido, Terry, estavam passando por um período difícil. Investigador aposentado como ela, pulava entre empregos temporários que sempre pareciam desapontar. Recentemente, vinha trabalhando para um investigador particular de uma companhia de seguros. Sua função era espionar litigantes de seguro por danos pessoais. Alison achava de mau gosto seguir um homem com uma câmera de vídeo para tentar filmá-lo jogando futebol com os filhos quando havia alegado doença, mas Terry queria comprar um apartamento de frente para um campo de golfe espanhol e não se importava muito com o que faria para pagar por ele.

— A Sra. Jamal deixou alguns recados — disse Alison, sucintamente. — Cinco, na verdade.

— Ah! Sobre o quê?

— A maioria sobre a polícia. Sobre como todos lá são mentirosos e criminosos, e gostam de intimidar mulheres indefesas. Se não fosse muçulmana, eu diria que bebeu.

Ignorando a crítica de Alison, Jenny foi para sua sala e ouviu os recados. Cada um era precedido de um horário. A Sra. Jamal havia ligado pela primeira vez às 22 horas e deixado o último recado depois da meia-noite, com um tom de voz cansado e choroso. Jenny não achou que ela soava irracional, apenas solitária, pesarosa, com necessidade de compartilhar os pensamentos que a atormentavam. No centro de sua angústia, havia a crença de que a polícia sabia muito mais sobre o desaparecimento de seu filho do que estavam preparados para revelar. Jenny compreendia, mas seu instinto era de que as suspeitas da Sra. Jamal eram infundadas. Já era difícil fazer com que a polícia investigasse a fundo um caso de pessoa desaparecida em condições favoráveis. Dois garotos muçulmanos que flertaram com o extremismo e deixaram o país seriam dois possíveis problemas além de seu alcance. Depois de uma busca superficial, seus papéis devem ter sido marcados como "Caso arquivado", sem nada para sugerir que algo mais devesse ser feito.

Jenny não sabia se retornava ou não as ligações, mas decidiu ligar, mesmo que fosse apenas para estabelecer algumas regras.

Discou o número da Sra. Jamal e foi atendida pela secretária eletrônica. Começou a deixar um recado:

— Sra. Jamal, aqui quem fala é Jenny Cooper, juíza investigadora do distrito de Severn Vale. Obrigada por ter ligado. Posso assegurar que o caso de seu filho receberá minha total atenção, mas se puder ter em mente o fato de que...

O fone foi levantado do outro lado. A Sra. Jamal falou sussurrando:

— Eles estão me vigiando, Sra. Cooper. Sei que estão. Podem ver meu apartamento do outro lado da rua. Vejo homens em um carro. Um deles tentou invadir na noite passada. Ouvi-os forçando a porta.

— Sei que é um momento de muita ansiedade, Sra. Jamal, mas terá de confiar de verdade em mim para...

— Não, Sra. Coòper, é verdade. Sumiram por anos, e agora voltaram. Posso vê-los da minha janela. Dois deles. Estão lá fora agora.

Dispensá-la não seria bom e provavelmente provocaria outra onda de ligações. Jenny decidiu entrar na conversa.

— Certo. Talvez possa ir até a janela e me dizer como são ou qual é o tipo de carro.

Ouviu o fone sendo colocado na mesa e o som de pés se arrastando pela sala, uma cortina sendo puxada e depois uma exclamação de leve surpresa.

A Sra. Jamal voltou ao telefone.

— Eles se foram. Devem ter nos escutado.

— Entendo — disse Jenny, pacientemente. — Ouça o que quero que faça: entre em contato comigo de qualquer jeito com provas que ache que devo ter e que ainda não me forneceu, e, tão logo eu fizer algumas perguntas, abrirei um inquérito.

— Quando?

— Não sei ao certo. Logo. Em uma ou duas semanas. Mas enquanto isso, se houver algo a incomodando ou assustando, deve chamar a polícia.

— Ah! E acha que não chamei? Eu ligo para eles o tempo todo, e é sempre a mesma resposta: nome, endereço, código do crime. Qual a vantagem de ligar para os criminosos?

Jenny afastou o fone do ouvido enquanto a Sra. Jamal começou uma longa ladainha. Quando, depois de algum tempo, ela não mostrou sinal de que fosse parar, Jenny a interrompeu calmamente, prometendo entrar em contato assim que tivesse algo a relatar.

Alison entrou com um sorriso irônico:

— Se quiser, posso bloquear as ligações.

— Ela vai se acalmar.

— Tem certeza de que quer levar isso adiante, Sra. Cooper? Não é que eu não seja compassiva, mas há alguns casos que nos fazem ter certa impressão...

— E qual é a sua impressão?

Alison fez cara de aflição.

— Ambas somos mães. Sabe como é... Se alguém dissesse algo que você não quer acreditar sobre seu filho, como se sentiria?

Foi uma das poucas vezes em que Alison mencionou Bethan, sua única filha. Tudo o que Jenny sabia sobre ela é que tinha 23 anos e morava em Cardiff. Sentindo que ela estava falando por experiência pessoal, Jenny disse:

— Vou pegá-la em um momento lúcido e tentar explicar que um inquérito investigativo é imparcial e não existe apenas para validar suas teorias.

— Boa sorte. — Alison lhe entregou um bilhete com um nome e número de telefone.

— O que é isso?

— Investigador Dave Pironi, um velho amigo e colega de trabalho — disse Alison, dando a entender tratar-se de um relacionamento que não deveria ser manchado ou traído. — Era quem coordenava a operação de vigilância à mesquita Al Rahma.

— Obrigada. Há algo que eu deva saber sobre ele?

— Ele é um bom homem, perdeu a esposa com câncer de mama há uns dois anos. Seu filho é cabo dos rifles do Exército. Acabou de ir pela terceira vez ao Afeganistão.

Jenny fez um gesto positivo com a cabeça. Havia entendido o recado.

Combinaram de se encontrar em território neutro — um café a meio caminho entre seu escritório e New Bridewell, a delegacia de polícia onde Pironi trabalhava atualmente. Jenny chegou primeiro e sentou-se em uma mesa o mais afastada possível dos alto-falantes que tocavam uma música antiga do Fleetwood Mac.

Por seus modos rudes ao telefone, ela esperava que o investigador Pironi fosse grosseiro e taciturno, com aquela cara quadrada de detetive e olhos mortos e impassíveis. O homem que chegou com um espresso e um copo d'água mais parecia um executivo que acabara de fechar um negócio extremamente lucrativo. Tinha 50 e poucos anos e estava em boa forma. Suas roupas elegantes, porém casuais, pareciam italianas, estilosas: camiseta polo preta por baixo de um blazer de lã. Ela reparou nas unhas — limpas e polidas.

— Sra. Cooper? — tinha um leve sotaque galês.

— Sim. — Ela se levantou um pouco e apertou sua mão.

— Receio ter somente alguns minutos.

— Sem problemas. Algo empolgante?

— Vou prestar testemunho na Short Street. Ouviu falar de Marek Stich? Ele é tcheco. Atirou em um dos rapazes de uniforme no final do ano passado. Um verdadeiro cretino.

— Sei. É um que tem uma casa noturna?

— Esse é um de seus investimentos. Nosso garoto havia acabado de sair da academia de polícia... Mandou-o parar por passar no sinal vermelho, e *bum*.

— Ele vai em cana?

— Espero que sim. Mas tudo depende da perícia, não há nenhuma testemunha com coragem de se apresentar. — Balançou a cabeça enquanto colocava adoçante no café. — Sabe o que faz as pessoas não gostarem da polícia? Câmeras na estrada. Uma máquina como juiz, júri e executor, sem nenhuma ponderação envolvida. Faz as pessoas desprezarem toda a autoridade.

— Você é o tipo de homem que concede o benefício da dúvida?

— Sempre fui. — Sorriu enquanto levava a xícara à boca.

Jenny tentou se conectar ao moderno e bem-vestido investigador com o pouco que sabia a respeito da realidade da vida na corporação. O que o fato de ter mantido tamanho autocontrole dizia sobre um policial perto do fim de sua carreira? O que ele estava escondendo?

Ela foi direto ao assunto:

— Alison me disse que você era responsável pela vigilância à mesquita Al Rahma.

— Uhum. — Ele colocou a xícara sobre o pires com precisão calculada.

— Pode me dizer o que estava procurando?

— Tínhamos informações de que extremistas operavam lá dentro, formando células para tentar recrutar jovens para o Hizb ut-Tahrir e outras organizações. Não tínhamos informantes na época. Tivemos que sentar e observar por três meses, descobrir nomes, horários e locais.

— Você tem autorização para dizer de onde vinham essas informações?

— Digamos que éramos um dos parceiros dessa operação.

— Com o Serviço Secreto?

— Sou um mero investigador, Sra. Cooper. Já me meti em todos os tipos de confusão por responder a perguntas como essa.

Aquela já era uma atitude mais próxima à de um policial: deixá-la saber, fingindo que não deixava. Ele foi esperto por pensar dessa forma.

— Vamos imaginar uma situação hipotética — disse Jenny. — Digamos que o MI5 tivesse uma pista e quisesse que a mesquita fosse vigiada. Eles fariam uma parceria com a polícia local e os deixariam dentro de carros fazendo vigília, certo?

— Nos últimos anos, eles empregaram muito mais gente. Hoje em dia, fariam tudo sozinhos.

— E naquela época?

— Éramos todos muito mais jovens, não éramos?

— O que significa que... foram cometidos erros que não deveriam ter sido cometidos?

— Só estou dizendo que... se fosse hoje, teríamos feito diferente. Teríamos gente infiltrada, saberíamos das coisas mais rapidamente. Anteciparíamos os problemas antes de acontecerem.

Jenny tirou o cabelo do rosto e o olhou de um jeito inocente que achou que poderia provocar seu interesse, baixar um pouco sua guarda.

— Nazim Jamal e Rafi Hassan eram dois dos jovens que, supostamente, vocês estavam vigiando.

— Sim. — Seus olhos desceram pelo pescoço dela até a parte de cima de sua blusa.

— Por quanto tempo?

— Várias semanas, pelo que me lembro.

— Tem alguma ideia do que aconteceu com eles na noite de 28 de junho de 2002?

— Depois que saíram da reunião? Não.

— Ninguém os seguiu?

— Meus policiais os viram sair, mas as ordens eram para que ficassem no local e observassem quem entrava e saía do prédio, não que seguissem os dois pela cidade.

— Acha que eles voltaram aos dormitórios na residência estudantil naquela noite?

— Certamente viu os relatórios de minha equipe, Sra. Cooper. Não temos certeza, mas eles foram vistos no trem para Londres na manhã seguinte.

— Alguma ideia de seu paradeiro depois disso?

— As fitas do circuito interno de TV de Paddington já haviam sido regravadas quando chegamos. O rastro esfriou. Chegamos a descobrir que houve desvios pela França, Itália e pelos Balcãs, mas nenhuma identificação positiva. Se conseguiram chegar até a Turquia, podem ter pego um voo para Cabul, Islamabad, qualquer lugar.

Engoliu os últimos goles de café e secou os lábios cuidadosamente com um guardanapo.

Jenny disse:

— Estou certa em presumir que seus parceiros assumiram o caso quando se soube que os rapazes haviam desaparecido?

— Fizemos o que foi possível, o que estava dentro de nossos recursos. Se outros continuaram investigando, eu não saberia dizer. Não recebemos mais nenhuma informação.

— Há poucas declarações de policiais entre os documentos que a Sra. Jamal me entregou. Presumo que seus homens tenham feito registros detalhados do período de vigília.

— Fizemos o que nos pediram para fazer — disse ele e olhou para o relógio aparentemente caro. Jenny o imaginou exibindo-o para os bandidos na mesa de interrogatórios mostrando que um policial podia comprar coisas como aquelas.

— E que tal me dizer alguns nomes... pessoas que conheciam esses garotos? Eles deviam ter amigos e parceiros que vocês estivessem investigando.

Pironi olhou pela janela. Jenny sabia que estava traçando uma linha tênue. Ao conduzir uma operação conjunta com o Serviço Secreto, ele e seus policiais devem ter sido alertados várias vezes a manter segredo, mas sentiu que sua vaidade não permitiria deixá-la sem nada.

Pironi disse:

— Você conhece o procedimento. Tudo o que posso lhe dizer é quais dos nomes nas declarações feitas na época eram considerados os mais importantes. Havia um mulá, Sayeed Faruq — devia ter uns 30 anos na época —, foi para o Paquistão algumas semanas depois. Nunca falou conosco. Nunca mais voltou. E havia um outro cara, um radical que achamos ter formado aquele *halaqah*. Seu nome era Anwar Ali. Ia regularmente à mesquita e fazia reuniões menores em seu apartamento. Eu mesmo o investiguei, não consegui descobrir nada, mas tinha um palpite de que ele andava atraindo garotos e depois passando a outros. Era um estudante de pós-graduação na universidade... Ciências Políticas e Sociais, algo assim.

— Alguma ideia do que aconteceu com ele?

Pironi olhou para suas mãos bem-cuidadas.

— Concordei em me encontrar com você hoje porque Alison é uma grande amiga. Trabalhamos na mesma delegacia por 15 anos. Ela já correu muitos riscos e agora não é um período da vida muito bom para correr mais. Eu ficaria muito grato se não a mandasse falar com essas pessoas.

— Eu não a obrigaria a fazer nada com que não se sentisse confortável.

— Não foi isso que pedi.

Ele olhou em seus olhos. Ela se sentiu como uma suspeita.

— Está bem.

Ele tirou um pedaço de papel do bolso e enfiou sob o pires.

— Prazer em conhecê-la, Jenny. — Levantou-se.

— Mais uma coisa — disse Jenny. — Esse caso ainda é de interesse de alguém?

— Você não vai ter de ir muito longe para descobrir.

Seguiu em direção à porta.

Jenny o viu atravessar a rua correndo e entrar em uma viatura sem identificação estacionada do outro lado, com um investigador novato no volante. Pegou o papel dobrado debaixo do pires e o abriu. Nele, estava escrito o nome Anwar Ali e um endereço em Morfa, sul de Gales.

Já era fim de tarde quando conseguiu processar os arquivos mais urgentes sobre sua mesa. No meio da montanha de papéis, estava o relatório do Dr. Kerr sobre os africanos no veículo refrigerado. Ele havia encontrado traços de tinta sob as unhas, sugerindo que tentaram abrir a porta com as próprias mãos antes de sucumbir ao frio. O mais novo dos três era um garoto de 15 anos vestindo apenas uma camisa do time de futebol Manchester United. Nenhum tinha documentos de identificação. Eles também seriam armazenados no necrotério até que a polícia, sabe-se lá quando, decidisse encerrar os interrogatórios.

Ela escolheu um bom momento — enquanto Alison estava presa em outro telefonema tenso, aos sussurros com o marido — e saiu do escritório. Alison ainda invejava seu papel como investigadora na parceria profissional das duas e tratava como um ato de invasão qualquer tentativa de Jenny de falar com possíveis testemunhas sem a sua presença. É verdade que a maioria dos juízes investigadores escolhe trabalhar a maior parte do tempo em suas mesas, preferindo mandar os assistentes coletarem declarações e reunirem provas em campo, mas não havia motivo — além de um inadequado senso de propriedade — pelo qual não pudessem prosseguir na busca pela verdade, contanto que fossem capazes. Segundo a lei centenária, o dever do juiz investigador é determinar quem, quando, onde e como ocorreu uma morte. Jenny nunca entendeu como era possível fazer isso sem sujar as mãos.

Morfa era uma região residencial da década de 1960 na periferia de Newport, a quase 50 quilômetros a noroeste de Bristol, do lado galês da ponte Severn — um canto negligenciado de uma cidade praticamente esquecida. Concebida na época em que minas de carvão e o trabalho com aço ainda empregavam grande parte dos homens no sul de Gales, a região era um amontoado de caixas idênticas de concreto pré-fabricadas, construídas para abrigar os trabalhadores e suas famílias. Hoje, abrigava aqueles que não trabalham. Grupos de moleques de cabeça raspada e garotas obesas ficavam nas esquinas; carros quebrados, sem rodas, apoiados sobre tijolos; um cão viralatas vasculhava um pedaço de terra deserto e cheio de lixo que um dia fora um parque. Não era um bairro, era uma caixa de detritos.

Para piorar, a região também havia se tornado um depósito de pessoas que buscavam asilo. Aqui e ali, enquanto dirigia pela confusa rede de ruas semelhantes, Jenny via rostos do Oriente Médio, da Ásia e de um ou outro africano. Em uma galeria de lojas, havia um restaurante indiano protegido por persianas de aço pesado, e, ao lado, um edifício destruído e fechado com tábuas onde funcionara uma loja de bebidas. Ela parou em frente ao local do endereço, na Raglan Way, que, por ser no fim de uma fileira de casas, pelo menos tinha como vantagem a vista das montanhas. Ao contrário das casas vizinhas, a entrada e o gramado da frente estavam limpos, e a porta havia sido pintada recentemente. Um pequeno oásis de dignidade em um mar de apatia.

Tocou a campainha. Ninguém abriu, embora tenha ouvido sons de movimento do lado de dentro. Tentou novamente, e foi recebida pelo silêncio. Procurou uma caixa de correspondências para deixar um recado e descobriu que a abertura havia sido fechada com parafusos. Conformada em ter de voltar depois, ela estava dando meia-volta para ir embora quando percebeu a agitação de uma das pesadas cortinas na janela do andar de cima. Uma mulher usando véu rapidamente se recolheu atrás delas. Jenny voltou à porta da frente e gritou:

— É a Sra. Ali? Meu nome é Jenny Cooper. Sou juíza investigadora. Gostaria de falar com seu marido. Não é nenhum problema, apenas perguntas de rotina.

Esperou pela resposta e achou ter ouvido passos hesitantes nas escadas.

— O que você quer? — uma voz assustada de mulher perguntou por trás da porta.

— Estou investigando o desaparecimento de um jovem em 2002. Seu nome era Nazim Jamal. Sei que o Sr. Ali o conhecia.

— Ele não está em casa. Ainda está no trabalho. — Sua voz era a de uma mulher jovem, e o sotaque era uma mistura de inglês do norte da Inglaterra e paquistanês.

— A que horas ele chega?

— Não sei. Tinha uma reunião.

— É com a esposa dele que estou falando? — Não houve resposta. Jenny pegou um cartão de visitas na carteira e passou por baixo da porta. — Veja, este é meu cartão. Você pode ver quem sou. Não sou policial, mas você é obrigada por lei a cooperar com meu inquérito. Tudo o que preciso saber é onde posso encontrar seu marido.

Ela podia sentir o pânico e a indecisão da mulher. Depois, o cartão foi passado de volta por baixo da porta com um número de telefone escrito.

O centro de refugiados ficava em um edifício de concreto de dois andares no centro daquela área. Antes, havia sido um bar. Um letreiro de 30 centímetros de altura havia sido desparafusado da fachada, deixando uma marca fantasmagórica em um tom mais claro de cinza: Armas do Cartista. Através das cortinas parcialmente fechadas da janela do térreo, ela podia ver um asiático magérrimo, com esposa e duas crianças pequenas, gesticulando para uma mulher branca de aparência cansada. Alheia a suas queixas, a mulher esforçava-se para entender o que havia em um grande envelope cheio de papéis que ele lhe havia entregado. As paredes eram cobertas por armários que pertenceram ao serviço público, e havia grades de aço nas janelas para proteger os poucos computadores velhos e uma antiga fotocopiadora.

O próprio Anwar Ali abriu a porta. Ela imaginou que ele tinha 30 e poucos anos, embora a barba cheia e o terno com gravata fizessem-no parecer mais velho. Ele a cumprimentou brevemente e a acompanhou até uma sala pequena e organizada. Do outro lado do estreito corredor, havia uma sala onde era ministrada uma aula de inglês. Os alunos repetiam em coro: "Prazer em conhecê-lo." Olhou para as prateleiras arrumadas e notou uma coleção de livros tanto em inglês quanto no que presumiu ser urdu. Entre eles, várias biografias de figuras políticas do Oriente Médio cujos nomes não reconhecia.

— Em que posso ajudá-la, Sra. Cooper? — disse Ali. A raiva por sua presença era coberta apenas por uma fina camada de educação.

— Seu nome me foi dado como alguém relacionado a Nazim Jamal e Rafi Hassan antes de seu desaparecimento.

— Por quem? — disse ele precisamente, com a atitude de um homem de mente aguçada e analítica, o tipo de pessoa que deixava Jenny ansiosa. Ali não era de muitos amigos, ela teria que agir com cuidado.

— A polícia. Aparentemente, você frequentava a mesquita Al Rahma com Jamal e Hassan e conduziu um *halaqah* em seu apartamento na Marlowes Road. Espero ter pronunciado corretamente.

— Sua pronúncia está certa. A polícia ainda está espalhando essa história?

— Eles certamente o tinham como radical na época. Não tenho ideia do que acham de você atualmente.

— Felizmente, tivemos pouco contato. Minhas poucas palavras sob custódia ilegal foram suficientes. Ainda não sei se foi a polícia ou o Serviço Secreto que me pegou. Levei socos, chutes, deixaram-me sem comida e sem dormir, não podia me lavar, era interrompido durante a reza, forçado a urinar no chão. Não encontraram nenhuma prova contra mim, não fui acusado, nunca fui. — Inclinou-se para a frente em sua cadeira. — Eu teria muito cuidado em acreditar no que pessoas que agem dessa forma lhe dizem, Sra. Cooper. Não estão preocupados com inocência ou culpa, nem com a verdade. Tudo o que querem é colocar muçulmanos atrás das grades.

— Eles disseram à Sra. Jamal que você era membro do Hizb ut-Tahrir.

— Você está falando como um deles. Achei que as funções do juiz investigador eram distintas das da polícia.

Encostou na cadeira, encarando-a calmamente, esperando por sua explicação.

— Nazim Jamal foi declarado oficialmente morto. Minha função é descobrir como isso aconteceu.

— Achei que sua morte era apenas uma *suposição*. Isso não é suficiente para a abertura de um inquérito.

— Esse é apenas um inquérito preliminar. A Sra. Jamal passou muitos anos no limbo. Sinto ser o mínimo que posso fazer por ela. — Jenny simulou o que esperava parecer um sorriso genuíno. — Presumo que você era próximo aos dois, amigo até?

— Sim, por um tempo.

— Há algo que gostaria que suas famílias soubessem?

— Não tenho nada a dizer. Íamos à mesquita, estudávamos um pouco juntos. Só isso.

— Importa-se em dizer o que vocês estudavam?

— Aspectos de nossa religião.

Ela apontou com a cabeça para a estante.

— Essas discussões tinham inclinação política?

— Éramos estudantes. Discutíamos todo tipo de coisas.

— Sete anos é muito tempo. Eu esperava que vocês tivessem mudado.

Ele balançou a cabeça.

— Você realmente perdeu sua vocação, Sra. Cooper. Eu não sou — pausou, dando ênfase —, nem nunca fui, um defensor da violência.

— Sabe aonde eles foram, Sr. Ali?

Ele arregalou os olhos, sem piscar.

— Acha mesmo que eu não contaria às famílias se soubesse?

— Eles alguma vez mencionaram viajar para o exterior, talvez para o Afeganistão?

— Não.

— Sabe que supostamente foram vistos no trem para Londres na manhã seguinte?

— Se for verdade, eu não sabia de nada.

— A polícia acha que você era algum tipo de recrutador, que atraía jovens idealistas e os transformava em fanáticos perigosos.

— Eles pensam muitas coisas, mas conhecem muito poucas.

— Então me conte. Você deve ter uma teoria.

Ele olhou para baixo por um momento, considerando cuidadosamente sua resposta.

— Tive muitos anos para pensar, e só posso concluir duas coisas: primeiro, que mesmo aqueles que pensamos conhecer talvez sejam desconhecidos; segundo, que, mesmo neste país, a vida de um muçulmano vale pouco.

— Está me dizendo toda a verdade, Sr. Ali?

— Aqueles dois jovens não eram só meus amigos, eram meus *irmãos*. Por que eu mentiria?

Por todos os motivos, ela pensou, mas sabia que não daria em muita coisa insistir no assunto. Melhor apelar para sua consciência e deixá-la com ele.

— Só vou lhe pedir mais uma coisa — disse ela —, quero que você pense na Sra. Jamal. Nazim era seu único filho. — Pegou um cartão e colocou em sua mesa. — Ela tem o direito de saber, mesmo se não for de interesse público.

Ele não se levantou para lhe mostrar a saída. Quando ela colocou a mão na porta, ele disse:

— Cuidado ao escolher em quem confiar, Sra. Cooper. Quando um amigo corta sua garganta, você não o vê chegando.

As últimas palavras de Ali não saíram de sua cabeça. Ela não sabia o que pensar dele, a não ser que habitava um mundo desconhecido, e que a havia deixado um pouco nervosa. Ela era capaz de acreditar que ele fora um jovem radical, até mesmo um fanático, mas lutava contra a ideia de que uma mãe muçulmana não seria avisada por alguém de dentro, mesmo anonimamente, se seu filho devoto tivesse se voluntariado para lutar por uma causa religiosa. E se Nazim e Rafi não tivessem ido lutar ou treinar com os *mujahedin*, onde mais poderiam ter ido? Eram apenas estudantes, há apenas nove meses na universidade. Várias situações obscuras se apresentavam a ela: talvez tenham ficado atraídos por Londres e foram pressionados a se juntar a uma organização contra sua vontade? Talvez ainda estejam bem vivos, ardorosos e fanáticos; ou talvez sejam fugitivos, vivendo escondidos, fugindo com medo.

Apenas uma coisa era certa agora: se Ali estivesse ligado ao desaparecimento, aquele com quem estivesse envolvido já estaria sabendo sobre ela e sua investigação. O bom-senso lhe dizia para recuar agora, enquanto ainda podia, mas sempre que pensava no assunto, algo dentro de si se rebelava.

Já havia se sentido assim. Era como se não tivesse outra escolha.

CINCO

A FIM DE OBTER a permissão do ministro do Interior para realizar um inquérito sobre o caso de uma pessoa desaparecida declarada morta, Jenny precisava convencê-lo de que havia, pelo menos, uma grande probabilidade de Nazim Jamal ter mesmo morrido. Mais precisamente, ela também precisava de uma razão para acreditar que a morte tenha ocorrido em seu distrito ou nas redondezas — o que poderia ser impossível de se provar —, mas esperava argumentar por analogia aos corpos trazidos do exterior de volta para casa, ou seja, se o corpo algum dia fosse repatriado, seria dentro de sua jurisdição. Era um argumento fraco, mas, vistos às claras, os argumentos contra a abertura de um inquérito pareciam ainda mais fracos. Obviamente era de interesse público saber por que dois jovens e brilhantes cidadãos britânicos haviam desaparecido. Recusar a permissão seria visto como acobertamento oficial, e o 1,5 milhão de britânicos muçulmanos era um eleitorado muito grande para qualquer governo arriscar perder.

Estabilizada por sua combinação matutina de betabloqueadores para acalmar seus sintomas físicos de ansiedade, e antidepressivos para equilibrar seu humor, ela estava pronta para enfrentar o mundo novamente. Queria escrever seu relatório para o Ministério do Interior o mais rápido possível, mas primeiro precisava prosseguir com as duas linhas de inquérito mais lógicas: descobrir o que, se é que havia algo, sabia-se na universidade sobre os rapazes desaparecidos, e quais outros documentos da investigação original a polícia ainda guardava.

Falou com os seguranças da universidade durante seu deslocamento matutino enquanto Ross estava jogado, quase dormindo, no banco de passageiros, ouvindo iPod. Foi encaminhada à sala do professor Rhydian Brightman, chefe do departamento de Física. Sua secretária nada prestativa disse que sua agenda para a próxima semana estava lotada, mas Jenny insistiu e calmamente lembrou a ela de que não colaborar com um inquérito investigativo poderia resultar em prisão do obstrutor.

Ross olhou em volta durante essa conversa e tirou um dos fones do ouvido para escutar o resultado: uma reunião havia sido rapidamente marcada para o fim da manhã.

Ele disse:

— Uau. Isso é verdade? Você realmente pode colocar as pessoas na prisão?

— Se eu precisar.

— Já prendeu alguém?

— Sim, no verão passado. Duas testemunhas do mesmo caso. Causaram um certo conflito. — Ela olhou para o filho com um sorriso, mas ele já havia colocado o fone de volta e balançava a cabeça ao som da música.

Alison a recebeu com a pilha de papéis de sempre e alguns pedidos de outras famílias com filhas desaparecidas que queriam dar uma olhada na indigente.

— E os exames de laboratório do último grupo? — perguntou Jenny.

— Se bem conheço as coisas, levará pelo menos uma quinzena para ficarem prontos. Não se preocupe, vou marcar uma visita com as famílias para o fim de semana. Até lá, provavelmente já estarão fazendo fila em volta do quarteirão.

Jenny passou os olhos pela lista de pedidos e disse ser inacreditável o número de jovens aparentemente bem ajustados que haviam sumido de suas vidas anteriores. Para onde foram? Alison lhe disse que com certeza havia centenas, senão milhares, de casos todos os anos, em sua maioria, pessoas que tiveram algum tipo de colapso ou fugiram de dívidas ou relacionamentos ruins. A boa notícia era que todos, exceto uma pequena fração, acabava reaparecendo.

Jenny entregou a Alison uma carta que havia escrito ao comandante da polícia de Bristol e Avon. Era uma solicitação para que tivesse acesso a todos os arquivos relativos ao desaparecimento dos garotos e à vigilância da mesquita Al Rahma e do *halaqah* na Marlowes Road.

Alison olhou para o papel com desdém.

— Está perdendo seu tempo, Sra. Cooper. Eles não têm mais nada.

— Como você sabe?

— Falei com Dave Pironi na noite passada. Uns engravatados vieram de Londres ontem à tarde com uma autorização do ministro e levaram tudo.

— Sabemos quem são essas pessoas?

— Ele não pode me dizer.

— Mas deve ter dado a entender.

Cuidadosamente, Alison disse:

— Tive a impressão de que não eram policiais.

— Então deve ter sido gente do MI5. — Jenny conectou-se à internet e começou a procurar um número de telefone.

Alison ficou na porta, observando.

— O que foi? — perguntou Jenny.

— Normalmente, eu não diria isso, Sra. Cooper, mas Dave acha que você não deveria se envolver.

— Sério? — Ela encontrou o número da central do MI5 e o anotou. — O que ele tem a esconder?

— Nada. A verdade é que a polícia foi meio que afastada do caso depois do desaparecimento. As pessoas que sabem algo, se houver, estão tão acima na cadeia alimentar que é inútil até tentar chegar a elas. Tudo o que conseguirá é arrumar problemas.

— Ele lhe disse isso?

— Não com essas palavras, mas se ele diz para não entrar nessa, é porque há um motivo.

— Talvez ele quisesse compartilhar essa informação em meu inquérito.

Alison suspirou, frustrada.

— Posso garantir que não houve muita simpatia pelos garotos, mas mesmo no Departamento de Investigação Criminal, ninguém ficou feliz com o modo como a investigação terminou. Sei que você acha que todos os policiais são racistas enrustidos, mas até onde sabem, tiveram uma grande investigação interrompida. Pelo que se sabia na época, os rapazes podiam ter desaparecido para ir a um esconderijo amarrar bombas ao corpo. Não permitiram nem que divulgassem fotos... — parou no meio da frase, percebendo ter falado demais.

— Não permitiram que divulgassem fotos onde?

— Não importa. É só fofoca de corredor.

— Você está me dizendo que o pessoal de Pironi recebeu ordens de não conduzir uma investigação normal de um caso de desaparecimento?

— Ele nunca afirmou isso.

— Talvez você deva fazer uma declaração. O que mais se dizia nos corredores?

— Queria não ter dito nada. Você não receberá permissão para conduzir esse inquérito mesmo.

Jenny tirou os olhos da tela do computador e sentiu em Alison algo próximo de um pequeno pânico.

— Pironi lhe pediu para tentar me afastar do caso, não pediu?

— Ele nunca me pediria para fazer isso. Mas sabemos que a culpa sempre recai sobre os postos mais baixos, e Dave está a um ano de se aposentar. Ele pagou pelo tratamento da esposa de seu próprio bolso e precisa da aposentadoria. Se tiver de se envolver nisso, pelo menos lhe pediria para aceitar minha palavra de que ele nunca fez nada de errado.

Alison tinha um histórico de colocar homens, tirando seu marido, em um pedestal — Harry Marshall, o juiz anterior, era um deles. Jenny não tinha dúvida de que Dave Pironi pudesse ser perfeitamente charmoso, e também sabia que, quando se tratava de homens que achava atraentes, sua assistente perdia a capacidade de julgamento.

Jenny disse:

— Sei que você está certa, mas agradeceria muito se enviasse a carta de qualquer forma. — Pegou um bloco de notas e colocou em sua maleta. — Até mais. Tenho uma reunião na universidade.

Rhydian Brightman era um homem alto e agitado, com uma expressão permanentemente distraída. Devia ser apenas um ou dois anos mais velho do que Jenny, mas já havia se rendido à meia-idade e usava óculos de lentes grossas equilibrados no meio do nariz. Encontraram-se em um refeitório cheio no andar térreo do departamento de Física. Brightman disse que um colega estava usando sua sala para uma reunião. Ela presumiu que, na verdade, sua presença o havia irritado. Aos seus olhos, ele parecia um homem nervoso, que se sentia à vontade apenas em seu próprio mundo, entre os seus. E aquilo não incluía juízas investigadoras intrometidas.

Sentaram-se a uma mesa pequena e grudenta e tomaram um chá sem graça comprado em uma máquina. Na mesa ao lado, vários alunos barulhentos compartilhavam histórias chocantes sobre façanhas sexuais realizadas quando bêbados, mas o professor não pareceu ter notado. Estava com um olho em Jenny e o outro na porta.

— Você se lembra de Nazim Jamal? Ele entrou na universidade no outono de 2001 — disse Jenny.

— Um pouco. Deve ter ido às minhas palestras. Provavelmente nos encontramos no auditório uma ou duas vezes.

— Lembra-se de seu desaparecimento?

— Sim, é claro. Nós todos lembramos daquilo. Foi terrível.

— Presumo que a polícia lhe tenha feito um monte de perguntas na época.

— Eles ficaram por aqui umas duas semanas. Tive a impressão de que não descobriram nada muito esclarecedor. Tudo parecia muito misterioso. — Ele deu um sorriso estranho e escusatório. — A questão é que não há muita interação entre os funcionários e os estudantes. Não em nível pessoal. Sou capaz de reconhecer a maioria de nossos primeiranistas, mas não sei dizer o que fazem fora do departamento.

— Quem era o principal contato da polícia quando estavam investigando?

— Acho que era eu. Tecnicamente, era responsável por nossos alunos na época. Fizemos várias reuniões. Como eu disse, não deu muito resultado. — Ele se deu conta de seus dedos inquietos tamborilando sobre a mesa e, constrangido, colocou as mãos sobre as pernas.

— *Tecnicamente?*

— Academicamente falando. É claro que, se quisessem falar comigo sobre problemas pessoais... Mas temos outros meios para esse tipo de coisa.

— A esse ponto, o que eu realmente quero saber é o que estava sendo dito entre os alunos ou funcionários. Deve ter havido inúmeras especulações. Outras pessoas próximas a ele devem ter desenvolvido teorias.

— Na verdade, eram poucas. Foi isso que pareceu mais estranho. A polícia falou com muitos alunos, mas o outro rapaz...

— Hassan.

— Sim. Parecia ser a única pessoa realmente próxima a Jamal. Mesmo aqueles em seu grupo de trabalho sabiam pouco sobre ele.

— Sua mãe me passou a impressão de que ele era sociável. Veio do Clifton College, jogava tênis...

— Você pensou que havia mais coisas para investigar, não é?

Jenny se lembrou dos murais que viu ao entrar, cobertos de panfletos e anúncios de reuniões sociais e políticas. Vários eram de grupos muçulmanos organizando encontros e debates sobre a política americana e o futuro da Palestina.

— Havia muitas atividades islâmicas no *campus* naquela época?

— Foi o que disse a polícia, mas na época, não eram consideradas uma questão delicada. Estudantes de Ciências tendem a ser um pouco menos politizados do que os outros... Estão muito ocupados trabalhando, presumo —, soltou uma risada nervosa e olhou, apreensivo, na direção de dois colegas sentados em uma mesa próxima.

Jenny abaixou o tom de voz, tentando conquistar sua confiança.

— Serei clara com você. Duvido que possa contribuir muito com um inquérito. Provavelmente, nem terei de convocá-lo como testemunha... — os músculos em sua testa relaxaram, suavizando as rugas em sua fronte —, mas eu preciso de um pouco mais que isso. — Fez uma pausa, encarando-o fixamente, tentando chegar ao homem que havia por debaixo dele. — Posso presumir que não foi apenas a polícia que entrevistou você e os outros aqui na universidade naquela época?

— Seria uma suposição lógica.

— Nesse caso, obviamente lhe disseram para manter o conteúdo das entrevistas em segredo.

— Pode acreditar, Sra. Cooper, que realmente não há muito o que contar.

— Não estou lhe pedindo para fazer uma confissão, mas pode me dizer apenas se Nazim Jamal era considerado membro de um grupo extremista... Hizb ut-Tahrir, por exemplo?

— Isso pode ter sido mencionado.

— Essa vai ser um pouco mais difícil: algum outro aluno, além de Rafi Hassan, também era suspeito de ser membro?

Brightman balançou a cabeça rapidamente.

— Ninguém me disse nada disso.

— Você fez uma declaração formal na época?

— Não. Não teve nada disso. Apenas algumas "conversas".

Ela o analisou cuidadosamente por um instante, imaginando quais motivos um professor de Física poderia ter para negar informações. Considerou que a universidade tivesse sido alvo de atenção do Serviço Secreto por um período considerável, que o corpo docente tivesse recebido diretrizes para informar a um superior sobre qualquer aluno que suspeitassem ter inclinações extremistas, que, na prática, todos os professores tivessem sido recrutados como espiões. E uma vez espião, sempre espião. O professor Brightman provavelmente ainda tinha um telefone na agenda para o qual ficava tentado a ligar de vez em quando, nem que fosse para proteger a si próprio. Revelar tudo isso a Jenny seria comprometedor, para dizer o mínimo. Seu contato no MI5 deve ter enfatizado a importância vital da discrição: para identificar radicais, a universidade necessariamente teria de tolerar um certo grau de sua atividade. Se soubessem que todos os funcionários podiam ser informantes, os extremistas se esconderiam.

Ela disse:

— Aprecio a delicadeza de sua posição, mas talvez possa me ajudar a entrar em contato com alguns alunos que estudaram com Jamal. Nunca se sabe, alguém pode se lembrar de alguma coisa que não parecesse relevante naquele tempo.

— Certamente posso colocá-la em contato com a administração da universidade — disse ele. — Eles têm um registro do grupo daquele ano. Na verdade, uma de nossas funcionárias fazia parte desse grupo, mas receio que esteja em uma conferência na Alemanha pelos próximos dias. Sua equipe descobriu uma nova partícula — ele sorriu, aliviado com a perspectiva de que sua entrevista estivesse chegando ao fim.

— Ótimo. Como ela se chama?

— Sarah Levin. Ou devo dizer Dra. Levin. Uma de nossas estrelas em ascensão.

O nome lhe era familiar.

— Ela não deu uma declaração para a polícia na época do desaparecimento?

— É possível. Certamente deve ter feito o que podia para ajudar.

O professor Brightman pediu que os funcionários da universidade marcassem uma reunião entre Jenny e um dos administradores, que imprimiu uma lista de ex-alunos do ano de Nazim e Rafi, e suas informações para contato. Jenny pegou uma cópia em papel e pediu que enviassem o arquivo por e-mail para seu escritório, assim Alison poderia começar a fazer as ligações imediatamente.

Ela voltou andando pelo *campus*, aproveitando para observar os alunos e absorver o clima. O primeiro grupo pelo qual passou usava roupas descontraídas de marcas caras, carregava laptops e tinha celulares ao ouvido. Rapazes e moças pareciam misturar-se facilmente, e as reuniões políticas anunciadas no quadro de notícias perdiam em quantidade para os anúncios de festas e confraternizações nos bares locais. Hedonismo, e não idealismo, era a ordem do dia. Ela não podia nem fingir que na sua época, em Birmingham, as coisas eram diferentes. Havia participado de uma passeata em prol da greve dos mineradores e de campanhas pelo desarmamento nuclear, mas na verdade estava muito mais interessada em seu namorado guitarrista e em beber no grêmio estudantil. Ela e seus amigos talvez fossem um pouco menos ligados em dinheiro, carreira e posses, mas, fora os poucos períodos de correria com o estudo antes das provas, foram três anos de festas sem parar.

Então, viu algo que a fez mudar de ideia. Um grupo de umas dez jovens, todas usando *niqabs* idênticos — as túnicas pretas e os véus que deixam apenas os olhos de fora —, cruzaram o pátio em bloco. Quando passavam por um grupo de rapazes, desviavam o olhar ou olhavam para o chão. Seu distanciamento era total. Mascaradas e impenetráveis, elas haviam se isolado do âmbito público. Quando Jenny era estudante, tinha várias amigas muçulmanas, meninas de famílias rigidamente ortodoxas, mas dispostas a serem mais flexíveis a ponto de se comportarem e se vestirem como todo mundo. Vinte anos depois, a geração seguinte estava adotando um vestuário mais conservador que o de suas avós. Diante de um mundo desconcertante e hostil, haviam escolhido a religião como muleta. Elas não estavam sendo criadas para fazer isso: era uma escolha.

Um sedã híbrido preto aproximou-se silenciosamente por trás de Jenny e estacionou em uma vaga enquanto ela chegava à porta de seu escritório. Estava pegando as chaves quando uma mulher vestindo terno, e um colega — ambos na casa dos 30 anos — vieram em sua direção.

— Sra. Cooper? — perguntou a mulher.

— Sim.

A mulher, obscura, atraente, mas com os olhos cansados, estendeu-lhe a mão.

— Gillian Golder. Este é meu colega, Alun Rhys.

Rhys disse um "olá" educado. Era um jovem troncudo que podia muito bem ter saído diretamente de um campo de rúgbi.

Gillian Golder disse:

— Essa é apenas uma visita amigável. Somos funcionários do Serviço Secreto. Tem um momento?

— É claro — disse Jenny, calmamente, e os guiou pelo corredor escuro.

Jenny não conseguiu decidir se a conversinha preliminar de Golder e Rhys havia sido tranquilizadora ou sinistra. Já havia conhecido funcionários do governo de vários níveis para saber que o modo moderno de agir era dar a aparência de acessibilidade e racionalidade, mesmo que a política de base não tenha mudado. Ser legal, na concepção adolescente, havia substituído a seriedade como característica comum. A linguagem corporal devia ser aberta e a linguagem falada, eufemística e não confrontativa. Se jogasse de acordo com essas regras, era considerado um colaborador. Se exibisse sinais de recusa ou aparentasse ser muito duro, representava "problema" e não era considerado confiável.

— Suponho que imagine por que estamos aqui — disse Gillian Golder, tomando a frente. Rhys adotou o papel de observador.

Jenny sorriu, esforçando-se para não parecer que se sentia ameaçada ou na defensiva.

— Acho que se trata de Nazim Jamal.

— Sim. Ficamos sabendo da decisão da juíza na semana passada, e presumivelmente a Sra. Jamal veio falar com você sobre a abertura de um inquérito.

Jenny sabia muito bem que eles sabiam. O investigador Pironi deve ter pegado o telefone assim que ela pediu para encontrá-lo. Era tudo parte da dança. Golder tentava ver se Jenny tomaria uma posição.

— Sim, veio.

— Aham. Bem, não é de se surpreender. Deve ser duro para ela.

— Claro.

— E então... como se sente a respeito?

— Como *me* sinto? — Jenny ficou desconcertada com a pergunta. — Só estou fazendo meu trabalho, escrevendo um relatório para o ministro do Interior, que tem de autorizar a abertura de um inquérito.

— Acha que isso vai acontecer?

— Não tenho ideia.

— Se lhe serve de algo, achamos que vai conseguir a permissão Se a autorização fosse negada, ficaria parecendo que há algo a ser escondido. — Rhys concordou com a cabeça. — E obviamente estamos tentando fazer o melhor possível para nos aproximarmos da comunidade muçulmana.

Houve uma pausa na qual Jenny sentiu que eles esperavam que ela respondesse alguma coisa. Cada vez mais confusa, e irritada com as evasivas de Gillian Golder, perguntou:

— Há algo específico que queiram discutir?

Golder disse:

— Obviamente, esse é um caso do qual surgirão questões delicadas. E todos sabemos que a mídia tende a atacar histórias como essa, fazer sensacionalismo... — Olhou para o colega. — Mas, de nossa parte, sentimos que se pudermos impedir qualquer possível desconfiança desde o início, poderíamos evitar um escândalo maior.

— Desconfiança? — perguntou Jenny, fingindo estar confusa.

— Sim. — Gillian Golder se mexeu na cadeira. — Claramente a Sra. Jamal está muito chateada. Qualquer um em sua posição estaria. Mas ela pode estar tentada a ver um inquérito como uma oportunidade para expressar em público seus sentimentos mais irracionais... Seria uma infelicidade se um inquérito perfeitamente justo fosse usado para esse fim, especialmente por termos trabalhado tanto para ganhar a confiança dos jovens muçulmanos britânicos nos últimos anos.

— Não posso impedi-la de falar com a imprensa, se é disso que está falando.

— É claro que não. A questão é: queremos evitar que ela faça alegações infundadas contra o Serviço Secreto. Cooperaremos o quanto pudermos, mas também devemos lhe dizer desde já que não sabemos quase nada sobre o que aconteceu com Jamal e Hassan. Sério, analisamos todos os arquivos, mas não deu em nada.

— Eu poderei ter acesso a eles?

— Isso será decidido em uma instância superior. Às vezes, tentamos conseguir uma ordem de sigilo de provas por interesse público para proteger nossos arquivos de trabalho — nossos métodos e tudo o mais —, mas certamente disponibilizaremos uma testemunha para colaborar com sua investigação.

— E os registros policiais? Presumo que os tenham visto também.

— Não são muito interessantes... o que sobrou deles.

Jenny encostou-se na cadeira e tentou ver através da neblina. Tinha a impressão de que aquilo era uma tentativa de calá-la e controlá-la, mas os mensageiros pareciam tão afáveis que ela não tinha certeza.

— Deixe-me ver se entendi direito — disse Jenny. — Está me dizendo que se eu conseguir autorização para conduzir um inquérito, vocês disponibilizarão uma testemunha do Serviço Secreto, mas eu não terei acesso a seus registros.

Gilliam Golder confirmou com a cabeça.

— Isso mesmo.

— E está me pedindo para não tentar obter mais provas documentais, nem colocar na cabeça da Sra. Jamal a ideia de que pode haver informações secretas às quais não terei acesso.

Rhys interrompeu.

— Não estamos tentando cortar suas asas, Sra. Cooper, só precisamos deixar claras duas coisas. Primeiro, as chances de qualquer uma de nossas anotações internas ou registros serem liberados para um inquérito público são zero. O máximo que pode esperar é vê-las em particular. Segundo, estamos pedindo para confiar em nós quando dizemos que não temos nem ideia do ocorrido com Nazim Jamal e Rafi Hassan. Além de revisar os documentos, falamos com o policial aposentado à frente do caso na época. Os dois simplesmente sumiram. Sumiram da face da Terra. Certo, a investigação durou apenas pouco mais de um mês, mas não houve nenhuma pista firme depois de terem sido vistos no trem.

— Então o que você acha que aconteceu com eles?

— Supomos que tenham ido para o exterior. Muitos outros fizeram isso na época.

— Nenhuma outra teoria?

— Nenhum destaque. Eram apenas dois garotos muçulmanos flertando com radicais, e que provavelmente foram mandados para fora para serem combatentes.

— É mesmo tão fácil assim sair do país sem ser notado? Eu não acredito nisso.

Ambos sorriram ao mesmo tempo.

— Você ficaria surpresa — disse Rhys. — Só porque existe o circuito interno de TV, isso não quer dizer que a imagem seja boa ou que algum idiota não grave nada por cima da fita.

— Ouvi dizer que o exército colhe rotineiramente o DNA de insurgentes mortos no Iraque e no Afeganistão. Foi feita alguma tentativa de rastreá-los dessa forma?

— Os dois estão em um banco de dados. Se alguma informação tivesse surgido, teríamos sido avisados.

Jenny suspirou. Algo a incomodava.

— Só mais uma pergunta: por que a investigação policial durou tão pouco? Ouvi dizer que alguns policiais acharam que foi encerrada prematuramente.

Gillian Golder respondeu sem hesitar:

— Porque eles desapareceram tão completamente que deram a impressão de que pudessem estar se escondendo. Foi tomada uma decisão para abrandar as coisas e concentrar os esforços em colher informações. Pensou-se que, se os encontrássemos muito rápido, perderíamos a oportunidade de sermos levados a algo maior.

Jenny concordou com a cabeça, mas se aquela reunião tinha a intenção de acabar com sua desconfiança, não havia sido bem-sucedida. Golder e Rhys eram jovens, mas sabiam como fazer seu trabalho.

Haviam cogitado a possibilidade de um inquérito diante dela, contanto que jogasse conforme suas regras. Queriam algo comedido, que não fizesse muitas perguntas ao Serviço Secreto, que apaziguasse a comunidade muçulmana, e que, acima de tudo, evitasse inflamá-la.

Considerou o dilema, depois decidiu seguir pelo único curso que sua consciência deixava.

— Não quero que meu inquérito se transforme em um circo para a mídia, assim como vocês — disse —, e não tenho nenhuma intenção de oferecer uma plataforma para alegações bárbaras e infundadas. Mas como dirigiram até aqui para falar comigo, devem saber que não tolerarei nenhuma interferência de fora em meu inquérito.

Se for feito, será da maneira certa, de forma criteriosa e independente, como manda a lei.

Gillian Golder disse:

— Não esperávamos menos do que isso. Honestamente, Sra. Cooper, queremos descobrir o que aconteceu tanto quanto você.

Jenny não conseguia saber se havia ganhado ou perdido aquela discussão; se tinha garantido que nunca haveria um inquérito ou se sua demonstração de honestidade a havia marcado como ingênua o suficiente a ponto de ser confiável. Nem conseguia decidir se haviam mentido para ela ou se existia algum fundo de verdade na alegação de Golder e Rhys de que o Serviço Secreto não tinha ideia do que acontecera com Rafi e Nazim. Só tinha certeza de que estava entrando em um mundo desconhecido.

Para evitar as tentativas de Alison em extrair um relato detalhado da conversa com os dois agentes, trancou-se em sua sala pelo resto da tarde para escrever o relatório para o ministro do Interior. Manteve um tom direto e incontroverso, citou moderadamente a jurisprudência e esforçou-se para dar toda a impressão de racionalidade. Sua conclusão era um modelo de comedimento argumentando que, ao mesmo tempo em que o ministro do Interior, por lei, tinha o direito de concluir não haver razões suficientes para a abertura de um inquérito — sem contar a ausência de um corpo —, os interesses da justiça inclinavam-se a favor de uma investigação formal. "Por fim", escreveu, permitindo-se um floreamento retórico,

> *enquanto outras agências da Coroa são frequentemente acusadas pelos parentes dos mortos de agir em interesse próprio ou político, o juiz investigador é um funcionário independente cuja única função é desvendar a verdade. Embora nesse caso as chances disso acontecer sejam pequenas, é preferível não descobrir nada do que nunca ter tentado.*

O relatório foi enviado a Londres por um mensageiro, de motocicleta. Enquanto ele seguia para seu destino, ela se viu fazendo uma prece em silêncio.

SEIS

A Sra. Jamal tinha dado um jeito de conseguir o telefone da casa de Jenny. Quando chegou, Ross avisou que uma mulher louca estava ligando a cada dez minutos. A secretária eletrônica estava entupida de recados. Em graus crescentes de histeria, todos diziam as mesmas coisas: ela estava sendo vigiada, seguida na rua, sua correspondência sendo interceptada e câmeras ocultas haviam sido colocadas em seu apartamento. "Sou prisioneira dentro de casa" foi uma das frases que repetiu várias vezes. A última ligação foi tão chorosa que Jenny mal conseguiu entender.

O contato pessoal com parentes devia ser mantido de modo formal: estabelecer um relacionamento com membros da família só poderia gerar problemas. Os parentes quase nunca entendiam que o juiz investigador age puramente em prol do interesse público, e que qualquer aparência de amizade estava fora de questão e era apenas um comportamento para tornar o processo o menos doloroso possível para os que ficaram. A forma correta de lidar com a Sra. Jamal teria sido escrever uma carta explicando educadamente ser inapropriado de sua parte comportar-se dessa maneira e pedindo-lhe que parasse. Responder com um telefonema arriscaria criar expectativas que nunca seriam atendidas. Mas que tipo de pessoa poderia ignorar pedidos tão desesperados de ajuda?

A Sra. Jamal pegou o fone no primeiro toque.

— Alô. Quem fala? — sua voz parecia atormentada.

— Sra. Jamal, aqui é a Sra. Cooper, a...

— Ah, graças a Deus — interrompeu ela. — Eu sabia que podia confiar em você. Você foi enviada por Deus, sei que foi. Ninguém mais entende, ninguém mais — prosseguiu, sem tomar fôlego. — Essa gente está me perseguindo dia e noite, Sra. Cooper. Não me deixam em paz. Estão vigiando meu apartamento, seguindo-me na rua. Estiveram aqui à noite, sei que estiveram. Mexeram nas coisas. Colocaram escutas no apartamento, foi isso que fizeram. Estão nos escutando agora. Tenho de ir embora, tenho de ir...

— Espere um instante. Acalme-se. Deixe-me falar.

— Sim, sim, é claro, mas tem de acreditar...

— *Escute* o que vou dizer.

Finalmente a Sra. Jamal parou de falar.

— Agora, fique calma. Ficar agitada não vai dar em nada.

— Não, você está certa. Estou tão agradecida...

— Diga-me quem você acha que a está vigiando.

— Não sei quem são. São *homens*. Homens brancos. Não sei o que querem comigo. Não sei de nada. Sou apenas uma mãe... — ela aspirou as lágrimas.

— Lembra-se da nossa última conversa? Você foi até a janela e não havia ninguém lá.

— Eles me ouvem. Sabem quando desaparecer. É por isso que tenho de ir para um lugar onde não me encontrem.

— Sra. Jamal, você está chateada. Está passando por uma das experiências mais estressantes que se pode imaginar. Perdeu seu filho e está desesperada para saber aonde ele foi. Agora, pense nisso: você não sabe para aonde ele foi, e é por isso que quer a abertura de um inquérito. Ninguém tem motivo para segui-la ou escutá-la. Sei que deve ser difícil entender, mas sua mente pode estar lhe pregando uma peça.

— Não... — disse a Sra. Jamal, sem muita convicção.

— Gostaria que fosse a seu médico falar sobre como se sente. Não vai melhorar sozinha e quero que se sinta calma o suficiente para passar por um inquérito, caso consigamos abrir um.

— Eu não sou louca, Sra. Cooper. Sei o que vejo. Não posso ficar aqui. Eles virão à noite...

— *Confie em mim*. Por favor. Sei bastante sobre a reação das pessoas para entender exatamente o que está sentindo. — Ela fez uma pausa e sentiu que, agora que conseguira sua atenção, a Sra. Jamal estava realmente ouvindo. — Você está se sentindo muito sozinha, muito exposta e muito insegura — continuou —, mas tão logo comece a ver algum progresso, esses sentimentos desaparecerão. Tem de acreditar em mim.

— Mas estou com medo, Sra. Cooper.

— É perfeitamente normal. Você conviveu com uma pergunta sem resposta durante sete anos. Está com medo do que as próximas semanas podem trazer.

A Sra. Jamal falava em meio a soluços.

— Eu sei que ele não me deixaria. Ele era um bom filho. Sempre vinha me ver, mesmo quando seu pai tentou impedi-lo. Nazim não me deixaria.

Jenny disse:

— Vamos fazer um acordo. Farei meu trabalho da melhor forma possível e você buscará ajuda nas próximas semanas. Combinado?

— Sim... — respondeu, impotente. — Obrigada.

Ross passou a noite trancado no quarto conversando com os amigos pela internet e ouvindo música. Tudo menos descer para passar algum tempo com a mãe. Para evitar as dores da rejeição, Jenny retirou-se para o escritório e tentou dar uma olhada na crescente pilha de papéis. Cadáveres eram um bom indicador de tendências sociais. Nas últimas semanas, ela tivera duas mulheres com menos de 25 anos mortas após uma repentina e catastrófica falência do fígado relacionada ao álcool, e uma terceira que havia desmaiado e morrido no banheiro de uma casa noturna em razão de uma intoxicação alcoólica; dois garotos de 15 anos com depressão que se suicidaram após se conhecerem em uma sala de bate-papo; e um homem casado, pai, de 35 anos, que pulou de uma ponte quando a companhia executou sua hipoteca. Se os jovens pareciam infelizes, os mais velhos não estavam muito melhor. Na frente de Jenny, havia uma fotografia de um viúvo de 80 anos que havia equipado o quarto de seu pequeno apartamento como uma câmara de gás provisória. Ele deixara um bilhete explicando que a luta para pagar as contas estava insuportável.

Deprimida, Jenny jogou os papéis em sua maleta e pegou o telefone para ligar para Steve, esperando que apreciasse uma hora ou duas fora de seu gelado celeiro. Ninguém atendeu, nem uma secretária eletrônica para deixar recado. E ele não tinha celular. Ela supôs que tivesse saído para passear com o cachorro, que agora ficava confinado em uma área do tamanho de um galinheiro durante a semana, mas quando tentou novamente, e repetidas vezes, até meia-noite, aceitou que ele não estava em casa. Existiam várias explicações para o fato de Steve estar na rua em uma noite de quarta-feira, disse a si mesma: provavelmente estava com amigos ou passando a noite na casa de um colega em Bristol. Não estaria com outra mulher. Não podia estar. O relacionamento dos dois, apesar de tênue, era muito significativo para ser traído pela tentação do sexo casual. E ela nunca o havia dispensado quando sentia que queria passar a noite em sua casa.

Muito impaciente para escrever em seu diário, tomou dois comprimidos e ficou no escuro, escutando a chuva fria bater na janela. As vidraças chumbadas vibravam na armação retraída e o vento assobiava intermitentemente sob a calha, invocando fantasmas e espíritos obscuros, enquanto ela pegava no sono e acordava, inconsciente e consciente. Sua última sensação antes de cair em sono profundo e inquieto foi do chão tremendo sob seus pés, um rangido da terra e o sentimento de que algo havia mudado profundamente.

Preocupada e perturbada como era, optou por manter a aparência de normalidade durante a rotina matinal, fazendo o café da manhã de Ross e conversando sobre assuntos leves até deixá-lo na escola. Somente quando ele desapareceu no meio da onda de garotos entrando pelos portões, ela sucumbiu ao leve ataque de pânico que borbulhava desde que entrou embaixo do chuveiro e mal sentiu a água sobre a pele. O Dr. Allen a havia convencido de que os piores sintomas de seu distúrbio haviam sido confinados ao passado. Ele havia desenhado gráficos explicando como o cérebro medicado se modificava, fazendo com que a reação de "lutar ou fugir" desencadeada na amígdala voltasse aos níveis normais. Havia-lhe *prometido* não voltar ao estágio em que se encontrava antes. Ainda assim, seis meses depois, presa no trânsito da hora do *rush*, ela sentia o coração com o dobro do tamanho normal e uma faixa apertando seu diafragma.

Ela lutava contra os sintomas. Gritava e xingava, atraindo o olhar dos outros motoristas. Como ousavam voltar para atrapalhar sua vida? Combatia cada onda decrescente, recusando-se a parar e sucumbir, até que a adrenalina finalmente baixou e a deixou cansada, pesada e vazia. Parou no semáforo e abriu o espelhinho para se olhar. Suas pupilas estavam dilatadas e fixas, o rosto, pálido: sinais clássicos de ansiedade aguda. A raiva deu lugar ao desespero. Por quê? Por que em uma manhã normal, sem nenhuma ameaça, ela estava aterrorizada? O que a estava deixando agitada? E por que agora, quando precisava mais que nunca estar no controle, aquilo havia resolvido ressurgir?

Seu celular tocou enquanto estacionava em frente ao escritório. Deu ré no carro antes de pegar o celular na bolsa. Ouviu um barulho de plástico, mas fingiu não ter escutado nada.

Uma voz agitada disse:

— Sra. Cooper? Quem fala é Andy Kerr do hospital Vale. Gostaria de saber se autorizou a remoção da indigente.

— Desculpe, não entendi.

— Achei que talvez você tivesse autorizado a remoção... Ela não está aqui.

— O *quê*?

— O corpo estava aqui ontem à noite e agora não está mais.

— Está falando sério? Quem estava de plantão?

— Só havia uma pessoa trabalhando ontem à noite. É possível que alguém tenha conseguido invadir...

Ela conseguia sentir o alarme em sua voz e já podia imaginar as manchetes dos jornais: *Corpo não identificado roubado do necrotério.*

— Não está aqui, Sra. Cooper. Estava sob sua custódia. O que devemos fazer?

— Estou indo.

O Dr. Kerr parecia ainda mais arrasado do que ela. Jenny o seguiu pelo corredor e olhou para a gaveta vazia. Ele explicou que o assistente do plantão noturno era mais como um vigia, um filipino que trabalhava na limpeza durante o dia e às vezes ficava durante a noite. É mais provável que ele tenha passado a maior parte do tempo dormindo no banheiro dos funcionários, logo ali, a pelo menos 10 metros do refrigerador. Os invasores podem tanto ter entrado pela porta que dá para o estacionamento quanto pelo túnel cujo acesso se dava pelo subsolo do prédio principal do hospital. Não havia sinais de arrombamento, mas as trancas não eram muito seguras.

Jenny disse:

— Tem certeza de que não houve engano? Já aconteceu de um coveiro pegar o corpo errado.

Kerr negou com a cabeça.

— Temos 36 corpos aqui no momento. Todos registrados.

A mente de Jenny imaginou todas as possibilidades, mas havia apenas uma conclusão lógica: a indigente havia sido roubada. Mas por que alguém roubaria um corpo?

Nervoso, Andy disse:

— Tem mais uma coisa. Lembra quando mencionou a garota desaparecida que trabalhava na Maybury?

— Sim.

— Não arrumei nenhum kit sofisticado, mas consegui emprestado um dosímetro do departamento de radiologia... O corpo estava emitindo níveis baixos de radiação beta e gama. Não sei dizer qual isótopo, mas ela certamente foi exposta a uma fonte significativa em algum momento.

— Estamos falando de quê? Acidente nuclear?

— Não. Nada disso. Mas é mais do que o dobro do esperado, mesmo em alguém que trabalhe em uma usina. Não é tão incomum em pessoas do Leste Europeu.

— O suficiente para causar um tumor na tireoide?

— Talvez. Mas a exposição provavelmente aconteceu há algum tempo, possivelmente anos atrás.

— Ainda assim, acho que já é hora de chamarmos a polícia. Você não acha?

O nome do sargento era Sean Murphy. Era um homem de não mais de 33 anos usando um terno amarrotado e uma camisa com o colarinho aberto, cabelo desgrenhado e barba rala que ocupava toda a parte do queixo para esconder os primeiros sinais de flacidez no rosto. Quando ele virou para o lado, Jenny viu que usava um pequeno piercing de diamante no alto da orelha esquerda.

Ficaram ao redor da gaveta vazia do refrigerador como se ela pudesse revelar alguma pista. Murphy disse:

— Como vocês sabem qual é qual?

— Eles têm uma etiqueta no dedão do pé — respondeu Andy —, e mantemos outro registro no quadro branco na parede.

— Já houve alguma troca?

— Não sei dizer, estou aqui há apenas quatro dias.

Murphy exclamou:

— Oh — e fez um gesto com a cabeça, como se aquilo pudesse explicar o que aconteceu.

Jenny disse:

— É muito raro. O Dr. Kerr tem certeza de que o corpo desapareceu durante a noite. Não há registro de que nenhum coveiro tenha estado aqui ou dado baixa em um corpo. Acho que podemos considerar que foi roubado.

— Vocês têm alguma ideia de quem possa ter feito isso? — perguntou Murphy.

— Nenhuma — disse Jenny. — Recebemos cerca de 25 grupos de parentes na semana passada, todos com filhas desaparecidas. Ninguém a identificou. Outros deveriam vir amanhã.

— Nem têm ideia de quem ela é?

Andy fez que não com a cabeça. Jenny disse:

— Todas as famílias foram colocadas em contato com um laboratório que está fazendo testes de DNA.

— Aham. — Murphy empurrou a gaveta com o pé e a fechou com a ponta de seu mocassim barato. — Temos alguma foto desse corpo?

— Posso enviá-las por e-mail — respondeu Andy.

— Seria ótimo. — Ele olhou para o corredor. — E esse cara que deveria estar cuidando do local?

— Foi para casa às 8. Deve voltar para o turno da limpeza, ao meio-dia.

Murphy esfregou os dedos nos lábios e coçou a barba enquanto fazia cara feia.

— Como ele é, esse sujeito?

— Muito confiável, segundo os outros funcionários.

Jenny imaginou o que viria em seguida e interveio para poupar o investigador do trabalho.

— Se está se perguntando se ele pode ter abusado do corpo de alguma maneira, posso dizer que é improvável. As órbitas oculares estavam vazias, grande parte do abdômen não existia, e da última vez em que estive aqui, o cheiro não era dos melhores. Se olhar em volta, verá que há muitas outras opções mais atraentes.

— Vou acreditar em sua palavra. — Deu-lhe um sorriso atravessado, com os olhos ainda vermelhos devido aos excessos da noite anterior. — Suponho não haver câmeras ou nada parecido...

— Não aqui — disse Andy. — Apenas na recepção do hospital e na maternidade. É improvável terem passado por qualquer um dos dois.

— Espero que haja alguma do lado de fora, na rua. Acho que devemos enviar uma equipe para cá, para ver se esses ladrões de corpos deixaram alguma impressão digital. Veio muita gente aqui durante a manhã?

— Cinco ou seis pessoas — disse Andy.

Pegando o celular, Murphy disse:

— Merda. Não tem nenhuma droga de sinal aqui dentro. Onde fica o seu telefone?

— Você não gostaria de saber mais sobre o corpo? — perguntou Andy. — Não posso provar pericialmente, mas é provável que ela tenha sido vítima de assassinato.

— Faremos tudo isso depois, quando vocês escreverem suas declarações.

— Posso prosseguir com isso logo? Tenho um dia cheio.

Murphy ficou de queixo caído e virou para ele com as sobrancelhas levantadas.

— Acho que não, meu amigo. Você é um dos suspeitos.

Jenny disse:

— Não sei o quanto bebeu na noite passada, Sr. Murphy, mas espero que não tenha dirigido até aqui.

Murphy abriu a boca para responder, mas Jenny o encarou com um olhar firme e disse:

— Peça com educação e o Dr. Kerr pode deixar que use o telefone em sua sala.

O detetive respirou fundo e se arrastou para fora da sala procurando um sinal para o celular.

Andy disse:

— Ele está falando sério? O que eu ia querer com um corpo?

— Ignore-o. Está de ressaca.

Pouco depois, Murphy reapareceu no fim do corredor e os chamou:

— Como é o nome desse laboratório que está fazendo os testes de DNA?

Jenny se conteve para não atacá-lo novamente. Reclamaria depois com seu superior, pediria que lhe ensinasse a ter um pouco de educação.

— Meditect. Fica na Parkway.

— Interessante. Acabou de ser incendiado.

Jenny só conseguiu voltar para o escritório no início da tarde. Poderia ter caído fora antes, mas Andy pareceu tão desnorteado quando uma equipe de peritos e vários outros investigadores tomaram seu necrotério, que se sentiu obrigada a ficar para apoiá-lo. Ambos escreveram seus depoimentos, e Alison enviou por e-mail os dados de todos os que viram o corpo ou expressaram interesse em vê-lo.

Os primeiros relatórios foram superficiais, mas no decorrer da manhã soube-se que o Meditect, que ficava em uma pequena unidade industrial em uma região comercial, havia sido destruído com destreza. Fios de alarme haviam sido cortados e óleo diesel, bombeado pelo sistema de ventilação e depois inflamado. Outro incêndio fora iniciado em um terreno baldio próximo dali, o que distraiu o corpo de bombeiros por minutos vitais, acarretando danos catastróficos ao laboratório. Todo o seu conteúdo foi destruído.

Jenny e Andy foram juntos ao departamento de histologia do hospital para localizar as amostras de sangue e tecido do tumor da tireoide que ele havia enviado para análise, e deram de cara com um cenário de completo caos. Várias prateleiras de amostras pareciam ter desaparecido de suas câmaras refrigeradas durante a noite. Entre elas, as da indigente. O registro eletrônico de entrada e saída mostrou que uma técnica esteve presente no laboratório às 4 da manhã, por sete minutos. Ela jurou estar dormindo àquela hora. Murphy foi falar com ela pessoalmente, mas a técnica teve um ataque de nervos e pediu um advogado. Da última vez em que Jenny a viu, estava sendo levada por dois policiais.

Os registros do DNA da indigente haviam sido apagados. Até mesmo o interior da gaveta do refrigerador fora pulverizado com água sanitária industrial. Não existia mais qualquer rastro físico de sua existência, e quem quer que tenha planejado tudo foi meticuloso, tinha muitos recursos e é muito mais esperto do que a maioria dos criminosos.

Alison foi completamente tomada pelo drama. A cada cinco minutos, estava ao telefone com um de seus ex-colegas, buscando uma atualização e trocando fofocas empolgadas. Teorias loucas e extravagantes sobre a identidade da indigente já se espalhavam.

Jenny abria um e-mail do escritório do ministro do Interior quando Alison entrou repentinamente com as últimas novidades.

— A assistente de laboratório que eles prenderam... ela alega que seu crachá foi roubado quando foi ao refeitório na manhã de ontem, mas apareceu novamente à tarde.

— O que ela está dizendo? Que alguém clonou seu crachá?

— É possível. É como um cartão de crédito... É só colocar em um leitor e consegue-se uma cópia em alguns minutos.

— Onde se consegue um leitor?

— Custa algumas libras pela internet. Parece complicado, mas é fácil. Qualquer um com metade de um cérebro consegue clonar. Fazem isso o tempo todo em postos de gasolina.

Jenny disse:

— Não é fácil descobrir onde as amostras são armazenadas em um laboratório de histologia, acredite. Eles sabiam o que estavam procurando.

— Aparentemente, houve várias entradas e saídas com o crachá dela ontem à tarde. Se estiver dizendo a verdade, parece que alguém estava entrando e saindo, fazendo um reconhecimento do terreno.

Só metade de Jenny ouvia. O e-mail que acabara de abrir era do secretário permanente, informando que o ministro do Interior havia concordado ser de extremo interesse público que o desaparecimento de Nazim Jamal fosse objeto de um inquérito:

Com a condição de que a juíza investigadora seja aconselhada a exercer discrição particular em questões que afetem a segurança nacional. Nesse sentido, a juíza investigadora pode querer considerar consultar-se com pessoas apropriadas, com as quais, entende-se, já tenha feito contato.

— Parece que o desejo da Sra. Jamal vai se realizar — disse Jenny.

— Não estão autorizando que prossiga com o caso, estão? — disse Alison, incrédula.

— De certo modo, estão.

— Não vai dar em nada. Eles se certificarão disso.

— Você não precisa se envolver, Alison.

— Eu disse isso? Só estou dando minha opinião, Sra. Cooper. Ninguém nunca vai descobrir o que aconteceu com esses garotos. A polícia foi contida há oito anos, e você não receberá tratamento diferente.

— Vamos ver. Mas se você tem algum problema com esse caso, com muçulmanos ou o que for, poderia desabafar para que não tenhamos dificuldades depois?

— Não, não simpatizo muito com muçulmanos radicais, Sra. Cooper. Sempre me pareceu estranho que nos desdobremos para agir de forma digna com essas pessoas, quando na verdade desprezamos tudo o que representam. Sua visão a respeito das mulheres, por exemplo: se meu marido pensasse como eles, ele seria um pária.

— Mas todos os radicais são marginalizados, não?

— Tente ficar na posição de vítima deles e veja se ainda acha isso tão aceitável.

— Você teve alguma experiência pessoal? — perguntou Jenny, de modo sarcástico.

Alison respirou fundo e olhou para o outro lado.

— Sra. Cooper, sou totalmente capaz de colocar minhas impressões pessoais de lado quando estou trabalhando. Eu *fui* policial por 25 anos. Virou-se e saiu, deixando um rastro tóxico.

SETE

O INQUÉRITO ESTAVA PROGRAMADO PARA segunda-feira de manhã, dia 1º de fevereiro. Assim como muitos juízes investigadores do país, Jenny ainda não tinha uma sala de audiência permanente ou mesmo semipermanente. Alison recorreu a seus contatos no Conselho de Justiça, mas lhe disseram que não havia nenhuma disponível na área de Bristol pelos próximos meses. Jenny já estava acostumada com esses tipos menores de obstrução. Não tinha nenhuma objeção aos salões comunitários que vinha utilizando nos meses anteriores — sabia-se que alguns juízes conduziam em cabanas de escotismo e em salões de restaurantes sem licença (pela lei, inquéritos não podiam ser conduzidos em estabelecimentos licenciados) —, mas parte dela desejava secretamente o reconhecimento e o peso que um tribunal adequado traria. Alison havia sugerido a antiga capela metodista onde os membros de sua igreja Novo Amanhecer se reuniam todos os domingos. Jenny recusou educadamente. Chegaram a um acordo quando encontraram um local modesto no lado norte do estuário do rio Severn. Ficava em uma vila perto do santuário de pássaros Slimbridge, do qual Alison era membro vitalício e que tinha uma cafeteria excelente, segundo ela.

Essas eram as trivialidades que competiam pela atenção de Jenny, juntamente com cadáveres roubados, um fluxo constante de mensagens de texto paranoicas (substituindo os telefonemas) da Sra. Jamal e o planejamento de táticas para extrair o máximo de informação da polícia e do Serviço Secreto. Durante todo esse tempo, ela evitava os sintomas da ansiedade aguda com dois betabloqueadores a mais por dia. Havia tentado enviar um e-mail para o Dr. Allen, perguntando o que fazer, mas recebeu uma resposta automática dizendo que ele estava esquiando nos Alpes italianos naquela semana. Sorte dele. Tinha seu número de celular para emergências críticas, mas temia que, no momento em que ligasse, ele fosse obrigado a lhe dar uma licença médica, com ou sem seu consentimento. Ela não tinha muita escolha a não ser lidar com aquilo da melhor forma possível.

Ross foi para casa tarde na noite de sábado. Jenny foi acordada pelos risinhos abafados dele e de Karen, e por dois pares de passos desajeitados nas escadas. Foram para o quarto dele e, minutos depois, começou a música. Trazer sua namorada para dormir em casa era parte do acordo, contanto que os pais dela concordassem, e Jenny sentia certa satisfação por ser legal o bastante para sugerir aquilo. Mas a realidade era dolorosa. Ela se ressentia por ele querer ser tratado como adulto sem estar preparado para assumir o mínimo de responsabilidade. E era ciumenta como uma criança. Ainda era jovem o suficiente para curtir como os garotos do quarto ao lado, mas as chances de isso acontecer com ela pareciam cada vez mais remotas.

Os adolescentes ficaram na cama até quase meio-dia, e então apareceram bocejando e desgrenhados, reclamando de cansaço. Apesar da noite perturbada, Jenny teve uma manhã produtiva no escritório em sua casa, formulando perguntas para as testemunhas no inquérito. Uma onda de adrenalina havia jogado temporariamente suas ansiedades subconscientes de lado. Focada e decidida, levou sua energia para a cozinha e começou a preparar o almoço. Seu sentimento de conquista deu-lhe tolerância para não ficar irritada com a visão dos dois jogados no sofá com as cortinas meio fechadas para impedir que a luz do dia — Deus do céu — batesse na tela da TV. Com uma alegria forçada, levou xícaras de chá, conseguindo até tirar um sorriso e um agradecimento de Karen.

Os dois ainda estavam grudados em um filme quando Jenny surgiu da cozinha com um almoço de domingo completo. Olhou para seu feito com orgulho: era capaz de ser uma boa mãe.

Jenny arrumou a mesa no fundo da sala e eles se sentaram para comer. Ross e Karen pareciam surpresos com a aparição mágica e repentina de comida. Ela tentou conversar sobre coisas amenas. Era difícil. Com medo de passar vergonha na frente da namorada, Ross fazia-a parar de falar com o olhar cada vez que ela abria a boca. Sua insegurança era desconcertante. Ele podia se comportar como quisesse — Jenny estava fazendo tudo o que podia para tratá-lo como adulto —, e ainda assim ele se encolhia como uma criança assustada.

Cansada de pisar em ovos, Jenny disse a Karen:

— Ross contou o que aconteceu na sexta-feira? Um corpo foi roubado do necrotério do hospital. Desapareceu completamente.

— Meu Deus. Isso é horrível. Por quê?

Ross olhou para ela, que o ignorou.

— Não sabemos. A hipótese mais provável é que ela tenha sido assassinada e a pessoa que a matou esteja tentando se livrar das provas.

Ross disse:

— Temos de falar do seu trabalho nojento o tempo todo?

— Eu não me importo — disse Karen. — É interessante.

— Para mim não é. Lidar o dia todo com gente morta... é doentio.

Jenny disse:

— Temos de saber como as pessoas morreram.

— Eu não. Isso me dá arrepios.

Ela levantou as mãos.

— Desculpe por ter mencionado.

— Só estou falando. Não precisa ficar irritada com isso.

Ela se fechou.

— Eu, irritada? Estava tentando fazer um esforço para não ficarmos sentados aqui em silêncio.

— Bem, não precisa se dar o trabalho.

— Ótimo.

Ela se serviu de mais batatas, sorriu para Karen e comeu em silêncio. Jenny podia ter dito para ele se comportar direito, ou sair da mesa, ou ajudar com as tarefas domésticas, ou aceitar ser tratado como o bebê que era. Em vez disso, deixou o silêncio se alastrar e se transformar em um abismo. Sua positividade foi sugada e uma sensação de pânico crescente apressou-se em tomar seu lugar. Seu estômago começou a ficar apertado e a mão tremia enquanto levantava o copo para tomar um gole d'água. Deus, como ela desejou que fosse vinho. Um pouco de álcool levaria toda a dor embora, dissolveria as lágrimas que queriam sair e a fariam relaxar o suficiente para desfazer o clima com uma única observação.

Jenny recolheu os pratos vazios rapidamente e ofereceu-se para aquecer um pedaço de torta de maçã. Ross recusou por Karen e anunciou que passariam a tarde na casa dela. Saiu pela porta sem mover um dedo para ajudar.

Ela disse:

— Ross, posso ter uma palavrinha com você, por favor?

— Sobre o quê?

— Karen, pode levar estes pratos para a cozinha, por favor? Obrigada.

Jenny silenciou os protestos do filho com um olhar que prometia fazer muito mais do que simplesmente envergonhá-lo se fizesse alguma objeção. Ele a seguiu, mal-humorado, até o hall.

— Por acaso pode me dizer por que deixá-lo trazer sua namorada para passar a noite aqui e depois fazer o almoço para vocês dois é algo tão absurdo, a ponto de você não se dar o trabalho de me dizer nada positivo?

— Mas eu não falei nada.

— Não. Apenas ficou lá sentado me olhando como se desejasse que eu caísse morta.

— Você está tão rabugenta o tempo todo. Por que não pode apenas relaxar como as outras pessoas?

— Meu Deus, estou fazendo de tudo.

— Até parece...

— *Quê?*

— O clima daqui... Não sei o que há de errado com você.

— Comigo? Eu cumpri a minha parte do acordo. Como posso fazer melhor? Me diga. Eu adoraria saber.

— Você nunca se acalma. Nunca.

Jenny abriu a boca para responder, mas as palavras ficaram presas em sua garganta e sentiu os olhos se encherem de lágrimas.

— É disso que estou falando.

— Ross...

Ele balançou a cabeça e foi se juntar à namorada.

Jenny se escondeu no escritório tentando conter as lágrimas que nunca secavam, querendo desesperadamente fazer as pazes, mas sem poder fazê-lo sem aparecer de olhos vermelhos diante de Karen. Presa, ela os ouviu tirando a mesa e enchendo a lava-louças, e depois saindo silenciosamente pela porta dos fundos para não correrem o risco de encontrá-la no caminho.

O céu estava mais azul e limpo do que jamais esteve no verão. O riacho no fundo do jardim, depois do moinho em ruínas, era claro e profundo. Pequenas trutas marrons se reuniam em uma área ensolarada para absorver os primeiros raios de calor do ano, e, ao longo da margem recoberta de xisto, flores frágeis de açafrão e campânulas-brancas brotavam da terra fria. A natureza não hibernava no inverno, e aquilo havia sido uma revelação para ela. Quando vivia na cidade, só notava as árvores quando se cobriam de folhas, em abril. Vivendo no meio delas durante um inverno inteiro, havia visto que, mesmo enquanto as últimas folhas ainda caíam, no fim de dezembro, novos botões já iam surgindo. Não havia um período de dormência. A rotação da vida era constante, ininterrupta.

Confortava-se com esses pensamentos enquanto perambulava por seus pouco mais de mil metros quadrados, tentando absorver um pouco de paz antes de voltar para sua mesa. Passou os dedos pelo musgo macio e profundo que cobria a decadente parede de pedras do moinho e sentiu a delicadeza das folhas de uma pequena muda brotando na argamassa. Tudo o que era velho e apodrecido era base fértil para algo novo.

Com pequenos buraquinhos começando lentamente a furar seu véu de melancolia, permitiu-se acreditar que Ross estava apenas passando por mais uma inevitável e necessária fase, que, para crescer como indivíduo por mérito próprio, ele teria de rejeitá-la com ou sem motivo justo; e que se ela conseguisse entender isso, conseguiria suportar. Ele se mudaria, encontraria seu caminho e um dia voltaria como um jovem confiante e seguro. Não tinha nada contra ela ou contra o *clima* de sua casa, só estava tentando se livrar das correntes da infância. Ela lhe desejava mais sorte do que tivera — estava atingindo a meia-idade ainda com algemas mentais que pareciam ficar mais apertadas conforme envelheciam e enferrujavam.

Ela ouviu um barulho de respiração e passos apressados atrás de si. Virou-se e viu Alfie saltando pela grama, vindo da antiga entrada de carros ao lado da casa. Ele mergulhou no riacho e começou a beber a água corrente, tentando mordê-la de vez em quando. Steve apareceu um pouco depois, vestindo apenas camiseta e jeans, com um suéter amarrado sobre os ombros.

— Que dia lindo — disse ele, caminhando. — Estou interrompendo algo?

— Não.

Ele foi até a beira do riacho e parou ao seu lado.

— Semana cheia?

— Sim... E você?

— Tive de ver um trabalho que estamos tentando pegar em Manchester. Odiei. É uma praga arquitetônica. Dá vontade de derrubar tudo e começar do zero.

— Fiquei imaginando onde você estaria.

— Eu ia ligar...

— Você não precisa ligar.

— Mas talvez devesse? — Olhou para ela com um sorriso um tanto quanto esperançoso.

Ela deu de ombros, desejando ser mais expansiva, mas sentindo seu delicado equilíbrio se desestabilizar e a emoção que achava ter descarregado vir à tona novamente.

— Você está bem?

— Sim. — Ela desviou o olhar para além do muro de seus mil metros quadrados de campina e para o bosque atrás. Várias ovelhas, desconfortavelmente prenhes, tinham lama até os calcanhares.

Jenny sentiu a mão quente de Steve sobre seus ombros e a outra em volta da cintura. Ele ficou atrás dela e a abraçou apertado. Ela inclinou o corpo contra o dele, e ele lhe tocou os cabelos e o rosto, sem dizer nada ao sentir suas lágrimas.

Ela limpou as lágrimas com a manga do casaco.

— Desculpe.

— Quer conversar sobre isso?

Ela virou de frente para ele e fez que não com a cabeça. Steve se inclinou e a beijou devagar.

Mais tarde, sentaram-se à mesa com tampo surrado no gramado, enrolados em blusas de frio e tomando chá. Steve fumava um cigarro enrolado a mão e Jenny roubava umas tragadas enquanto confessava, relutante, que seus antigos sintomas haviam voltado a assombrá-la desde a última consulta com o Dr. Allen. Ele escutou em silêncio, deixando-a desabafar enquanto enrolava um segundo cigarro.

Quando ela terminou, ele disse:

— Você teve esses sonhos quando tinha qual idade? Uns 20 anos?

— Por aí.

— Estava virando adulta. Já pensou que pode ser apenas uma espécie de luto pela infância perdida?

— Minha infância não foi ruim. Não foi cheia de alegrias, mas também não foi triste. Pelo menos não até minha mãe partir, e eu já era quase adolescente nessa época.

— Ainda faz sentido. É a *inocência* que desaparece em seu sonho. É uma das tragédias da humanidade: uma vez perdida, não tem volta.

— Então por que não é todo mundo que se sente assim?

— Cada pessoa fica presa a um certo ponto. Só Deus sabe. Eu fiquei. Foram dez anos me escondendo no meio do bosque.

— E em qual ponto fiquei presa, Dr. Freud?

— Você se casou com um homem dominador quando ainda era muito jovem.

— David *não* foi um pai substituto.

— Aposto que vem se conhecendo melhor desde que se separou dele.

— Nesse ponto, você está certo.

— E durante todo o seu casamento, você trabalhou com crianças problemáticas.

— E sua teoria é...?

— Ainda estou pensando. Ele acendeu o cigarro com o antigo isqueiro de metal que ela lhe dera de presente de aniversário. — Tudo fica em cima de você, você tem um ataque de nervos...

— Sim... — disse, cética.

— E então... então para se recuperar de toda a porcaria que armazenou, começa uma carreira tentando descobrir como as pessoas morreram.

— O que significa...?

— Parte de você morreu?

Jenny suspirou. Aquele era um território que já havia explorado antes, de uma forma ou de outra.

— Meu primeiro psiquiatra, o Dr. Travis... sei que ele estava convencido de que alguém havia abusado de mim. Nem sei quantas vezes pensei nisso, mas sei que não aconteceu. Simplesmente não aconteceu.

— Posso dizer apenas mais uma coisa? Acha que esse é o emprego certo para você? Quero dizer... Acha que parte de você está tentando fazer o impossível, trazer os mortos de volta à vida quando na verdade deveria estar deixando a vida seguir seu curso?

Ela ficou paralisada. As palavras dele eram bem-intencionadas, mas soaram como uma acusação ofensiva.

— Isso saiu mais rude do que eu pretendia...

— Na verdade, as pessoas dizem que sou muito boa no que faço.

— Só estou dizendo que talvez haja espaço para mais alegria em sua vida, basta deixá-la entrar.

— E o que aconteceu esta tarde?

— Foi um começo. — Ele sorriu. — Mas, sabe, seja lá como estiver se sentindo por dentro, você parece bem.

Algo dentro dela afundou. Odiava que lhe dissessem aquilo. Ele também podia ter dito que ela estava fazendo tempestade em copo d'água.

Ele estendeu a mão e acariciou a parte interna de seu pulso, um gesto que significava que queria levá-la para a cama.

Ela recolheu as mãos e tremeu.

— Acho melhor eu entrar.

Um pouco magoado, Steve disse:

— Claro.

Levantou-se da mesa e assobiou para Alfie, que saltou de trás do moinho, onde cavava em busca de ratos. Colocando o suéter, Steve olhou para o contorno dos freixos contra o céu escuro e falou:

— Eu já lhe disse isso, você vive em um lugar lindo. Escute-o, pois pode estar lhe dizendo algo. — Tocou-a de leve no rosto e a deixou com seus pensamentos.

De volta à sua escrivaninha, pegou o diário e tentou transformar sua confusão em palavras, mas elas não vinham. Não havia nenhuma conclusão. Ela havia passado pelos mesmos círculos por mais de três anos e não teve nenhuma revelação a não ser um sonho aos 20 e partes de memórias de infância desconfortáveis, mas longe de serem destruidoras. Depois de toda agonia e de todas as tentativas de melhorar sua situação e carreira, nada parecia iluminar a escuridão. Olhar para dentro de si mesma só parecia piorar tudo. Sentia como se estivesse atravessando um pântano: andando rápido, pode até ser que fique preso na terra, mas se parar por um instante, a lama engole você.

Tudo o que conseguiu escrever foi: *As coisas precisam mudar. Pensar não me levou a lugar algum. De agora em diante, vou simplesmente seguir meus instintos e torcer para chegar do outro lado.*

OITO

ROSS NOTOU A MELHORA NO humor da mãe durante o café da manhã corrido e conseguiu pedir meias desculpas pelo comportamento do dia anterior. Jenny lhe disse para esquecer aquilo, para apenas se aprontar logo — tinha um inquérito para conduzir. Quando ele subiu para passar gel no cabelo e se encher de desodorante, ela correu até o escritório para engolir os remédios. Assim que a química atingiu sua corrente sanguínea, foi-se o excesso de ansiedade com o qual havia acordado; o coração desacelerou, os membros ficaram mais pesados e os pensamentos espalhados foram gradualmente atraídos para o centro. Disse a si mesma que o ataque de pânico de sexta-feira havia sido um lapso, uma forma subconsciente de testar sua determinação. Ela o havia visto partir e ficara mais forte.

E agora tinha trabalho a fazer.

Alison não havia feito muito progresso com a lista de ex-alunos de Bristol que estudaram no mesmo ano em que Nazim e Rafi. Até agora, apenas Dani James, a garota que dera uma declaração descrevendo o homem que saiu às pressas do Manor Hall à meia-noite, havia se oferecido como testemunha. A Dra. Sarah Levin havia concordado em ficar disponível no segundo dia do inquérito, mas afirmou não ter nada a acrescentar além do que já havia dito à polícia na época. Todos os outros contatados disseram ter pouca ou nenhuma lembrança dos dois rapazes, muito menos informações que pudessem esclarecer algo sobre seu desaparecimento. Isso deixou Jenny com uma lista muito pequena de testemunhas para o primeiro dia, mas a levaria calmamente ao segundo, quando testemunhariam vários policiais e um agente do MI5, agora aposentado, chamado David Skene.

A sala que ela havia alugado como escritório no Rushton Millennium Hall tinha uma janela interna para a sala principal, que também funcionava como ginásio. Na medida do possível, Alison havia organizado os móveis de modo que parecesse um tribunal. Jenny sentiu um prazer perverso em ver os advogados chegando, se reunindo e balançando a cabeça sem acreditar na incongruência dos arredores. Na antessala, havia folhetos promovendo uma noite de perguntas e respostas para a terceira idade e fotografias da última apresentação em pantomima do vilarejo.

Quando se sentou atrás da mesa na ponta do salão, ficou satisfeita em ver poucos repórteres nas duas fileiras a servirem como galeria de imprensa. A presença de muitos jornalistas tendia a assustar — ou pelo menos exaltar — testemunhas a ponto de deixarem de ser confiáveis. À sua direita, o grupo de 15 jurados, dos quais seriam escolhidos oito. A Sra. Jamal estava sentada discretamente na segunda fileira, junto com outra mulher asiática que parecia ser sua parente. Ambas usavam *salwar kameez* preto e lenço na cabeça. A segunda mulher apertava a mão da Sra. Jamal sobre o colo. Um aglomerado de testemunhas, incluindo Anwar Ali e uma jovem que Jenny imaginou ser Dani James, ocupava a primeira fileira. Escondido discretamente no canto direito do salão, atrás dos repórteres, estava Alun Rhys, o jovem funcionário do MI5.

Uma vez acomodados, Jenny se apresentou e convidou os advogados a fazerem o mesmo. A Sra. Jamal era representada por Trevor Collins, um modesto consultor jurídico, meio careca, vestido com um terno sem corte que caía tristemente por seus ombros estreitos. Falava com a voz nervosa e hesitante, dando a impressão de que preferia passar a manhã em seu escritório minúsculo redigindo testamentos. Um belo e refinado advogado criminal, Fraser Havilland, que Jenny sabia ter participado de vários inquéritos importantes em Londres, havia sido chamado para representar o comandante da polícia de Bristol e Avon. E Martha Denton, conselheira da Coroa, uma mulher irritadiça e rude que normalmente era encontrada no Tribunal Criminal Central de Londres — o Old Bailey — processando terroristas, representava o diretor-geral do Serviço Secreto. Cada advogado havia selecionado consultores jurídicos para assessorá-los. Estavam sentados na fileira de trás, armados com livros e laptops: duas grandes equipes determinadas a exibir um show de força. De sua parte, Jenny tinha apenas uma cópia gasta do *Jervis*, uma pilha de cadernos em branco e a caneta-tinteiro que seu pai lhe dera como presente de formatura. Alison, sentada atrás de uma mesinha do lado direito, operava o mesmo gravador de fita cassete que registrara todos os inquéritos do Distrito de Severn Vale desde o início da década de 1980.

Com exceção de Havilland, os advogados ficaram agitados e nervosos quando, auxiliada por Alison, Jenny chamou à frente o grupo de jurados e perguntou a cada um se havia alguma razão pela qual não deveriam ser convocados. Compadeceu-se de duas mães solteiras e as dispensou, depois selecionou oito aleatoriamente entre os restantes. Aqueles cujos nomes foram chamados tomaram seus lugares em duas fileiras de quatro assentos cada, à esquerda de Jenny. Todos eram brancos, e seis tinham cabelos grisalhos. O único homem com menos de 30 usava jeans encardido, moletom com capuz, e já parecia estar entediado. A mais nova, uma menina de 19 ou 20 anos, usou uma expressão confusa, incompreensível, que pareceu significar *onde estou?*

Ignorando os suspiros impacientes dos advogados, Jenny pediu que os jurados se esquecessem dos filmes de tribunal que viram na televisão e entendessem que aquele não era um julgamento criminal. Eles ouviriam depoimentos sobre o desaparecimento inexplicável de Nazim Jamal e seu amigo, Rafi Hassan. Se, e somente se, houvesse provas suficientes para afirmar que Nazim Jamal estava morto, sua tarefa seria determinar quando, onde e como a morte aconteceu. Depois de 30 minutos de explicações detalhadas, ela ficou satisfeita por eles terem entendido os conceitos básicos. Perguntou se tinham alguma pergunta. Ninguém levantou a mão.

Terminadas as explicações, a Sra. Jamal dirigia-se ao banco das testemunhas quando as portas se abriram no fundo do salão e um grupo de jovens muçulmanos entrou, seguido por pelo menos mais meia dúzia de jornalistas agitados. Tinham um ar hostil, intimidador, e não fizeram questão de ser discretos, como aqueles que ocupavam os assentos livres e o restante das cadeiras encostadas na parede. De repente, a sala ficou apertada e opressiva. O clima era de raiva em ebulição.

Jenny viu Anwar Ali fazer um gesto com a cabeça, reconhecendo um dos recém-chegados. Alison lançou-lhe um olhar ansioso.

— Esta é uma audiência pública — disse Jenny, tentando soar razoável —, mas esta sala só comporta um certo número de pessoas. Permitirei que todos que estão aqui permaneçam até o fim desta sessão, mas depois terei que rever a situação.

— Por obséquio, estou aqui em nome da Associação Britânica pela Transformação Islâmica. — Um paquistanês com 30 e poucos anos se aproximou da mesa dos advogados carregando um bloco e vários livros. — Yusuf Khan. Sou representante legal da sociedade. — Ele deixou seus pertences na mesa e entregou seu cartão a Alison. — Se me permite dizer, fui instruído a exigir o direito de examinar as testemunhas deste inquérito.

Jenny deu uma olhada no cartão que Alison havia lhe passado. Khan era consultor jurídico de uma firma em Birmingham da qual ela nunca havia ouvido falar.

— Baseado em que, Sr. Khan?

— Senhora, o item 20 das Regras do Juiz Investigador dá ao juiz a liberdade de permitir que qualquer pessoa que, em sua opinião, possa ter interesse, seja representada. Nesse caso, peço-lhe para estender o privilégio ao Sr. Khalid Mahmond, presidente da sociedade que represento. Sua organização tem 5 mil membros no Reino Unido, todos jovens homens e mulheres muçulmanos, com idades entre 18 e 35 anos. É a principal defensora da comunidade e participa regularmente de reuniões de alto nível com políticos de todos os partidos. Consulta-se com o Ministério do Interior sobre questões de justiça criminal e tem representantes em diversos grupos de discussão importantes — tirou um folheto do meio dos livros. Alison pegou e entregou a Jenny com uma expressão de suspeita no rosto.

Jenny virou as páginas produzidas de forma profissional. A sociedade chamava a si mesma de "ABTI", e tinha um logotipo alegre mostrando uma mão morena e uma branca entrelaçadas. Havia fotografias de jovens posando com orgulho do lado de fora de uma nova mesquita, outros encontrando-se com ministros no Parlamento, e uma seção tranquila mostrando membros se divertindo em um acampamento em Yorkshire Dales.

— Certamente o senhor representa uma organização respeitável e bem-sucedida, Sr. Khan, mas o direito de audiência só pode ser concedido àqueles que têm interesse legítimo e bem-estabelecido.

— Senhora, como representante de uma das principais organizações de jovens muçulmanos no Reino Unido, eu sugeriria que superássemos esse obstáculo. Não é só o caso do Sr. Jamal que nos diz respeito; há centenas de outros que desapareceram no decorrer dos anos, desde 2001. A justificativa oficial invariavelmente é terem ido para o exterior para treinar ou combater com insurgentes radicais no Afeganistão, ou no Iraque, mas meus clientes não estão nem um pouco satisfeitos com as provas mínimas que foram fornecidas. Grande parte do trabalho de um juiz investigador é determinar a causa de uma morte para que casos similares não ocorram no futuro. Represento um grupo que está sofrendo com muitos desaparecimentos inexplicáveis e aparentemente permanentes, senão mortes comprovadas. — Um murmúrio de aprovação tomou a sala. — A Associação Britânica pela Transformação Islâmica não vem aqui com propósitos políticos ou religiosos. Vem em nome de dezenas, senão centenas de jovens muçulmanos. Para onde estão indo? Para onde foram? Se essas não são perguntas legítimas, não sei o que são.

Jenny notou Alun Rhys tentando chamar sua atenção. Ela evitou seu olhar propositalmente. Não precisava que ele lhe dissesse o que estava pensando, ela podia ler seus pensamentos dali: deixe essas pessoas participarem e arrisque transformar o inquérito em um circo policial e midiático. Mesmo se o advogado se comportasse — e ela sempre podia excluí-lo se não se comportasse —, a ABTI poderia ofender-se em âmbito público ou explorar cada rodada de acontecimentos. Mas qual era a alternativa? Se os recusasse agora, protestariam, inflamariam a opinião dos muçulmanos e convenceriam a Sra. Jamal de estar sendo objeto de uma camada de conspiração ainda maior.

Rhys recorria a gestos nem um pouco sutis para atrair sua atenção. Ele havia dito que eles eram uma frente política tentando apropriar-se do inquérito e explorar impiedosamente a publicidade que lhes traria. Talvez fosse. Mas quem era ela para acatar ordens do Serviço Secreto? Tinha o dever legal de tirar suas próprias conclusões. Resolveu desconsiderar o homem.

— Espere aí, Sr. Khan — disse Jenny. Ela dirigiu a palavra a todos: — Não sou uma juíza que acredita em restringir acesso a meus inquéritos. Em prol da abertura e da justiça, estou inclinada a permitir que qualquer parte legitimamente interessada tenha o direito de interrogar testemunhas, até mesmo para evitar qualquer acusação de que perguntas importantes não tenham sido feitas. Então, a princípio, estou preparada para permitir que a Associação Britânica pela Transformação Islâmica tenha um representante na mesa dos advogados, mas, se houver objeções, ouvirei os argumentos daqueles que discordam.

Fraser Havilland olhou para seu consultor jurídico, que deu de ombros, indiferente. O jovem corpulento que auxiliava Martha Denton, no entanto, estava em uma conversa agitada, aos sussurros, com Alun Rhys. Jenny lhes deu um momento para terminar a conferência e para que o ruborizado consultor passasse a mensagem para sua conselheira.

Sem se abalar com a silenciosa, mas palpável, hostilidade que a atingiu quando se levantou, Martha Denton dirigiu-se ao tribunal de forma mecânica:

— Senhora, não há evidências de que o Sr. Jamal ou seus parentes vivos tenham, ou já tiveram, algo a ver com essa organização amorfa. Eles podem alegar representar pessoas que desapareceram por uma razão ou outra, mas este é um inquérito sobre o desaparecimento de apenas um homem. Portanto, não há motivos para que sejam representados. Mas, é claro, se quiserem observar, são mais do que livres para fazê-lo.

— Pode apontar qualquer faceta de suas atividades que os torne inadequados a serem representados? — perguntou Jenny.

— A questão, senhora, é se eles têm algum direito legítimo de serem representados.

— O que fica inteiramente a meu critério.

— Todo critério tem de ser exercido com *razão* — disse Martha Denton.

Jenny sentiu o olhar ameaçador de Rhys. Virou-se para o advogado da ABTI, já decidida.

— Com a condição de que todos os representantes legais comportem-se de forma razoável, darei a vocês o direito de audiência, Sr. Khan.

— Obrigado — disse Khan, e fez uma reverência. Havia sorrisos surpresos no rosto dos jovens no salão.

Descontente, Martha Denton sentou-se de forma incisiva. Alun Rhys cruzou os braços defensivamente.

Jenny disse:

— Certo. Pode subir ao banco das testemunhas, Sra. Jamal.

Com o rosto parcialmente coberto pelo véu, a Sra. Jamal foi para a frente do salão e sentou-se em uma cadeira posicionada entre Jenny e o júri, bem ao lado de uma pequena mesa, de tamanho suficiente para abrigar uma Bíblia, um Corão e uma jarra de água. Ela leu o juramento com a voz baixa, mas firme, com um traço mínimo de nervosismo. Sua postura era contida e digna, muito diferente da mulher que Jenny conhecera no escritório.

Deixando-a contar a história em seu próprio ritmo, Jenny conduziu a Sra. Jamal pela breve vida de Nazim, sua bolsa de estudos para o Clifton College, o divórcio e sua chegada à Bristol University. Pintou a imagem de um filho leal e estudante dedicado. O primeiro tremor de emoção apareceu em sua voz quando descreveu o filho chegando a seu apartamento usando vestes tradicionais, durante o segundo semestre na universidade.

— Conversou com ele sobre os motivos de estar se vestindo dessa forma? — perguntou Jenny.

— Sim. Ele disse que vários muçulmanos de sua idade estavam usando esse tipo de roupa.

— Perguntou o motivo?

A Sra. Jamal hesitou por um instante.

— Perguntei... Ele não quis falar no assunto. Disse apenas ser algo que desejava fazer.

— Como reagiu? Ficou preocupada?

— É claro. Todos sabíamos o que estava acontecendo com nossos filhos, que aqueles extremistas estavam indo às mesquitas e falando com eles sobre *jihad* e essas bobagens.

— Chegou a discutir essas coisas com ele?

Ela fez que não com a cabeça.

— Eu não gostava. Pode não fazer sentido para você, mas eu não queria perturbá-lo. E confiava nele... Jovens passam por essas fases. É parte do crescimento. Ele era um *cientista*, nunca foi muito religioso. Não achei que fosse durar.

— Havia uma parte de você que tinha medo de afastá-lo se o desafiasse tão diretamente?

— Sim. Ele era tudo o que eu tinha. — Virou-se para o júri. — Eu estava sozinha. Ele era meu único filho.

Os rostos que a olhavam eram mais céticos do que compassivos.

Jenny deu à Sra. Jamal um momento para se recompor, depois conduziu-a aos dois últimos encontros com Nazim: a feliz ocasião do aniversário dela, em maio de 2002, e sua chegada inesperada, pálido e febril, no sábado, 22 de junho.

— Quando Nazim passou a noite em sua casa, em junho, você diria que ele estava diferente de quando o viu em maio?

— Ele não estava bem... — parou, como se tivesse sido interrompida por outro pensamento.

— Sra. Jamal?

— Havia uma diferença.

— Havia?

— No meu aniversário, ele foi duas vezes ao quarto de hóspedes para fazer as preces da tarde e da manhã. Rezava cinco vezes por dia, como se deve... Poucas pessoas fazem isso.

— E em junho?

— Chegou por volta do meio-dia e foi para a cama lá pelas 9. Não rezou. Falou sobre seu trabalho, sobre o tênis, que havia parado de jogar por um tempo, mas que estava pensando em voltar. Conversamos sobre a família, seus primos... mas acho que não discutimos religião.

— Como estava vestido nesse dia?

— Roupas normais: jeans, camisa. O cabelo e a barba estavam mais curtos. — Ela olhou ansiosamente para o salão, sabendo que as pessoas estavam prestando atenção no que dizia. A maioria dos muçulmanos presentes vestia roupas ocidentais, poucos usavam vestes tradicionais, quase todos tinham barba. — Lembro-me de ter ficado feliz com aquilo. Em nossa família, não acreditamos que as pessoas tenham de se vestir como se vivessem no deserto para se aproximar de Deus. Isso é algo que vem de fora. Nunca foi assim com a gente.

Os jovens no salão trocaram olhares de desaprovação.

— Ele disse algo para indicar que havia, de alguma forma, mudado?

— Não. Mas quando se olha para um filho, sabe-se. Algo havia mudado nele. Ele queria ficar comigo naquele dia. Queria as coisas como eram antes... quando era criança.

— Tem alguma ideia do que pode ter causado essa "mudança", Sra. Jamal?

Ela abaixou a cabeça e olhou para o chão, em silêncio por um longo tempo.

— Lembro-me de ter pensado: *acabou*. Fiquei aliviada. E quando o ouvi na manhãzinha do dia seguinte, rezando do modo como aprendeu quando criança, eu soube.

— O que havia acabado?

— Quaisquer que fossem as ideias que essas pessoas haviam colocado em sua mente. — Ela apontou com a cabeça na direção de Anwar Ali. — Pessoas como ele. *Radicais* — cuspiu a palavra. — Meu Nazim nunca foi um deles.

Anwar Ali olhava para ela fixamente. Seus amigos e colegas presentes no salão movimentavam-se, nervosos.

— Sra. Jamal — disse Jenny —, seu filho alguma vez mencionou o nome de Rafi Hassan?

— Nunca.

— Mencionou algum amigo da universidade?

— Não pelo nome.

— Não achou isso estranho?

— Durante oito meses, de outubro a junho, mal o via... Quando o via, talvez fosse um pouco egoísta. Queria-o para *mim*, não falando sobre os amigos.

— Talvez a verdade fosse maior do que você quisesse saber?

— Talvez...

— Porque sabia que grupos como o Hizb ut-Tahrir não têm escrúpulos quanto a arrancar membros de suas famílias?

— Sim... eu havia ouvido falar.

Jenny fez uma anotação dizendo que, de janeiro a junho de 2002, a Sra. Jamal sabia muito bem que o filho passara a ter um ponto de vista mais radical, mas optou por fazer vista grossa. Sua própria, e dolorosa, experiência lhe havia ensinado como as mães podiam se enganar facilmente.

Em termos de provas, a Sra. Jamal tinha pouco a oferecer, mas Jenny ainda assim conduziu-a aos acontecimentos ocorridos na semana seguinte ao desaparecimento de Nazim e Rafi. Ela descreveu a reunião superficial com a investigadora Sarah Cole, a oficial de ligação familiar indicada pela polícia de Bristol e Avon, e suas entrevistas com David Skene e Ashok Singh, agentes do MI5 com quem falou três vezes antes de a investigação ser efetivamente encerrada, em dezembro. A Sra. Jamal insistiu que o último contato formal que teve com a polícia ou com o Serviço Secreto foi a carta da investigadora Cole datada de 19 de dezembro de 2002, que continha a frase absurda: "Na falta de qualquer prova concreta relativa ao paradeiro de seu filho, ou do Sr. Hassan, foi decidido que a investigação será suspensa até surgirem novas evidências." Um investigador de cujo nome ela não se lembrava havia dito alguns dias antes que o Serviço

Secreto recebera informações que sugeriam que os dois jovens haviam viajado para o exterior, mas ninguém, alegou ela, tinha um fato sólido para sustentar essa versão. Nos meses e anos que se seguiram, ela escreveu inúmeras cartas à polícia e ao MI5, tanto pessoalmente quanto por meio de advogados, mas não recebeu nada em troca, exceto agradecimentos que mal chegavam a ser educados. Na maioria das vezes, não recebeu nenhuma resposta.

Havia se deparado com uma parede de silêncio e indiferença.

Antes de deixá-la à disposição dos advogados, Jenny folheou os documentos fotocopiados que a Sra. Jamal lhe tinha dado e tirou uma declaração feita pelo sargento Angus Watkins em 3 de julho de 2002. Passou o papel para Alison ler em voz alta ao júri. Watkins declarou ter examinado o batente da porta dos quartos de Nazim e de Rafi no Manor Hall e encontrado em ambas marcas idênticas, de 0,5 centímetro, consistente com o uso de um objeto cego para forçar a entrada. Também notou que os laptops e celulares dos dois estudantes não estavam no quarto, mas seus outros pertences estavam intocados. Objetos de valor, como tocadores de MP3, continuavam lá.

— Essa sugestão de entrada forçada em ambos os quartos alguma vez chegou a seu conhecimento? — perguntou Jenny à Sra. Jamal.

— Não sei. Não tive acesso a essa declaração até meu advogado escrever para eles no ano seguinte.

— Foi pessoalmente ao quarto de seu filho?

— Sim, eu fui.

— E que impressão teve?

— Todas as roupas ainda estavam lá, além de sua maleta. Seu Corão, o que o pai e eu lhe demos quando ganhou a bolsa de estudos, continuava na estante. Seu tapete de oração estava no chão. Só demos falta do computador e do celular.

— E o quarto do Sr. Hassan?

— Falei rapidamente com sua mãe. Era a mesma coisa. Tirando o computador, todo o resto estava no mesmo lugar.

— Não houve investigação de roubo? Seu advogado falou sobre isso com a polícia, perguntou se acharam impressões digitais ou amostras de DNA?

— Meu advogado... — ela balançou a cabeça de irritação — estava trabalhando no caso quando foi preso. Ele alega ser inocente...

— Preso por quê?

— Algo relativo a provas de um outro caso. — Não sei em que acreditar.

— Qual o nome dele?

— Sr. McAvoy — respondeu como se nunca pudesse esquecer. — Sr. Alec McAvoy.

De canto de olho, Jenny viu Alison fazer cara de que conhecia aquele nome. E então se lembrou. McAvoy, o assistente jurídico que havia conhecido no necrotério, cujo cartão ainda estava em sua bolsa. Virou-se para Alison:

— Pode pedir que o Sr. McAvoy compareça ao inquérito, por favor, meirinho? Esta tarde, se possível. — Ela queria ouvir esse lado da história antes de chamar as testemunhas da polícia. Ficava aparente que a investigação havia sido feita com muito menos rigor que de costume, e ela esperava uma explicação completa e abrangente.

Fraser Havilland, representante do chefe de polícia, tinha apenas algumas perguntas comedidas para a Sra. Jamal. A polícia havia respondido rapidamente quando ela deu o alarme? Ela achava que eles haviam tomado as medidas apropriadas para rastrear seu filho? Ela concordava que, se o rapaz tivesse realmente deixado o país, talvez com documentos falsos, a polícia não poderia ter feito muito mais do que fez? Não conseguiu as respostas que gostaria, mas a Sra. Jamal também não reagiu com raiva, nem foi emotiva como Jenny temia. Quando Havilland perguntou, com certa razão, qual era sua maior reclamação contra a força policial de seu cliente, ela respondeu que não acreditava que a culpa tenha sido da polícia. Eles haviam recebido ordens de uma autoridade superior, disse. Estavam apenas seguindo ordens. Por qual outro motivo teriam desistido tão facilmente?

Martha Denton, representante do Serviço Secreto que, agora era claro, seria o foco das suspeitas da Sra. Jamal, não seguiu nem um pouco o estilo de defesa de seus colegas. Sua primeira pergunta, mais como uma declaração, foi uma flecha bem-projetada para ferir:

— A senhora não foi sincera, não é? Sabia que seu filho havia se tornado um islamita radical e está usando de medidas legais como uma tentativa de amenizar a culpa que sente por não ter tomado nenhuma atitude para impedir que ele fosse sugado àquele ponto.

— Não entendo. Por que deveria me sentir culpada? Foi o seu pessoal que impediu a polícia de descobrir o que aconteceu com ele.

— E de onde tirou essa ideia?

— O investigador que me contou sobre as informações, praticamente me disse isso.

— Esse de cujo nome não consegue se lembrar?

— Tinha uns 40 anos, era magro.

— Sei... — disse Denton com um tom sarcástico. — E ele lhe explicou por que o Serviço Secreto teria tanto interesse em *não* encontrar dois islamitas radicais que, segundo sabia-se, tinham associação com membros do Hizb ut-Tahrir, uma organização que, embora não defenda oficialmente o terrorismo, abriga conhecidos simpatizantes?

Trinta pares de olhos implacáveis estavam fixos em Martha Denton. Ela permaneceu inabalada.

— Ele explicou isso, Sra. Jamal?

— Não.

— Isso foi invenção sua, não foi? Está desesperada para culpar alguém pelo fato de não ter descoberto o destino de seu filho e escolheu se fixar em meus clientes.

Jenny interferiu para manifestar reprovação.

— Podemos ter um júri, mas esse não é um tribunal criminal, Srta. Denton. É uma investigação civilizada e assim será conduzida. Por favor, modere o tom.

Martha Denton levantou as sobrancelhas para seu consultor jurídico e continuou com uma falsa educação.

— Sra. Jamal, seu filho alguma vez lhe falou sobre sua recém-descoberta convicção religiosa?

— Não, nunca.

— Sabia que ele se encontrava regularmente com membros do Hizb ut-Tahrir, uma organização cujo objetivo é ajudar a criar um estado islâmico?

— Isso é o que você diz. Eu não tenho ideia.

— Mas suspeitava que algo desse tipo estivesse acontecendo?

Jenny disse:

— Aonde, exatamente, quer chegar com essa pergunta, Srta. Denton?

Martha Denton suspirou impaciente.

— O que estou tentando extrair da testemunha, senhora, é que ela sabia sobre o envolvimento de seu filho com radicais e extremistas.

A Sra. Jamal explodiu:

— Meu filho nunca faria coisas ruins. *Nunca*. Quem disser o contrário é um mentiroso. — Suas palavras ecoaram no salão silencioso.

— A atitude do pai foi bem diferente, não foi? — disse Martha Denton. — Ele se conformou rapidamente com a explicação mais óbvia para o desaparecimento de seu filho. É por isso que não está aqui. Para ele, não há nada a ser respondido.

— Não posso falar por aquele homem. Há seis anos que nem pega o telefone para me ligar. Como posso saber o que ele acha?

— A família de Rafi Hassan também?

— Eles estão assustados. Temem o seu pessoal. Sou a única que não foi intimidada. Já os vi na frente da minha casa, me seguindo na rua...

— Obrigada, Sra. Jamal — disse Martha Denton com expressão de satisfação e se sentou.

A Sra. Jamal a olhou com raiva. Todo o seu esforço para parecer razoável fora por terra com aquela explosão final. Vários jurados trocaram olhares dúbios. Jenny rabiscou uma fileira de pontos de interrogação em seu bloco de anotações. Por mais que tentasse, não conseguia trazer a Sra. Jamal para seu mundo.

Yusuf Khan levantou-se com um sorriso calmo.

— Sra. Jamal, você disse que seu filho nunca faria algo ruim. Acredita mesmo nisso?

— Ele nunca machucaria outro ser humano. Juro por minha vida.

— Acredita que ele foi para o exterior se juntar a uma organização jihadista?

— Se fez isso, não foi por livre e espontânea vontade. Não seria de seu feitio.

— Presumo que tenha dito isso à polícia e ao Serviço Secreto na época. Mas o que aconteceu, eles não acreditaram?

Ela fez que não com a cabeça.

— Eles acreditam apenas no que lhes convém.

Khan perguntou:

— Eles lhe passaram a impressão de que acreditavam que seu filho era um extremista, um jovem levado a simpatizar com a violência contra o Ocidente?

— Nem precisaram fazer isso. Estava escrito em suas caras, mesmo na do indiano, Singh.

Jenny olhou para Alun Rhys, que a encarou com uma expressão que dizia *espere para ver*.

— E eles ao menos pensaram na possibilidade de seu filho e o Sr. Hassan terem sido vítimas de um crime, mesmo havendo sinais de arrombamento na porta de seus alojamentos?

— Não. Nunca.

Khan virou-se para o júri.

— Fizeram com que sentisse, Sra. Jamal, que seu filho era um dos *inimigos infiltrados?*

Jenny lançou-lhe um olhar de advertência. Não toleraria discursos exagerados para impressionar o público.

Para seu crédito, a Sra. Jamal não lhe deu a deixa que ele esperava.

— Fizeram com que eu sentisse que ninguém dava a mínima. Mas rezei todos os dias para Deus e ainda acredito que possa haver justiça.

Khan rebateu:

— Não acha que esse inquérito foi autorizado simplesmente para selar a reputação de seu filho como traidor e partidário da *jihad?*

— Sr. Khan — disse Jenny —, avisarei apenas mais uma vez... isto aqui é um inquérito, não uma oportunidade para marcar pontos políticos. Da próxima vez, vou mandá-lo para fora.

O murmúrio da discórdia elevou-se como uma onda. Olhares acusatórios voltaram-se para ela.

Khan disse:

— Está certa. Que se extinga a ideia de que um inquérito possa ser usado para fazer política.

E enquanto ele sorria, alguém abafava o riso, e outro se juntava àquele. Pouco depois, o salão era tomado pelo som da chacota. Desconcertada, Jenny hesitou o bastante para perder o crédito. Sentiu o rosto corar e o coração bater contra as costelas.

NOVE

O MEIO COMPRIMIDO DE BETABLOQUEADOR que Jenny tomou ao deixar a sala de audiência mal começava a fazer efeito quando Alison bateu na porta e entrou antes que ela pudesse se levantar para abrir.

— O Sr. Rhys quer falar com você.

— Diga a ele para me mandar um bilhete.

— Ele foi insistente.

— Não falo com partes interessadas durante o inquérito. Ele deveria saber disso.

Alison concordou vagamente, virou-se para a porta e depois olhou para trás.

— O que foi? — disse Jenny, sem paciência.

— Acho que deveria esvaziar o salão, Sra. Cooper. Eles não estão interessados. É apenas uma multidão com alguns líderes. Já estão lá fora falando para as câmeras.

— Como posso dizer que estou conduzindo um inquérito aberto e justo se expulsar o público?

— Acha que essas pessoas se importam? Nada mudará o que pensam.

— E o que pensam?

— O advogado deles já deixou claro. Ele acredita tratar-se de manipulação. Você está aqui apenas para provar que os dois garotos fugiram para se tornarem terroristas ou o nome que quisermos dar a eles.

— Sou capaz de lidar com alguns rapazes malcomportados. Diga a Rhys para cair fora. Pegou o copo sobre sua mesa e tomou um gole de água. Alison viu sua mão tremer, mas não fez nenhum comentário.

Jenny perguntou:

— Já conseguiu falar com McAvoy?

Alison fez cara feia.

— Seu escritório diz que ele está no tribunal para um julgamento longo, mas vai tentar comparecer essa tarde.

— Você o conhece?

— Todo mundo no Departamento de Investigação Criminal conhece McAvoy.

— Sério? Qual a história dele?

— O que quer que ele diga, é o contrário.

Ela saiu da sala.

Jenny sentou-se novamente, fechou os olhos e tentou relaxar. Já havia conduzido inquéritos estressantes diante do olhar furioso do público e superado. Todos os pensamentos mórbidos, ansiosos e indesejados que a assolavam eram apenas subprodutos do estresse. Não tinham significado. Ela estava no controle.

Seus membros finalmente começavam a ficar pesados quando o telefone tocou, alertando-a para uma mensagem de texto. Foi abrindo os olhos e pegou o celular. Dizia: *Fassa como quizer. Está por conta própria.* Ele trabalhava para o MI5 e mal sabia escrever.

Os humores estavam claramente mais sóbrios quando a corte se reuniu novamente e Anwar Ali subiu ao banco das testemunhas. Contido e confiante, ele parecia ter o respeito dos jovens muçulmanos. Jenny correu os olhos pelos rostos presentes na galeria pública e não viu Rhys. Sentiu uma agitação de ansiedade e percebeu como sua presença havia rapidamente se tornado seu porto seguro. Viu-se desesperadamente curiosa a respeito do que ele teria dito se ela o tivesse deixado falar. Um juiz investigador sempre trabalha sozinho, teve de lembrar a si mesma; um juiz investigador só responde ao ministro da Justiça. Ela não precisava de mais ninguém.

Começou com as perguntas incontestáveis, estabelecendo que Ali tinha 32 anos e fazia mestrado em Política e Sociologia quando Nazim e Rafi desapareceram. Atualmente, trabalhava para o Conselho Municipal de Newport como gerente-geral do centro de refugiados, onde Jenny o havia visitado, e fazia doutorado na Universidade de Cardiff. Sua tese era intitulada "Identidade anglo-muçulmana: integração ou coabitação". Alegou não ser membro da Associação Britânica pela Transformação Islâmica, embora admita ter contribuído com vários artigos para seu website. Descreveu-se como "um britânico-muçulmano politicamente engajado, preocupado em promover a coexistência pacífica entre as comunidades".

— Durante o tempo que passou na Bristol University, Sr. Ali, era frequentador regular da mesquita Al Rahma, não era?

— Era. Eu rezava lá às sextas-feiras.

— E era uma mesquita pequena, onde antes ficava uma casa particular?

— Sim.

— Qual era o propósito daquela mesquita? Havia outras na cidade, não havia?

— Era progressiva. O mulá Sayeed Faruq a estabeleceu em meados da década de 1990 para atender a jovens homens e mulheres que tinham uma visão diferente do seu lugar no mundo.

— Como descreveria a teologia de Sayeed Faruq?

— Popular.

— E sua política?

— Questionadora.

— Pode desenvolver mais sobre isso?

Ali pensou cuidadosamente antes de responder.

— Ele questionava até que ponto a identidade muçulmana estava sendo diluída pelas influências e valores ocidentais. Muitos de nós queríamos falar sobre um futuro não baseado em materialismo e violência. Queríamos redescobrir a essência de nossa religião.

— Sei que a polícia acreditava que ele tinha uma visão radical e extremista. Isso é verdade?

— Se está dizendo que ele, pessoalmente, defendia a violência... não, isso não é verdade. Persuasão e argumentos afirmando que o modo islâmico era melhor para a saúde espiritual do ser humano, sim.

— Sayeed Faruq era membro do Hizb ut-Tahrir?

— Acredito que sim — disse Ali. — Eu não era, nem Nazim ou Rafi, pelo que sei. Mas tem de entender, senhora, o Hizb não defende especificamente a violência para promover o Islã. Seu propósito é argumentar e persuadir. Atraiu muitas suspeitas, mas na grande maioria dos países livres não é uma organização ilegal. — Ele se virou para o júri. — O nome significa partido da liberação.

— Obrigada, Sr. Ali, mas eu fiz minha pesquisa. Li que os métodos de persuasão do Hizb envolvem convidar jovens para reuniões — *halaqah* — como as que fazia em seu apartamento na Marlowes Road.

— Eu promovia grupos de discussão, mas nunca fui membro do Hizb ou de qualquer outra organização.

Inabalável, tinha uma resposta fluente e bem-ensaiada para tudo. Jenny pressionou e sondou, mas ele não abandonava sua posição de que tanto na mesquita quanto em seu grupo de discussão apenas meios pacíficos de difundir a mensagem islâmica eram discutidos. Tanto ele quanto Sayeed Faruq acreditavam em trabalhar para o estabelecimento de um califado internacional, mas a violência e o terrorismo eram condenados como sacrilégio, a não ser que fossem em defesa própria.

Interessante como estava a discussão, Jenny notou que vários jurados começavam a bocejar. Os detalhes da teologia muçulmana não estavam prendendo sua atenção. Era hora de avançar para território um pouco mais controverso.

— Quando Nazim Jamal foi pela primeira vez à mesquita Al Rahma?

— Dia 1º de outubro, eu acho. Não sei dizer exatamente. Rafi foi antes, Nazim foi algumas semanas depois.

— E quando começaram a frequentar seus grupos de discussão?

— Mais ou menos em novembro.

— Quem mais estava presente além de vocês três?

— Várias pessoas iam e vinham. A maioria, estudantes. — Ele citou meia dúzia de nomes, mas alegou não ter mantido contato com a maior parte deles. Jenny fez anotações. Ela os rastrearia, se necessário.

— Pode nos dar uma ideia de uma discussão típica? Que tipo de assuntos eram abordados?

Ali deu de ombros.

— Falávamos sobre a Palestina, possíveis soluções para o conflito, sobre a guerra no Afeganistão, a paranoia americana e como os muçulmanos deveriam responder a ela.

— Como descreveria a visão política de Nazim?

Ali olhou para a Sra. Jamal. Ela o olhava, curiosa. Estava de frente para um homem que conhecia um lado de seu filho sobre o qual nada sabia.

— No início, ele era quieto... Depois tornou-se mais confiante, mais inspirado. Lembro-me que era muito estudioso. Conhecia seu Corão.

— Inspirado em quê, exatamente?

— Ideias. Na noção de uma sociedade construída sobre princípios religiosos. Pode-se dizer que ele tinha o entusiasmo não contaminado da juventude.

— O que ele achava do uso de violência política?

— Era contra, assim como todos nós.

— E Rafi Hassan?

— Era mais quieto. Um ouvinte. Não sentia que o conhecia tão bem.

— Tinha pontos de vista parecidos com os de Nazim?

— Até onde eu sei, sim. Na verdade, a senhora precisa entender que, não importa o que a polícia ou o Serviço Secreto tenham pensado, nossas discussões não eram mais *radicais* do que as que deve ter ouvido em muitas associações políticas das universidades. Éramos jovens discutindo ideias, só isso. Acho que estávamos sendo vigiados simplesmente porque Sayeed Faruq estava em uma lista de membros do Hizb. Tomaram-no automaticamente como parte de uma quinta-coluna. Sabia-se pouco sobre os muçulmanos britânicos na época, a não ser que compartilhavam da mesma fé que alguns terroristas notórios.

Até então, Jenny não obtivera uma única informação nova da testemunha mais próxima dos dois garotos desaparecidos do que qualquer outra que ela pudesse chamar. Foi mais dura, pressionando Ali a admitir que o combate pela causa muçulmana tinha, pelo menos, sido assunto de discussão, mas ele negou. Negou ter entrado em contato com qualquer pessoa que pudesse estar recrutando jihadistas para lutar fora do país e afirmou que os frequentadores regulares do *halaqah* na Marlowes Road não haviam demonstrado a menor inclinação para pegar em armas. Insistiu não ter ideia de aonde Nazim e Rafi poderiam ter ido, e negou até mesmo suspeitar de que tinham tendências extremistas. Jenny perguntou-lhe se havia notado alguma mudança no humor de Nazim no fim de semana anterior ao desaparecimento, como a Sra. Jamal havia descrito. Ele respondeu que não. Ali era próximo dos membros de seu *halaqah*, disse, mas não a ponto de saber detalhes de suas vidas. Faziam reuniões espirituais e intelectuais, não sociais.

Foi uma performance de mestre, e Jenny não acreditou na metade. Frustrada, disse:

— Deve ter alguma ideia do paradeiro deles. Pelo menos, ouviu rumores?

— Não. Devo ter passado centenas de horas respondendo a essas perguntas na época e minhas respostas não mudaram. Juro por meu deus, Alá, o mais piedoso, que não sei para onde foram ou o que foi feito deles.

A solenidade de seu juramento foi recebida com um respeitoso e reflexivo silêncio. Todos os jovens na sala ficaram quietos e melancólicos. Até Alison pareceu ter sido afetada por tal sinceridade.

— O que aconteceu com Sayeed Faruq?

— Foi para o Paquistão. Foi sábio o suficiente para saber que seria sempre um suspeito neste país.

— Tem certeza de que ele não teve nada a ver com o desaparecimento dos dois rapazes?

— Novamente, eu juro. O que quer que tenha acontecido com eles é um mistério para mim tanto quanto é para você. — Virou-se para a Sra. Jamal: — Sinceramente queria que não fosse assim, senhora.

Tanto Fraser Havilland quanto Martha Denton declinaram da oportunidade de interrogar Ali. Não conseguindo abrir nenhuma brecha,

Jenny sentiu que se contentaram em não arriscar fazer o mesmo. Aquilo deu margem para Gillian Golder afirmar que o Serviço Secreto queria tanto quanto ela descobrir a verdade, mas não foi surpresa. Jenny estava começando a concordar com Yusuf Khan de que o inquérito só havia sido autorizado porque eles estavam confiantes de que não representava perigo e apenas projetaria a já diabólica imagem dos jovens muçulmanos. O significado da mensagem de texto de Rhys ainda era um enigma, mas talvez sua intenção tenha sido simplesmente dizer que ela teria que enfrentar sozinha as consequências da falta de resultados: ela, pessoalmente, levaria a culpa por não conseguir descobrir a verdade.

Colocando esses pensamentos perturbadores de lado, perguntou se Yusuf Khan queria interrogar a testemunha.

— Rapidamente, senhora. — Ele se virou para a testemunha: — Sr. Ali, deve ter ouvido os rumores, assim como eu, de que na guerra preventiva ao terror, agentes provocadores foram usados para atrair possíveis jovens radicais para o exterior, para um destino que podemos apenas supor qual seja.

— Sim, ouvi esses rumores.

— Alguém já o abordou, ou alguém que conhece, dessa forma?

Ele hesitou um pouco antes de responder que não, algo que Jenny não acreditou. E pelo modo como Yusuf Khan olhou para Ali, percebeu que ele também não.

Dani James tinha 28 anos e atualmente trabalhava em uma próspera firma de advocacia em Bath, especializada em lidar com bens de pessoas muito ricas. Seu rosto era aberto e atraente, inspirando confiança, e ela falava com um traço amável do sotaque de Manchester. Simples, foi a primeira impressão de Jenny. Direta. Dani havia esperado pacientemente a manhã toda e não parecia ressentir o afastamento forçado de uma vida profissional agitada.

Jenny informou que ela havia sido estudante de Direito no mesmo ano em que Rafi e Nazim, e ocupava um quarto no primeiro andar do Manor Hall. Não tinha muito contato com Rafi, disse ela, a não ser nos seminários que frequentavam; ele era um aluno quieto e fechado. Ela o havia visto falando com outros muçulmanos na sala comunitária e teve a impressão de que ele gostava de ficar entre os seus. Nazim, por outro lado, era mais sociável. Lembrava-se de tê-lo visto em várias festas no outono — dançava bem e sempre estava cheio de energia. Do que conhecia dele, ela gostava.

Na primavera, não o reconheceu quando ele passou por ela no corredor usando barba e o chapéu para orações. Tentou cumprimentá-lo várias vezes, mas não foi correspondida. Notou que ele e Rafi estavam se vestindo da mesma forma, e pareciam ter saído do centro acadêmico. Não iam às festas ou ficavam no bar como antes, nem para beber um suco de laranja. Lembrou-se de pensar que era uma pena, mas aquilo havia acontecido com inúmeros alunos muçulmanos. Era como se tivessem passado a culpar os outros por seus problemas e formassem panelinhas. Havia uma menina que começara o curso usando minissaias e dormindo com um homem diferente a cada fim de semana e que, no fim da primavera, virara abstêmia, celibatária e cobria-se totalmente com véus. Cada um na sua, essa foi a atitude de Dani. Não os culpava por ficarem na defensiva quando alguém falava dos muçulmanos como terroristas.

— Você deu uma declaração para a polícia em 8 de julho de 2002 — disse Jenny. — O que a motivou?

— Eles foram às residências estudantis, batendo nas portas, perguntando a todos o que sabiam sobre Nazim e Rafi. Quando foi a última vez que os vimos? Com quem estavam?

— Você pôde ajudar?

— Não muito. Só me lembro de ter dito ter visto alguém estranho entrando no Manor Hall na sexta-feira em que eles supostamente desapareceram.

— Sexta-feira, 28 de junho?

— Sim. Eu voltei tarde. Era por volta de meia-noite. Eu ia para a porta principal, não muito sóbria, e esse homem alto, de 40 e poucos anos, desceu correndo as escadas e me empurrou. Estava com muita pressa e pareceu não se importar por ter me derrubado no chão.

— Como ele era?

— Magro... meio forte. Tinha um boné enfiado até os olhos, então não pude ver seu rosto. Vestia um casaco grosso azul, o que era estranho, pois estávamos no meio do verão. Acho que tinha uma mochila em um dos ombros.

— Em seu depoimento você diz "mochila grande ou sacola de viagem".

— Não me lembro em detalhes, mas era algo estranho. Lembro-me de pensar que ele era muito mal-educado por me empurrar daquele jeito.

— Tem alguma ideia sobre o que a polícia fez com essa informação?

— Não. Dei uma declaração, e foi só isso.

— Sabe se mais alguém o viu?

— Não que eu saiba. Era tarde.

Jenny disse:

— Meu gabinete entrou em contato com vários alunos de seu ano, mas praticamente ninguém parece ter algo a dizer. Tem ideia do motivo?

— Porque não o conheciam, eu acho.

Jenny confirmou com a cabeça. Sua única e rápida ida aos arredores da universidade foi suficiente para convencê-la de que Dani provavelmente estava certa: muçulmanos religiosos e politizados ocupavam um mundo à parte.

Estava prestes a liberar a testemunha para interrogatório por parte dos advogados quando se lembrou da declaração que Sarah Levin — uma testemunha que deveria comparecer apenas no dia seguinte — dera à polícia pouco depois de Dani falar com eles. Pegou um arquivo e abriu na página marcada. Era curta, apenas dois parágrafos: o primeiro dando suas informações pessoais e afirmando que ela estava no mesmo ano e na mesma faculdade que Nazim, e o segundo detalhando uma conversa ouvida em maio de 2002.

— Lembra-se de uma aluna de seu ano chamada Sarah Levin? — perguntou Jenny.

— Vagamente. Acho que ela morava em outra residência.

— Está certa, era na Goldney. Ela deu uma declaração à polícia em 10 de julho, dizendo que em maio de 2002 acabou escutando uma conversa de Nazim com outros jovens muçulmanos em um refeitório do *campus* principal. — Leu em voz alta: — *Eu o escutei dizendo que alguns dos "irmãos" estavam se voluntariando para combater os americanos no Afeganistão. Foi tudo o que ouvi, apenas uma parte da conversa, mas tive a impressão de que estavam falando muito sobre outros jovens muçulmanos comprometidos o suficiente para lutar por suas crenças. Lembro da expressão no rosto de Nazim — parecia estar impressionado com eles.* Alguma vez já escutou, por acaso, uma conversa desse tipo?

Dani fez que não com a cabeça, em um gesto incerto.

— Tem certeza?

Ela alternou o olhar entre Jenny e a Sra. Jamal, voltando para Jenny.

— Não acho surpreendente... a forma como se comportava, bem macho... — Outra olhadela para a Sra. Jamal. — Mas o que sua mãe disse sobre ele ter mudado... — Ela fez uma pausa e engoliu a saliva, perdendo a cor.

— Sim?

Dani abriu a boca para continuar, mas ao hesitar por um instante, assustou-se quando a porta se abriu no fundo do salão e um homem alto, usando um casaco longo, entrou. Jenny reconheceu McAvoy imediatamente. Olhou-a com aqueles olhos azuis e deu um aceno de advogado antes de encontrar um lugar para ficar, em pé, entre os jovens que estavam encostados na parede.

Jenny desviou o olhar.

— O que ia dizer, Srta. James?

— Acho que muito daquilo podia ser apenas pose — disse, com a voz trêmula. — Ele não era assim tão religioso... pelo menos, não no final de junho.

— O que a leva a dizer isso?

Dani virou o rosto para o lado oposto ao da Sra. Jamal.

— Foi na noite de 26 de junho, uma quarta-feira. Nazim foi ao bar e ficamos conversando. Ele não estava bebendo, obviamente, mas era divertido, mais parecido com o que era antes... — Fez uma pausa, depois levantou os olhos. — Passamos a noite juntos.

Um burburinho tomou o salão. Os jornalistas debruçaram-se sobre seus blocos de anotações. Jenny notou McAvoy balançar a cabeça, perplexo. A Sra. Jamal enxugou uma lágrima desnorteada. Jenny sentiu uma onda de agitação. Finalmente, uma revelação.

— Você dormiu com Nazim na noite do dia 26?

— Sim, dormi. — Dani parecia aliviada por ter feito uma confissão pública. — Não tínhamos um relacionamento, nem nada. Foi uma coisa impulsiva. Apenas uma noite. Ele deixou meu quarto no dia seguinte de manhã cedo, e ficamos bem assim.

— Vocês conversaram?

— Na verdade, não.

— Teve alguma impressão sobre seu estado de espírito?

— Ele estava rindo, fazendo piadas... feliz como alguém prestes a se libertar. E eu estava muito bêbada, para ser sincera. Acho que não resisti muito. Simplesmente aconteceu.

— Você o viu de novo?

— Não. Nunca mais.

— E nem imagina por que ele escolheu aquela noite para se aproximar de você?

— Eu tinha 19 anos e estava me divertindo. Não achei importante perguntar.

— Espere aí, Srta. James.

Fraser Havilland e Martha Denton conversavam animadamente. Parecendo ter chegado a um acordo, Havilland se levantou e se dirigiu à testemunha.

Astuto e polido, sorriu de modo a desarmá-la.

— Não contou à polícia sobre essa noite, na época?

Ela fez que não com a cabeça.

— Por quê?

— Não me pareceu relevante — suspirou, franzindo a testa. — E acho que me sentia um pouco culpada... Não havia nenhum motivo para isso, mas eu não sabia o que se passava em sua cabeça.

Havilland olhou suas anotações.

— Disse que ele parecia "feliz como alguém prestes a se libertar"?

— Sim.

— Libertar-se de quê?

— Não sei. Era apenas seu humor.

— Ele não estava usando vestes tradicionais no bar, suponho?

— Não. Tinha parado com isso. Notei algumas semanas antes.

Havilland tamborilava com os dedos na mesa, pensativo, enquanto procurava uma forma adequada de falar.

— Chegou a lhe ocorrer que essa *euforia* pudesse ter algo de despedida?

— Não na época. Depois, quando soube o que estavam dizendo...

— Obrigada, Srta. James — disse Havilland, cortando-a e sentando com o olhar de um homem satisfeito por ter mostrado um ponto de vista importante.

Martha Denton se levantou.

— Não acha que foi desonesta por não contar à polícia naquela época?

Dani olhou para Jenny.

— Posso, por favor, terminar?

— Vá em frente — disse Jenny.

Martha Denton revirou os olhos, impaciente.

— Pensei muito sobre isso, diversas vezes... Não acho que Nazim fosse sair do país. Parecia justamente o oposto... era como se estivesse *voltando*.

— Certamente me parece desonesto que você não tenha contado isso à polícia — rebateu Denton.

— Não é fácil falar sobre essas coisas, especialmente quando se é tão jovem.

— Não me parece que você fosse particularmente inibida.

Magoada, Dani disse:

— Pode acreditar que é mais fácil ir para a cama com alguém do que falar com a polícia.

— Srta. James, tendo ou não dormido com Nazim Jamal, não tem ideia de seu paradeiro, tem?

— Não, só tenho um instinto. Não acredito que ele algum dia tenha sido um fanático religioso, não de verdade.

— Trabalha na área do Direito. Sabe que instintos não servem como prova.

A expressão de Dani endureceu.

— Muçulmanos praticantes não saem dormindo com pessoas por aí. Eu peguei clamídia de Nazim. Sofri inflamações severas e fui parar no hospital um mês depois. Sofri danos permanentes e talvez não possa ter filhos. — Virou-se para Jenny: — Pode verificar meus registros médicos.

Irritada, Martha Denton disse:

— Talvez apenas não goste da ideia de Nazim tê-la usado.

Dani não respondeu. Jenny não a pressionou.

— Ou talvez não possamos confiar em seu testemunho. Tendo ficado calada por oito anos e depois vindo com uma história que sabe muito bem que pode levantar muita poeira...

— É a verdade. — Ela olhou para a Sra. Jamal. — Só estou arrependida de não ter dito antes.

Martha Denton olhou de modo cético para o júri:

— Certamente todos nós estamos.

Yusuf Khan, que pareceu constrangido durante o testemunho de Dani, não quis interrogá-la, apenas solicitou que disponibilizasse seu registro médico. Ela consentiu.

Antes de dispensá-la, Jenny perguntou a Dani se tivera outros parceiros sexuais antes de Nazim. Ela admitiu que havia tido um, um garoto com quem havia dormido no primeiro semestre, mas insistiu que usavam preservativo. Com Nazim, ela havia se arriscado. Para ela, não havia dúvidas de que foi ele quem a infectou.

Jenny pediu a Alison em público para fazer cópias dos registros médicos de Nazim e Rafi e deixá-las disponíveis para os advogados, e disse ao júri que, pelo que tinha visto, nada sugeria que Nazim tinha uma DST ou qualquer outro problema de saúde. De acordo com as anotações de seu médico, ele não ia ao consultório há três anos.

Dani James deixou o banco de testemunhas e saiu do salão, atraindo um misto de olhares de admiração e suspeita. Jenny ficou impressionada com ela. Era uma advogada de sucesso com uma reputação a zelar. Era preciso muita coragem para dizer o que disse.

Havia tempo para mais uma testemunha antes do intervalo para o almoço. Decidiu chamar Robert Donovan e usar o recesso para planejar as perguntas para McAvoy. Tinha uma longa lista.

Donovan era um contador de 53 anos que trabalhava em uma concessionária da Ford. Era casado e vivia no subúrbio de Stoke Bishop. Um homem notável apenas por sua surpreendente brandura, disse ao tribunal que várias semanas após o desaparecimento de Nazim e Rafi, ele havia visto suas fotografias no *Bristol Evening Post*. Imediatamente os reconheceu como os dois jovens muçulmanos sentados do outro lado do corredor no trem das 10 que ia da Bristol Parkway para a London Paddington no sábado, 29 de junho. Ele ia para uma partida de futebol, assim como muitos dos outros passageiros, e os notou principalmente porque pareciam não aprovar os barulhentos torcedores. Pelo que se lembrava, ambos vestiam roupas casuais e carregavam pouca bagagem.

Jenny perguntou:

— Conseguiu se lembrar do rosto de dois estranhos tão claramente depois de três semanas?

— Acho que é porque eram diferentes — disse Donovan. — Talvez por serem jovens de barba. E todos estávamos apreensivos com terroristas na época, não estávamos? Acabamos prestando atenção nessas coisas em um trem.

— Essa é uma forma educada de dizer que a presença deles o deixou ansioso?

— Não sou racista — disse Donovan. — Não tenho nem um fio de cabelo racista. Mas é impossível deixar de se preocupar, não é? Especialmente quando estão tão sérios.

Jenny disse:

— Sei. Obrigada, Sr. Donovan.

Havilland fez apenas algumas perguntas leves com a intenção de sustentar a credibilidade de Donovan como uma pessoa confiável e preocupada, sem nenhum interesse pessoal. Martha Denton foi um pouco mais a fundo e conseguiu fazer com que dissesse que os jovens pareciam preocupados ou apreensivos. Jenny ressaltou que esses detalhes não constavam na declaração que ele fizera três semanas após o acontecimento. Donovan respondeu que o policial que tomou seu depoimento estava com pressa e parecia querer apenas os fatos concretos. Jenny não ficou convencida.

Yusuf Khan olhou para Donovan por um bom tempo com a cabeça pensativa, inclinada de lado, antes de perguntar com quantos jovens muçulmanos e barbados ele cruzava no dia a dia, naquela época. Eram poucos, admitiu Donovan.

— Mas os jornais da época estavam cheios deles, não estavam? Todos nós lembramos da histeria. A mídia fazia as pessoas acreditarem que era só pegar um trem ou um avião e a vida estava por um fio.

— Qual sua pergunta para a testemunha, Sr. Khan? — perguntou Jenny.

— Minha pergunta, Sr. Donovan, é se acha que poderia distinguir um jovem barbado com características asiáticas de outro? Tudo o que reconheceu foi a barba e o tom de pele, não foi?

— Eu não teria ligado para a polícia se não tivesse certeza de que eram eles.

— Qual foi sua motivação?

— Achei que era a coisa certa a fazer.

— Tem o hábito de ligar para a polícia?

— Não.

— Teve a impressão de que pudessem ser suspeitos de terrorismo?

— Bem, eu... eu acho que isso me passou pela cabeça.

Khan fez um lento gesto de reconhecimento com a cabeça.

— Na primeira vez que ligou para a polícia, disse "com certeza vi os dois desaparecidos" ou "vi dois jovens asiáticos que podem ser eles"?

Donovan mexeu-se desconfortavelmente na cadeira, ficando com o pescoço vermelho.

— Eu disse que tinha visto esses dois rapazes... Eles foram à minha casa com fotografias. Quando vi algumas, tive certeza de que eram eles. Por que inventaria isso?

Jenny escutou uma repentina e aguda risada sarcástica vinda do fundo da sala. Olhou adiante, nervosa, e viu que havia sido McAvoy.

DEZ

ALISON ESTAVA FRENÉTICA, LIDANDO COM um problema no sistema combinado para a alimentação do júri — a entrega prometida de sanduíches não havia chegado e ela organizava um comboio para o restaurante de um santuário de pássaros ali perto. Na frente do salão, grupos de asiáticos nervosos tentavam chamar a atenção da imprensa que se reunia na calma alameda da vila. Duas vans de canais de televisão haviam aparecido e maquiadoras ocupavam-se espalhando pó no rosto dos repórteres. Os advogados apressaram-se em meio à multidão, recusando-se a responder a qualquer pergunta, e saíram em uma comitiva de carros de luxo. Uma multidão de moradores locais curiosos assistia à cena caótica de uma distância segura, imaginando o que poderia ter levado tanta loucura a seu canto silencioso do interior.

Sentindo-se repentinamente esgotada, Jenny escapou pela porta dos fundos e encontrou um banco de plástico de frente para um campo. Um trator arava a terra e um bando de pássaros variados o seguia, brigando pelas minhocas jogadas na terra recém-revirada. Encolhida em seu casaco fino, comeu a barra de chocolate deixada por Alison e bebeu um café com leve gosto de detergente, em uma caneca rachada.

Tentou processar os acontecimentos daquela manhã e desvendar os objetivos conflitantes das várias partes envolvidas. Entendeu que a polícia queria apenas se precaver, e presumiu que o Serviço Secreto tinha a intenção de validar sua teoria de que Nazim e Rafi saíram do país. Yusuf Khan e seus amigos, entre os quais parecia estar incluído Anwar Ali, eram os mais difíceis de entender. A menção de Khan aos agentes provocadores recrutando jovens radicais havia chamado sua atenção, mas, pensando bem, pareceu outra teoria da conspiração sem fundamento. Khan representava um grupo de pressão com uma mensagem positiva a passar — que os jovens britânicos muçulmanos eram cidadãos bons e responsáveis —, e isso não combinava com o fato comprovado de que alguns tenham pego em armas contra o seu país.

— Isso é o melhor que esses malditos sovinas podem lhe oferecer?

Olhou para cima e viu McAvoy no canto do prédio. O barulho do trator havia abafado o som de seus passos.

Alarmada, disse:

— Você é uma testemunha, Sr. McAvoy. Não podemos conversar antes de prestar testemunho.

Ele deu um sorriso que conseguia ser ao mesmo tempo infantil e ameaçador. Tentando evitar os olhos azuis, que olhavam direto para si, notou que seu cabelo começava a se curvar atrás e precisava de um corte, e que ele usava um lenço de caxemira verde-escuro por dentro da gola do casaco, virada para cima.

— Não acho que possa se dar ao luxo de não falar comigo.

— Veja, isso realmente não é...

— Já estive com você antes, mas deu o fora mais rápido do que eu esperava. Estou superocupado com um julgamento. — Tirou do bolso um pacote de Marlboros e ofereceu a ela: — Algo para esquentar você.

— Conhece as regras...

— Danem-se as regras. E eu achava que essas coisas eram diferentes dos julgamentos criminais. Você é uma juíza investigadora, pode falar com quem quiser.

Pegou um cigarro, acendeu um fósforo com as mãos em concha e encostou na parede. Deu uma tragada lenta e profunda e soltou devagar, deixando a brisa levar a fumaça de seus lábios.

— A Sra. Jamal lhe disse que eu fui advogado das duas famílias durante quatro meses?

Irritada, Jenny disse:

— Preferia que guardasse o que tem a dizer para o banco das testemunhas.

Levantou-se e jogou a outra metade de sua barra de chocolate em uma lata de lixo enferrujada. A umidade do banco havia passado para sua pele.

— Acho que não ia preferir. Eu estragaria tudo, colocaria aqueles cretinos tão fora de alcance que você nunca chegaria à verdade. — Deu outra tragada e olhou indolentemente para ela. — Talvez não se preocupe mesmo.

— De quais cretinos está falando, exatamente?

— Não sei. Eles me afastaram antes que eu tivesse a chance de descobrir. — Sorriu com o canto dos lábios. — Quer ouvir o que tenho a dizer a esse respeito?

— Que tal escrever uma declaração e entregar na minha sala? Essa é a praxe.

— Dane-se. Esse caso já me custou um casamento e uma ótima carreira. — Ele atravessou as placas de concreto até a cerca de arame que contornava o campo. — Aquilo são gaivotas? Mas estamos a quilômetros de distância do mar.

— O estuário é quase o mar.

— Pode ser... Olhe para elas, tirando as outras do caminho. — Ele olhou para o campo. — Elas bicaram as entranhas daquela pobre garota, não foi? Foi o que li no jornal.

— Então pode ser verdade.

— Eu não ousei olhar para essa parte do corpo... Sabe onde o corpo foi parar?

— Ainda não.

— Que loucura. O que vão fazer com ele? Sempre vemos na TV... os bandidos cavam um buraco no meio do bosque. Já tentou colocar uma pá em solo onde há árvores? São só raízes. Seria mais fácil cavar no concreto. — Fumou o cigarro e jogou a bituca no campo. — Não que eu não conheça alguns vilões, mas essa é nova para mim... direto do necrotério.

Ele observou o trator parar no fim da fileira, levantar a engrenagem e dar a volta. Uma mudança repentina na direção do vento levou o som dos pássaros até eles: uma dissonância estridente, vibrante, estranhamente bonita.

McAvoy sorriu.

— "Subiria ao véu celeste, das colinas faria vales, oh, passaria toda a noite em prece, para curar todos os teus males... minha triste Rosaleen"... Meu Deus. De onde saiu isso? — Riu e balançou a cabeça. — Meu pai era professor. Martelou todo tipo de coisa em mim. — Virou-se, deu alguns passos na direção de Jenny e parou. — Achei que não fosse falar comigo, Sra. Cooper.

— A Sra. Jamal disse que você foi preso.

— Tive esse prazer.

— Qual foi a acusação?

— Ser inoportuno. Minha ficha diz que corrompi o curso da justiça. Policiais armaram para cima de mim usando um infiltrado com um microfone. Juntando tudo, fizeram parecer que o álibi que eu tinha para meu cliente tinha sido ideia minha. — Deu de ombros. — Não que aquilo não pudesse acabar acontecendo. Exponha-os muito, que no final eles te ferram.

— Você era um consultor de defesa criminal, certo?

— Consultor e *defensor*. Não confiaria em nenhum maldito advogado para falar no meu lugar. A maioria não é capaz de enfrentar nem o próprio sono.

— E a Sra. Jamal foi até você depois que seu filho desapareceu?

— Ela e os Hassan. Em outubro de 2002. Os policiais tinham parado de atender os telefonemas. Eles me contrataram para cutucá-los. Três meses depois, estava atrás das grades, sem direito a fiança.

— E não quer falar sobre isso em seu testemunho? — disse Jenny.

— Olha, eu aplaudo suas tentativas de dar prosseguimento às coisas rapidamente, mas sejamos realistas por um instante. Não acha que, com todos os recursos que têm, eles não teriam descoberto a verdade se quisessem? Não leve a mal, Sra. Cooper, mas, em minha modesta opinião, eles estão usando você. Certamente uma mulher honesta não gostaria disso, não é?

— Você tem um modo charmoso de dizer as coisas.

— Vou lhe dizer uma coisa: por que não suspende o inquérito essa tarde e fala comigo?

Ela o olhou, surpresa. O idiota arrogante estava tentando lhe dizer como conduzir seu inquérito.

— Eu acho que isso não vai acontecer. Vejo você lá dentro.

Seguiu para a porta dos fundos do prédio.

— Você não verá. E se mandar uma intimação, ficarei mudo. Não tenho nada a perder. Acho que devo ter mais interesse em descobrir o que aconteceu do que você.

— Ah, verdade?

— Sim, verdade. Veja, sou um homem que cometeu muitos pecados no passado e ainda precisa se redimir, Sra. Cooper. E, por sinal, a suposta acusação contra mim não é um deles. Portanto, de jeito nenhum colocarei minha mão sobre a Bíblia Sagrada e jurarei dizer a verdade quando esse inquérito que está conduzindo é um maldito blefe.

Ela conteve um ímpeto involuntário de bater nele com muita força.

McAvoy disse:

— Estou com fome. Estarei naquele lugar dos pássaros. Levei minha ex-mulher lá uma vez, eu me lembro... flamingos rosa.

— É melhor que seja bom.

Encontrou-o em um canto do restaurante, perto de uma janela panorâmica que dava para um lago raso onde um bando de flamingos estava agrupado para se proteger do frio. Em uma tarde escura de fevereiro, o grande salão estava quase vazio.

McAvoy empurrou de lado o prato vazio e alcançou o café.

— Quer alguma coisa?

— Só quero saber do que se trata tudo isso.

— O que disse ao júri?

— Que podiam tirar a tarde de folga.

— Vai ficar popular. E como está a Sra. Jamal?

— Ela me acompanhou até o carro, insistindo que Dani James era uma vagabunda que só estava lá para sujar o nome de seu filho.

— Prenda-a por desacato. Pode imaginar alguém assediando a juíza da Coroa desse jeito?

— Ah, tá bom.

— Ela sempre foi chata, coitada. Suponho que agora já esteja completamente louca.

— Ela tem seus momentos.

Os olhos de Jenny correram pela sala, verificando se não havia ninguém os observando. A tensão de um dia de tribunal havia exaurido sua medicação. Ainda não eram 15 horas e se sentia apreensiva e sensível.

— Ela deveria ficar grata de o coitado ter dado umazinha antes de sumir. Mas preferia tê-lo pendurado em suas tetas até fazer 40 anos. — Ele apontou com a cabeça para um grupo de flamingos friorentos. — Sabia que ainda não se sabe por que essas coisas ficam apoiadas em uma perna só? É um dos grandes mistérios da ciência.

— Ouvi dizer que é para ficarem com a outra caso sejam mordidos por um crocodilo. — Pegou um bloco de notas. — Podemos começar?

— Não estou dando uma declaração.

— Certo. Chamaremos de anotações. — Abriu a caneta-tinteiro.

— Isso foi ideia sua, lembra?

Ele resmungou como se preferisse esquecer.

— Para começar, podemos falar com Robert Donovan. Os policiais estavam em cima dele desde abril de 2002 em uma investigação por fraude. Na época, era contador autônomo: usava o dinheiro dos impostos de seus clientes para comprar propriedades e, usando-as como garantia, pedia empréstimos para pagar a Receita Federal. Em um mercado em alta, funcionava que era uma beleza, até que ele comprou seis apartamentos na planta que nunca ficaram prontos. Um de meus colegas defendia seu corréu, um corretor de hipoteca. O julgamento estava marcado para agosto. Quando viu, Donovan era testemunha no processo contra quatro de seus clientes sonegadores e tinha dado a declaração sobre os rapazes desaparecidos. Todas as acusações contra ele e o corretor foram retiradas.

— Então ele fez um bom acordo no que diz respeito a seu caso. Por que a identificação dos garotos seria parte dele?

— Tem alguma ideia de como os policiais são preguiçosos? Ouvi falar que mijam em um copo para não terem de andar até o banheiro.

— Então Donovan só estava na estação, disposto a dizer o que conviesse à polícia?

— Muito provavelmente. Além disso, eles estavam desesperados para tirar aquilo do caminho. Era só arrumar uma declaração dizendo que estavam em Londres e já virava problema de outra pessoa.

— E o Serviço Secreto?

— A polícia os odeia. Ficam dando ordens.

— Acha mesmo que a polícia usaria uma declaração falsa?

McAvoy riu.

— Você nasceu ontem? Achei que já estava calejada como advogada.

— Eu estava mais envolvida com procedimentos referentes aos direitos das crianças.

— Então não há nada que não deva saber sobre o lado podre da natureza humana. O que tem que se lembrar sobre os policiais, Sra. Cooper, é que a mentira acaba se tornando um modo de vida. Começam enfeitando demais os relatórios em suas primeiras prisões e terminam enquadrando advogados inocentes.

Jenny fez anotações, embora não tivesse esperança de que fossem de grande ajuda. Nem Donovan nem a polícia admitiriam ter fabricado provas, e a declaração de identificação de Donovan era suficientemente desconexa das acusações de fraude para poder ser relacionada.

— Fale-me sobre seu envolvimento nesse caso — disse Jenny.

McAvoy lhe contou que a Sra. Jamal e os Hassan — comerciantes de Birmingham — foram falar com ele no começo de outubro. Tinham contato moderadamente regular com a polícia nas primeiras semanas após o desaparecimento de seus filhos, mas no início do outono já havia diminuído. Eles haviam escrito para parlamentares e conselheiros municipais pedindo ajuda, que responderam que procurassem a polícia, que não queria nem pagar por um cartaz de desaparecimento. Eles o haviam procurado em desespero. Ele escreveu para a polícia e quatro semanas depois obteve cópias das declarações das testemunhas. Pegou a informação passada por Dani James sobre um possível invasor e escreveu novamente perguntando o que estavam fazendo a respeito. Nunca recebeu resposta.

Em dezembro, as duas famílias receberam cartas da investigadora Cole, declarando que a investigação estava sendo arquivada. McAvoy escreveu de volta para protestar, mas foi em vão. Durante o feriado de Natal, a Sra. Jamal começou a lhe telefonar a toda hora, dia e noite, certamente com algum tipo de colapso nervoso. Depois, no início do ano novo, os Hassan escreveram para dizer que haviam decidido quitar o pagamento por seus serviços prestados.

— Tem ideia do motivo? — disse Jenny.

— Eram conservadores. O filho havia sumido há seis meses. Da forma como viam, ou abandonara a família ou não ia fazer boa coisa.

— E a Sra. Jamal?

Ela detectou um traço de culpa na expressão de McAvoy.

— Para ser sincero, eu estava tentando evitá-la. Gosto de dar o benefício da dúvida, mas até eu comecei a achar que eles haviam se mandado para um campo de treinamento em algum lugar. — Olhou para o lago como se confrontasse uma lembrança dolorosa. — Foi o que eu disse a ela... Ficou irada, acusou-me de colaborar com todas as forças das trevas, então me ofereci para arrumar um detetive particular. Ela só tinha 500 libras. Isso mal pagava dois dias de nossos serviços, mas esse meu conhecido, que hoje está morto, bateu em algumas portas em St. Pauls. Encontrou uma senhorinha que disse ter visto uma minivan preta do lado de fora de sua casa na noite do dia 28. Era bem ao lado do ponto onde os rapazes costumavam esperar o ônibus para ir à faculdade, a pouco menos de 200 metros do apartamento de Anwar Ali. Havia dois homens brancos na frente. Pela descrição, pareceu se tratar de um Toyota. Era tarde da noite, e ela achou os homens suspeitos. Estava pegando o telefone para ligar para a polícia quando os ouviu partir.

— Só isso?

— Mais ou menos. Liguei para o terminal de ônibus e tentei descobrir se a polícia havia falado com algum dos motoristas que pudessem tê-los visto naquela noite. Disseram-me que não podiam falar a respeito. Tentei ser razoável, assegurei não haver nenhum motivo legal para não falarem, mas eram intransponíveis. Voltei à polícia para perguntar qual era seu problema e recebi a mesma resposta. Uma semana depois, uma menina bonita entrou em meu escritório dizendo que talvez pudesse ajudar um cliente meu que estava sendo julgado por assalto a mão armada na época. Peguei sua declaração de álibi. Na manhã seguinte, fui arrastado da minha cama completamente nu e não vi o lado de fora de uma cela durante dois anos e meio.

— Acredita que as duas coisas estão ligadas?

— Admito que havia muitos motivos para os policiais me quererem fora do caminho. O fato de eu ter tirado dois caras de uma acusação de assassinato e ter feito uma investigadora ser presa por perjúrio no ano anterior são dois deles. Na verdade, durante a maior parte dos primeiros seis meses, achei ter sido por isso.

Era a vez de McAvoy passar os olhos pelo salão. Apenas quando se convenceu de que nenhum dos presentes era um policial disfarçado, olhou novamente para Jenny.

— Duas coisas me fizeram mudar de ideia. Primeiro, me lembrei de algo. Algumas noites antes de ser preso, tinha saído com um cliente. Ambos estávamos muito bêbados. Recebi uma ligação no celular, em meu número particular, e uma voz com sotaque americano disse: "O que você sabe, Sr. McAvoy?" Eu estava tão derrubado que nem consegui entender. Ele repetiu: "O que você sabe, Sr. McAvoy?"Nenhuma ameaça, nada. Achei que era um doido e desliguei.

— E quando se lembrou disso?

— Mais ou menos em meados de 2003. Eu estava deitado na cama, esperando meu colega de quarto terminar de usar o trono.

— Legal. E qual foi a segunda coisa?

— Esse telefonema começou a rodar em minha cabeça. Lá dentro, as pessoas ficam desse jeito. Fui expulso da Associação dos Advogados, minha esposa estava transando com outro, queria saber que diabos está acontecendo. Liguei novamente para o detetive —

seu nome era Billy Dean — e perguntei se ele podia dar uma investigada, tentar conseguir alguma pista sobre a ligação ou o Toyota. Certo. Ele primeiro tentou rastrear a ligação, mas não teve êxito. O número era de um desses pré-pagos não registrados. Teve mais sorte com o Toyota. Se parar para pensar, há apenas meia dúzia de autoestradas grandes que saem de Bristol. Duas atravessam a ponte Severn. Billy falou com uns caras nos pedágios e descobriu um rapaz na antiga ponte Severn que se lembrava de ter visto um utilitário preto com dois homens brancos e troncudos na frente, e dois asiáticos atrás.

— Um *ano* depois?

— Não era muito comum — disse o homem. — Não se vê muita gente de pele escura indo para Monmouthshire. Ele era de Chepstow, lá tem um restaurante chinês e um engraxate francês.

— Eles não tinham câmeras para gravar as placas?

— Todos os dados são apagados depois de quatro meses. Seria a única vez que o Big Brother teria alguma utilidade.

— Seguiu alguma dessas pistas?

McAvoy fez que não.

— Tirei isso da cabeça. Billy tomou uma coronhada e o abençoado padre O'Riordan me ajudou a reconciliar-me com meu destino.

— A Sra. Jamal não me disse nada disso.

— Não a incomodei. O que ela poderia fazer, além de enlouquecer ainda mais? Nem era nada sólido. Para dizer a verdade, quase me convenci de que não era nada até ficar sabendo de seu inquérito.

— O que o fez mudar de ideia?

— Agora que perguntou — ele parou para pensar —, acho que senti o espírito indo em outra direção. Meu cliente com a filha desaparecida, para começar, e a dúvida se aquelas pobres famílias não teriam encontrado alguma paz se não tivessem se deparado com um maldito cretino como eu.

— Certo. — Ela olhou para suas anotações. Não havia muitas.

— Sua oferta de redenção consiste em um telefonema que não pode ser rastreado — talvez relevante, talvez não — e uma rápida visão de relance dentro de um carro, há quase oito anos, por um funcionário de pedágio.

— Ainda me lembro do nome do cara: Frank Madog.

Jenny tomou nota.

— Verei se consigo encontrá-lo para prestar depoimento.

— Não acho que seja uma boa ideia. Por que não adia o inquérito por alguns dias e fala com ele, vê se dá em algo? Posso servir de ponte, se quiser.

— Sei. — Fechou o caderno. — Há alguma razão em particular para se sentir no direito de dizer como devo conduzir meu inquérito?

— Sim — respondeu McAvoy. — Alguém ligou lá para casa no fim de semana. Ontem de manhã, às 10... me pegou sóbrio. Era como um robô, usava um desses aparelhos que distorcem a voz. Acho que era voz de homem. "Diga-me o que sabe, McAvoy, ou você é um homem morto."

— O que sabe sobre o quê? — disse Jenny, com um traço de ceticismo.

— Foi o que perguntei. E o homem disse exatamente isso, com a voz robótica: "O ataúde barato em que você vai para o inferno eu não usaria nem para cagar." "Ataúde", não "caixão". Quem fala desse jeito por aqui?

— E depois?

— Desliguei.

Ela fez um gesto positivo com a cabeça e uma expressão que esperava ser neutra. Uma voz insistente em sua cabeça lhe dizia para sair agora, sem olhar para trás.

McAvoy disse:

— Antes de mergulhar nisso tudo, há mais uma coisa que deve saber.

— Também gostaria de ouvir tudo.

— Sua assistente, Alison Trent... Foi uma das policiais do Departamento de Investigação Criminal que me prendeu. — Deu de ombros, como se relevasse. — E então? Quer que eu entre em contato com Madog?

* * *

Jenny ouviu a voz alterada de Alison assim que abriu a porta da frente de seu escritório. Parecia estar ao telefone.

— Claro que ela é bem-vinda, é minha filha. Só não sei por que ela tem de trazê-*la*.

Jenny parou do lado de fora, culpada por ouvir a conversa, mas não parecia certo entrar no meio da ligação. Além disso, estava curiosa.

— Quantas vezes preciso dizer? Não é ela que eu desaprovo, é a situação... Porque não acredito que seja real, é por isso. Ela teve vários namorados, meu Deus do céu. — Alison suspirou alto. — Certo. Você lida com isso do seu jeito, e eu do meu. Só não espere que eu a receba de braços abertos. Pode me acusar do que quiser, menos de ser hipócrita. — Bateu o telefone e foi para a cozinha.

Surpresa, Jenny tentou digerir o que havia escutado. A filha de Alison tinha um relacionamento com outra mulher? Isso explicaria os humores ásperos e a Igreja Novo Amanhecer. O folheto que Alison havia deixado na mesinha, produzido com astúcia, era cheio de histórias de bêbados, drogados e homossexuais que haviam sido endireitados pelo poder da oração. Alguns dos testemunhos, tinha de admitir, eram muito comoventes.

— Oi — disse Jenny ao entrar. Foi até a mesa de Alison para verificar os recados.

Houve um momento de silêncio antes de Alison aparecer na porta da cozinha.

— A Sra. Jamal ligou. Três vezes. Acha que alguém esteve em seu apartamento.

— Tenho mesmo de falar com ela. Vou adiar o inquérito até a próxima segunda-feira.

Jenny passou os olhos por três relatórios de óbito que precisavam de atenção imediata. Um homem saudável, de 32 anos, caiu morto enquanto corria pela enseada, e uma van havia mergulhado na barragem de uma autoestrada, matando os dois ocupantes. Nenhum deles estava usando cinto de segurança. Alison havia imprimido as fotos enviadas por e-mail pela polícia: duas marcas sangrentas em formato de floco de neve no para-brisa onde as cabeças haviam batido.

— Ah, por algum motivo em especial? — perguntou Alison em tom de reprovação.

— Alec McAvoy, aquele assistente jurídico, veio me passar algumas informações. Quero verificar antes de chamar mais testemunhas.

— Sei quem é McAvoy. É um dos advogados mais corruptos que esta cidade já produziu.

— Ele mencionou que você fez parte da equipe que o prendeu.

— Certamente não foi assim que falou. — Alison fez cara feia. — Ele fabricava provas. É disso que vivia. Ouvi direto da boca de seus ex-clientes. Se eu fosse você, Sra. Cooper, pensaria muito bem antes de levar em conta qualquer coisa que ele tenha dito hoje à tarde.

— Sei que há um histórico. Não pedirei que se envolva. — Enfiou os relatórios debaixo do braço. — Se não se importar de avisar a todos que vamos retomar o inquérito na próxima segunda...

— Importa-se se eu perguntar quais foram as informações que ele lhe passou?

Jenny contou parte da verdade.

— Ele falou de um veículo suspeito que foi visto perto do apartamento de Anwar Ali na noite do desaparecimento. Parece estranho a polícia não ter investigado, uma vez que tinham uma equipe de observação nas proximidades.

— Por que não pergunta a Dave Pironi? Ele dará uma resposta direta.

— Você não me disse que o Serviço Secreto estava dando as ordens? — disse Jenny. — Ele não vai querer falar sobre isso, vai?

Alison não respondeu.

Cuidadosamente, Jenny perguntou:

— Está tudo bem?

— Perfeitamente, obrigada, Sra. Cooper. Estou preocupada que caia na conversa de um golpista profissional, só isso. — Alison ouviu o som da chaleira fervendo e correu para fazer o chá.

Jenny recolheu-se a sua sala e fechou a porta. Havia uma nova pilha de relatórios de necropsia sobre sua mesa, junto com um monte cada vez maior de correspondência que vinha evitando há vários dias. Jogou-se na cadeira e checou os e-mails, qualquer coisa menos começar a trabalhar. Entre piadas e spam, havia uma mensagem do sargento Murphy pedindo detalhes sobre os que foram ver a indigente, a mais nova circular, cheia de exageros, a chegar do Ministério da Justiça — dessa vez, instruindo os juízes investigadores a evitar linguagem emotiva, ou que possa gerar manchetes, no tribunal (quanto mais sutis e mecânicos pudessem ser, melhor) —, e um pedido curto de Gillian Golder para que ligasse para seu número direto.

Jenny engoliu o sapo e discou o número.

Gillian Golder atendeu no segundo toque.

— Jenny. Muito obrigada por ter ligado. — Ela parecia satisfeita.

— Sem problemas. Em que posso ajudá-la?

— Veja bem, não queremos interferir, mas Alun me disse que você concedeu direito de audiência ao advogado da ABTI.

— A questão dependia de meus critérios. Parti do princípio de que o cliente dele tem interesse legítimo.

— É claro. Mas deve saber que seus planos estão longe de ser benéficos. Trata-se de uma organização política islamita que prega teorias de conspiração maliciosas. Veja os quadros de mensagens em seu site na internet: acusam o governo britânico de tudo, de propaganda negra a assassinato de seus próprios cidadãos. Receio ter de discordar da legitimidade de seu interesse.

Recusando-se a ser intimidada, Jenny disse:

— Tenho certeza de que posso mantê-los sob controle.

— Sei que já adiou o inquérito. Um de nossos funcionários deveria prestar testemunho amanhã...

— Não é nada de obscuro.

— Não segundo nossos amigos repórteres. Você já está orquestrando um acobertamento, pelo que eles dizem.

— E como sugere que devo ser influenciada por essa informação?

— Não estou sugerindo nada — disse Gillian Golder. — Só estou alertando. Bobagens perigosas podem soar muito críveis, mesmo para uma mente perfeitamente razoável — afirmou, dando a Jenny uma mensagem que não precisava de mais articulação: *envergonhenos e acabaremos com você.*

ONZE

O VENTO VEIO NO FIM da noite, um gelado vento norte que encontrou novas rachaduras e fendas nas paredes para penetrar no chalé. Quando ventava, a porta dos fundos balançava presa pelas dobradiças, fazendo Jenny desejar uma bebida para acabar com os medos infantis que o ranger da estrutura lhe provocava. Ross estava dormindo na casa de um amigo em Bristol, e ela estava muito envergonhada para ligar para Steve e dizer que tinha medo de ficar sozinha em sua própria casa. Passou a noite fechada em seu escritório, cada vez mais apavorada. No fim da tarde, o fotógrafo da polícia havia enviado por e-mail mais imagens do interior da van destruída, e elas se recusavam a sair de sua cabeça: dois homens de 20 e poucos anos com as testas destruídas, um retorcido no banco, o outro com o rosto virado para cima, caído no assoalho do carro, todo inchado. Havia um hambúrguer meio comido sobre o painel. Eram arboristas, homens que viviam trepando em galhos podres com motosserras, mas parece que algo tão pequeno quanto uma válvula de pneu com defeito os mandou para o esquecimento. Seu trabalho era uma lembrança constante de que todo dia, e sem aviso, a vida era roubada até das pessoas mais saudáveis. E para onde iam essas pobres almas catapultadas para o além com a boca cheia de carne e cebolas? Pensar que era algo tão simples quanto apagar as luzes seria reconfortante, mas ela não conseguia acreditar nisso nem por um instante.

Dois comprimidos não foram o suficiente para acalmá-la. Estava virando rotina, ela no escuro, o edredom até as orelhas, encolhendo-se a cada ruído. A Sra. Jamal, os rapazes desaparecidos e os cadáveres da van desfilavam diante de seus olhos e entravam em seus sonhos: ela e a Sra. Jamal procuravam em um labirinto de ruas sem nome por uma van preta, que cambaleava por aí com um pneu furado. Desesperadas, sem fôlego e exaustas, dobravam uma esquina e a encontravam batida contra uma árvore. Havia sangue pingando no chão. Enquanto a Sra. Jamal chorava e rasgava as roupas, Jenny ficava com raiva e puxava com força a porta do veículo. Lá dentro havia uma menina virada para cima com as mãos cheias de sangue, que havia passado no rosto. A criança deu um grito e Jenny recuou e fugiu com pernas que se transformaram em pedra. Enquanto lutava para arrastar uma perna na frente da outra, uma sombra fria a encobriu. Ela ouviu a voz de seu filho: "Você não me conhece. Nunca vai me conhecer." Tentou chamar seu nome, trazê-lo de seu esconderijo, mas a paisagem ao seu redor mudou e se transformou na rua onde morou quando criança. Por um instante, ficou feliz por estar segura, depois percebeu que os prédios eram cascas vazias. Não havia cortinas nas janelas, nem pessoas, nem móveis do lado de dentro. Profunda e completamente sozinha e desolada, ela chorou.

Jenny acordou com uma sensação de umidade no travesseiro e um sentimento de terror quase cortante de tão nítido. Sentou-se direito e acendeu a luz, tentando esquecer da imagem da garota com o rosto ensanguentado. Eram 4h30. Disse a si mesma que tudo não passou de um sonho, produto de uma mente agitada e cansada que logo se acalmaria. Mas não se acalmou. O rosto da menina, um tanto familiar, ficou parado como um osso em sua garganta. A criança imprimia-se em sua mente, assombrando-a, implorando para ser vista.

Vestiu o roupão e desceu as escadas, acendendo todas as luzes no caminho. Pegou o diário na gaveta e começou a escrever, e depois a esboçar freneticamente o rosto da criança...

Pegou a saída da M48 e entrou no estacionamento do posto de gasolina Severn View para o encontro matinal com McAvoy. Ele estava encostado em seu antigo Ford preto, fumando um cigarro. Ela parou na vaga ao lado e desceu do carro, com a brisa gelada batendo no rosto.

Ele sorriu com os olhos cansados e vermelhos, como se tivesse dormido pouco.

— Olhe para você, bela e formosa a esta maldita hora.

— Devem ser as três horas que passei me maquiando.

— E também é modesta. — Jogou a bituca de cigarro no chão e apagou com o pé. — Você é mesmo um anjo. — Puxou o cabelo para trás com as duas mãos e alongou os ombros duros. Ela podia *sentir* sua ressaca.

— Noite longa?

— São as pessoas com quem trabalho. Elas não seguem os horários convencionais — tremeu. — O aquecedor desta porcaria está quebrado. Alguma possibilidade de ir com você?

— Não disse que Madog nos encontraria aqui?

— Foi o que sugeri. Ele pareceu um pouco reticente. Mas sei que trabalhou no turno da manhã. Deve estar perto da hora do intervalo.

O cheiro de McAvoy era uma mistura de cigarros, uísque e um toque de perfume. Com o aquecedor no máximo, o odor tomou o pequeno carro de Jenny e invocou imagens de cassinos baratos e recepcionistas de topless.

— Vire na pista norte e sairemos no prédio do refeitório do lado de cá do Plaza — disse McAvoy, abrindo um pouco a janela. — Você se importa?

— Tenho alguns analgésicos, se precisar.

— Obrigado, mas sou supersticioso em relação a tratar dores causadas por mim mesmo. Preocupo-me que o diabo me devolva em dobro.

Ela sorriu e dirigiu em silêncio por um instante.

— Está falando sério?

— Leia o evangelho de Mateus. Há nove menções ao inferno. Não podem ser todas metafóricas.

— Está falando como minha assistente. Ela frequenta uma igreja evangélica...

— Azar o dela. Esse povo não tem poesia ou humildade — disse McAvoy, interrompendo-a. — Tente ir ao confessionário a cada 15 dias e confessar seus pecados a um padre celibato. Há algo que o coloca de volta em seu lugar.

— É isso que você faz?

— Eu tento.

Curiosa, Jenny perguntou:

— Como acha que isso se enquadra em seu trabalho? Sei que criminosos precisam de defesa...

— Quando fiquei preso, sabe quem me visitou e deu dinheiro para minha esposa? Meus clientes. De meus honrados colegas, nem uma maldita palavra. Por eles, podíamos estar apodrecendo.

— Talvez não soubessem o que dizer.

— Quanto aos bandidos, vivem com as consequências. Esqueça a porcariada que aprende em sociologia, ninguém entende certo e errado como eles. Seus advogados, políticos, executivos, são todos ligados a eles. Estão bebericando Chablis, enquanto menininhas perdem as pernas em explosões na África. Não são os ladrões, são esses cretinos engravatados que mandam na parte sombria deste mundo.

Ela olhou para ele e viu a tensão em seu rosto.

— Desculpe-me — disse.

— Não repare, sempre falo como um louco quando estou com dor de cabeça.

— Só quando está com dor de cabeça?

Ele lhe deu um sorriso dolorido.

— Cale a boca e dirija.

Quando chegavam à parte inglesa da ponte, McAvoy pediu para ela parar ao lado de um edifício de apenas um andar no fim da via, perto dos pedágios. Era hora do *rush*, e o trânsito estava pesado em ambas as direções. Ele disse a ela para ficar sentada enquanto procurava Madog.

Observou-o se aproximar de uma jovem com uniforme do pedágio que saíra do prédio para fumar. Pareceu em dúvida quando McAvoy foi falar com ela e olhou com suspeita para Jenny antes de apontar para uma das cabines no meio da via. McAvoy agradeceu e pediu emprestado o isqueiro antes de atravessar as filas de trânsito, mostrando o dedo médio para o motorista de uma Range Rover que não gostou de ser atrasado por um segundo.

Não dava para ver direito, mas era o suficiente para perceber que Madog estava relutante em deixar o trabalho. Viu McAvoy bater no vidro e gesticular, depois ir para a fila do pedágio e bloqueá-la com dois cones de plástico. O coro nervoso de buzinas que provocou fez com que um supervisor saísse correndo do prédio. Jenny pulou do carro e o interceptou.

— Com licença, senhor. Sou Jenny Cooper, juíza investigadora do distrito de Severn Vale. Meu colega e eu precisamos falar com um de seus funcionários, o Sr. Frank Madog.

— O quê? — Ele apontou para o carro. — Quem disse que pode estacionar aqui? É uma via de acesso. — O supervisor tinha 30 e poucos anos, era pálido, estava acima do peso e queria comprar briga.

Ela enfiou a mão no bolso do casaco e tirou um cartão.

— Estou em investigação oficial. O Sr. Madog é obrigado por lei a cooperar. Eu ficarei grata se fizer com que venha até aqui.

McAvoy continuou a fazer barulho, xingando de vários nomes o motorista do caminhão que avançava agressivamente sobre os cones.

Ignorando o cartão, o supervisor disse:

— Quem é aquele maldito lunático?

Jenny disse:

— Não sei. Por que não pede seus documentos?

Julgando pelas tatuagens no dorso das mãos, Frank Madog gostava de Elvis. Ele penteava os cabelos avermelhados para cima e havia um toque de rockabilly no corte de seu casaco, grande demais para seus ombros magros cheio de caspas. Não havia nenhum pedaço da parede, no módulo de cabines portáteis que servia como refeitório para os funcionários da ponte, que não fosse decorado com a placa de Proibido Fumar. Privado de seu cigarro, os dedos manchados de nicotina de Madog ocupavam-se com o aro de seus óculos engordurados.

— Não está brincando quando diz que foi há muito tempo — disse Madog. — Faz mais de sete anos.

— Lembra-se de meu colega, Billy Dean, que veio falar com você em 2003? Um cara grandão. Careca, de cara vermelha. Feioso.

— Acho que sim — disse ele, incerto.

— Vamos lá, Sr. Madog. Com que frequência um coletor de pedágio é entrevistado por um detetive particular?

Madog esfregou a testa, mostrando dentes amarelos ao fazer uma careta.

— Como eu disse, acho que me lembro do homem.

Jenny olhou para McAvoy, pedindo que pegasse leve. Afinal, tratava-se de uma visita oficial da juíza investigadora.

Ele escolheu um tom mais razoável; certamente era um esforço.

— Falei com o Sr. Dean na época. Ele me deu informações sobre você. Disse ter visto uma minivan Toyota preta na noite de 28 de junho de 2002. Dois homens brancos e robustos na frente, dois garotos asiáticos atrás. Disse que não era uma coisa que se via sempre, e por isso se lembrava.

Madog olhou para Jenny com uma expressão vaga, como se lembrasse muito pouco dessa informação.

— A memória dele é melhor que a minha.

— Na verdade, ele está morto — disse McAvoy. — Senão teria vindo conosco. O rosto dele refrescaria sua memória.

Jenny disse:

— Gostaria que se esforçasse, Sr. Madog. Será chamado como testemunha em meu inquérito.

O pomo de adão de Madog subiu e desceu em sua garganta.

— Veja, posso ter dito ao seu amigo que vi um carro, mas tive muitas noitadas desde então, se é que me entende. — Deu um tapinha na cabeça. — A velha memória falha de vez em quando.

Jenny suspirou.

— Está me dizendo que não se lembra dos quatro homens no Toyota preto? É muito importante que diga a verdade, Sr. Madog.

Madog alternou o olhar entre Jenny e McAvoy, começando a abrir a boca, mas sem conseguir produzir qualquer som.

Admirando as tatuagens de Madog, McAvoy disse:

— É uma das músicas gospel que mais gosto. "Peace in the Valley", conhece?

Madog fez que sim com a cabeça.

McAvoy disse:

— Lembra como começa? Eu me esqueci.

Madog e Jenny trocaram olhares.

— Vamos lá, Frank — disse McAvoy. — Você conhece essa. Deixe-me ver... "Well the morning's so bright and the lamb is the light, and the night is as black, as black as the sea" — começou a cantar, as palavras vindo como um fluxo contínuo. — "And the beasts of the wild will be led by a child, and I'll be changed, changed from this creature that I am, oh yes indeed." — Ele sorriu. — Uma bela mensagem de esperança. Todos vamos mudar, Frank. E se conseguiu evitar aquele lugar quente, até meu amigo Sr. Dean terá bochechas afáveis o suficiente para serem beijadas a esta hora.

Jenny sentiu o rosto corar de vergonha, mas McAvoy estava a todo vapor e nem um pouco a fim de parar.

— Está vendo, o Rei era um homem profundamente religioso, Frank. E é por isso que foi para o céu, apesar das drogas e das garotas. E tenho certeza de que vai concordar comigo que qualquer fã de verdade odiaria sujar sua preciosa memória contando mentiras, especialmente sobre um assunto tão grave e importante. — Ele se inclinou sobre a mesa e colocou a mão sobre a de Madog. — Pode imaginar conhecê-lo de outro lado e tentar contar por que não disse toda a verdade? Há uma mãe no fim da estrada chorando pelos garotos desaparecidos, Frank.

Madog lentamente tirou a mão de baixo da de McAvoy.

— Então, o que tem para nos dizer? — perguntou McAvoy.

— Quem eram eles? — perguntou Madog. — Do que se trata tudo isso?

Jenny disse:

— Até onde sabemos, eram apenas dois jovens universitários. Eles desapareceram, a polícia não conseguiu rastreá-los e o meu trabalho é descobrir se estão vivos ou mortos. E se estiverem mortos, como morreram.

— Ah, certo. — Madog esfregou as têmporas.

McAvoy lhe deu um momento, olhou para Jenny e disse:

— Outra pessoa veio falar com você sobre isso, não foi? Está entre amigos agora, Frank. Vamos começar por aí, certo?

Madog olhou para Jenny.

— O que vai acontecer com essa informação?

— Vai me ajudar a descobrir a verdade. E se há algum tipo de crime envolvido, será usado para ajudar no processo.

— Você *é* a juíza investigadora?

— Não viu a foto da Sra. Cooper no *Post*, Frank? Verifique o site: a foto nem foi retocada.

Madog concordou com a cabeça.

— Certo. Só que seu amigo me disse ser investigador. Foi só por isso que falei com ele. Ameaçou me acusar se eu não falasse.

McAvoy disse:

— Desculpo-me postumamente em nome dele. Era um bom marido e pai.

Jenny abriu o bloco de anotações à sua frente.

— Certo, Sr. Madog, quando estiver pronto.

— Foi o que disse ao seu homem na época: vi um Toyota preto com dois camaradas brancos na frente, mais ou menos às 11 da noite. Um deles, o motorista, era meio atarracado e tinha a cabeça raspada. O carona usava rabo de cavalo.

— Que idade tinham? — perguntou Jenny.

— Na casa dos 30... E os dois rapazes no banco de trás eram asiáticos, barbados, mas de aparência jovem... quase adolescentes.

— Por que reparou neles?

— Pareciam assustados. Um deles olhou para mim com aqueles grandes olhos castanhos, quase como se estivesse tentando dizer algo.

— Alguém no carro falou com você?

— Não. Nem uma palavra. Essa foi outra coisa que me chamou a atenção. Normalmente, as pessoas agradecem. Eu tento ser cordial com os clientes... — Parou para se lembrar. — Não. Esse cara parecia um trovão. Era durão mesmo. — Engoliu ansioso. — Mas foi o outro que veio atrás de mim.

Jenny olhou para ele.

— O quê?

— Mais ou menos uma semana depois, eu estava saindo de casa com minha neta. Ela tinha 6 anos na época. Ia levá-la para a casa de sua mãe em uma tarde de sábado. Entramos no carro em frente de casa e esse cara com rabo de cavalo bateu na janela do lado do carona. Baixei o vidro e ele se inclinou, sorrindo, e disse: "Se alguém perguntar, você nunca nos viu." Depois pegou uma lata de tinta spray laranja e pintou o cabelo da minha neta. Ela gritava, mas ele não parou. — Madog balançou a cabeça. — Tive de lavar com aguarrás. Levei a manhã toda.

— E não disse nada para a polícia? — indagou Jenny.

Madog falou:

— Se estivesse lá, não precisaria nem perguntar. Estou dizendo, ele usava aquele spray *sorrindo*.

— E contou tudo isso ao Sr. Dean?

— Não a parte da tinta. Juro por Deus, até hoje nem minha filha ficou sabendo disso.

— Esse homem deve tê-lo assustado de verdade — disse Jenny.

— Sim, era como... como...

— O diabo disfarçado? — disse McAvoy.

— Não deveria aceitar que as pessoas aprontem essas merdas com você — disse McAvoy. — É a juíza investigadora, por Deus. Tem mais poderes do que um juiz da Suprema Corte.

— Não mesmo.

— Pesquise. Se tivesse colhões, você os usaria.

Jenny olhou-o atravessado enquanto guiava o Golf de volta para a estrada que levava ao posto de gasolina. Ele era bonito, mas de um modo surrado. E não era um homem a quem confiaria sua bolsa. Havia algo de golpista nele: o terno era bom, mas não dava para ter certeza se não escondia algo.

— E então? O que vai fazer? Esse cara de rabo de cavalo parece um filho da puta dos infernos. Um verdadeiro profissional, apesar de todo o lance psicológico. Spray na cabeça de uma criança... Jesus.

— Pedirei para minha assistente tomar o depoimento de Madog e convocá-lo como testemunha.

— E o que o júri fará com isso? Terá de encontrar esse Toyota e o cara do rabo de cavalo.

— Um Toyota preto? Deve haver milhares deles.

— Acho que ficaria surpresa em saber que provavelmente deve haver apenas algumas centenas do mesmo modelo. Selecione geograficamente. Não há muitos lugares aonde se chega pela velha ponte Severn. A estrada só leva à fronteira. — Ele bateu a mão no para-lamas para dar ênfase. — Você tem de descobrir quem são essas pessoas, não dar chance para fugirem ao chamar Madog para testemunhar antes de tê-las rastreado. Eu a ajudarei; estou de ânimo renovado.

Jenny pensou no caso. Sua paixão era infecciosa.

— Acho que não vai doer. A maior parte do júri não está com pressa de voltar para seus empregos.

— É assim que eu gosto. — Ele sorriu. — Boa garota.

Jenny virou no estacionamento quase vazio, com a mente borbulhando de questões sobre quem poderiam ser os dois homens no Toyota. Mas Madog estaria mesmo falando a verdade? Ela olhou novamente para McAvoy e percebeu que não sabia em que acreditar em sua presença. Ele parecia alterar a realidade à sua volta. Ela não conseguiria pensar direito até que fosse embora. Parou perto do seu carro.

— Eu lhe pago um café — disse ele.

— Melhor não. Tenho de trabalhar, sabe...

— Pensei que fosse uma boa-vida, Sra. Cooper.

De repente fez-se um clima entre ambos. Da forma como ele a olhava, com olhos sorridentes e perceptivos, parecia conhecê-la, interessar-se por ela. Esta sentiu um calor e um certo pânico.

— Fica para outra hora. Entrarei em contato... E obrigada.

McAvoy confirmou com a cabeça como se entendesse perfeitamente as muitas razões para sua hesitação. Foi abrir a porta do carro e fez uma pausa.

— Ah, esqueci de mencionar uma coisa: ontem, no inquérito, lembrei que a Sra. Jamal uma vez me disse que suspeitava que Nazim tinha uma namorada.

— Ela sabia de Dani James?

— Não, acho que estava falando de antes, meses antes daquilo.

— Ela não me disse nada.

— Pergunte a ela. — Ele sorriu e disse: — Deus a abençoe. — E saiu no vento frio.

Alison ainda estava irritada com o adiamento prematuro do inquérito. Jenny imaginou-a ao telefone com Pironi, que queria entender o que diabos havia acontecido, e sabia, com isso, que ele havia ganho o conflito de lealdade. Era evidente que ela havia passado as primeiras duas horas de trabalho fazendo arrumação: seu escritório estava impecável, exceto pela bandeja lotada no canto de sua mesa, reservada para recados e correspondências de Jenny.

Separando os itens críticos dos meramente urgentes, Jenny ignorou a frieza da assistente e lhe contou sobre a ida ao pedágio com McAvoy. Alison escutou, nada impressionada, enquanto Jenny anunciou ter decidido que encontrar o Toyota e seus ocupantes seria prioridade antes de retomar o inquérito.

— E quando isso deve acontecer? — perguntou Alison.

— Achei que tivéssemos concordado em retomar na segunda-feira.

— Tem ideia do quanto demora para conseguir alguma coisa do pessoal do setor de licenciamento de veículos de Swansea? É como o Kremlin de Stalin.

— Estava pensando em conseguir por meio da polícia. Eles têm acesso ao sistema de Swansea, não?

— Estão atolados de trabalho. Acredite, já gastei toda minha cota de favores e mais ainda, Sra. Cooper. Tanto que meus ex-colegas estão evitando minhas ligações.

— Talvez seja melhor o Departamento de Investigação Criminal de Bristol não saber dessa história, tendo em vista que estavam tão envolvidos com a investigação original. — Ela podia sentir a fúria de Alison. — Ligarei para o sargento Williams em Chepstow para ver se consigo convencê-lo a nos dar uma mão.

— Certamente dará — disse Alison, com intensidade. — Ele ficará feliz com qualquer possibilidade de rebaixar a polícia inglesa.

— Quem falou em rebaixá-los?

Alison tirou os olhos do monitor

— Já lhe disse o que acho de Alec McAvoy. Ele foi para a prisão por subornar testemunhas. Fez carreira com isso. Não pode esperar que eu acredite em alguém que ele de repente tirou da cartola.

— Madog me pareceu muito sincero.

— E acha mesmo que ele não teria ido à polícia se o que disse fosse verdade?

— Que interesse McAvoy teria em interferir nesse inquérito?

— Quer minha opinião sincera, Sra. Cooper?

— Pode dizer.

Alison desatou a falar:

— Antes de ter sua licença cassada, ele era o maioral. O mais exibido e rico advogado criminal da cidade. Ele não apenas se achava acima da lei, achava que *era* a lei. Quando o prendemos, por acaso estava representando as famílias dos rapazes desaparecidos. Isso serviu para que alegasse que sua prisão fora política. As famílias eram seus únicos clientes que não eram bandidos com uma ficha maior do que um pau de jumento, como costumávamos dizer. Agora está usando esse inquérito. Pense nisso: ele vai desenterrar provas para sustentar sua alegação de que foi vítima de uma conspiração, terá a imprensa ao seu lado e, antes que perceba, a Ordem dos Advogados será pressionada a deixá-lo voltar à ativa. — Alison olhava para ela de forma suplicante. — Ele é um homem esperto, Sra. Cooper, mas podre até o último fio de cabelo. Não está nem aí para o que aconteceu com esses rapazes; é alguém que construiu sua reputação representando gângsteres, estupradores, assassinos.

— Certo — disse Jenny. — Entendo suas razões, mas tenho de verificar a história do carro. E preciso que pegue uma declaração formal de Madog.

Foi para sua sala com dúvidas renovadas sobre McAvoy. A explosão de Alison começou a explicar parte do desconforto que Jenny sentia na companhia dele. Havia algo em sua poderosa aura que a assustava. Não era apenas a incômoda fragilidade de um homem arruinado agarrado a retalhos de dignidade. Era sua mentalidade, o sentimento enervante de que faltava parte de sua humanidade. O negócio com os cones e o caminhão: ele estava impulsivo, arrumando confusão sem dar a mínima para as consequências. Mas quando olhava para ela... havia uma erupção de calor em seu peito e uma sensação que pegava bem no meio de suas pernas. Ela quase tinha vergonha de admitir.

Enterrando esses pensamentos, pegou a agenda de endereços e procurou o número do sargento Owen Williams, seu contato do outro lado da fronteira. Ela o pegou no intervalo da manhã. Haviam conversado três ou quatro vezes desde o caso de Danny Wills, e em todas as ocasiões ele ficou satisfeito em falar com ela. Escutou atentamente enquanto ela explicava que uma testemunha "havia se manifestado", sem mencionar McAvoy, e perguntou se ele podia ajudar a rastrear todas as minivans Toyota pretas que possam ter estado nos arredores da ponte Severn em uma noite do mês de junho de oito anos atrás.

— Ficaria com-ple-ta-men-te encantado — disse Williams com uma cadência galesa exagerada. — Faço qualquer coisa para ajudar minha juíza investigadora preferida, especialmente, presumo, por não poder confiar que a polícia de Bristol faça um trabalho honesto para você.

— Alguns dos policiais envolvidos na investigação original ainda estão na ativa.

— Não precisa me contar mais nada, Sra. Cooper. Sabe que eu confiaria mais no zelador de um bordel em Bangkok do que nesses cretinos ingleses.

Jenny mal havia colocado o fone no gancho quando o telefone tocou. Era Alison dizendo que a Sra. Jamal estava aguardando na linha.

— Certo, pode passar a ligação.

Jenny se segurou. Foi recebida pelo som de um choro inconsolável.

— Sra. Jamal, aqui é Jenny Cooper. Em que posso ajudá-la?

Os soluços continuaram. A Sra. Jamal não conseguia falar, apenas sussurrou algo que parecia com:

— Eu não sei... Eu não sei...

Jenny queria perguntar sobre a lembrança de McAvoy dela ter mencionado uma namorada, mas não era o momento certo. Ela parecia simplesmente precisar que seu sofrimento fosse ouvido e reconhecido.

Jenny lhe ofereceu algumas palavras de conforto, e ouviu-se dizendo:

— Prometo não sossegar até levantar todas as pedras para descobrir o que aconteceu com seu filho.

Com o agravamento de seus sintomas nos últimos dias, Jenny começava a temer as longas horas entre sair do escritório e dormir sem a ajuda de álcool ou tranquilizantes para acalmar suas feridas mentais. Quando a adrenalina baixava, o medo intangível crescia como se ambos se equilibrassem em uma daquelas balanças antigas. Seu desejo de não deixar Ross perceber como se sentia intensificava a dor. Ela havia baseado seu relacionamento com ele em uma promessa de que cooperaria, de que o que mais queria era que ele morasse com ela até entrar na universidade. Não havia sido fácil para Ross sair da casa do pai — a desaprovação de David havia sido silenciosa, mas esmagadora —, e sua decisão de confiar nela fez Jenny sentir que morarem juntos era um longo e contínuo teste de sua habilidade como mãe e da verdade de sua recuperação do colapso emocional que tivera.

Ela saiu de Melin Bach e sentou-se no escuro, reunindo forças. Sabia que podia aguentar aquilo em um momento crítico, mas lhe faltava energia para ser leve e agradável. Sua fraqueza a deixava nervosa. Estava muito melhor com os tranquilizantes. Pelo menos, lhe davam a ilusão de controle. Parte de si desejava poder entrar e ir direto para a cama, dormir sobre tudo aquilo e acordar para tomar os comprimidos na manhã seguinte. Mas havia o jantar para fazer, coisas para conversar. De repente, sentiu como se tivesse que escalar uma montanha impossível. Pegou os betabloqueadores, quebrou um no meio com os dentes e o engoliu.

Benditos sejam os remédios. Benditos sejam.

O aperto em seu peito já havia começado a aliviar um pouco quando entrou em casa. Abriu a porta da sala e encontrou Ross e Steve sentados lado a lado no sofá, comendo sanduíches.

— Ah, oi. — Steve se levantou. — Liguei para você a caminho do *pub*... Vim fazer uma surpresa.

Jenny se virou para Ross, cujos olhos estavam colados à tela.

— Imagino que não queira jantar.

— Não, obrigado. Vou para a casa da Karen.

— Em plena terça-feira?

— E por que não?

Ela não conseguiu pensar em um motivo que não a deixasse parecendo o tipo de mãe que jurou para si que não seria. Então fez um acordo.

— Só se certifique de voltar até as 11. Não vai querer acordar cansado amanhã. — E foi para a cozinha.

Steve disse:

— Posso fazer algo?

Jenny respondeu:

— Não, está tudo bem.

Ela remexia nos restos na geladeira — parecia se esvaziar momentos depois que a abastecia —, quando escutou Steve chegando por trás. Ele colocou seu prato vazio no balcão e escorregou a mão quente por sua cintura.

— Teve um dia difícil?

Ela queria que ele parasse de tocá-la. Era uma coisa a mais para lidar.

— Não mais que o normal.

Ross gritou da sala:

— Até mais.

Steve ficou em silêncio por um instante, com a mão em suas costas enquanto ela pegava uma alface de três dias atrás, um tomate e um resto de queijo. A porta da frente abriu e fechou. Estavam sozinhos.

— Você está tensa — disse Steve.

— Só estou cansada.

Soltou-se e pegou um prato no armário, sentindo-se envergonhada enquanto ele a observava fazer seu jantar simples.

— Ross mencionou que você tem estado nervosa ultimamente.

— Ah, ele disse isso?

— É difícil fazer tudo sozinha.

Não havia resposta para aquilo. Colocou o fundo de um vidro de molho francês em seu prato e olhou para a salada meio-morta sem entusiasmo. Ela nem estava com fome.

Steve chegou mais perto, colocou ambas as mãos em sua cintura e a abraçou até que relaxasse o suficiente para se inclinar em sua direção. Ela sentiu os rígidos contornos do corpo dele nas suas roupas.

— Você nunca me pede nada — disse ele, calmamente. — Não está sozinha, Jenny... — Beijou seu pescoço. — Estou aqui.

Ela se virou para ele e deixou que beijasse seu rosto, seus olhos, sua boca, tentando se submeter ao momento, deixar a proximidade dominá-la e empurrar os pensamentos intrusos e caóticos para fora de sua mente. Deixou-o pegar em sua mão e levá-la para o andar de cima. Sem dizer uma palavra, foram para a cama e, por um breve momento, ela conseguiu se soltar.

Depois, se aconchegou nele. O aquecedor do quarto nunca conseguiu produzir mais do que um tépido calor, e fazia tanto frio naquela noite que a respiração era quase visível no ar gélido. Ela entrava e saía de um sono inquieto. Um carrossel de rostos passava diante de seus olhos.

Mal ouviu Steve dizer:

— Está acordada?

Ela fez força para abrir os olhos.

— O que...?

Ele tirou gentilmente o cabelo de seus olhos.

— Você estava murmurando.

— Alguma coisa interessante?

— Não consegui entender.

No sorriso preocupado de Steve, Jenny viu um homem diferente do que conhecera em junho. Era mais gentil, mais direto, menos misterioso. Essa familiaridade deixou-a estranhamente triste: as explosões de excitação quando estavam juntos ainda eram intensas, porém mais breves; seu toque já não era mais tão elétrico; o estímulo maior havia ido embora. E ele queria *conhecê-la*, quando nem ela mesma se conhecia.

Steve disse:

— Acho que você precisa de uma boa noite de sono. — Beijou sua testa, saiu de baixo do edredom e pegou suas roupas. — Eu ligo para você — disse, e saiu em silêncio.

Jenny escutou seus passos na escada com um sentimento de culpa. Era um bom homem, ela gostava dele, mas ainda assim, quando estavam fazendo amor, ela fantasiou, por um momento, que estava com outro. E aquilo a desconcertou: era como se o puxão constante que sentia na direção dos cantos mais escuros de seu subconsciente tivesse encontrado uma outra fraqueza onde atuar. A única coisa pura que tinha estava sendo corrompida.

Assustada com os lugares aonde sua imaginação queria levá-la, criou coragem para se levantar da cama e pegar seu diário. Escreveria os pensamentos que a afligiam na esperança de que, ao revelá-los, pudesse exorcizá-los. Mas enquanto escrevia *Quando senti seu toque em minha barriga, fechei os olhos e fingi que era Alec McAvoy*, uma onda de excitação percorreu seu corpo.

Era a mesma sensação que havia sentido da primeira vez que colocou os olhos em Steve: ela sabia, profundamente e sem sombra de dúvidas, o que aconteceria depois.

DOZE

O sargento Williams havia agido com rapidez. Jenny chegou ao escritório e encontrou um e-mail com a lista das quase quinhentas minivans Toyota pretas registradas no Reino Unido em 2002, além do endereço de seus donos. Ela passou tudo para Alison e pediu que destacasse os que haviam sido registrados na região de Bristol ou em uma área de 90 quilômetros ao norte. Era uma abordagem arbitrária, mas tinham de começar por algum lugar. Também em sua caixa de entrada, havia uma mensagem de outro sargento, Sean Murphy, avisando que os inquéritos sobre a indigente desaparecida e o incêndio no laboratório Meditect agora seriam tratados como um só, na mesma investigação. Alison disse que o que se falava na polícia é que ainda não havia pistas, mas o Departamento de Investigação Criminal trabalhava com a teoria de que a garota morta estava prestes a passar informações sobre uma gangue do crime organizado, possivelmente traficantes de pessoas.

Chegou outro e-mail enquanto terminava de ler o de Murphy. Era de Gillian Golder, com um *link* para um artigo do site da ABTI. Ela assinou: "Tudo de bom, Gillian." A matéria era anônima e tinha como título "Juíza investigadora adia inquérito sobre os desaparecidos." O autor não mencionado especulava que agências do governo estavam em pânico com a velocidade com que começou o inquérito e haviam interferido para interromper os procedimentos antes que alguma prova comprometedora viesse à tona. Ele citava rumores sem fonte que alegavam a existência de agentes provocadores duvidosos que teriam induzido jovens asiáticos a ir para o exterior, onde eram secretamente presos. O parágrafo final dizia:

Não espere que o inquérito investigativo nos diga algo que já não saibamos. A pequena janela de esperança foi fechada. A Sra. Cooper cedeu à pressão e negou às famílias em luto e às suas comunidades sua única chance de descobrirem a verdade.

Por um breve instante, Jenny cogitou a ideia de confiar em Gillian Golder, até mesmo pedir-lhe ajuda para encontrar o Toyota e seus ocupantes. A familiaridade do curto e-mail a desarmou, fazendo-a acreditar que estavam do mesmo lado, que ela não estava sozinha, afinal. Então se recompôs. Golder era uma espiã, pelo amor de Deus, uma enganadora profissional. Seu trabalho era forjar amizades falsas e fazer os isolados se sentirem amados.

Respondeu sucintamente. "Obrigada. Conteúdo visto."

Sua tarefa imediata era revisar as provas e decidir onde colocar suas energias limitadas. Pegou o bloco em que havia tomado nota dos testemunhos que ouvira no primeiro dia de inquérito e começou a ler. Tinha uma sensação desconfortável em relação a Anwar Ali. Ele era próximo da ABTI, e algo em seu comportamento sugeria que, apesar das aparências, ele ainda era o islamita que fora há oito anos. Até ouvir a história de Madog, ela havia presumido que o papel de Ali pudesse ter sido o de juntar Nazim e Rafi a uma terceira pessoa que os teria ajudado a sair do país. Várias outras possibilidades diferentes se apresentavam agora. Uma delas é que Ali estivesse trabalhando para o governo, observando e informando sobre possíveis radicais. Parecia improvável, mas Jenny tinha consciência de que estava entrando em um mundo onde as regras normais não se aplicavam.

Dani James era menos misteriosa, mas seu testemunho levantou questões problemáticas. O fato de ter dormido com Nazim dias antes de seu desaparecimento batia com o relato da Sra. Jamal sobre a mudança que havia visto no filho. O que não se encaixava era a lembrança de McAvoy sobre a suspeita da Sra. Jamal de que Nazim havia tido um relacionamento anterior. Tudo o que a Sra. Jamal lhe dissera até então sugeria que Nazim havia se tornado religioso e visivelmente praticante durante o primeiro semestre na Bristol University. Mais tarde, perto de junho, seu comportamento pareceu ser o de um jovem recém-liberto dos laços doutrinais.

Ela precisava conversar novamente com a Sra. Jamal. Estritamente falando, o caminho mais adequado seria chamá-la de novo ao banco das testemunhas para falar sobre a lembrança de McAvoy. Na verdade, Jenny sabia que era mais provável que ela se abrisse em uma conversa particular. Seria fácil se esconder atrás das regras e deixar a lei seguir seu curso, mas o mesmo instinto que a havia feito aceitar o caso não deixaria. Essa era uma ocasião em que a lei poderia vir depois do que parecia certo.

Amira Jamal morava em um moderno edifício de cinco andares em uma rua tranquila e arborizada na região norte da cidade. Abriu a porta principal para Jenny e a encontrou perto do elevador do terceiro andar vestindo um conjunto escuro e um lenço de batique. Acompanhou-a até um pequeno e arrumado apartamento, onde se sentaram na sala de estar, cercadas por lembranças da breve vida de Nazim. Em sua curta carreira como juíza investigadora, Jenny já havia perdido a conta do número de casas visitadas mantidas como um santuário particular para os entes queridos perdidos. A única característica pouco usual era uma prateleira cheia de caixas de arquivo organizadas e etiquetadas, todas relacionadas de alguma forma com o desaparecimento de Nazim e as inúmeras cartas escritas desde então. Embaixo, havia uma pequena escrivaninha. Nela, um laptop, papéis diversos e um livro chamado *Guia familiar para inquéritos de juízes investigadores*.

A Sra. Jamal havia feito chá e arrumado a mesa com sua melhor porcelana. Serviu uma xícara para Jenny com a mão trêmula.

— Desculpe-me pelo que falei ao telefone, Sra. Cooper. Às vezes eu não consigo me segurar.

— Eu entendo.

— Olho para a foto de quando ele era apenas um garotinho. É como se eu ainda pudesse segurá-lo...

— Você parece estar melhor hoje.

— Fiz o que me pediu. Fui ao médico. Ele me deu uns comprimidos. — Balançou a cabeça. — Eu nunca tive de tomar remédios em toda minha vida.

Jenny pegou sua xícara de chá e a colocou de volta no lugar, achando a situação ainda mais desconfortável do que imaginava.

— Sra. Jamal, tenho algumas perguntas...

— Antes, eu tenho uma, Sra. Cooper. Por que interrompeu o inquérito? Qual foi o motivo real?

— Não foi interrompido, foi adiado até segunda-feira. Seu ex-advogado, o Sr. McAvoy, contou-me umas coisas que eu tinha de investigar.

Um olhar de alarme, beirando o terror, espalhou-se pelo rosto da Sra. Jamal.

— O quê?

— Estou lhe contando isso com a condição de que não saia desta sala. Tenho sua palavra?

— Sim...

— Lembra-se que, antes de ir para a prisão, ele contratou um detetive particular que encontrou uma senhora, a qual alegou ter visto um Toyota preto perto de sua casa, próximo da rua do *halaqah*?

— Eu falei com esse homem, o Sr. Dean. Ele disse que ela estava confusa. Que pode até ter errado a data.

— Ela não errou. O Sr. Dean provavelmente estava tentando não aumentar suas esperanças... Cerca de seis meses depois, McAvoy pediu-lhe que continuasse a investigar. Ele encontrou um funcionário do pedágio na antiga ponte Severn. Falei com ele ontem. Um Toyota preto passou por sua cabine na noite de 28 de junho de 2002. Ele se lembra de dois homens brancos na frente e dois jovens asiáticos atrás. Disse que pareciam assustados.

— Quem é esse homem? Por que não disse nada disso antes? — perguntou a Sra. Jamal, sem fôlego e em choque.

— Parece que se sentia ameaçado. Não tenho certeza de que está falando a verdade, mas diz que um dos homens foi atrás dele na semana seguinte e atacou sua neta... jogou tinta em seu cabelo.

A Sra. Jamal segurou a cabeça com as mãos.

— Não entendo... Por que agora? Quem dirigia esse carro?

— É o que estou tentando descobrir.

— Está dizendo que o Sr. McAvoy sabia? Nunca confiei nesse homem.

— Sabia apenas de uma parte. O Sr. Dean morreu enquanto o Sr. McAvoy estava preso.

A Sra. Jamal pegou uma caixa de lenços.

— Sei que é muita coisa para processar — disse Jenny —, mas o Sr. McAvoy também se lembra de você ter mencionado que Nazim pode ter tido uma namorada antes de Dani James.

— Meu filho nunca tocou nela. É uma prostituta. Está manchando sua memória.

— Por que diz isso?

— Ouviu o que ela disse: ela tinha uma *doença*.

— Pode ser importante. Contou ao Sr. McAvoy sobre uma outra garota?

Ela ficou em silêncio e levou um lenço de papel aos olhos.

— Não é nenhuma tragédia. De verdade. É o que os jovens fazem.

— Não o meu povo.

— Sra. Jamal, não posso conduzir um inquérito se não tiver todas as informações. Você tem o dever legal de colaborar comigo.

— Veio aqui para me ameaçar?

— É claro que não.

A Sra. Jamal assoou o nariz fazendo barulho.

— Todas essas perguntas. Qual o propósito? Você não sabe quem está mentindo. Ninguém sabe. — Ela levantou o olhar até um porta-retratos com a foto de Nazim com mais ou menos 16 anos: um garoto posando como homem. Ele tinha olhos grandes e comoventes e pele macia, escura e perfeita. Era quase angelical.

— Eu teria me interessado por ele, então outra garota também deve ter se interessado — disse Jenny.

Esperou a Sra. Jamal se recuperar.

Houve um silêncio longo e contínuo antes que ela dissesse:

— Eu não sei o que ela significava para Nazim. Foi no fim de seu primeiro semestre. Ele havia deixado o telefone aqui. Uma garota ligou e perguntou por ele.

— Ela disse o nome?

— Não.

— Pela voz, como ela parecia ser?

— Parecia ter a mesma idade. Falava bem. Era branca.

— Dava para saber que era branca?

— É claro.

— E como sabe que não era apenas uma amiga?

— Quando ouviu minha voz, pareceu culpada, como se eu a tivesse descoberto. Desligou rápido.

— Mencionou isso a Nazim?

A Sra. Jamal fez que não com a cabeça. Jenny viu em seu rosto algo mais desolador que o luto — o pensamento de seu filho amando outra mulher mais do que a ela.

— Precisarei saber mais sobre a vida de Nazim na época. Acha que Rafi Hassan pode ter dito algo para a família?

— Eles não vão ajudá-la. Eles culpam Nazim. Sei que culpam. O jeito como a mãe dele me olha é quase como se cuspisse na minha cara.

— Acho que vou até lá hoje à tarde. Eu aviso se eles tiverem algo a dizer.

A Sra. Jamal deu de ombros.

Jenny sentiu que aquele encontro havia chegado ao fim. O ambiente ficava mais pesado e emotivo a cada segundo que passava. Mas havia mais uma pergunta, por mais ridícula que fosse, que se sentiu na obrigação de fazer.

— Quando prestou testemunho, você alegou ter sido seguida na rua...

— Você não acredita em mim?

— Diga-me o que aconteceu. — Jenny deu um sorriso de apoio.
— Por favor.

— Começou há cerca de dois meses, quando fui ao Tribunal Municipal dar entrada no processo para que Nazim fosse declarado morto. Um carro vinha e parava do outro lado da rua. Havia dois homens lá dentro, às vezes apenas um. Homens jovens, de terno. Eu podia ver seus rostos dali. — Apontou para a janela que dava para uma pequena sacada ao lado do prédio. — Estavam lá quando eu saía de casa. Às vezes me seguiam de carro, às vezes a pé.

Escondendo o ceticismo, Jenny perguntou:

— Como eles eram?

— Vinte e cinco a 30 anos. Brancos. Ambos altos e de cabelos curtos, raspados dos lados, como o dos militares.

— Era possível distingui-los?

— Na verdade não.

— Você os viu recentemente?

A Sra. Jamal fez que não com a cabeça.

— Esta semana não. Mas ainda recebo telefonemas à noite. Toca quatro, cinco vezes, depois para. Se atendo, ninguém fala nada... Quem você acha que são, Sra. Cooper?

Demônios imaginários, pensou Jenny: demônios brancos que parecem soldados.

Em vez da batalha de sempre contra a ansiedade crescente e claustrofóbica que enfrentava ao dirigir por uma autoestrada, ela sentiu como se estivesse fora de si mesma. Separada. Não era apenas o véu químico de seus remédios que ainda a acompanhava na primeira metade de seu dia, era uma sensação de estar construindo algo irreal. Havia tantas perguntas sem resposta, tantas possibilidades bizarras e alarmantes, que Jenny não conseguia entender direito as coisas para encontrar o caminho certo. Por que Nazim estaria dormindo com uma garota branca no ápice de seu fervor religioso? Quem era o homem de rabo de cavalo? Ele existia mesmo? A Sra. Jamal estava fantasiando? E McAvoy? E por que este lhe lançava tamanha sombra, por que seu rosto sempre pairava no fundo de sua mente?

O que ele estava *dizendo* a ela?

Não tinha respostas para nada. Era como se tivesse entrado em uma passagem movediça sem saída, apenas um destino que continuava uma incógnita bem ao longe. O espírito a movia, como McAvoy pode ter dito, e ela não tinha escolha.

A mercearia e loja de bebidas dos Hassan havia crescido e se transformado em um pequeno supermercado especializado em alimentos da Ásia e do oeste da Índia. Ficava onde antes havia um posto de gasolina, e a área de acesso agora era um estacionamento para clientes. A região desmazelada de Kings Heath, um amontoado de varandas em estilo vitoriano meio encardidas, mostrava sinais de valorização. Jenny estacionou ao lado de uma Mercedes reluzente, da qual saiu um casal asiático com jaquetas de couro combinando. A filha pequena usava uma cor-de-rosa, no mesmo estilo.

Jenny se aproximou de um funcionário adolescente que transportava caixas de cerveja barata e perguntou onde poderia encontrar o Sr. Hassan. Apenas quando conseguiu convencê-lo de que não era auditora fiscal, ele foi procurar o chefe. Apareceu pouco depois com a explicação não convincente de que o Sr. Hassan havia saído para uma reunião e demoraria muito para voltar. Jenny olhou pelo corredor e viu uma sala ao fundo, separada dos clientes por um painel de vidro de duas faces, disse ao assistente que tudo bem, mas insistiu que deixasse seu cartão sobre a mesa do Sr. Hassan com instruções de ligar para ela assim que chegasse. Enquanto isso, veria se conseguia falar com a Sra. Hassan em sua casa.

A expressão do jovem mudou completamente

— Do que se trata, exatamente?

— De algo que aconteceu há oito anos: o desaparecimento de seu filho.

— Está falando de Rafi?

— Você o conhecia?

— Darei o recado ao Sr. Hassan — disse, logo acrescentando: — quando ele voltar.

Ela não havia girado a chave na ignição quando o telefone tocou. Esperou alguns segundos antes de atender, deixando-o suar.

— Alô, Jenny Cooper falando.

— Imran Hassan. Em que posso ajudá-la?

— Prefere não falar na frente de seus funcionários? Se possível, gostaria de falar também com sua esposa.

Os Hassan haviam enriquecido. Sua casa era uma propriedade grande e distinta nos subúrbios opulentos de Solihull, com entrada de cascalho e portões elétricos com leões de pedra ao lado. O Sr. Hassan, homem na casa dos 60 anos, dirigia um Jaguar. Quieto, articulado e de uma educação impecável, acompanhou Jenny até a casa para conhecer sua esposa, uma mulher ainda muito bonita, vestindo um elegante *salwar kameez* com bordados dourados. Após a apresentação formal, eles se sentaram em uma calorosa estufa, cercada por cerca de 2 mil metros quadrados de jardim, no meio do qual ficava uma fonte enfeitada, rodeada de palmeiras, com uma carpa dourada que cuspia água em um tanque iluminado por luzes coloridas.

A Sra. Hassan disse:

— Estávamos esperando por isso, Sra. Cooper, mas não temos nada útil a dizer. Há muito tempo nos conformamos que nunca ficaríamos sabendo o que aconteceu com nosso filho.

O marido concordou com a cabeça, meio incerto.

— Não pretendo remexer memórias dolorosas sem um bom motivo — disse Jenny —, e acrescento que não é o desaparecimento de seu filho que estou investigando, mas ficaria muito grata se vocês tolerassem algumas perguntas.

— Certamente — disse o Sr. Hassan antes que sua esposa pudesse protestar.

A Sra. Hassan fez cara feia.

— A polícia disse que Rafi saiu do país. Fico feliz em acreditar em sua palavra. Mas não foi ideia dele. Era um bom aluno e um filho dedicado.

Jenny disse:

— Notaram alguma mudança nele depois que foi para a universidade? Suas crenças religiosas, a aparência?

— Tenho certeza de que a Sra. Jamal lhe contou tudo isso. Foi o filho dela que levou o nosso para aquela mesquita. Somos uma família sufi. Não misturamos religião com política: foi assim que ele foi criado.

O Sr. Hassan concordou com a cabeça. Vestindo um terno escuro e completamente barbeado, ele não mostrava nenhum sinal aparente de ser um religioso praticante. Sua loja vendia bebidas alcoólicas; eles viviam em um bairro de brancos.

— Quando ocorreu essa mudança em Rafi? — perguntou Jenny. — Foi durante seu primeiro semestre em Bristol?

— Colocaram ideias em sua cabeça — disse categoricamente a Sra. Hassan. — Ele estava estudando para se tornar advogado...

— Sim — interrompeu o marido —, foi durante o primeiro semestre. Achamos que seria uma fase. Todo jovem precisa ter ideais; o meu foi abrir um negócio. Tínhamos esperança de que passasse logo.

— Mas não passou?

— Essas pessoas com quem estava envolvido, quem quer que fossem, envenenavam os jovens contra suas famílias, Sra. Cooper — disse a Sra. Hassan. — Elas os convenciam de que nossos valores estavam errados. Ele veio passar uma semana em casa antes do Natal, e foi só isso. Ficava na faculdade o resto do tempo.

— Onde? As residências estudantis não ficavam fechadas nas férias?

— Ele nos dizia que ficava na casa de amigos.

— Vocês devem ter ficado preocupados.

— Temos seis filhos — disse o Sr. Hassan. — Preocupamo-nos com todos eles.

Jenny percebeu que o casal trocou um olhar, e interpretou-o como um pedido do Sr. Hassan para que sua esposa não se deixasse levar pela emoção. Havia raiva em seu rosto, uma necessidade de jogar a culpa em alguém.

— O que seu filho falava sobre Nazim? — perguntou Jenny.

— Até o desaparecimento, não havíamos sequer ouvido seu nome — disse o Sr. Hassan.

Dirigiu sua próxima pergunta diretamente à esposa:

— Então por que diz que foi ele quem tirou seu filho do bom caminho?

— Eles eram amigos... Foi o que a polícia descobriu. Iam juntos à mesquita e a essas reuniões.

Jenny pressionou a Sra. Hassan, pedindo mais explicações, mas ela não tinha nada a dizer. Já havia colocado na cabeça que Rafi havia conhecido um colega muçulmano e caído em sua conversa. Jenny pediu mais detalhes sobre o comportamento de Rafi durante o tempo que passou na universidade, mas só conseguiu negativas ou respostas vazias. Obviamente, havia acontecido um desentendimento na primeira parte das férias de Natal, que ainda permanecia dolorosamente sem solução.

— Com que frequência falou com seu filho entre janeiro e junho? — perguntou Jenny aos dois.

O Sr. Hassan ficou olhando para a mesa, deixando a esposa responder.

— Telefonei algumas vezes — disse. — Toda semana, ou a cada duas semanas, para dizer que o amávamos e que ainda estávamos aqui para o que precisasse.

— Chega a parecer que ele os havia renegado.

— Ele estava simplesmente se rebelando. É isso o que os jovens fazem neste país, não é? Começa com o luxo de não terem de sair para trabalhar todos os dias.

O marido concordou solenemente com a cabeça.

— Isso tudo era novo para nós, Sra. Cooper — continuou a Sra. Hassan. — Sabíamos que possuíamos os valores certos: havíamos passado 18 anos transmitindo-os para ele. — Pela primeira vez, sua voz ficou rouca. — Imaginamos que tínhamos apenas que esperar que voltasse...

— Não procuraram ninguém para auxiliá-los?

Ambos negaram com a cabeça.

— Rafi alguma vez mencionou o nome de algum outro amigo ou colega? Talvez alguém da mesquita?

— Não — respondeu a Sra. Hassan. — Ele era muito reservado sobre o assunto. Falou um pouco sobre seus estudos. Disse que tinha um tutor, Tariq Miah, cujo nome mencionou uma ou duas vezes.

Jenny anotou o nome.

— Há mais alguma coisa que eu possa saber sobre seu filho? Seus hobbies, interesses? Ele era esportista?

A Sra. Hassan olhou para o marido, depois levantou-se da mesa e foi para a sala ao lado. Voltou com uma pasta e a entregou a Jenny, que abriu e encontrou uma série de certificados de exames. Rafi Hassan havia tirado nota máxima em latim, grego, árabe e história.

— Era um aluno genial — disse a Sra. Hassan. — Desde os 8 anos, passava todo o tempo livre estudando e lendo. Jogava críquete, mas não como os irmãos. Não, não como eles. Rafi era um intelectual.

— O que deve ter tornado a mudança em sua personalidade ainda mais chocante — disse Jenny.

Nenhum dos dois respondeu.

Quando estava saindo, Jenny escutou sem querer o Sr. Hassan cochichando com a esposa, confortando-a com a promessa de que passaria o resto da tarde em casa. Passando pelos leões de pedra na saída, Jenny virou para a esquerda e pegou o caminho de volta para Kings Heath.

Parando na frente da loja do Sr. Hassan pela segunda vez no dia, ela viu o jovem assistente carregando uma compra pesada até o carro de uma cliente idosa. Sua memória estava certa: ele se parecia com a fotografia de Rafi que havia em seus arquivos. Ela o interceptou quando voltava para dentro.

— Com licença. — Ele se virou com um sorriso educado. — Olá novamente. Podemos conversar?

Ele apontou para dentro.

— Preciso voltar ao trabalho.

— Só vai levar um minuto.

— Eu não posso...

— Sabe o que é um juiz investigador? — disse Jenny. — Pode falar comigo agora ou receber uma intimação para ir ao tribunal. A escolha é sua.

O assistente, nervoso, olhou pela vitrine para um colega, ocupado atendendo um cliente.

— Não posso falar aqui.

— Não tem problema. Podemos ir até o meu carro.

Seu nome era Fazad, um dos muitos sobrinhos do Sr. Hassan. Ele tinha 11 anos quando Rafi desapareceu, e disse que depois disso a família quase não falava sobre ele. Nunca havia ouvido nada sobre o desaparecimento de seu primo, além da explicação oficial de que ele havia deixado o país, nem sabia de nenhuma especulação dos parentes sobre aonde poderia ter ido ou com quem. O assunto era proibido, disse, como se de algum modo fosse vergonhoso. Lembrava de como, quando criança, Rafi sempre fora tido como aluno modelo, o tipo de jovem que ele e seus outros primos deveriam aspirar ser.

Jenny perguntou-lhe se sabia o que havia acontecido durante as férias de Natal.

Uma expressão de constrangimento se instalou no rosto de Fazad.

— Não quero desrespeitar meu tio. Ele também é meu patrão.

— Fica só entre nós — disse Jenny. — Não perguntarei mais nada.

Dando outra olhadela nervosa na direção da loja, Fazad disse:

— Rafi me deu uma carona em seu carro novo quando voltou da faculdade; era um pequeno Audi A3. O veículo já tinha alguns anos, mas estava novinho. Perguntei se seu pai o havia comprado para ele. Rafi disse que não, havia comprado sozinho, com suas economias, mas que não pagava seguro ou licenciamento porque aquilo era coisa de *kafir* e não se aplicava aos muçulmanos.

— *Kafirs* são os infiéis, certo?

— É... Na hora, eu achei legal, mas depois parei para pensar e achei estranho. Ele estava de barba e usava o chapéu para orações, mas dirigia como um louco, vendo quantas câmeras o pegavam, porque não receberia a multa.

— E o que o pai disse?

— Foi por isso que brigaram.

— Brigaram?

— Foi o que ouvi de meus primos. Meu tio não gostou do modo como ele estava dirigindo e pegou as chaves. Rafi bateu nele com tanta força que quebrou seu maxilar e três costelas. Seus dois irmãos mais velhos levaram o carro para a estrada naquela tarde e botaram fogo nele. Foi o fim do carro de Rafi.

TREZE

ANNA ROSE CROSBY ERA OFICIALMENTE uma pessoa desaparecida. Sua foto estava na página dois do *Post*, juntamente com um artigo declarando que "a jovem e brilhante cientista nuclear" havia desaparecido há pouco mais de 15 dias. O jornal dizia que sua mãe, chorosa e desesperada, havia feito um apelo na escadaria da frente de sua casa em Cheltenham. Jenny viu-se sendo inconscientemente sugada para o escuro, apesar da fantasia de algum modo estimulante que o editor de fotografia havia criado. A foto em cores mostrava Anna Rose radiante, loura e inocente: a isca perfeita para um violento predador sexual.

Havia um documento sobre a mesa.

— Os Toyotas — disse Alison. — São 43 registrados nas áreas em que está interessada. O que quer fazer?

— Darei uma olhada e marcarei os que quero que investigue.

— A polícia não descobriu nada sobre aqueles pobres africanos no veículo refrigerado. Esse caso acabará parando aqui amanhã, necessitando da abertura de um inquérito. Não imagino como vou fazer... Todas as testemunhas estão na Nigéria ou onde quer que seja o país deles.

— Trabalharemos juntas. Já conseguiu uma declaração de Madog?

Alison levantou as sobrancelhas.

— Bem, pode fazer isso hoje? — perguntou Jenny, esforçando-se para permanecer calma.

— Posso tentar, mas você se lembra de que tenho uma reunião hoje, não é? Eu a avisei.

— Avisou?

— Eu disse na semana passada. Um evento da igreja.

— Ah...

Alison disse:

— Não se preocupe. Não estou te abandonando. Volto às 2.

Jenny se deixou levar pela curiosidade. Assim que Alison saiu da sala, abriu um site de busca e digitou: "Igreja Evangélica Novo Amanhecer, Bristol." Clicou no *link*, que levou a um site elaborado, com a seguinte notícia: "Mais de 400 pessoas comparecem ao culto familiar — um novo recorde!" A igreja se autoproclamava ordenada pelo Espírito Santo para levar a palavra de Deus às pessoas de Bristol. Abaixo da fotografia com sorriso forçado, o pastor Matt Mitchell escreveu que a Novo Amanhecer fora recentemente eleita para exercer o ministério da cura. Uma série de milagres havia acontecido nos últimos meses: um usuário de heroína havia largado o vício, uma mulher com esclerose múltipla havia se levantado da cadeira de rodas, uma criança com leucemia estava em remissão e um adolescente esquizofrênico havia sido completamente curado. Serviços de cura especiais eram realizados todos os domingos à noite e quintas-feiras na hora do almoço.

No final da mensagem inspiradora do pastor Matt havia um *link* para uma página em que os membros da igreja eram convidados a deixar seus pedidos de preces. Jenny clicou. Um dos *posts* se destacou no instante em que a página abriu. Dizia: "Por favor, orem por minha filha que se envolveu em um 'relacionamento' com uma mulher. Seu pai e eu a amamos muito."

Ouviu os passos de Alison do outro lado da porta e mexeu no mouse para fechar a página. Seu rosto estava corado quando a assistente reapareceu na porta.

— O professor de Direito de Rafi Hassan respondeu o e-mail — disse Alison. — Ele tirou uma licença para estudos. Pode encontrá-la às 13 horas.

Jenny botava o casaco para ir ao compromisso no *campus* quando o telefone da mesa de Alison tocou. Virou para olhar para o visor no console novinho: Sra. Jamal. Jenny ficou indecisa, lutando contra sua consciência. Alison já havia saído para ir à igreja, então havia sobrado para ela. Tentando resolver as coisas rapidamente, estava para pegar o fone quando seu celular tocou. Um reflexo instintivo fez com que o atendesse primeiro.

— Alô?

— Sra. Cooper — disse uma voz familiar. — Estava pensando em como estaria a procura pelo carro. — Era McAvoy.

— Ah, oi — disse Jenny, surpresa com a palpitação que sentiu ao ouvir sua voz.

A linha fixa parou de tocar. Aliviada, Jenny saiu pelo corredor e trancou a porta, falando ao celular no caminho. A Sra. Jamal poderia deixar um recado.

— Fizemos uma lista dos mais prováveis — disse.

— Muito bem. Fiquei preocupado que os policiais dificultassem as coisas para você.

— Eu tenho os meus meios.

— Gostaria de conhecer.

— Acho que é segredo. — Meu Deus, o que ela acabou de dizer?

Assim que chegou à rua, ouviu ao longe o telefone de sua sala tocar novamente: a Sra. Jamal se recusava a receber um não como resposta.

McAvoy disse:

— Estava imaginando se me deixaria pagar aquela bebida mais tarde. Poderíamos trocar umas ideias.

— Ah? Que bebida era essa? — Ela não conseguiu se conter. Estava flertando com ele como uma colegial.

— O café para o qual não tinha tempo no outro dia. Mas como será à noite, pode ser uma tacinha de qualquer coisa.

Ela entendeu.

— Obrigada, mas eu realmente acho que não devo. Pelo menos até que você preste testemunho.

— É um pouco tarde para se ater a essa regra, não é?

— Alec, você conhece os procedimentos...

— Andei lendo meus livros de Direito, tive algumas ideias para você... Por exemplo, como fazer aqueles cretinos do MI5 liberarem os arquivos. Se conseguir falar com o juiz da Suprema Corte certo, talvez possa persuadi-lo. Ainda sobraram alguns bons.

— São amigos seus?

— Eu também tenho meus meios.

Jenny imaginou o envelope pardo sendo passado a um funcionário do Conselho de Justiça em troca de uma lista. McAvoy levaria os créditos e certamente cobraria o favor. Perguntou-se o que ele pediria em troca.

Sabia que deveria se afastar dele, não se envolver até o inquérito acabar, mas não conseguia reunir as palavras para dispensá-lo. Ignorando o coro de vozes de alerta em sua cabeça, concordou em encontrá-lo às 17h30 em um bar de vinhos perto do tribunal.

— Prometo que vou me comportar — disse ele.

Tariq Miah encontrou Jenny em frente à Escola de Direito e a acompanhou por trás do prédio até um jardim — sem nenhuma planta, por ser início de fevereiro com um resto de geada ainda no ar, mas longe dos olhos observadores. Tinha 30 e poucos anos e já se viam alguns fios brancos aparecendo entre os cabelos pretos e a barba bem-aparada. Tinha traços de médio-oriental: pele acobreada e olhos escuros. Em uma breve olhada no site da faculdade, Jenny observou que ele vinha subindo gradualmente na hierarquia. Especialista em Direito Constitucional, havia começado como pesquisador júnior no final da década de 1990.

Enquanto caminhavam pelos estreitos caminhos de cascalho, ela explicou que procurava por uma constatação, algo para esclarecer com quem ou com o que Rafi Hassan e Nazim Jamal haviam se envolvido. Mencionou Anwar Ali e o ambíguo mulá na mesquita Al Rahma, Sayeed Faruq, e perguntou se ele os conhecia.

— Apenas sua reputação — disse, falando à maneira excessivamente precisa dos advogados acadêmicos, protegidos do estresse da prática cotidiana.

— E qual é ela?

— Ouvi dizer que a mesquita era um local de recrutamento para o Hizb ut-Tahrir. Está familiarizada com essa organização?

— Li um pouco sobre, mas ainda estou confusa. O Serviço Secreto parece associá-la ao terrorismo, mas ela alega ser pacífica.

— Ela não defende a violência, mas alguns indivíduos de dentro obviamente o fazem.

— Está pensando em alguém em particular?

— Não. Só quero dizer que não me surpreenderia se a mesquita Al Rahma estivesse agindo como um canal para outras pessoas sem um perfil público.

— Acha que era uma base de recrutamento?

— Talvez. — Ele parou para admirar um punhado de campânulas-brancas. — No entanto, ficaria surpreso se soubesse que Jamal e Hassan tivessem sido assimilados tão rapidamente. O Hizb tende a doutrinar seus novos membros durante vários anos antes de pedir que façam um juramento de fidelidade.

— Fidelidade a que, exatamente?

— À organização. À causa em prol da existência de um califado global. Não é um partido político convencional pensando a curto prazo; ele se vê fazendo a vontade de Deus durante quantas gerações forem necessárias. Tem um plano de três níveis: estabelecer células e redes de membros, influenciar a opinião da população muçulmana em prol de um estado islâmico, e, finalmente, infiltrar-se em instituições e governos dos países-alvo para fazer uma revolução a partir de dentro.

Jenny disse:

— Uma coisa que me deixa intrigada é por que homens jovens, sem contar as mulheres, são atraídos por essas ideias. Quero dizer... quem gostaria de viver no Irã?

— Todos nós fantasiamos sobre remover a bagunça de nossas vidas, abrir caminho em meio ao caos e substituí-lo por certezas — disse. — E que época seria mais apavorante do que o limiar da vida adulta? Se alguém lhe oferecesse um passe livre para ter status e segurança, e fizesse com que se sentisse moralmente superior na barganha, seria difícil de resistir, não é? E se a pessoa já acredita ser um estranho em sua própria terra, tornaria-se quase impossível não ser seduzida. Todos os homens são conquistadores por instinto; está em nosso DNA. A semente de cada um deve prevalecer. Todas as nossas complexas instituições políticas ocidentais evoluíram da necessidade de verificar esses impulsos.

— Os dois rapazes vieram de boas famílias. Integradas, estabelecidas, falantes de inglês...

— Os pais nunca se iludiam sobre quem eram: forasteiros. São os filhos, nem forasteiros, nem locais, que têm de brigar por sua identidade.

— Você via isso em Rafi Hassan?

Deixando de lado as campânulas-brancas, Miah retomou seu raciocínio:

— Tive muito pouco a ver com eles. Deixo claro aos alunos muçulmanos que estou à disposição se precisarem, mas eles nunca vieram falar comigo em particular.

Jenny tentou ler sua expressão. Havia algo codificado em seus modos cuidadosos, uma sensação vaga de que ele estava chegando a uma conclusão que não estava preparado para verbalizar.

— Não sei se leu sobre meu inquérito — disse Jenny. — Concedi o direito de audiência a um grupo chamado Associação Britânica pela Transformação Islâmica. Acho que Anwar Ali está envolvido com eles.

Miah reconheceu com a cabeça.

— É essencialmente a mesma organização que o Hizb ut-Tahrir ou um de seus braços. São muito espertos. Induzem o governo a acreditar que são moderados agindo em prol de jovens muçulmanos insatisfeitos, e assim impõem-se perante a elite governante. Questioná-los torna-se um ato racista. Mas a filosofia permanece a mesma: o Islã é a única verdade e deve prevalecer. — Ele balançou a cabeça de leve e seus olhos de repente se transformaram nos de um homem velho, contando a história de longos anos de luta infrutífera. — Estamos em um ponto ruim da história, Sra. Cooper. A vida se tornou muito tensa e complexa para a maioria de nós entender nosso lugar nela. As forças do progresso liberal apenas nos dão mais incerteza, mais competição, mais mortes. Por acaso é surpresa que surjam fundamentalistas dizendo que devemos lançar a âncora e parar o navio antes que colida com as pedras?

— Acho que o que está tentando me dizer é que acredita que esses garotos foram combater no exterior.

Miah suspirou, soltando uma pesada nuvem de vapor. Parou e se virou para ela, encarando-a com um olhar tanto doloroso quanto profundamente sério.

— Quando eles desapareceram, eu estava apenas começando a entender a natureza do problema. Mas agora posso dizer que, se eu fosse traçar um modelo dos recrutas ideais para a causa extremista, ambos se encaixariam perfeitamente. Classe média, extremamente inteligentes, ambiciosos, profissionalmente deslocados e tão vulneráveis emocionalmente quanto qualquer jovem. Estavam ali totalmente disponíveis. Depois de oito anos, não são apenas dois ou mesmo dezenas, são centenas de milhares. — Ele foi acometido por uma paixão torturante. — Vivemos em um país que não conhece a si mesmo, Sra. Cooper. Continuamos nos movimentando, mas além da luta básica pela sobrevivência, não temos ideia do que nos move.

Tendo dito sua parte, Miah retirou-se para sua concha acadêmica. Ele contou a Jenny que tanto o MI5 quanto a polícia o haviam questionado extensivamente na época, mas quase nada foi descoberto. Negou que tivessem tido contato recentemente. Qualquer esperança que tivesse na capacidade do Estado de lidar com esses problemas, disse, havia desaparecido há muito tempo. Ele não era mais membro de comitês para a elaboração de políticas, nem escrevia trabalhos para informar departamentos do governo. Escrevia livros e artigos, e tentava ao máximo inspirar os alunos que assistiam às suas aulas com valores que os influenciassem contra o extremismo.

— Mas os fundamentalistas têm razão — disse, enquanto se aproximavam dos portões do jardim e do fim de seu encontro —, sem uma história para explicar o que somos, não somos nada.

As palavras de Miah alojaram-se teimosamente em sua mente enquanto voltava ao gabinete sob uma garoa fina. Haviam perfurado suas defesas e desestabilizado as águas que seus medicamentos lutavam para manter estáveis. Sem história, procurando peças de sua infância que pudessem explicar o que há em seus recantos ameaçadores e ainda inexplorados, ela descobriu que havia afrouxado ainda mais sua ligação com a realidade sólida. Cada rosto na rua, enrugado ou jovem, brilhante ou estúpido, parecia confiante em sua história, arraigado em uma certeza que ela já havia perdido há muito tempo.

Passando por uma floricultura, olhou para seu reflexo na vitrine e, por um breve segundo, não se reconheceu. Era um semisser fantasmagórico e transparente que olhava para ela. Uma onda de pânico apertou seu peito e sua garganta. Apertou o passo, concentrando-se na força de seus membros, na respiração em seus pulmões, na vida dentro de si. Estava naquele estado, percebeu, por ter *consciência* da parte que faltava. Rafi e Nazim não a tiveram. Seu vazio havia sido preenchido antes que tivessem consciência dele. Enquanto atravessava a rua correndo, desviando do trânsito, surgiu em sua cabeça uma frase dos dias de escola, há tanto tempo esquecidos: *a natureza detesta o vazio*. Se a natureza proíbe uma ausência de existir, devem, como ela sempre suspeitou, ter sido as forças corruptas e não naturais que abriram fissuras no tecido da realidade e livraram as almas embrionárias de suas amarras.

Passando com pressa por uma fileira de lojas decadentes, ela parou de olhar para as vitrines espelhadas, enquanto seus pensamentos em espiral resultaram em mais uma revelação: que o mal que tocou em seus sonhos era apenas uma ausência, um vazio no qual a inocência foi facilmente convencida a entrar.

Nazim e Rafi haviam passado por um turbilhão, evaporado sem deixar rastros, e coube a ela, entre tantas, seguir sua pista.

Jenny abriu a sólida e pesada porta da frente do prédio do gabinete e entrou em seu santuário. Sua rápida entrevista com Miah a havia incomodado a uma extensão que pareceu fora de proporção. Foi aí que ela se deu conta das coisas, cercada por seus livros e pelos objetos de seu escritório, que lhe diziam quem ela era e tudo o que representava.

Alison olhou assustada quando Jenny entrou. Estava em sua mesa, vestindo o sobretudo, com o rosto corado. Uma mensagem da secretária eletrônica era reproduzida: a Sra. Jamal implorando pateticamente para que alguém atendesse, *por favor*. Dizia que estava assustada, que havia recebido novos telefonemas durante a noite. Ninguém a ajudaria? Ela caiu no choro.

— Achei que pararia com isso — disse Jenny.

— Deixou três recados assim. Dizendo que estava sendo vigiada...

— Vou ligar para ela — disse Jenny, indo para sua sala.

— Ela está morta, Sra. Cooper.

Jenny parou no meio do caminho.

— O quê?

— Eu retornei a ligação — disse Alison. — Agora mesmo. Um jovem policial atendeu. Um vizinho encontrou seu corpo no jardim da frente há uns 15 minutos. Ela caiu da sacada.

Entorpecida, Jenny olhou no relógio. Eram 14h15. Havia se passado uma hora desde que deixara o gabinete.

— Quando ela fez a última ligação?

— Pouco depois das 13 horas — disse Alison. — Sinto-me horrível... Nunca imaginamos uma coisa dessas, não é?

Jenny deixou um recado no telefone de McAvoy, dizendo que não poderiam se encontrar, pois algo — ela não disse o quê — havia acontecido. Colocou o fone no lugar e pegou seus remédios, tirou um de cada, e os engoliu. Rabiscou nervosamente em um bloco de notas enquanto esperava que os comprimidos abafassem os pensamentos frenéticos que enchiam sua mente. Sentiu-se nauseada com a culpa por não ter atendido a ligação da Sra. Jamal. Uma parte irracional sua culpava McAvoy por ter telefonado naquela hora. Se fosse um segundo mais tarde, teria atendido a Sra. Jamal, e talvez... Ela não queria nem pensar.

CATORZE

HAVIA UM CORDÃO DE ISOLAMENTO da polícia na rua, atraindo uma pequena multidão de curiosos ávidos para dar uma olhada no cadáver. Jenny passou por eles e viu o investigador Pironi saindo do prédio. Era sua jurisdição. A delegacia de polícia de New Bridewell ficava a menos de 1 quilômetro de distância. Ela falou com ele quando estava na calçada, tirando as luvas de látex e os sacos plásticos com elásticos que cobriam seus pés.

— David...

— Jenny. — Ele não parecia feliz em vê-la. — Receio que não possa entrar. Os peritos precisam limpar tudo primeiro.

— O que aconteceu?

— Parece que ela caiu da sacada.

Jenny olhou para o alto.

— Como ela pode ter caído? Essas grades devem ficar na altura da cintura.

Ele juntou os sacos plásticos e as luvas e jogou na sarjeta.

— Pode ter pulado.

— Por que faria isso?

— Não tenho ideia. Pode dar uma olhada, se quiser. Ela ainda está ali. — Fez sinal para uma policial que não parecia ter idade para ter saído da escola. — Mostre o corpo à juíza investigadora, por favor. Não chegue muito perto. — Apontou uma chave para um carro parado em fila dupla na rua. — Agendamos a necropsia para esta tarde. Achei que gostaria de uma leve mudança, considerando o inquérito e tudo mais. Espero falar com você amanhã de manhã. — Deu um sorriso forçado e saiu.

Jenny seguiu a policial, passando pela fita e atravessando um gramado úmido até a lateral do prédio. Mais dois guardas uniformizados vigiavam uma proteção temporária feita de plástico preto esticado entre dois postes. A policial disse que ela poderia olhar, mas sem ultrapassar a barreira. Jenny seguiu em frente, lembrando a si mesma de que ali havia apenas um corpo, uma casca vazia.

O cadáver estava nu, com as pernas sujas. Estava em uma posição contorcida: dobrado no meio, parcialmente ajoelhado, com um braço deslocado torcido sob o torso e o rosto enterrado na grama. Jenny ficou surpresa com o fato de não ter se chocado tanto.

— Alguém viu o que aconteceu? — perguntou.

A policial disse:

— Ninguém se manifestou ainda. Um vizinho acha que pode ter ouvido um grito.

— O que aconteceu com as roupas?

— Estão em uma pilha no chão da sala... ao lado de uma garrafa de uísque.

— *Uísque?* Ela era muçulmana.

— O homem que a encontrou disse que ela cheirava a uísque.

Um senso de lealdade e uma grande parte de culpa levaram Jenny ao necrotério. Os familiares mais próximos — seu ex-marido e uma irmã de Leicester — haviam sido informados. De acordo com o sargento com quem falou, nenhum dos dois demonstrara qualquer inclinação a se envolver. Ambos, aparentemente, haviam escutado a notícia em silêncio, apenas agradecendo o oficial por informá-los. A impressão que teve foi de que o suposto suicídio da Sra. Jamal não foi surpresa para nenhum deles.

Jenny se sentou na recepção vazia e esperou perto das máquinas de guloseimas quebradas. Eram quase 18 horas e todos os técnicos, exceto um, já haviam ido embora. O único ruído no edifício era o chiado da serra cirúrgica, que ela imaginava o Dr. Kerr passando lentamente no crânio da Sra. Jamal, sem esquecer do corte em V atrás para impedir a parte talhada de escapar quando fosse recolocada no lugar.

Nos trinta minutos de silêncio que se seguiram, Jenny não conseguiu parar de pensar no procedimento que estava sendo realizado do outro lado da parede. O cérebro seria tirado do crânio e cortado em lâminas sobre o balcão de aço inoxidável. Uma pequena amostra seria levada para análise e o que sobrasse seria colocado sem cerimônia em um saco plástico transparente, junto com o resto dos órgãos internos, e enfiado de volta na cavidade abdominal. Ela era capaz de tolerar a dissecação de fígado e rins, e até de coração e pulmões, mas havia algo no tratamento dado ao cérebro que parecia um sacrilégio.

Andy Kerr saiu para encontrá-la depois de se lavar. O cheiro do sabão encobria apenas parcialmente o do desinfetante nauseabundo que, depois de um dia inteiro na sala de necropsias, alojava-se profundamente nos poros do médico legista.

— Ela está praticamente de acordo com o relatório da polícia — disse ele rapidamente, ansioso para terminar e ir para casa. — Havia um ombro deslocado, fratura no pescoço e costelas quebradas. Apenas isso não seria fatal; a causa da morte foi parada cardíaca, provavelmente causada pelo choque da queda. Julgando pela fotografia do corpo no local, eu diria que foi quase instantâneo. Ela não parece ter se mexido depois do impacto.

— E o álcool?

— Saberemos amanhã de manhã, mas parecia haver uma grande quantidade de algo que cheirava a uísque em seu estômago.

— Pode dizer se ela bebia regularmente? — perguntou Jenny.

— Seu fígado estava perfeitamente saudável. Nenhuma cicatriz. Solicitei alguns exames que nos dirão se a bebedeira foi um fato isolado ou não. Qualquer um que consuma álcool regularmente desenvolve certas enzimas para digeri-lo.

— Havia mais alguma coisa no estômago? Ela tomou algum remédio?

— Não. Fora o álcool, estava quase vazio.

Jenny fez um gesto positivo com a cabeça enquanto a desagradavel sensação de ter sido pessoalmente responsável pela morte da Sra. Jamal se intensificava. Quanto teria bebido depois que ela se esquivou de sua ligação? Algo que tivesse dito poderia tê-la impedido ou pedir que aquela mulher pesarosa se acalmasse apenas apressaria o fim da história?

— Você está bem? — perguntou Andy. — Parece...

— Eu a conhecia. Seu filho...

— A polícia me contou. Sinto muito. Mas não preciso nem dizer que vemos muitos suicídios como esse. Bêbados, sem roupas. Há sempre algo que os empurra para a beirada. Acho que foi o inquérito.

— Ela lutou oito anos por isso — disse Jenny.

Andy deu de ombros.

— Talvez a luta a mantivesse seguindo em frente.

— Tenho certeza de que teria esperado por um veredicto.

— E se o veredicto acabasse sendo errado?

As regras do Juiz Investigador obrigavam-na a sair do caminho enquanto a polícia estivesse investigando uma morte suspeita, mas Jenny não estava com paciência para esperar. Sabia que seus motivos eram parcialmente egoístas — a necessidade urgente de absolver a si mesma da culpa —, mas também havia algo mais, um medo de que as ligações emotivas da Sra. Jamal não tenham sido totalmente produto de sua imaginação, no fim das contas. Experiências dolorosas haviam lhe ensinado a facilidade com que os pensamentos irracionais podem tomar conta de tudo, mas e se a Sra. Jamal fosse mais sã do que parecia? E se alguém a *estivesse* vigiando? Ou se ela estivesse mentindo e escondendo provas vitais para o inquérito desde o início?

Quando terminou de atravessar o estacionamento do hospital, Jenny havia se convencido da necessidade de invadir o território da polícia. Imaginou a infantaria de Pironi, desajeitada e incompetente, sem saber nada sobre o estado mental da Sra. Jamal ou sua história. O que quer que eles pudessem fazer, ela faria melhor e mais rápido.

Ligando o motor para fazer funcionar o aquecedor vagabundo, ela começou a telefonar. Falou com Ross e disse-lhe que chegaria tarde em casa. Conseguiu pegar Alison antes que deixasse o escritório e lhe pediu para gravar as mensagens da Sra. Jamal e enviar uma cópia para a polícia. Ela já havia feito isso. Por último, ligou para a companhia telefônica e tentou localizar Zachariah Jamal. Conseguiu o número de seu dentista; a ligação foi atendida pela secretária eletrônica. Tentou o número para emergências que havia na gravação e conseguiu falar com uma recepcionista, que cuidava de um bebê aos prantos. A mulher recusou-se a passar o número particular do Sr. Jamal e só concordaria em passar os contatos de Jenny a ele.

Esperando a ligação, ela verificou suas mensagens. Havia duas de médicos do hospital Vale perguntando se os atestados de óbito de seus respectivos pacientes falecidos haviam sido emitidos — o que só era pior do que ser processado; a perspectiva de sua competência profissional ser analisada em um inquérito público era a coisa mais aterrorizante que um médico poderia enfrentar — e uma de McAvoy. Com a voz apologética, ele disse:

— Sinto muito que não possa ir. Tomarei uma por você. Sabe onde me encontrar se mudar de ideia.

Lutava contra a tentação de ligar para ele — o que diria? — quando um bip indicou que havia uma ligação.

Zachariah Jamal parecia estar ligando da rua: havia barulho de trânsito ao fundo; sua voz era frágil e incerta. Ela ficou se perguntando se ele já dera ou não a notícia sobre sua primeira esposa à nova Sra. Jamal e aos filhos. Embriagada, nua e publicamente morta... Logo ficariam sabendo.

— Em que posso ajudá-la? — perguntou ele. — Tive muito pouco contato com Amira nos últimos anos.

Jenny disse:

— Parece que ela tirou a própria vida. Isso o surpreenderia?

Ele suspirou.

— Não sei. Era uma mulher muito complicada. Emotiva, mas...

Ela esperou que ele articulasse os pensamentos.

— ...determinada. Muito depois de eu ter me resignado quanto à morte de Nazim, ela continuou lutando.

— Por que diz *morte?*

— É claro que ele morreu. Provavelmente, no Afeganistão. Conheço meu próprio filho. Se estivesse vivo, teria entrado em contato.

— Mas sua esposa, sua *ex*-esposa, não queria acreditar nisso?

Ele fez uma pausa. Ela podia sentir a força de sua emoção contida.

— Não. Ela não queria acreditar.

— Acho que é possível que o inquérito sobre o desaparecimento de seu filho a estivesse confrontando a ter de aceitar o fato.

— Sim...

— Acho que estamos pensando a mesma coisa, Sr. Jamal. Talvez possa me dar sua versão.

— Nosso contato era totalmente burocrático. Não sei o que se passava em sua cabeça.

Você não quer se envolver, pensou Jenny. *São muitas lembranças dolorosas, culpa sobre culpa. Feche a porta e a tranque. Esqueça que ela ou Nazim existiam.*

Jenny disse:

— Encontrei-me com ela algumas vezes nas últimas duas semanas. Era emotiva e talvez um pouco paranoica, mas não diria depressiva. Pessoas deprimidas voltam-se para si mesmas e se isolam do mundo. Ela brigou por um inquérito, estava sendo dinâmica. Ela não teria esperado para ouvir o veredicto do júri?

— Realmente não sei dizer.

— Posso imaginar uma mulher de luto se matando com a crença de que poderia se encontrar com o filho. Isso é possível?

O Sr. Jamal não respondeu.

— Sua ex-esposa era uma mulher religiosa?

— Muito.

— Desculpe minha ignorância, mas o Islã não considera o suicídio um pecado muito sério?

— Sim, considera — disse baixinho.

— Eu não espero que alguém com impulsos suicidas pense de maneira lógica...

— Ela devia estar doente — disse ele, e depois, com uma mudança na voz: — Devia estar muito doente.

— A necropsia mostrou que ela havia tomado uísque logo antes de sua morte. Uma quantidade bastante substancial.

Depois disso, o Sr. Jamal ficou totalmente em silêncio. Jenny podia ouvir o vento sobre o fone, um carro passando.

— Só estou tentando imaginar o que isso poderia significar. Álcool, suicídio... Mesmo se estivesse doente, certos tabus podem ser até mais poderosos do que a doença. Estive com ela ontem; não estava psicótica.

Rapidamente, o Sr. Jamal disse:

— Concordo, Sra. Cooper. Não sei o que dizer. Isso não faz nenhum sentido.

— Já vou encerrar esta conversa — disse Jenny —, mas tem mais uma coisa. Sua ex-esposa já lhe disse algo sobre o desaparecimento de Nazim, sobre seus amigos, algo que ela pudesse não querer que fosse conhecido publicamente?

— Não. Não disse nada. Era isso que a impulsionava... a necessidade de saber.

Os últimos membros da equipe de peritos saía do prédio e entrava no micro-ônibus. Um único policial enrolava a fita de isolamento. Pareciam ter encerrado o trabalho naquele dia. A porta da frente era escorada com uma vassoura virada para cima. Jenny entrou e pegou o elevador até o andar da Sra. Jamal. O investigador Pironi e um oficial mais jovem à paisana, com barba por fazer e trancinhas no cabelo, estavam trancando o apartamento quando se aproximou.

Jenny disse:

— Oi. Alguma objeção que eu dê uma olhada?

Os investigadores trocaram um olhar.

— Sra. Cooper, a juíza investigadora — disse Pironi a seu subordinado. — Acho que devíamos chamá-la de Sra. Bisbilhoteira.

O jovem sorriu e passou os olhos sobre ela, pensando — ela podia ler sua mente — *justo agora?*

Jenny disse, irritada:

— Há algum problema nisso ou não?

Pironi olhou em seu relógio caro e suspirou.

— Contanto que seja rápido.

— Importa-se se eu sair para fumar, chefe? — perguntou o jovem. Pironi fez um gesto dispensando-o e pegou um molho de chaves, procurando arduamente, como se ela tivesse lhe pedido um favor enorme e absurdo.

— Vocês tiraram algo daqui? — perguntou Jenny.

— Algumas impressões, uma pilha de roupas e uma garrafa de uísque. Parece que ela engoliu metade... o suficiente para lançar alguém pela janela. — Ele encontrou a chave, destrancou a porta e a abriu para ela. Ele bem que podia ter dito: *depois da senhora, madame.*

Jenny entrou no apartamento. A aparência e o cheiro eram os mesmos do dia anterior, um odor levemente exótico no ar: ervas e especiarias. Abriu a porta do banheiro e do quarto. Ambos os cômodos estavam limpos e arrumados. O lençol estava bem-esticado na cama de solteiro, havia almofadas de chita na cabeceira. A cozinha também se encontrava em perfeita ordem. Não havia um único copo sujo na pia, nem louça do café da manhã no escorredor de pratos. Uma lista de compras estava presa à geladeira com um ímã estranho com estampa floral.

— Importa-se se eu olhar dentro das gavetas? — perguntou a Pironi, que esperava impaciente na porta.

— Vá em frente.

Abriu várias delas: talheres, panos de prato, utensílios. Tudo limpo e organizado.

— Algum sinal de medicamentos controlados?

— Nenhum.

Abriu um armário no alto e encontrou a fonte daquele cheiro: ramos de tomilho seco e vasos grandes de especiarias.

— Nenhuma bebida alcoólica na casa além do uísque?

— Nenhuma gota.

— Nenhum bilhete?

Pironi fez que não com a cabeça.

Jenny passou por ele e foi para a sala onde havia se sentado na manhã do dia anterior. Estava exatamente como se lembrava, só que mais silenciosa. Há uma inércia nos cômodos dos recém-falecidos, como se o ar parasse de circular. Ela podia sentir o cheiro do tapete e do material de que eram feitos os móveis: o lugar, e não a pessoa que morava ali. Passou os olhos pela sala uma segunda vez. Algo havia mudado.

— Alguma coisa foi tirada do lugar? — perguntou.

— Só a cadeira. — Ele apontou para a cadeira de madeira que no dia anterior estava perto da escrivaninha, no canto. Agora estava do lado oposto da sala, perto da janela que dava para a sacada. — Estava aí onde você está. Suas roupas foram empilhadas ao lado, junto com a garrafa.

— A garrafa estava fechada?

— Quem está tentando ser, a maldita Miss Marple?

Jenny deixou a observação passar sem fazer nenhum comentário.

— As cortinas estavam abertas? E a janela?

Pironi revirou os olhos.

— As cortinas estavam fechadas e havia uma luminária acesa no canto. Ela ficou sentada, bebendo, tirou as roupas e depois pulou pela janela.

— São só três andares.

— Quando surge uma ideia súbita, ninguém pega o fio de prumo nem a fita métrica — afirmou Pironi. — Já viu o suficiente? Estou esperando uma ligação de meu homem em Helmand.

— Só mais um instante.

Foi até a janela e tentou imaginar a Sra. Jamal nua escalando a grade. Não teria sido uma saída elegante. Virou-se e deu uma última olhada na sala. As fotografias de Nazim estavam todas arrumadas do modo como se lembrava, assim como os enfeites na prateleira: detalhadas estatuetas de porcelana e vários troféus de esporte polidos.

Jenny seguia para a porta quando percebeu as duas prateleiras sobre a escrivaninha. No dia anterior, havia meia dúzia de arquivos cinza. Agora havia uma pilha de revistas na prateleira superior e alguns livros na inferior.

— Vocês tiraram uns arquivos daqui? — perguntou Jenny. — Havia uma série deles naquela prateleira ontem, quando estive aqui. Toda a papelada referente a seu filho.

— Não tiramos nada.

— Mais alguém esteve aqui? Sabe o que estou querendo dizer.

— Como eu disse, não havia arquivo algum. — Ele coçou a ca beça. — Eu não sei... Talvez ela tenha jogado no lixo?

Pironi deixou Jenny falando com o zelador, o Sr. Aldis, um velho rabugento, irritado por ter sido tirado da partida de futebol que assistia na televisão. As latas de lixo comunitárias ficavam em um armário trancado do lado de fora do edifício. Não eram esvaziadas há cinco dias, e ele jurou que a polícia não havia pedido acesso a elas. Jenny pegou emprestado um par de luvas de borracha e passou uma hora fria e desagradável mexendo no lixo. Nem sinal dos arquivos.

— Por que não me contou? — perguntou McAvoy. — Um policial aqui me avisou. Meu Deus. *Morta*... — Havia som de copos batendo ao fundo. Pela voz, parecia que ele havia passado a noite ali.

O viva voz do carro havia quebrado e ela estava com o celular apoiado no ombro enquanto dirigia para casa, rezando para não cruzar com um carro de polícia.

— A polícia acha que ela pulou — disse Jenny.

— Deve ter ido direto para o inferno, então — disse McAvoy. — Os suicidas queimam no fogo, "o que é fácil para Alá", é o que diz o Corão. Um cara na prisão me emprestou para ler uma vez.

— Seus arquivos não estavam lá. Todos os papéis ligados ao caso.

— Os policiais devem ter levado, não tem perigo.

— Pironi negou.

— São Pedro negou nosso Senhor três vezes e ainda conseguiu ser bispo de Roma.

— Ele me olhou nos olhos. Acreditei nele.

— É porque tem uma alma pura, Sra. Cooper... Ela está *morta*. Por quê?

— Ela estava bebendo. Tomou meia garrafa de uísque.

— Pobre alma. Pobre alma destruída.

Havia cruzado a ponte e chegava a Chepstow. Logo passaria da pista de corrida e da garganta do vale, onde não há sinal de celular.

— Estou prestes a perder o sinal. Entrarei em contato assim que souber de algo novo.

McAvoy disse:

— Sei o que está fazendo, Jenny. Entendo que queira ser honesta, mas eu poderia ajudar... Se quer realmente desenterrar toda a merda, precisará de um homem como eu.

Eram quase 10 quilômetros íngremes e sinuosos por bosques escuros entre St. Arvans e Tintern, a antiga vila com sua abadia em ruínas onde ela pegava a via estreita e subia até Melin Bach. Desde uma noite em junho — no meio do caso de Danny Wills e sofrendo de ansiedade aguda —, em que havia parado o carro na floresta e lutado contra impulsos desesperados, ela temia esse trecho. A essa hora da noite, havia pouco ou nenhum trânsito. Há uma fina camada de água sobre a estrada, e as curvas, sempre mais fechadas e longas do que parecem, forçam-na a diminuir a velocidade ou arriscar cair da barragem. Todo ano ali se perdiam várias vidas.

Ligou o rádio para impedir que sua imaginação transformasse sombras em fantasmas, e tentou se acalmar com a música clássica. Invocou uma cena pastoral com campos e flores selvagens em uma tentativa de comprometer todos os sentidos, como havia aconselhado o Dr. Allen, mas quanto mais pura imaginava a imagem, mais agudo ficava seu medo. Era uma presença fria, ameaçadora, tangível, uma entidade que se prendia a ela.

Vá embora, vá embora, repetia em sua cabeça, tentando forçar-se a voltar ao idílio. Depois em voz alta.

— Você não é real. Deixe-me em paz... Deixe-me em paz.

Houve um barulho repentino, um choro de rejeição. Os olhos de Jenny viraram-se para o banco de passageiros. Os olhos grandes, escuros e desolados da Sra. Jamal olharam-na por um instante e depois desapareceram. Jenny obrigou-se a respirar bem fundo e pisou no acelerador o máximo que pôde. Ela já tinha se deparado com todos os tipos de sintomas, mas nunca havia *visto* coisas antes.

Saiu correndo do carro e entrou em casa, dizendo a si mesma que sua imaginação estava lhe pregando uma peça. Os olhos eram apenas a luz refletida; o rosto, uma sombra. Era natural que a mente criasse imagens na escuridão.

Trancou a porta da frente.

O som de um rap hostil, com uma batida que fazia as janelas tremerem, saía do quarto de Ross. Ela gritou para cima para dizer oi, mas não teve resposta. Eram quase 23 horas. Muito tarde para comer. Precisava se acalmar. O que não daria por uma bebida... Entrou no escritório, resolvendo aliviar a tensão no papel.

Acendeu a luz e viu que os papéis sobre sua mesa haviam sido revirados e que a gaveta onde mantinha o diário não estava totalmente fechada. Ela a abriu. Estava lá, sob uma pilha de envelopes e outros papéis — com a capa preta fechada pelo elástico —, mas ela o havia fechado daquele jeito, com a lombada para a esquerda?

— Oi. Você chegou tarde.

Ela se virou e viu Ross na porta, vestindo um moletom com capuz e calças indianas largas.

— Você andou mexendo nas minhas coisas?

— Não.

— Diga a verdade.

— Não tinha nada para comer em casa. Estava procurando dinheiro para ir ao *pub* comprar algo.

— Não minta para mim.

— Eu não mexi em nada.

— Você não deve nunca mexer em minha escrivaninha. Minhas coisas pessoais ficam ali.

— Sim. Um monte de porcaria. — Ele se virou e subiu as escadas.

Ela foi atrás dele.

— Ross, sinto muito...

— Você não está bem — disse ele, mais em tom de pena do que de raiva.

— Ross, por favor...

Ele entrou no quarto e bateu a porta.

QUINZE

Ela acordou às 5 horas, exausta pelos sonhos intermitentes que atrapalharam seu sono leve. Seu corpo estava muito cansado, mas o cérebro estava a todo vapor, fazendo conexões desordenadas e jogando-se em especulações malucas: uma mistura de polícia e agentes do governo, acordos secretos e provas ocultas. E, no meio das sombras, a figura sorridente de McAvoy. Onde ele se encaixava? Estava sendo verdadeiro ou, como Alison temia, ele a estava usando? Como se respondessem, duas imagens se apresentaram de uma só vez: um anjo e um demônio. Um era ele, tinha certeza, mas não conseguia dizer qual. Talvez fosse os dois.

O choque inicial da morte repentina da Sra. Jamal havia se transformado em um leve sofrimento que continha em si vários tipos diferentes de dor. Havia culpa e pena, mas, sob ambas, um sentido de vergonha que ela deve ter carregado consigo nos momentos anteriores ao salto mortal. Jenny ainda não conseguia fazer a relação entre a mulher bem-vestida que tinha chegado a seu gabinete e demonstrado tanta dignidade perante a corte e o corpo todo dobrado que ela havia visto sobre a grama na tarde anterior. Pulou da cama, colocou um suéter por cima do pijama e desceu as escadas para fazer café, que levou para tomar no escritório. Separou as anotações e os papéis que levara para casa, procurando agora por outra peça do quebra-cabeça: aquilo que a Sra. Jamal não havia contado, aquilo que fez com que enlouquecesse.

Jenny leu e releu as declarações originais da polícia, depois analisou todas as palavras ditas no tribunal. Além do fato de a Sra. Jamal ter reagido violentamente ao testemunho de Dani James, não havia nenhuma outra pista. Tentou se lembrar da conversa que tiveram no apartamento, desejando ter feito anotações. A Sra. Jamal havia ficado aflita ao saber da declaração de Madog, mas desconfiada tanto de McAvoy quanto de seu amigo investigador; houve lágrimas, mas a história de Madog foi como se mais lama tivesse sido jogada nas mesmas águas. Foi apenas quando Jenny lhe perguntou sobre a existência de outra garota que ela reagiu de outra forma, chegando a um estágio além das lágrimas. Ela havia se lembrado da voz da menina que telefonara como se tivesse sido recente; tinha a idade de Nazim, falava bem e era branca. Não pode ter sido Dani James. A Sra. Jamal teria notado seu sotaque de Manchester. A conversa havia sido breve, mas, apesar disso, a afetara profundamente. Jenny procurou possíveis explicações. Era mais do que uma simples reprovação. Seria um escândalo? A garota estaria grávida? Teria a Sra. Jamal pego os dois em seu apartamento? Teria ela expulsado a menina e gerado um desacordo com o filho pelo qual nunca se perdoaria? E se esse foi o caso, por que a menina nunca havia se manifestado?

Além de Dani James, a única mulher a fornecer uma declaração formal à polícia foi Sarah Levin, agora Dra. Levin, do departamento de Física. Ela era outra testemunha pendente, com quem Jenny não podia entrar em contato antes de retomar as audiências. Seus instintos lhe diziam tratar-se de mais uma ocasião em que as regras deveriam ser quebradas. Além disso, precisava desesperadamente de uma pista, algo para revelar o passado.

Depois de muita reclamação e protestos, Jenny arrancou Ross da cama às 7 horas e o deixou, ainda resmungando, no café perto da escola antes das 8. Ela pretendia se desculpar por sua explosão da noite anterior, mas ele insistira em dormir durante os 45 minutos de viagem. Estava virando um padrão: em seus cada vez mais raros momentos juntos, ele fazia tudo, menos se comunicar com ela.

O apartamento de Sarah Levin, cujo endereço foi conseguido após uma série de ligações feitas pela manhã a funcionários nada solícitos da universidade, ficava no segundo andar de uma grande casa em estilo vitoriano perto de Bristol Downs: uma propriedade cara para uma jovem. A plaquinha perto da campainha dizia Spencer-Levin, e foi a voz de um homem que atendeu ao interfone.

Jenny se apresentou e disse que precisava falar com a Dra. Levin imediatamente.

— Está no banho. E tem aula às 9 — disse o homem, com o tom arrogante que ela associava a advogados corporativos ou banqueiros.

Irritada devido à noite maldormida, Jenny disse:

— Eu não fui clara? Sou uma juíza investigadora conduzindo um inquérito oficial.

Houve uma breve pausa.

— Você não precisa ter um mandado ou algo assim?

— Não. E agora vai me ajudar ou vai dificultar as coisas?

Ela o ouviu xingando. A porta foi aberta com o som nervoso do interfone.

Ele não parecia ser advogado nem qualquer outra coisa. Usava uma camiseta por baixo de uma jaqueta de lona e tênis. Os cabelos na altura dos ombros estavam presos e cobertos de gel, e os jeans na altura do quadril começavam a cair. Trabalhava com propaganda ou na TV, imaginou Jenny. Uma área em que é permitido se vestir de forma casual, o que parece uma boa ideia quando se tem 21 anos, mas começa a se tornar vergonhoso quando se tem 40. Spencer — ela deduziu que esse fosse seu sobrenome, já que ele não teve educação para se apresentar — mostrou-lhe o caminho de uma cozinha em estilo americano, que ao mesmo tempo servia como sala de jantar. Era um lugar intencionalmente simples: um piso de madeira encerado e todo o resto branco, com uma única pintura abstrata na parede.

— Tenho de ir. Ela sairá em um minuto.

Pegou uma bolsa de marca e saiu para trabalhar em sua profissão incerta.

Sarah Levin saiu secando os longos cabelos louros com uma toalha. Era alta e magra, naturalmente atraente de um modo que Jenny descrevia apenas como refinado. Spencer havia tirado a sorte grande.

— Olá. Em que posso ajudá-la? — disse, com cuidado. — É a Sra. Cooper, não? — Seu sotaque era parecido com o da Nova Inglaterra, mais britânico que americano.

— Sim. Desculpe incomodá-la em sua casa — disse Jenny, ciente de que a beleza avassaladora de Sarah Levin a havia distraído temporariamente. — Quero lhe fazer algumas perguntas.

— Sua assistente me ligou outro dia. Disse que o inquérito fora adiado.

— Apenas até a semana que vem. Estou tentando obter alguns detalhes sobre o primeiro semestre de Nazim Jamal em Bristol. Soube que vocês estudavam Física.

— Sim, estudávamos. — Colocou a toalha no balcão e tirou os cabelos do rosto. Eram compridos quase até a cintura.

— Vocês conversavam? Eram amigos?

— Não muito. Posso lhe oferecer um café?

— Não, obrigada. Mas pode ficar à vontade.

Sarah ligou a máquina de espresso e pegou uma xícara branca e um pires de um armário com vidro na frente. Jenny a observou por um instante, sentindo sua tensão. *Não muito.* O que aquilo significava?

Jenny disse:

— A mãe dele morreu ontem.

— Oh... — Sarah se virou, abrindo um pote de café. — Sinto muito.

— Acho que não se conheciam, não é?

— Não.

— Ela me disse que suspeitava que Nazim havia feito amizade com uma garota no fim do primeiro semestre.

— Eu não me lembro.

— Você era próxima o suficiente dele para ter notado?

— Não muito... Obviamente, pensei mais sobre ele depois do que na época. — Encostou-se no balcão, esperando a máquina aquecer. Parecia desconfortável, inquieta.

— Alguma vez ligou para o celular de Nazim?

Ela fez que não com a cabeça.

— Acho que não.

— A Sra. Jamal atendeu uma ligação no celular dele em dezembro daquele ano. Era uma garota... falava bem, inglesa. Agiu como se tivesse sido descoberta, como se soubesse que a mãe de Nazim não aprovaria. Tem alguma ideia de quem poderia ser?

— A descrição bate com a de metade das garotas de Bristol. Desculpe. Não tenho ideia.

— Qual era a proximidade de vocês dois?

— Íamos às mesmas palestras e seminários. Fizemos dupla em alguns trabalhos. Ele era apenas mais um do grupo, não era um amigo meu... nem amigo de ninguém, a propósito. Estava bastante determinado a se isolar, pelo que me lembro.

— Por causa de sua religião?

— Os garotos muçulmanos costumavam andar juntos. Ainda andam. — Virou-se para verificar a máquina de café.

Jenny disse:

— Então ele estava em sua sala e se definia como religioso, isolado. Você acharia estranho que ele tivesse uma namorada branca?

— A mãe dele a viu? Há muitas garotas muçulmanas que falam sem sotaque. — Apertou um botão e ruidosamente encheu sua xícara. — Eu mal o conhecia, mas pessoas como eu dificilmente se jogariam sobre um cara com uma barba daquelas e roupas de que nem sei o nome.

Jenny a observou jogar os grãos usados no lixo e limpar as gotas no balcão, imaginando que ela não parecia muito uma física. Em seus tempos de estudante, os cientistas eram, em sua maioria, caras de cabelos escorridos com pele ruim. As poucas mulheres entre eles eram do tipo que sempre pareciam estar vestidas como se fossem fazer uma caminhada.

Jenny perguntou:

— Qual a sua especialidade, se não se importa em dizer?

— Física de partículas, coisas teóricas. Pesquiso novas formas de energia... É o Santo Graal.

— Deve ser um mundo um tanto quanto masculino.

— Minha família é toda de cientistas. Nunca pensei nisso dessa forma.

Mas aposto que gosta da atenção, pensou Jenny.

— Você deu uma declaração à polícia depois que Nazim e o outro rapaz desapareceram — colocou Jenny. — Disse que havia escutado uma conversa em que ele falava de "irmãos" que foram para o Afeganistão.

— Isso mesmo... Ele andava com um grupo de amigos. Pareciam estar se vangloriando, na época. Ouvi apenas partes... os meninos falando sobre como seria legal disparar armas e matar pessoas, esse tipo de coisa. Estavam rindo, se exibindo uns para os outros.

— Não se lembra de nada mais específico?

— Se lembrasse, teria dito à polícia. — Deu um gole no café com a mão firme. — Foi há muito tempo.

— Não houve nenhuma fofoca no departamento? Rumores, especulações?

— Não. — Sarah Levin franziu a testa e balançou sua bela cabeça. — Parece tão estranho hoje quanto pareceu na época. Ele simplesmente... desapareceu.

Alison estava em um daqueles seus momentos tensos e frios, o que havia se tornado cada vez mais frequente nas últimas semanas. Irritada e recusando-se a dizer o motivo, ela fazia barulho no escritório e batia as portas dos armários da cozinha. Jenny havia atribuído esses episódios a mudanças de humor da menopausa ou às brigas de sempre com o marido — e sem dúvida os problemas com a filha eram parte do conflito —, mas naquela manhã o clima estava tenso além da conta. Quanto mais Jenny tentava ignorá-la, mais pesados ficavam os passos de Alison. Lendo a última leva de relatórios de necropsia, ela tolerou aquele clima por mais de uma hora. Começou a olhar para a lista de Toyotas pretos, quando Alison entrou sem bater e jogou uma pilha de cartas em cima.

— Sua correspondência. Algumas cartas de ontem também.

Segurando-se para não explodir, Jenny disse:

— Qual é o problema?

— Pois não, Sra. Cooper?

— Você parece aborrecida.

Alison forçou um sorriso paciente.

— Sairei daqui em um minuto. Marquei uma hora para tomar o depoimento do Sr. Madog.

O jogo seguia seu padrão normal: Alison negaria repetidamente que havia algo errado até que, finalmente, como se estivesse cedendo apenas para satisfazer alguma necessidade irracional de Jenny, diria o que a estava incomodando.

— Olharei todos os arquivos pendentes no fim de semana — disse Jenny. — Se algum médico do Vale ligar cobrando decisões, pode dizer que sairão no máximo até segunda-feira.

— Da última vez que olhei, não estávamos mais atrasados do que o normal.

— Então há algo que não olhei?

— Acho que não.

— Algo que eu fiz?

Alison franziu a testa, tensa.

Jenny disse:

— Sinto que estou chegando perto.

Alison suspirou:

— Não cabe a mim lhe dizer como fazer o seu trabalho, Sra. Cooper, mas às vezes fico um pouco cansada de ficar no meio.

— No meio do quê, exatamente? — perguntou Jenny.

— Dave Pironi ligou para a minha casa ontem perguntando o que uma juíza investigadora estava fazendo interferindo na investigação da polícia.

— A morte da Sra. Jamal tem impacto em meu inquérito.

— Não só ele. Gillian Golder telefonou mais de uma vez esta semana exigindo saber o que diabos está acontecendo durante o recesso.

— Não é da conta dela... Por que simplesmente não passou a ligação para mim?

Alison olhou para ela como se dissesse: *não é óbvio?*

— Ela está pedindo que me espione?

— Não nesses termos.

— Vou falar com ela — disse Jenny.

— Isso me coloca em uma situação ainda pior.

— Não mencionarei seu nome.

Alison parecia desconfiada.

— É sério. Confie em mim. Mais alguma coisa?

Alison mordeu as bochechas e limpou uma sujeira imaginária da lapela.

— Sabe que normalmente eu não diria nada desse tipo...

— Oi? Tem alguém aí? — A voz inconfundível de McAvoy chamava na antessala.

Alison lançou um olhar acusatório a Jenny.

— O que ele está fazendo aqui?

Jenny deu de ombros.

— Não tenho a mínima ideia. — Levantou-se.

Alison ficou entre ela e a porta.

— Por favor, Sra. Cooper, deixe-me falar uma coisa. Já lhe disse que não devia se envolver com esse homem.

— Foi ele quem nos deu a única pista nova que temos.

— Não pode confiar nele. Ele é venenoso. Eu participei de seus interrogatórios.

Ouviu-se uma batida na porta de sua sala.

— Sra. Cooper?

Jenny disse:

— Aguarde um momento. — Virou-se para Alison. — Pelo menos me deixe ver o que ele quer.

Saiu e foi para a recepção. McAvoy estava parado na sala de espera, folheando lentamente o folheto da igreja de Alison.

— Sr. McAvoy...

— Desculpe-me chegar sem avisar — disse, com uma formalidade irônica que imitava a dela. — Queria saber se podemos ter uma palavrinha rápida sobre a Sra. Jamal.

Alison chegou perto de Jenny.

— Eu não aconselharia, Sra. Cooper. O Sr. McAvoy é uma das testemunhas. Não quer correr o risco de manchar seu inquérito.

— Prazer em vê-la novamente, Sra. Trent — disse McAvoy, com mais do que uma ponta de ironia. — Já faz um tempinho, não?

Alison deu um passo à frente, assumindo a mesma postura de quando era policial.

— Deve saber que o Sr. McAvoy foi preso por obstrução da justiça. Ele arranjou um álibi falso em um caso violento de roubo a mão armada, e já estava na hora de ser pego.

McAvoy sorriu e jogou o folheto de volta na mesa.

— Ouvi dizer que seu antigo chefe, Dave Pironi, afirma que encontrou Jesus. Em minha modesta opinião, acho que foi um pouco tarde. Ele foi um dos policiais mais sujos e corruptos que já conheci. Ele que mandou aquela mocinha para mim, acho que deve saber.

Alison disse:

— Está vendo com o que está lidando?

McAvoy disse:

— Já se perguntou por que meu escritório foi grampeado bem naquele dia? Ou por que, quando qualquer pessoa em sã consciência não faria nada contra o Departamento de Investigação Criminal, aquela testemunha não pôde fazer nada para ajudá-los?

Jenny disse:

— Podemos parar com isso, por favor? — ela se virou para McAvoy. — Você deveria mesmo estar aqui?

McAvoy disse:

— Esse caso já custou minha liberdade e minha carreira...

Alison resmungou.

Ele a ignorou e continuou:

— Se é que se lembra, foi logo depois que comecei a seguir o rastro daquele Toyota, todos esses anos atrás, que sua assistente e seus colegas me pegaram.

— Não teve nada a ver com isso — disse Alison.

— Com todo o respeito — respondeu McAvoy, levantando a voz —, como sargento, você não tinha a mínima ideia do que estava acontecendo, Sra. Trent. Pironi, e quem quer que estivesse trabalhando com ele, me tiraram do caminho para impedir que aquele carro fosse identificado. E depois recebi aquela ligação no outro dia — um cara perguntando o que eu sabia e ameaçando me colocar em um *ataúde*. E a ligação antes de eu ser preso, o americano perguntando a mesma coisa: *O que eu sabia?* — Olhou para Alison. — Ele ganha a vida assim, é isso que está pensando. Mas e a Sra. Jamal? E olhe quem está no comando novamente.

— O apartamento dela fica em sua jurisdição — disse Alison.

— E há quanto tempo ele está lá? Ouvi dizer que há apenas três meses. Foi transferido na mesma época em que ela fez a solicitação para que seu filho fosse declarado morto. Não gosto de acusar um irmão de fé de um pecado mortal, mas isso não levanta algumas questões?

— Ele não teve nada a ver com a morte da Sra. Jamal — soltou Alison.

— Sei que é uma mulher inteligente, Sra. Trent, mas mesmo uma ex-policial deveria saber que os cretinos do mal nem sempre andam por aí usando chapéus pretos. — Apontou com a cabeça para o folheto que havia deixado sobre a mesa. — Notei que vocês receberam uma menção aqui no jornalzinho da igreja...

Alison atravessou a sala, pegou seu casaco pendurado e deixou o local.

McAvoy pegou o folheto, abriu em uma página do meio e o entregou a Jenny.

— O batismo de adultos é uma coisa maravilhosa, mas meio que tira o brilho...

Ele apontou para a seção de notícias. A Sra. Alison Trent estava na lista dos cinco novos membros do Corpo de Cristo batizados no domingo anterior. Tinha dois padrinhos, entre os quais, o Sr. David Pironi.

McAvoy disse:

— Isso é bem baixo até para os padrões dele. Como ele conseguiu? Ela não tem nenhuma doença terminal nem nada desse tipo, tem?

— Não — disse Jenny. — Apenas alguns problemas familiares.

Eles conversaram na sala de Jenny. McAvoy disse que o longo julgamento no qual estava envolvido havia sido adiado porque o juiz tinha de conduzir uma audiência que duraria o dia todo: oito membros de um círculo de pedofilia, cada um alegando ter sido enganado pelos outros para entrar no grupo. Pensar na Sra. Jamal o havia mantido acordado pela maior parte do tempo. Tarde da noite, já quase sem cigarros, começou a juntar as peças. Havia ligado para um antigo contato na polícia, que lhe contara sobre a transferência recente de Pironi para New Bridewell. O mesmo policial também dera a pista sobre o fato de Pironi frequentar a igreja. Aparentemente, ele começou a ir depois que sua esposa morreu. Ainda vadiava e enquadrava inocentes durante a semana, como sempre fizera, mas renascia a cada domingo.

Falando com McAvoy dessa forma, burocraticamente, atrás de uma mesa, as dúvidas de Jenny sobre ele começaram a desaparecer. Ele era comedido, lógico e sempre dava um sorriso consciente quando caía no exagero. Ela não sentia que estava armando conspirações do nada: como ela, McAvoy simplesmente tentava colocar as peças em uma ordem que fizesse sentido. Depois de terem ido falar com Madog, Jenny havia quase sido convencida pela insistência de Alison de que ele estava inventando provas em interesse próprio para conseguir voltar à profissão de advogado. Olhando em seus olhos, ela não conseguia acreditar nisso. Como a morte da Sra. Jamal se encaixaria na teoria de Alison? Ela argumentaria que McAvoy estava envolvido, que ele a perseguia com os telefonemas noturnos? E para quê? Simplesmente para desacreditar Pironi?

Não. O homem encostado na janela aberta, fumando um cigarro, não era nenhum monstro. Era muito tenso, muito castigado pela vida, muito obviamente desgastado pela consciência para ser um psicopata do tipo que Alison imagina. Pessoas cruéis tinham charme; McAvoy tinha calor humano. Era de um tipo errático e levemente perigoso, uma chama nua que derretia e depois brilhava, mas ela podia vê-la queimando nele mesmo assim. Estava convencida de que sua paixão por justiça, ou pelo tipo de justiça em que acreditava, era real e verdadeira.

Jenny lhe mostrou a lista de Toyotas que Alison havia feito e aqueles que ela havia circulado. Percorreu-a com olhos de advogado criminal. Para sumir com alguém, não se usa um carro com registro particular, disse. O mais provável é que se alugue um carro usando documentos falsos, um rastro que se possa cobrir. Na lista, havia apenas dois carros registrados em nome de locadoras. Uma ficava em Cwmbran, sul do País de Gales, e a outra, a quase 50 quilômetros ao norte da pequena cidade de Hereford, no lado inglês da fronteira.

Jenny pegou o telefone, com a intenção de ligar para elas.

McAvoy disse:

— Tem certeza de que é uma boa ideia? Nunca se sabe quem pode estar ouvindo.

Jenny disse:

— Você está certo. Farei uma visita pessoalmente.

Estava na hora de encerrar aquela reunião. McAvoy olhou em seus olhos enquanto ela pensava em um modo gentil de lhe dizer.

Antes que esta falasse algo, ele disse:

— Se eu não quisesse aborrecer ainda mais sua assistente, pediria para ir junto.

— Acha que eu preciso que alguém me leve pela mão?

— Talvez fosse isso que a Sra. Jamal queria.

Jenny tentou não demonstrar o calafrio que sentiu.

DEZESSEIS

McAvoy fumou e cochilou durante a viagem de uma hora até a cidade ex-produtora de carvão de Cwmbran. Jenny tentou puxar conversa uma ou duas vezes, mas ele mal respondeu. Com os olhos meio cerrados, olhava para a paisagem cinzenta, com a garoa sempre presente transformando-se em neve conforme avançavam para o sul.

Ela perguntou se ele tinha algo em mente. McAvoy respondeu com um "hum" rabugento e desconcertante. Seu humor era impenetrável. A empresa de locação de carros ficava na periferia da cidade, em uma região industrial de onde se viam colinas uniformemente inclinadas que haviam se formado a partir de resíduos da época em que as minas viraram a terra do avesso. McAvoy acordou quando Jenny estacionava e entrou junto com ela. Não havia nenhum cliente, apenas um atendente corpulento comendo um sanduíche. Ele limpou as migalhas da boca assim que passaram pela porta. McAvoy ignorou sua saudação corporativa e se serviu de café da máquina, enquanto Jenny cuidava dos negócios.

Ela entregou um cartão de visitas e disse ao funcionário que precisava saber se alguém alugou um Toyota na noite de 28 de junho de 2002. E, em caso positivo, quem foi. Ele disse que não tinha acesso a esses registros. Era um assunto para ser tratado com o escritório central, em Cardiff. Pesquisou no computador o número de telefone e falou para não terem muita esperança: a empresa mantinha os veículos apenas por um ano, no máximo, dois.

Atrás dela, Jenny ouviu McAvoy dizer:

— E que diabos isso tem a ver?

— Pois não, senhor?

— O que o tempo pelo qual os veículos são mantidos tem a ver com os registros? É preciso guardá-los para os impostos. Onde estão?

Jenny viu o atendente estremecer ao avaliar McAvoy.

— Não é necessário ser grosseiro.

McAvoy foi na direção do balcão, apoiou seu copo de café e olhou para ele com olhos vermelhos e inchados. Jenny sentiu o estômago revirar.

— Peço desculpas — disse McAvoy. — As pessoas com quem lido em minha profissão às vezes me fazem usar linguagem inapropriada e descontrolada. Por favor, ignore minha explosão.

Encolhendo-se, Jenny baixou os olhos com vergonha. O atendente voltou com cautela para seu monitor. McAvoy deu um gole no café, olhando-o de forma maligna.

— Aqui está o número, senhora — disse o funcionário. — Zero, um, dois, nove, zero...

McAvoy interrompeu.

— Os registros em papel, os formulários que se assina quando se aluga um carro... onde você os armazena?

O rapaz olhou para Jenny, que disse:

— Está tudo bem. Ligarei para esse número.

— O que tem ali? — perguntou McAvoy, apontando para a porta nos fundos da sala. — É ali que guarda os arquivos, não é? O cara dos impostos chega, e é ali que ele vai para verificar se vocês estão com a papelada em dia.

— Não estou autorizado a liberar esses documentos, senhor.

— Você disse que não tem *acesso* — afirmou McAvoy baixinho, mas com o tom ameaçador de um assassino. — Não é bem verdade, não é, filho?

O atendente limpou uma gota de suor do lábio superior, olhando para o telefone no balcão.

McAvoy disse para Jenny:

— Olha só. Não precisa mais ficar dando voltas. — Pegou seu café e foi para fora.

Jenny e o atendente olharam um para o outro. Ele estava esperando que ela lhe dissesse o que fazer.

Jenny disse:

— Acho que seria mais fácil se você simplesmente pegasse os registros daquelas datas.

O atendente tirou uma chave da gaveta e desapareceu nos fundos do escritório. Enquanto ele procurava nos arquivos, ela olhou para trás e viu McAvoy andando até a loja de equipamentos aquáticos. Ele parou para ajudar uma jovem que lutava para passar pela porta com um carrinho de bebê e algumas sacolas pesadas. Disse algo que a fez rir, depois se abaixou e apertou a bochecha da criança.

O funcionário reapareceu com várias folhas de papel. Disse:

— Se quiser, posso copiá-las para você. O carro foi alugado no dia 24, por um período de duas semanas, para a Casa de Repouso Fairleas. Tenho o contrato assinado e o comprovante do cartão de crédito. Quer ver mais alguma coisa?

Jenny passou os olhos nos documentos desbotados.

— Não. Isto é suficiente.

Saiu dali cantando os pneus em direção à saída da cidade. McAvoy estava sentado tranquilamente no banco do carona, observando a vista. Havia espaço entre as nuvens, e depois das fileiras de casas modernas idênticas, dava para ver belos flocos de neve caindo no alto das colinas.

Jenny pisou no acelerador com raiva saindo da rotatória, fez o Golf chegar a 70 quilômetros por hora em terceira marcha, e depois passou direto para a quinta. O carro inclinou-se como se ela tivesse errado o tempo da embreagem. McAvoy foi jogado para a frente, mas não disse nada.

— É assim que se comporta sempre? — perguntou Jenny.

— Você o estava deixando empurrá-la para um lugar qualquer no atendimento ao consumidor.

— E como isso aconteceu? Você não deveria nem estar aqui.

— O que é mais importante? — perguntou McAvoy. — Desvendar a verdade ou chatear um cara que não dá a mínima?

— Sou uma *juíza investigadora,* não posso agir desse jeito.

— Acha que ele nunca ouviu uma grosseria?

— Pelo amor de Deus, você o estava intimidando. E acabando comigo.

— E você estava se saindo muito bem sozinha.

— Você não tem de se meter em minha investigação. Se não consegue entender isso, pode sair do carro agora mesmo.

— Vai me fazer ir andando para casa?

— Por mim, você pode até morrer congelado.

McAvoy deu de ombros, depois olhou para ela de canto de olho, como se estivesse chegando a uma conclusão.

— O que foi? — gritou ela.

— Você precisa se acalmar, Jenny. Está uma pilha de nervos.

— Ah, verdade?

— Notei quando a vi sentada do lado de fora do salão comunitário, toda encolhida, como se nada disso tivesse a ver com você. Pensei comigo: lá está alguém que perdeu toda a confiança que havia dentro dela.

Jenny disse:

— Se quisesse sua opinião, eu pediria.

McAvoy disse:

— Por que não deixa as lágrimas saírem agora? Para limpar o clima entre nós.

— Vá se foder.

A raiva era uma emoção que deixava as lágrimas prestes a rolar. Ela ficou segurando o caminho todo até Hereford. McAvoy ficou quieto e irritantemente tranquilo, olhando para os campos cultivados. Suas mudanças de humor a assustavam. Ele a fazia lembrar dos mais sinistros espancadores de mulheres que ela enfrentara no tribunal em seu trabalho anterior: homens que iam do charme à violência e da violência ao charme, sem aviso. Suas infelizes parceiras sempre diziam a mesma coisa: *quando ele está de bom humor, é o melhor homem do mundo*. Ela se condenava por tê-lo deixado vir junto.

Hereford era uma cidade — mais como uma cidade-mercado — que havia visitado algumas vezes no decorrer dos anos e viu se degenerar, passando de charmosa e preservada a pavimentada, suja e desprovida de suas características por cadeias de lojas no centro histórico, e galpões de varejo no estilo americano na periferia. Tratava-se de mais um assassinato realizado pelas mesmas mentes pequenas que haviam acabado sistematicamente com a maioria das cidadezinhas britânicas. Apenas a catedral de mil anos e um punhado de ruas ao redor foram mantidas intactas, mas os filisteus aos poucos se aproximavam delas também: uma pizzaria de uma dessas redes havia tomado o correio em estilo vitoriano, e lojas cafonas com letreiros de plástico tinham substituído os estabelecimentos familiares.

A locadora de carros era uma cabine antiga em uma área pavimentada onde antes ficava o pátio de carga da estrada de ferro, escondida atrás de uma fileira de depósitos de venda de material elétrico e de construção. Era um raro sobrevivente nessa paisagem árida: "Locadora de Veículos St. Ethelbert's", fundada em 1962, dizia a placa. Do outro lado da rua, havia uma oficina mecânica barulhenta, cheia de carros desmontados e pilhas de pneus gastos. À direita, uma carpintaria. Alguns trabalhadores aproveitavam o intervalo do lado de fora, reunidos ao redor do fogo aceso em um tambor de óleo e batendo os pés para espantar o frio. Aquilo fez com que Jenny lembrasse de lugares de sua infância em uma cidade pequena: o cheiro de tijolo molhado, óleo de motor e fumaça de lenha.

— Acho que não vai querer que eu vá junto — disse McAvoy.

— O que você acha? — Desceu do carro e andou até o escritório.

Um jovem com não mais de 20 anos, vestindo um terno barato e gravata, digitava em um teclado encardido atrás do balcão. O ar estava carregado pelo cheiro do linóleo e da fumaça de um velho aquecedor a gás.

Jenny lhe mostrou seu cartão e explicou educadamente a natureza de sua visita. O rapaz não era muito esperto, e ela ficou em dúvida se ele já havia ouvido falar em juiz investigador, mas estava disposto a ajudar.

— Comecei a trabalhar aqui no último Natal — disse —, então não me lembro desse carro. Posso ligar para o celular do meu chefe.

Jenny perguntou:

— Você não tem os registros aqui?

— Não os que ficam em papel. O chefe leva para casa.

— E o seu computador? Você registra tudo aí, não é?

— É...

— Podemos dar uma olhada? — Ela sorriu de um modo que achou que o convenceria a cooperar. Ele começou a bater nas teclas imundas. Uma coluna de dados apareceu na tela do monitor ultrapassado.

— Certo... aqui está o Toyota. Não estamos mais com ele desde 2005.

Jenny se virou e olhou, apreensiva, pela janela. McAvoy não estava mais no banco do carona. Assustada, ela olhou para a esquerda e para a direita, então o viu indo na direção do braseiro dos carpinteiros, levantando a mão e saudando os dois homens que ainda estavam lá.

— Você está procurando junho de 2002, não é?

— Isso mesmo. — Virou-se para o jovem, que passava o dedo na tela, fazendo uma linha na poeira. — Ficou fora do dia 20 ao 23, e não saiu novamente até 6 de julho.

— Tem certeza?

— É o que diz aqui. Veja. — Ele virou o monitor para ela.

Estava certo. Não havia registro de que o carro havia sido alugado naquela data.

— Bem — disse ela, desapontada —, obrigada por tentar. Pode me dar o telefone do seu chefe? Para qualquer coisa...

McAvoy vinha andando na direção de Jenny quando saiu do escritório. Eram apenas 15 horas e o dia já estava escurecendo. Fagulhas pulavam do tambor de óleo e eram carregadas pela brisa.

— Tudo certo? — perguntou, segurando o riso.

Jenny seguiu para o carro.

— O carro não foi locado naquelas datas. Verificamos os registros no computador.

— Perguntou se eles trabalham com pagamento em dinheiro?

— É só um garoto. Peguei o telefone do chefe. — Sentou no banco do motorista.

McAvoy segurou a porta quando ela ia fechá-la.

— Se você fosse alugar um carro para raptar alguém, gostaria de deixar um rastro em papel? Olhe para este lugar. Algumas centenas de libras em dinheiro vivo... vai me dizer que vão recusar?

— Vou falar com o dono. Pode soltar a porta? Estou ficando com frio.

Ele escorou a porta com o joelho, mantendo-a aberta.

— E vai dizer o quê? Perguntar se ele se lembra de um pagamento em dinheiro há oito anos?

— O que você sugere?

— Que você se esforce um pouco mais, Sra. Cooper. Meu Deus.

— Acho que já conversamos sobre isso — disse Jenny, com raiva.

— Ouça, aqueles caras ali são letões. Eles viram um cara de rabo de cavalo alugar um carro aqui uma ou duas vezes. Quarenta e poucos anos. Chegou em um antigo Land Rover Mark 1 e já o deixou naquela oficina. Mandou fazer um capô de metal para o carro no último outono; um dos letões é soldador e ajudou o mecânico a terminar.

Jenny suspirou.

— Eles sabem o nome do homem?

— Não têm nem ideia. — McAvoy deu um sorriso inocente. — Só estou sugerindo que pergunte sobre isso.

— Certo. Mas sou eu que vou. — Saiu do carro. — Não ouse me seguir.

Ela voltou ao escritório da locadora e encontrou o jovem terminando uma ligação. Pareceu surpreso e um pouco desconcertado com seu retorno.

Jenny disse:

— Pode me dar mais uma ajuda? Vocês têm um cliente, um homem de cerca de 40 anos, de rabo de cavalo. Dirige um Land Rover antigo. Sabe de quem estou falando?

Ele balançou a cabeça:

— Não...

Ela se aproximou do balcão, sorrindo.

— Fica só entre nós, certo? Algum dos clientes paga em dinheiro para alugar um veículo, sem registro, sem papelada?

— Não comigo — disse ele, levantando os ombros. — Mas não posso responder por meu chefe.

Ela tentou novamente:

— Eu realmente preciso saber sobre esse homem de rabo de cavalo. Tem certeza de que nunca o viu?

— Só trabalho aqui há seis semanas.

— Acredito em você — disse Jenny. — É melhor me dar o endereço de seu chefe.

McAvoy estava sentado sobre o capô, soprando as mãos para esquentar e olhando para a frente da oficina mecânica que ficava depois do pátio.

Jenny disse:

— Ele é novo aqui. Terei de falar com o dono.

McAvoy disse:

— Por que não tenta ali em frente? Aquele cara deve conhecê-lo.

— Passou uma semana trabalhando em seu carro. Faz mais sentido do que abordar um homem que pode ter o rabo preso.

Ela olhou para a oficina. O mecânico, um homem grande com braços musculosos, estava trabalhando no escapamento de um veículo suspenso.

— Fique aqui — disse.

Passou entre as poças no caminho de cascalho enquanto a água espirrava em seus sapatos e os saltos finos ficavam totalmente arranhados. Chegou à área de concreto e se aproximou da entrada. Ela nunca soube qual o melhor modo de se comportar nesses lugares: deveria esperar que ele viesse ou deveria chamá-lo?

Pelo olhar que ele fez quando ela se aproximou, Jenny soube que a havia visto, mas deixou-a ali parada, no frio, enquanto soltava mais um parafuso.

— Olá — gritou ela, competindo com o rádio que tocava um *techno* da década de 1990.

Só quando terminou o que estava fazendo, ele se virou de leve e olhou para ela.

— Em que posso ajudá-la?

— Meu nome é Jenny Cooper. Sou juíza investigadora do distrito de Severn Vale. Estou tentando localizar um de seus clientes. Tem um instante?

O mecânico enfiou a chave inglesa em um bolso do macacão e saiu da rampa suspensa, limpando as mãos sujas de óleo na parte de trás das coxas. Era alto, media pelo menos 1,90m e tinha os ombros largos como os de um touro.

Jenny lhe falou calmamente sobre o homem de rabo de cavalo que tinha um Land Rover Mark 1.

O mecânico olhou para a carpintaria assim que percebeu quem havia contado sobre o homem.

— Gostaria muito de sua assistência. Ele pode ser uma testemunha importante.

Ele balançou lentamente a enorme cabeça.

— Não sei de quem está falando.

— Fez um serviço para ele no último outono... um capô... — Jenny estava fora de sua área falando com mecânicos. — Um dos letões aí da frente ajudou.

— Não era eu — disse e virou-se novamente para a rampa.

Jenny disse:

— Com licença. Não sei se percebeu a seriedade do que estou falando. Posso convocá-lo como testemunha.

— Pois faça isso. — Ele pegou a chave inglesa e voltou ao trabalho.

— Então pode esperar uma intimação. Vejo você no tribunal na segunda-feira de manhã — ameaçou ela, sem muita força ou efeito.

— Ei, amigão. — Virou-se e viu McAvoy correndo no cascalho. — Você tem de saber quem está protegendo.

Jenny olhou para ele, implorando para que não se intrometesse. Ele levantou as mãos.

— Relaxe. — E gritou para o mecânico: — Esse cara do rabo de cavalo é um pervertido. Gosta de jogar tinta em garotinhas.

O homem se virou.

— É isso mesmo. Não sei quanto a você, mas eu não gostaria que uma pessoa como essa fosse considerada minha amiga. Do jeito que as pessoas comentam...

Jenny disse:

— Por favor, Alec, pelo amor de Deus.

Ignorando-a, McAvoy foi até a rampa e apertou o botão que solta a hidráulica. O mecânico saiu rapidamente de baixo enquanto ela descia, com a chave inglesa na mão:

— Que merda está fazendo?

— Chamando sua atenção. — McAvoy deu um passo à frente. — Você vai se dar muito mal, meu amigo, se não tentar ajudar um pouco mais.

O mecânico agarrou a chave inglesa com mais força. Jenny ficou olhando, boquiaberta. Os músculos de sua garganta se contraíram de pânico.

— Ele atacou uma garotinha de 6 anos. Quer alguém assim andando por aí? — McAvoy deu mais um passo à frente, ficando a centímetros de distância do homem, mais alto e corpulento que ele. — Ou quer escolher a opção mais decente?

Jenny observou, descrente, enquanto o mecânico olhou nos olhos de McAvoy, levantou um pouco a chave inglesa, pronto para bater, pesou as consequências, e a abaixou lentamente, erguendo o queixo de modo desafiador, mas dando um passo para trás. Sem dizer uma palavra, foi até a estante bagunçada — uma prancha apoiada em pilhas de pneus — que servia como mesa de escritório, rasgou um pedaço de papel e rabiscou algo com um toco de lápis. Entregou o bilhete a Jenny, depois desapareceu nos fundos do edifício. Ele escreveu: "Chris Tathum, Capel Farm, Peterchurch."

Eles ficaram presos no trânsito em frente a uma feira de gado. A umidade dos casacos estava deixando os vidros embaçados, fazendo com que Jenny ficasse cada vez mais claustrofóbica. Ela queria tomar um comprimido, mas não ousava fazê-lo na frente de McAvoy: já sentia como se não tivesse segredos com ele, como se ele tivesse uma capacidade rara de detectar suas fraquezas e explorá-las.

Ele quebrou o silêncio reinante desde que saíram da oficina:

— Não quer fazer uma visita a esse homem, já que estamos na estrada?

— Não sou detetive — disse Jenny, sem rodeios.

— Mas você terá de pedir para ele dar uma declaração dizendo onde estava naquela noite.

— Mandarei minha assistente.

Avançaram alguns metros. O semáforo voltou a ficar vermelho.

— Se quiser a minha opinião, acho que deveria mostrar a cara, deixá-lo saber que está falando sério. Educadamente, é claro.

Jenny batia o polegar no volante, nervosa, mantendo os olhos fixos na estrada à sua frente, lutando contra a impressão de que as laterais do carro estivessem se estreitando.

— Se não fizer isso — disse McAvoy —, ele pode escapar de suas mãos. Os letões viram-no algumas vezes. O rapaz da locadora já deve ter ligado para o chefe, o mecânico deve ter avisado, não sabemos. Se fosse qualquer outro caso, você poderia dizer a si mesma que a polícia poderia ajudar, mas duvido que seja uma opção.

— O que há com você? — perguntou Jenny. — Por que esse caso? Você nem está sendo pago para isso.

Ele apontou com a cabeça para a distante torre da catedral sobressaindo-se por sobre a muralha da cidade que cercava um supermercado do outro lado das luzes.

— Pelo mesmo motivo por que construíram aquilo: parece ser a coisa certa a fazer.

— Então foi movido pelo espírito, não é?

— Se prefere assim.

Jenny disse:

— Por que me sinto cínica?

— Por que não se sentiria? Um homem com a minha história...

— Bem, veja só. Então entende por que não vou levá-lo para dizer "oi" para o Sr. Tathum.

McAvoy limpou o vidro com a manga.

— Sabe, Jenny, não acho que esteja com medo de mim ou do Sr. Tathum, quem quer que seja ele. Acho que a pessoa que te faz cagar de medo é você mesma. — Olhou-a de soslaio, analisando seu rosto com olhar inquisidor. — Acompanhei o caso em que trabalhou no ano passado, aquele garoto que morreu na casa de detenção. Deve ter precisado de muita coragem. E sabe em que eu acredito?

Jenny fechou os olhos e balançou a cabeça. Ele havia feito de novo, ido direto ao seu centro.

— Que nos colocamos nessas situações por um motivo. Aposto que aprendeu algo sobre si mesma. Enfrentou todas as autoridades e os poderosos sem nem parar para pensar. Aposto que só depois lembrou de ficar com medo.

— Não é bem verdade.

— O que estou dizendo é que você sabe tanto quanto eu o que é ter motivação. Não é confortável. Da primeira vez, você é levado pela onda. Depois dela, normalmente há uma escolha envolvida.

O endereço era de uma pequena casa ao pé das Montanhas Negras. Do vilarejo de Peterchurch, eles seguiram quase 5 quilômetros por uma estrada estreita, que dissolveu-se em mais 1 quilômetro de terreno acidentado. Já estava totalmente escuro quando Jenny abriu o portão que dava para um pátio desarrumado, cheio de ferramentas e materiais de construção. A casa, que se parecia com dois chalés conjugados, estava sendo reformada. Uma metade parecia habitada e tinhas luzes acesas no andar de baixo; a outra ainda era apenas uma carcaça destelhada. Ela fez McAvoy prometer, jurar pela Virgem Maria que ficaria no carro. Ele lhe disse para ficar tranquila e reclinou um pouco a poltrona, ajeitando-se para uma soneca.

Ela levantou a tranca do portão pesado e seguiu pelo pátio esburacado à luz da lanterna miniatura de seu chaveiro, passando pelo antigo Land Rover com seu novo capô de alumínio. Antes de levantar a aldraba de ferro da porta da frente, olhou para o seu Golf para verificar: na escuridão, McAvoy era invisível. Era melhor que continuasse assim.

Um homem vestindo jeans e um moletom manchado de tinta atendeu. Cães latiam ansiosos detrás de uma porta interna. Tinha a idade certa, mas a cabeça raspada como a de um militar. Estava em forma e era musculoso, como alguém que aprecia esportes ao ar livre. Mais nervosa do que esperava, Jenny lhe perguntou se era Christopher Tathum. Ele confirmou, sem nenhum sinal de ansiedade ou apreensão, notou ela — apenas um homem vivendo no interior e construindo uma casa.

Sentiu-se culpada ao dizer, com o coração na garganta, mas acabou contando que seu nome havia sido levantado como o de uma possível testemunha em um caso que ela estava investigando.

— Sério? Que caso é esse? — perguntou. — Acho que não conheço ninguém que tenha morrido recentemente. — Sua voz era educada, mas não em excesso. Tinha uma característica que Jenny achava familiar, mas não conseguia saber por quê. Seus olhos eram inteligentes, a expressão paciente, porém contestadora.

As palavras saíram de sua boca inconscientemente:

— Dois jovens de origem muçulmana desapareceram de Bristol no final de junho de 2002. Alguém os viu no banco traseiro de um veículo que acreditamos ter sido alugado por você na época.

Tathum sorriu, desconcertado.

— De onde você tirou isso?

— Receio não poder dizer no momento. Preciso que dê um depoimento dizendo onde estava na época. No dia 28 de junho, mais precisamente.

Ele pareceu surpreso.

— E seu eu não me lembrar?

— Pense um pouco. Veja o que vem à sua cabeça. — Ela lhe deu o último cartão que havia em sua carteira. — Poderia escrever na forma de uma carta assinada e enviar ao meu gabinete durante o fim de semana? Ou posso mandar minha assistente aqui para tomar seu depoimento, se preferir.

Ele olhou o cartão à luz da lâmpada fraca da varanda onde estavam.

— Não sei nada sobre nenhum muçulmano. Sou um construtor

— Era esse seu emprego na época, senhor?

— Achei que quisesse que eu escrevesse uma carta. — Havia uma ponta de ameaça em sua expressão. Seus músculos faciais se contraíam formando uma máscara defensiva.

Jenny disse:

— Se puder, eu agradeço. — Saiu da frente da porta e começou a atravessar o pátio.

Tathum disse:

— Espere um pouco. Do que estou sendo acusado?

Ela parou e olhou para trás.

— Não está sendo acusado de nada. O inquérito de um juiz investigador apenas junta fatos e acontecimentos que cercam um óbito ou, nesse caso, um suposto óbito.

— Não sei nada sobre o caso. Está perdendo seu tempo.

— Então escreva isso. Escreva onde estava trabalhando, com quem estava, e posso dispensá-lo do inquérito. Boa noite, Sr. Tathum.

Virou-se e seguiu para o portão.

— Você veio até aqui e não vai nem me dizer o que acham que eu fiz?

Um instinto lhe disse para não parar.

— Ei, moça, estou falando com você. — Ela ouviu os passos dele vindo em sua direção

Virou-se para encará-lo. Longe das luzes da casa, ele não passava de uma sombra furiosa.

— É muito simples, Sr. Tathum. Só estou lhe pedindo para relatar seu paradeiro em uma noite em particular: 28 de junho de 2002.

— Quer saber de uma coisa? — Ele chegou mais perto. Jenny recuou e se viu pressionada contra o portão.

— Sr. Tathum...

Onde estava McAvoy quando precisava dele?

Tathum olhou para ela e pareceu engolir a agressão que estava prestes a fazer. Jenny se encolheu com o movimento repentino da cabeça dele na sua direção, mas não houve contato, apenas um abalo violento em seu sistema nervoso. Ele voltou para a casa. Ela procurou a tranca do portão, achou, e cambaleou até o carro.

Quando recuperou o fôlego, McAvoy disse:

— Dessa vez você foi melhor.

Foi ideia de McAvoy parar no *pub*. Se ela não estivesse desesperada para engolir um comprimido, teria resistido mais. Retirou-se para o santuário que era o banheiro feminino e agradeceu a Deus pela oportunidade de se automedicar. Havia dominado a arte de tomar o suficiente para acalmar os nervos sem deixá-la dopada. Pediu uma água tônica e tomou quase todo o copo antes de perceber que a sensação de bem-estar se espalhando não se devia apenas ao calor da lareira ou ao alívio de ter escapado do encontro com Tathum sem nenhum arranhão. Havia vodca ali. Seis meses de sobriedade haviam ido pelo cano. Deveria ter dito, mas parte de si pensou "*Que se dane! Há tempos queria me sentir bem assim. Que mal fará apenas um drinque?*" Em vez de dizer qualquer coisa, foi bebendo o resto devagar, dizendo a si mesma que aquilo praticamente não a afetaria. Como disse McAvoy, ela não queria passar pela vida com medo. Tomar uma bebida era parte do aprendizado de como lidar consigo mesma novamente.

Ele era engraçado e alegre, sensível e perspicaz. Contou-lhe histórias sobre suas aventuras de tribunal que a fizeram chorar de rir, e casos sobre personagens trágicos que conhecera na prisão que a fizeram chorar de verdade. Ela começou a ver as complexas camadas de sua personalidade contraditória e a entender seu código moral: sua aceitação das pessoas, tanto boas quanto más, com a mesma humanidade porque "em última instância, somos todos criaturas de Deus". Em seu estado levemente intoxicado, achou que ele era uma mistura aparente de humildade e criatividade, de independência deliberada e submissão reflexiva. Sua filosofia como advogado, disse ele, sempre fora "não julgue que assim não será julgado". Não significa — como pensa a maioria — que julgar os outros seja pecado, mas que todos os que emitem julgamento serão julgados um dia, e por leis muito mais exigentes do que qualquer uma feita pelo homem.

— É aí que encontro meu consolo — disse, segurando o copo com os dedos muito próximos dos dela. — Fiz algumas coisas ruins na vida. Misturei-me com alguns homens realmente perversos neste mundo desgraçado, mas nunca duvidei nem por um instante que seria julgado com a mesma rigidez que o meu próximo.

— Acha que entrará pela porta estreita? — perguntou Jenny com um sorriso.

— Gosto de pensar que conseguirei dar um jeito... Quem sabe? — Ele bebeu seu uísque, pensativo.

Jenny o observava, imaginando o que ele poderia estar pensando, que pecados que achava que essa cruzada poderia apagar. Sentiu vontade de perguntar, mas algo a impediu. Não queria saber, não queria ser obrigada a julgar. Estava aprendendo com ele, era o suficiente, traçando uma sabedoria ainda indefinida.

Do fundo de seus pensamentos, McAvoy disse:

— Acha que aqueles garotos eram mesmo terroristas?

Jenny respondeu:

— E isso importa?

— O que foi feito nas sombras deve sempre vir à luz — disse McAvoy. Virou o resto do uísque. — Acho que devemos ir.

DEZESSETE

— MÃE... VOCÊ ESTÁ BEM?

Jenny acordou de um sono profundo e sem sonhos, com os membros muito pesados para se mexer. A voz ansiosa de Ross vinha do pé da cama.

— Mãe?

— Huuumm — disse, desviando os olhos do feixe de luz que entrava pelas cortinas parcialmente abertas.

— Achei que você estivesse doente...

Algo parecia errado, apertado. Ainda não totalmente acordada, tentou se sentar e percebeu que estava de saia e blazer.

— Você não estava bem quando chegou em casa, na noite passada — disse Ross. — Eu não sabia o que havia de errado.

Ela piscou. Sua visão foi voltando ao normal aos poucos. Passou os olhos sonolentos pelo quarto. Viu seus sapatos ao lado da porta, a bolsa no chão ao lado da cama e tudo o que havia dentro — incluindo os dois vidros de remédios — espalhado pelo tapete.

— Como está se sentindo?

— Bem... apenas cansada. Que horas são?

— Pouco mais de 9. Tudo bem, hoje é sábado.

Ele olhou para os remédios no chão e depois novamente para ela com os mesmos olhos questionadores que tinha quando pequeno.

— O que aconteceu?

Não tinha ideia. Não se lembrava de ter ido para a cama e nem mesmo de ter chegado em casa. Tinha uma lembrança turva de ter saído de Bristol pela autoestrada, acordado assustada com o som dos pneus passando sobre uma lombada, ouvido o som de uma buzina alta atrás...

— Eu já desço — disse com a voz fraca. — Apenas me dê uns instantes.

Foi para a beirada da cama e jogou as pernas para o chão para mostrar que estava levantando. Mesmo não estando muito convencido, Ross saiu e desceu as escadas.

— Você podia fazer o café — gritou Jenny.

Foram precisos alguns minutos debaixo de um chuveiro frio para que Jenny recuperasse a força nos músculos. Quando o sangue começou a circular, os acontecimentos da noite anterior foram voltando gradualmente. Lembrou-se de ter voltado do *pub* até Bristol sentindo-se bem. Ela e McAvoy estavam rindo e ouvindo música. Chegando perto da cidade, começou a sentir tontura: deve ter sido a combinação de álcool e betabloqueadores diminuindo sua frequência cardíaca. Ela o havia deixado na frente de seu escritório. Ele disse para se cuidar e depois acariciou seu rosto. Houve um momento em que poderia ter se inclinado e a beijado, mas o fez apenas com o olhar. Ela reviveu um sentimento de quase júbilo enquanto voltava dirigindo por Clifton, fadinhas brancas cintilavam nas árvores diante das cafeterias e lojas, como o brilho das estrelas. Depois tudo ficou nebuloso... caída sobre o volante... cruzando a ponte Severn... seu ombro se arrastando contra a parede enquanto subia as escadas, seguida por Ross.

Voltou ao quarto, vestindo um suéter sobre a blusa, e notou o caderno, seu diário, aberto sobre o chão perto da cama, onde estava Ross. Abaixou-se e o recolheu, com o coração na boca. Havia escrito a data do dia anterior com letra tremida em três linhas rabiscadas:

Não sei o que aconteceu hoje à noite. Aquele homem... ele faz algo comigo. Nem o acho atraente — é tão acabado.

*Mas quando olha em meus olhos, sei que não tem medo de
nada. O que isso significa? Por que ele? Como se*

O último *e* estava riscado para fora da página, deixando o pensamento incompleto para sempre.

Enfiou o diário na última gaveta do guarda-roupa, corada de vergonha e constrangimento.

Ross gritou lá de baixo:

— O que você quer para comer?

— Pode ser torrada. Estou descendo.

Respirou fundo e disse a si mesma para não entrar em pânico. Ele não havia visto o diário. Estava muito preocupado com ela para notar. Provavelmente deve ter visto os remédios, mas aquilo ela podia explicar — estresse com o divórcio, nova carreira, a medicação era uma ajuda temporária para aliviar a tensão. Todo mundo tomava em algum momento da vida. Ele entenderia.

Ele tinha feito torradas e café, arrumando os pratos e as xícaras sobre a mesa dobrável, do tamanho certo para duas pessoas, que ocupava a maior parte do espaço da cozinha minúscula. Estava de banho tomado, barbeado e usava roupas limpas — algo raro para um fim de semana.

Ela abriu um sorriso.

— Tem planos para hoje?

Ele fez que não com a cabeça.

— Karen saiu com a mãe.

— Tenho de trabalhar amanhã, então pensei que talvez pudéssemos sair para uma caminhada, ir de carro até o parque Brecon Beacons, já que o dia está ensolarado.

Ross encheu sua xícara de café.

— Não acha que seria melhor ficar descansando?

— Minha semana foi longa — disse Jenny. — Só isso. A mãe do rapaz que desapareceu morreu na quinta-feira...

— Eu li sobre isso no jornal.

— Ah, é?

— Esse caso é importante. Tem até saído no noticiário.

— Eu tento não ouvir. Eles nunca têm as informações certas. — Ela tentou parecer despreocupada, mas não chegou nem perto.

— Tem certeza de que está bem-disposta? — perguntou Ross de forma mordaz. — Parece bastante estressada, caindo na cama de roupa e tudo...

— Eu caí no sono enquanto lia. Nunca fez isso?

— Meu Deus, tem de ser tão nervosa o tempo todo?

— Desculpe se não sou como a maldita Julie Andrews.

— Por que sempre reage de modo exagerado?

— Podemos apenas tomar café da manhã sem brigar? — Ela pegou uma torrada e enfiou a faca na manteiga. A faca escapou de sua mão. Pegou de volta e errou novamente. Desistiu e colocou as duas mãos no colo, com lágrimas se formando no fundo dos olhos.

— O que há de errado com você? — perguntou Ross.

— Nada — fungou. *Droga*. Por que tinha de fraquejar logo agora?

Sua irritação se transformou em preocupação.

— Para que são aqueles remédios?

— São apenas para me ajudar... Estou demorando um pouco para superar o divórcio.

— Mas você já estava doente antes de se divorciar.

— Eu não estava...

— Então por que estava indo ao psiquiatra?

— Quem falou isso? — perguntou ela, como se ele tivesse dito uma mentira.

— Ouvi você e o papai discutindo sobre isso.

Jenny precisou se esforçar muito para não perder a calma.

— Estou melhor agora. Tudo mudou. Tenho uma vida nova. Só preciso de um tempo para me acostumar.

Ele não estava acreditando em nada.

— Por que não me diz logo a verdade de uma vez? Steve não acha que você está melhor. Sei que não acha.

— O que ele andou dizendo?

— Nada específico. Mas dá para perceber pela forma como fala de você.

— Ross, por favor, você tem de acreditar em mim. Sim, eu fiquei muito infeliz por um tempo, mas estava com o seu pai desde os 20 anos, era só um pouco mais velha do que você é agora. Levará um certo tempo para eu me acostumar a ficar sozinha. — Ela se obrigou a respirar fundo, conseguindo de algum modo segurar as lágrimas. — As coisas estão melhorando agora. Consegui um ótimo emprego, você... — esticou o braço sobre a mesa e pegou sua mão. — Você não sabe o quanto isso significa para mim.

— Sem pressão, então... — disse ele, com sarcasmo.

— Não. Não tem mesmo. De verdade. — Ela desistiu, percebendo como podia parecer opressora e fazê-lo sentir-se culpado, mas ao mesmo tempo com uma necessidade egoísta de ter seu apoio.

— Eu estava falando sério sobre sairmos juntos. O que acha?

— Como quiser — disse Ross, dando uma mordida na torrada.

Jenny conhecia a expressão que ele tentava esconder por trás da máscara de durão e indiferente. Em todos os seus elementos essenciais, seu rosto não havia mudado desde a infância. Ele se sentia tranquilo e confortado como quando corria para ela com o joelho machucado, precisando de um abraço.

— Você tem de ficar olhando para mim? — disse Ross.

— Eu não...

O telefone tocou na sala.

— Eu atendo — disse Ross e saiu, querendo quebrar a tensão. Voltou com o fone e o entregou a ela.

— É para você. Um tal de Andy.

Andy? Ela teve um branco mental.

— Alô...?

— Sra. Cooper. Aqui é Andy Kerr, desculpe ligar no fim de semana. Sua assistente me deu o número.

— É sobre a indigente?

— Não tenho certeza... Vim trabalhar de manhã, para adiantar o serviço. Ainda estava com o dosímetro em minha sala. Fiquei mexendo nele enquanto esperava o computador ligar, quando percebi que até então captava alguma coisa. Levei-o para perto do refrigerador, pensando poder haver ainda restos no corpo, quando o aparelho começou a enlouquecer. — Fez uma pausa, como se mal pudesse acreditar no que estava prestes a dizer. — O corpo da Sra. Jamal está emitindo radiação. Qualquer que seja a fonte, está liberando quase 50 milisieverts por hora.

Jenny teve a sensação de que a sala havia sido sacudida repentinamente por um tremor inesperado. *Radiação?*

— Não entendo essas medidas — disse. — O que isso significa?

— Vamos colocar dessa forma — disse Andy Kerr. — A radiação de fundo é de 2 milisieverts por ano. Quinhentos milisieverts em uma única dose é normalmente considerado muito ruim para a saúde. Não estamos falando de morte súbita, mas de níveis perigosos.

— De onde isso pode ter vindo?

— Não tenho ideia. Chamei uma pessoa da radiologia, que deve estar a caminho. Espero que ela tenha algumas respostas. Achei que gostaria de estar aqui.

— Já contou à polícia?

— Não acha melhor entender o que está acontecendo antes?

— Já estou indo.

Jenny prometeu que ficaria fora por apenas uma ou duas horas, mas Ross disse, cansado, que havia aprendido a multiplicar suas estimativas de tempo por três. Que sair que nada; ele preferia que o deixasse em Bristol, onde poderia se encontrar com os amigos.

Pediu que o deixasse perto das docas de Bristol. Ela o observou andando na direção das cafeterias e bares, onde suspeitava que ele e os amigos gostavam de se encontrar. Faltavam 75 fins de semana até que ele fosse embora. Quantos deles passariam juntos? Alguns, se ela tivesse sorte.

Tentou ligar para o celular de McAvoy duas vezes durante o trajeto de 15 minutos até o hospital Vale. Todas as vezes a ligação caiu no correio de voz, e todas as vezes ela paralisou na hora de deixar a mensagem. Não podia mais negar que, de uma forma profundamente confusa e incompleta, sentia-se atraída por ele, mas não era a timidez que a impedia, era uma sensação vaga e perturbadora de que, não importa o que estivesse por vir, já seria complicado o bastante mesmo sem sua presença imprevisível. E, se fosse extremamente honesta consigo mesma, continuaria desconfiada. Ainda havia algo nele, uma partezinha que, como ele mesmo admitia, permanecia completamente irredimível e na qual ela não confiava.

Uma rígida figura feminina enrolada em sobretudo e luvas esperava do lado de fora da entrada do necrotério. Era Alison. Jenny podia sentir seu humor de desaprovação martirizada a uns 20 metros de distância.

— Bom dia, Alison.

— Veio sozinha, Sra. Cooper? — respondeu com severidade.

— Sim.

— Já esperava que viesse com o Sr. McAvoy, já que parecem ter ficado tão amigos.

— Sei que vocês têm um histórico, mas acho que ele pode ter me ajudado a fazer algum progresso. Consegui localizar o motorista do Toyota. Aquele que apareceu na casa de Madog. Já conseguiu pegar o depoimento dele?

— Sim — disse Alison rapidamente. — Ajudando ou não, conheço você há tempo suficiente para dizer, Sra. Cooper: esse homem está usando seu charme para se dar bem. Ele perdeu a cabeça, eu sei disso.

Jenny podia ter dito que Alison não havia sido muito objetiva quando se tratava de seu ex-chefe bonitão ou confidente e padrinho batismal, o investigador Dave Pironi, mas seus instintos mais humanos lhe disseram para ficar calada. Esse era o modo de sua assistente dizer que estava preocupada, e Jenny agradecia. Essa não parecia uma boa hora para ter de se virar sem ela.

— Eu não estou sendo iludida — disse Jenny. — Da próxima vez que o vir, será no tribunal. Prometo. — Apertou o botão do interfone.

Andy Kerr saiu no corredor para encontrá-las usando um avental de radiografia, uma máscara cirúrgica e uma touca.

— Não posso deixá-las entrar — disse, com as mãos para cima.

— Encontramos níveis perigosos de radiação. Sonia trouxe um kit que deve ajudar a identificar a fonte. Os agentes funerários estão chegando com um caixão revestido de chumbo.

Jenny olhou atrás dele e viu uma jovem vestindo trajes similares. Estava ajoelhada no chão, digitando em um laptop. O computador estava ligado a um equipamento dentro de caixas que pareciam maletas de fotografia.

— A Sra. Jamal pode ter sido envenenada? — perguntou Jenny.

Andy disse:

— Venham até aqui. É a única sala que não está contaminada. — Empurrou as portas vaivém e entrou na sala de necropsias vazia. Jenny e Alison o seguiram.

Andy tirou a máscara e abriu os fechos de velcro de seu avental. A camiseta que usava por baixo estava ensopada de suor.

— Sonia disse que encontrou partículas radioativas na superfície da pele. São emissores beta, o que começa a limitar. Também encontrou uma partícula no canal nasal. Ainda é cedo, mas sua primeira impressão foi de que a Sra. Jamal havia estado em um ambiente onde entrou em contato com uma substância radioativa.

— Tal como...? — perguntou Alison.

— Há algumas aplicações médicas e comerciais para esses radionuclídeos, já que Iodo-129 é usado para tratar problemas na tireoide, mas é mais provável que ela tenha sido exposta a lixo nuclear de nível baixo ou médio.

Jenny perguntou:

— Qual a probabilidade disso?

— Não faço a menor ideia — disse Andy. Tirou o dosímetro do bolso, um aparelho pequeno e amarelo mais ou menos do tamanho de um pager, e o ligou. Balançou-o na direção de Jenny e Alison e verificou o leitor digital. — Vocês duas estão limpas.

Sonia Cane era ganense e estava sempre franzindo a testa. Depois de terminar seu trabalho no refrigerador, tirou o equipamento na sala de necropsias enquanto dizia em voz alta uma lista de tarefas urgentes. A Vigilância Sanitária teria de ser avisada imediatamente. A equipe de radiação supervisionaria a limpeza do necrotério, o armazenamento e o possível descarte do corpo. Até que o prédio estivesse livre de contaminação, seria lacrado e nenhum corpo poderia entrar ou sair. Os níveis de radiação eram altos o suficiente para fazer deste um incidente significativo.

— Tem alguma ideia de onde veio isso? — perguntou Jenny.

— Não, mas posso lhe dizer qual é a substância. Serão feitos testes mais detalhados, mas estou quase certa de que se trata de Césio-137. Pequenas quantidades, não mais do que partículas de poeira, mas de uma fonte potente.

— Pode explicar em linguagem leiga? — disse Alison, poupando Jenny de revelar sua ignorância.

— Um subproduto da indústria nuclear — disse Sonia. — Resulta diretamente da fissão de urânio. Também pode ser encontrada em locais onde houve explosão nuclear.

Jenny interrompeu:

— Essa mulher trabalhava em uma loja de roupas.

Sonia disse:

— Acho tão surpreendente quanto você... Se ela trabalhasse em uma usina nuclear, seria compreensível. — Confusa, balançou a cabeça. — A gente lê sobre terroristas querendo pegar essas coisas para fazer bombas. Não faz nenhum sentido.

— Sabe quando ela foi contaminada? — perguntou Andy.

— Muito recentemente. A partícula no nariz não poderia ficar ali mais do que alguns dias, ou mesmo horas antes da morte. O processo natural seria tê-la expelido.

— E essa contaminação estava em sua pele, certo? — perguntou Jenny. — Seu corpo foi encontrado nu.

— Não tenho conhecimento o bastante para dizer se estava vestida ou não quando foi exposta — disse Sonia. — Teríamos de consultar especialistas.

A mente de Jenny pensou em várias possibilidades igualmente desconcertantes. Nenhuma parecia possível. Todas apontavam para Amira Jamal tendo uma conexão muito mais complexa com o desaparecimento de seu filho do que Jenny podia imaginar.

— Seria melhor informarmos a polícia — disse Alison.

Andy pegou o telefone na parede.

Jenny o impediu.

— Espere um pouco. Gostaria de ir até o apartamento dela primeiro. Fica a apenas alguns minutos daqui.

Sonia disse:

— Trata-se de um acidente radiológico. Temos a obrigação legal de...

— Eu sei. Mas vamos descobrir primeiro a dimensão desse acidente. Poderia nos acompanhar?

Sonia e Andy trocaram um olhar incerto.

— Ele poderá fazer a ligação em meia hora. Enquanto isso, vou reunindo provas para meu inquérito sobre a morte de seu filho; explico no caminho. Traga o que precisar para medir, mas temos de ser rápidos.

Alison segurou a língua até que estivessem quase fora do estacionamento; Sonia, atrás, estava ao telefone repassando as tarefas domésticas para um marido evidentemente irritado.

Alison disse:

— Quer me dizer o que acha que está fazendo, Sra. Cooper? Temos o dever de reportar esse incidente imediatamente.

— Foi você que me disse que o Serviço Secreto pressionou a polícia a encerrar a investigação sobre o desaparecimento de Nazim e Rafi antes do tempo.

— Disse que houve rumores, só isso — disse Alison, na defensiva.

— Não é disso que me lembro... Olhe, sei que Pironi é seu amigo...

— Ele fez todo o possível.

— Ele podia ter pedido demissão.

— Por que o está colocando nessa história?

— E por que não? Ele é parte disso.

— Ele é um homem decente.

— Não foi o que ouvi dizer.

— Ah, e quem disse isso? McAvoy?

Jenny parou de repente ao lado do carro.

— Você pode confiar em um homem que se deixou ser silenciado. Eu não. E sou eu quem está conduzindo esse inquérito. Então, de que lado vai ficar?

Alison a olhou com um olhar duro, e a aproximação de Sonia fez com que a conversa não chegasse a um fim claro.

— A escolha é sua — disse Jenny.

* * *

Jenny levou Sonia em seu Golf até o apartamento da Sra. Jamal e passou os quase 5 quilômetros procurando o Peugeot de Alison pelo espelho retrovisor. Não havia sinal dele. Sentiu uma inesperada pontada de tristeza, parecida com traição. O relacionamento com Alison sempre foi instável, mas até essa semana ela nunca havia duvidado de sua lealdade. No espaço de poucos dias, parecia haver se dissolvido.

Foi necessário tocar três vezes a campainha para acordar o rabugento Sr. Aldis, o zelador, que resmungou pelo interfone dizendo que não trabalhava nos fins de semana e que elas podiam se mandar dali. Jenny respondeu afundando mais uma vez o dedo na campainha, e que finalmente fez com que a Sra. Aldis, corpulenta e com cara de buldogue, se arrastasse até a porta da frente com uma bengala. Ela jogou o molho de chaves para Jenny, dizendo-lhe para entrar, e depois voltou mancando para dentro.

Sonia Cane exibiu um dosímetro sensível do tamanho de um celular pequeno. Ele era equipado com um contador Geiger-Müller, explicou, e podia identificar diferentes categorias de radiação. Segurou-o discretamente nas mãos para não alarmar os moradores que passavam e fez uma leitura no saguão. Houve um ruído eletrônico — cada bipe representava um elétron disparando o sensor do dosímetro como um projétil microscópico. A leitura foi similar à encontrada no corpo da Sra. Jamal — 50 milisieverts. Foi diminuindo na direção das escadas, mas subiu ao nível alarmante de 80 quando entraram no elevador.

— Teremos que evacuar este prédio — disse Sonia, ansiosa.

— Cinco minutos — disse Jenny. — Vamos apenas fazer uma varredura no apartamento.

Sonia andava rápido, não querendo ser exposta a mais radiação do que deveria. O rastro diminuiu para 25 milisieverts no trecho entre o elevador e a porta do apartamento da Sra. Jamal. Assim que entraram, o dosímetro disparou.

— Meu Deus — disse Sonia, passando o medidor perto da porta da sala. — Noventa e três.

Jenny apontou para onde foram encontradas as roupas da Sra. Jamal e a garrafa de uísque.

— Ela estava sentada bem ali.

Sonia correu para a sala, apontou o medidor para o local e de pois fez um círculo com ele ao redor de si mesma. Foi na direção de uma das duas poltronas e passou o medidor em cima.

— Cento e dez — ela foi em direção à porta. — Já basta. Vamos embora.

Sonia relutou, mas foi convencida a analisar os quatro andares restantes do edifício antes de pegar o telefone, mas encontrou níveis apenas um pouco mais altos dos que os normais. Isso confirmava que o rastro ia da porta de entrada diretamente ao apartamento da Sra. Jamal. O fato de o tecido de uma poltrona ter apresentado os níveis mais altos sugeria que algo ou alguém contaminado havia entrado diretamente em contato com ela. Tratava-se apenas de algumas partículas — uma poeira fina, como chamou Sonia —, mas deixou claro para Jenny que a Sra. Jamal havia recebido um visitante em suas últimas horas de vida.

Sonia se recusou a pegar o elevador e desceu as escadas correndo, ligando para a Vigilância Sanitária. Em uma hora, o prédio seria evacuado e lacrado. Uma equipe de técnicos usando macacões brancos procuraria e eliminaria cada uma das migalhas radioativas. A vizinhança nunca havia visto uma imagem tão incoerente.

Descendo o penúltimo lance de escadas, Jenny ouviu vozes no lobby. Viu Alison parada na porta do apartamento do zelador, falando com a Sra. Aldis. Sonia já estava fora do prédio, com o telefone colado à orelha enquanto, gesticulando muito, explicava a situação para um funcionário incrédulo da Vigilância Sanitária.

Apoiada na bengala, a Sra. Aldis resmungava com irritação e apontava para o elevador. Jenny escutou a conversa:

— Um cara alto, magro.

— Cor?

— Branco. Cerca de 50 anos, eu diria. Usava boné. Passou me empurrando. Não pediu desculpas nem nada.

Alison perguntou:

— Contou isso à polícia?

— Eu não estava aqui. Estava a caminho do hospital para tratar o joelho.

— A que horas?

— Lá pela 1 da tarde, talvez alguns minutos depois. — A Sra. Aldis percebeu que Jenny estava lá. — Lembrou de trancar a porta, querida? Meu marido não vai subir lá hoje de jeito nenhum. Homem preguiçoso. Só uma bomba para tirá-lo do sofá na hora do futebol.

Jenny disse:

— Então você deve estar com sorte.

Ficaram um tempo sentadas no carro de Alison, alguns momentos de paz antes que o silêncio fosse quebrado pelo grito das sirenes. Jenny resistiu à tentação de discutir a decisão de sua assistente de se afastar de seu amigo e companheiro de igreja detetive Pironi. Estava simplesmente grata por Alison tê-lo feito. Jenny não queria admitir, mas era uma gratidão infantil: havia algo de mãe substituta em seu relacionamento com Alison. O que isso dizia sobre ela? Ouvia a voz de McAvoy: *Há alguém que perdeu a confiança.*

— Tomarei o depoimento depois — disse Alison baixinho. — O homem que saiu do elevador parecia com o que Dani James viu na residência estudantil na época do desaparecimento.

— Branco... não sei por quê, mas esperava que ela dissesse ser asiático.

— Não sabemos se ele estava ligado à Sra. Jamal. Pode ser qualquer um — disse Alison, sem convicção.

Depois de um instante de silêncio, Jenny disse:

— Anna Rose Crosby trabalhava na usina nuclear Maybury. Nossa indigente desaparecida tinha um tumor na tireoide...

— Não pode começar a construir castelos no ar, Sra. Cooper. Melhor começar com o que sabemos.

Então chegou o primeiro. Uma viatura passou gritando por trás delas e parou na frente do prédio. Sonia Cane correu para falar com os dois policiais que desceram do carro.

Alison disse:

— Ela pode nunca mais participar de um caso como esse. Podemos deixá-la aproveitar os holofotes, não?

— E por que não? — disse Jenny. — Falando nisso, acho que segunda-feira pode ser um pouco cedo demais para recomeçar a ouvir as testemunhas, não acha?

— O que achar melhor, Sra. Cooper.

O dia estava um pouco onírico, o ambiente mudava tão rapidamente quanto o céu. Ela acabou com o resto da bateria de seu celular ligando para o número de Ross, mas só conseguiu ouvi-lo por alguns segundos dizendo que passaria o resto do fim de semana na casa do pai, e perguntando se ela poderia deixar as coisas dele lá na segunda-feira, no caminho para o trabalho.

Vazia e desanimada, Jenny foi para casa. As estradas estavam estranhamente calmas enquanto o sol se punha na direção do topo das colinas, lançando brevemente uma claridade quase angelical sobre o vale Wye. Por alguns instantes, toda a vida pareceu parar e ficar completamente aliviada. Ela era apenas uma mera observadora da série de quadros surpreendentes que formavam sua existência: um filho desiludido com sua fraqueza; um homem perturbador e errático por quem sentia uma atração visceral; um caso que, por mais que tentasse ignorar, tocava em seus medos mais profundos; e o mais recente acontecimento bizarro na cidade, que fez com que um rio passasse sobre ela — um rastro de radiação que levou ao corpo nu de uma mulher cujo último chamado por ajuda ela ignorou. Ela deveria se sentir culpada, horrorizada por ter preferido atender a ligação de McAvoy em detrimento da Sra. Jamal, mas nesse momento de quietude, sentia um alívio quase egoísta. Era como se todas as coisas sinistras e ocultas tivessem rapidamente vindo à tona e se mostrado. O assassino da Sra. Jamal — Jenny estava convencida de que era o fantasma de boné — o mesmo demônio que aparecera na noite do desaparecimento de Nazim e Rafi. Há quase oito anos, ele havia deixado apenas arranhões no batente das portas; dessa vez, havia deixado o rastro do próprio inferno.

O diabo podia não ter um rosto, mas agora tinha uma forma.

Não havia tempo para refletir ou elaborar teorias; as ligações não pararam pelo resto da tarde. Andy Kerr, os agentes funerários, vários funcionários da Vigilância Sanitária, o investigador Pironi e até Gillian Golder conseguiram seu número, que supostamente não constava da lista. Todos queriam informações que ela não tinha, e ninguém acreditava nela quando dizia isso. Tanto Pironi quanto Golder pareciam desesperados por uma pista da fonte de radiação; ambos aparentavam estar convencidos de que estava sonegando informações críticas. Ela lhes contou sobre a Sra. Aldis e o homem de boné, imaginando que, ao fazê-lo, estaria cumprindo sua obrigação, mas não fez menção alguma a Madog e Tathum. Eles pertenciam ao passado, e isso, disse a si mesma, ainda era território exclusivo seu.

Entre as ligações, Jenny sentou-se no escritório em sua casa, tentando pensar em seus próximos passos. Já havia ultrapassado as barreiras aceitáveis da prática de sua profissão ao se comportar como detetive, mas seu instinto lhe dizia que havia questões que nunca seriam respondidas pelo simples interrogatório de testemunhas no tribunal. A indigente roubada tinha um tumor de tireoide em estágio inicial, possivelmente causado pela exposição a níveis baixos de radiação; a desaparecida Anna Rose trabalhava no ramo nuclear; Nazim Jamal era físico. Era mais do que especulação: *tinha* de haver uma ligação.

O telefone interrompeu seus pensamentos pela décima quinta vez. Jenny atendeu com a voz cansada.

Steve disse:

— Que animação, hein? Ocupada?

O humor de Jenny se elevou.

— O que você tem em mente?

Steve disse:

— Queria conversar.

O Apple Tree estava vazio para um sábado. Steve estava sozinho, sentado perto do braseiro de ferro no pátio de lajotas. O estalar do fogo e o correr de um riacho próximo descendo para o Wye eram os únicos ruídos na noite úmida e fria.

— Aguenta ficar aqui fora? — perguntou Steve enquanto ela subia os degraus irregulares.

— Eu gosto — disse Jenny, e se sentou ao seu lado em um dos três bancos rústicos dispostos ao redor do fogo. Ele irradiava um calorzinho bom, mas ela estava feliz por estar usando um suéter de lã grossa e uma jaqueta impermeável, que lhe deixavam parecida com a esposa de um fazendeiro.

Steve acendeu o cigarro e deu uma tragada.

— Peguei um Virgin Mary para você. — E lhe entregou um copo.

— Obrigada. — Deu um gole na bebida sem álcool. — Meu Deus, como é chato ser certinha. — Estendeu a mão na direção do cigarro. — Posso cometer pelo menos um pecado?

— Quantos quiser. — Ele olhou para as chamas.

Enrolando um cigarro de forma desajeitada, ela disse:

— Vou lhe contar o tipo de semana que tive, mas não sei se acredito em mim mesma.

— Ross me contou uma parte — disse ele, meio por alto.

— Vocês têm conversado muito — retrucou Jenny, jogando verde.

— Um pouco. — Ele soprou o leve rastro de fumaça. — Ele se preocupa com você.

Ela passou a língua sobre o papel e terminou de enrolar o cigarro. Nada mal. Encostou-o no ferro do braseiro para acender.

— Se preocupa mesmo — disse Steve.

— O que posso dizer? Faço o que posso... É sobre isso que você queria conversar?

— Não. Sobre você.

— O que sobre mim?

Ele segurou o cigarro na frente dos lábios, hesitante.

— O quê? — insistiu ela.

— Outro dia, quando estávamos na cama... era como se você não estivesse lá. E não foi a primeira vez. — Virou-se e olhou em seus olhos. — Você não sente mais o mesmo por mim.

— Não é verdade.

— Quase não me liga.

— Eu sou uma mãe que trabalha fora.

— E eu vou para o escritório também... Não sou mais o mesmo, sou?

— O mesmo o quê?

— A fantasia. O cara livre.

Magoada, Jenny disse:

— Acho que está me confundindo com sua ex-namorada. Não sei se lembra, mas fui eu que o encorajei a voltar a estudar.

— Eu realmente não quero brigar, Jenny. — Ele abaixou a cabeça até os joelhos. — Só quero saber o que está havendo entre nós, o que você espera.

Ela deu uma tragada forte no cigarro até a fumaça quente queimar sua boca.

— Desculpe-me se pareço estar estranha. Devem ser os remédios que o médico me receitou. Logo mais, devo parar de tomar.

— Eu não costumava fazer você feliz?

Ela sentiu as pernas se mexendo de nervoso; um tremor passou por seu corpo — sensações físicas que tomavam o lugar do pensamento.

— Você sabe como eu sou, Steve. Eu tento manter as partes de mim com as quais estou tentando lidar em separado, mas às vezes elas escapam das caixas.

— Você sabe que pode falar comigo o quanto quiser. Eu gostaria que falasse.

— Não funciona assim. Não é isso que eu preciso de você.

— Pode me dizer o que precisa?

Que me toque, abrace, dê segurança, um lugar para me esconder... As palavras surgiram em sua mente, mas tropeçaram e caíram antes de chegarem à boca. Tudo o que conseguiu fazer foi balançar a cabeça.

Steve disse:

— Você me ama? Ou ama apenas a ideia que faz de mim?

— Você não está me deixando?

— Preciso saber que futuro esperar. Preciso saber como se sente. Uma garota do trabalho me perguntou outro dia se eu estava com alguém. Por um instante, não soube o que dizer.

— Ela era bonita?

— Pelo amor de Deus, Jenny. — Pela primeira vez ele estava mais perto de chorar do que ela. — Você tem de parar de ter medo.

Deixar-se sentir amada é uma aposta — sei bem disso —, mas você não quer nem tentar.

— Eu... eu quero... eu tento o tempo todo. — As palavras soaram vazias até mesmo para ela.

Steve disse:

— Tenho pensado mais sobre seu sonho... a parte de você que morreu. Por que você o teria novamente agora? Quando ficamos juntos, eu a vi reviver. Você sorria, gargalhava e se perdia. Aí depois era como se se sentisse muito culpada para se soltar novamente. — Jogou a bituca do cigarro no fogo e levou as mãos ao rosto. — O que estou tentando dizer é que às vezes ter de enfrentar uma escolha é a melhor forma de sair de um buraco.

Ficou parado, depois se inclinou e lhe deu um beijo suave na testa.

— Pense nisso e me ligue.

Desceu os degraus e desapareceu na noite.

DEZOITO

JENNY HAVIA SOFRIDO MUITOS INSULTOS de muitos homens no decorrer dos anos, mas nenhum deles a havia acusado de ser sem vida na cama. Verdade, ela havia se permitido pensar em outra pessoa durante o sexo, mas havia feito isso muitas vezes com seu ex-marido, e mesmo no meio de uma amarga separação, David teve a gentileza de dizer que tinha poucas reclamações sobre o lado físico do casamento.

Analisando seu rosto no espelho, notou uma certa ausência, um tédio no olhar, uma falta de vitalidade nos traços. Tinha certeza de que essas transformações haviam acontecido desde a mudança em sua medicação. Sim, a indisposição que Steve detectara existia em parte, mas ela podia ver em seu próprio reflexo que uma parte também era física. Os comprimidos tinham sido um apoio útil em seus piores momentos, haviam acabado com a melancolia e a ansiedade que tentavam entrar quando sua mente estava absorvida pelo trabalho, mas enfraqueceram seu vigor, diluíram sua paixão.

Steve estava certo: parte dela havia morrido, a parte que gostava do movimento da vida.

Era hora de uma estratégia nova: afrouxar a correia. As drogas anestesiantes deveriam ir embora. Os venenos do Dr. Allen seriam jogados no riacho escuro do outro lado do gramado úmido. Ela preferia viver a realidade crua, ser como McAvoy — uma força da natureza, uma tempestade ou uma brisa quase imóvel, dependendo de como seu espírito a movesse.

E se vacilasse, uma taça de algo gostoso ou um ou dois tranquilizantes não poderiam fazer mal algum.

Olhou na gaveta de baixo da cômoda de carvalho, onde guardava as coisas especiais — lingerie de seda, luvas brancas de algodão com delicados botões de pérola, um par de meias finas que havia usado apenas uma vez —, e pegou o pacote embrulhado em plástico-bolha que guardara ali há três meses, quando jurou que aquele frasco seria usado apenas em caso de vida ou morte. Rasgou o papel com uma tesourinha de unha e tirou o pequeno frasco marrom. Xanax 2mg. Conteúdo, 60. Uma chacoalhada para garantir que estava tudo ali. Ela desenroscou a tampa e removeu o algodão só para ter certeza.

Tinha o paraquedas. Agora podia pular.

O telefone acordou Jenny pouco antes das 7 horas de domingo. Ela desceu as escadas, desativou o toque do aparelho e tomou café da manhã em paz. Não tinha intenção de atender nenhuma ligação hoje. Não tinha nada a dizer a ninguém até que tivesse mais algumas respostas. Duas xícaras de café forte levaram embora sua preguiça. Sentiu-se mais livre sem os remédios do Dr. Allen; um núcleo pequeno e duro de medo se instalou entre sua garganta e seu diafragma, mas havia também uma energia com a qual não estava acostumada. Uma sensação de entusiasmo, de emoção expansiva. O dia parecia fresco e cheio de possibilidades.

Chegou à casa dos Crosby em Cheltenham pouco depois das 9 horas. Ficava em uma fileira de casas iguais, identificadas apenas pelos desenhos diferentes das grades de ferro das sacadas e varandas. Construídas com a primeira onda do dinheiro colonial a chegar às mãos das classes mercadoras, essas ruas estucadas no coração da cidade eram uma visão idealizada do que era ser inglês e civilizado. Mesmo em uma manhã nublada de domingo, as construções pareciam reluzir.

Foi a Sra. Crosby quem abriu a porta, com o cabelo ainda levemente despenteado, embora tivesse tido tempo desde a ligação de Jenny, meia hora antes, para se vestir e, a julgar pelo cheiro, queimar umas torradas. Levou-a até uma sala de estar elegante e de muito bom gosto, onde sofás contemporâneos combinavam com um lustre antigo. As pinturas eram no estilo abstrato moderno; o enorme espelho decorativo sobre a lareira de mármore branco era envelhecido. Janelas de 2,5 metros davam para um minijardim em estilo italiano.

— É lindo. Tão leve.

A Sra. Crosby deu um sorriso triste e olhou para a porta quando seu marido entrou com o cabelo ainda molhado do banho, e a irritação de ter sido tirado da cama tão cedo em um domingo estampada no rosto carrancudo.

— Você encontrou um corpo, não é? — disse ele, sentando-se ao lado da esposa.

— Não. Não há nenhum corpo. Nada que sugira que ela esteja morta.

Marido e esposa trocaram um olhar de alívio com um quê de anticlímax.

— Pode parecer estranho — disse Jenny —, mas preciso falar com vocês porque um pequeno rastro de material radioativo foi encontrado no corpo de uma mulher ligada a outro caso que estou investigando. Devem ter lido sobre... Nazim Jamal.

A Sra. Crosby parecia confusa.

— Li algumas notícias — disse o marido, abruptamente. — O que isso tem a ver com Anna Rose?

— Talvez nada. Eu não sei. Deixe-me explicar.

Ela fez um resumo: contou rapidamente a história do desaparecimento de Nazim e Rafi, a campanha da Sra. Jamal, sua morte bizarra, e o rastro de Césio-137, que só poderia ter se originado em uma usina nuclear. Disse que, pelo que conseguiu descobrir na internet, a principal fonte de material radioativo do mercado negro era a ex-Europa Oriental, mas o emprego de Anna Rose na Maybury era uma coincidência que precisava pelo menos ser descartada.

O Sr. e a Sra. Crosby escutaram em silêncio, trocando olhares nervosos de vez em quando. Jenny sentiu que havia tocado em um assunto delicado, mas terminou de falar antes de perguntar se aquilo os fazia pensar em alguma coisa.

Houve uma pausa. A Sra. Crosby falou primeiro:

— Não sabia que Anna Rose estudou Física em Bristol?

— Não...

— Formou-se no verão passado — disse o Sr. Crosby.

— Sei...

Os três ficaram em silêncio por um bom tempo.

Jenny perguntou:

— Quando exatamente ela desapareceu?

O Sr. Crosby disse:

— Falamos com ela ao telefone segunda-feira à noite, 11 de janeiro. Foi trabalhar na terça, mas não chegou na quarta.

— Onde ela estava na terça-feira à noite?

— Achamos que passou a noite em seu apartamento. A cama estava desfeita. Seu namorado lhe telefonou à noite. Tudo parecia bem.

— Ela levou algo?

A Sra. Crosby disse:

— Parece que fez uma mala. Sua carteira e o passaporte não estavam lá. Ela tirou 500 libras em um caixa eletrônico perto de seu apartamento, às 7h30 da quarta-feira.

— Houve alguma movimentação na conta depois disso?

— Não — disse o Sr. Crosby de maneira definitiva. — Nem registro de que tenha deixado o país, até onde sabemos.

Jenny disse:

— Havia alguma indicação de que algo estava errado?

— Foi um acontecimento totalmente inesperado — disse a Sra. Crosby. — Ela parecia perfeitamente feliz. Tinha um bom emprego, um namorado novo... — parou no meio da frase e olhou para o marido, que pareceu ter sido tomado pelo mesmo pensamento. Ela o deixou continuar.

— Achamos que ela pudesse estar saindo com um rapaz asiático no ano passado — disse, como se fosse algo muito vergonhoso. — Minha esposa foi visitá-la um dia de outubro e o viu saindo do apartamento. Anna disse que ele era apenas um amigo, mas... você sabe. Temos nosso instinto.

— Sabem quem era?

— Salim alguma coisa, eu acho. Ela nunca disse o sobrenome.

— Como ele era?

O Sr. Crosby se virou para a esposa, que disse:

— Vinte e poucos anos, um pouco mais velho que Anna Rose. Perfeitamente respeitável — acrescentou, justificando-se. — Bem bonito, na verdade.

O Sr. Crosby disse:

— Meu Deus, sabia que devíamos ter dito algo. Com quem ela foi se meter?

A Sra. Crosby colocou a mão nas costas do marido, para acalmá-lo.

— Acho que não houve mais nada. Ela estava realmente caída pelo Mike. Conheceram-se no trabalho.

— Em Maybury.

— Sim... Ele era seu supervisor, seu chefe, eu acho. Ela começou um programa de treinamento de dois anos em setembro, o programa para recém-formados.

— Sabe mais alguma coisa sobre esse amigo asiático? Tinha envolvimento com política?

— Não tenho ideia — disse o Sr. Crosby. — Nunca ouvi Anna Rose falar de política na vida.

— Quais são seus interesses?

— Pelo que sei, ela gostava de se divertir — disse ele. — Ficamos surpresos quando conseguiu o emprego. Ela só foi estudar Física porque achou que o curso seria um dos menos concorridos.

— Ela ia bem?

— Não muito — disse a Sra. Crosby. — Era uma aluna mediana. Deu sorte por conseguir se graduar. Sempre falou em largar tudo e viajar por um ano.

— Sua aparência provavelmente ajudou — disse o marido. — Os homens fariam tudo por ela.

Jenny olhou para algumas fotografias em branco e preto dispostas sobre uma escrivaninha de nogueira. Anna Rose, no fim da adolescência, tinha cabelos louros na altura dos ombros e um sorriso brilhante e travesso em que se lia "problema". Era mais elementar e menos refinada que seus pais adotivos.

Jenny perguntou:

— Como ela foi parar nesse emprego? Parece um pouco irreal.

O Sr. Crosby deu de ombros, aparentemente não tendo outra explicação além de definir como mais uma das muitas surpresas de sua filha. A esposa disse:

— Ela se deu muito bem com uma das professoras, a Dra. Levin. Tive a impressão de que foi ela quem empurrou Anna Rose naquela direção. Provavelmente mexeu alguns pauzinhos, mas Anna Rose nunca teria admitido a ajuda de ninguém.

— Era muito independente?

— Ah, sim — disse o Sr. Crosby. — E cabeça-dura. Não importava o quanto estivesse errada, sempre tinha de estar certa. — Seu tom sugeria que já havia se convencido do que tinha acontecido: sua exuberante e ingênua filha, bonita demais para não chamar atenção, havia se envolvido com algum estrangeiro maldito. Se já não estivesse morta, certamente estava fora do alcance de qualquer ajuda que pudessem oferecer.

A Sra. Crosby disse:

— Isso significa que haverá uma investigação criminal?

— Claro que sim — retrucou o marido. — É óbvio. Ela está envolvida em alguma coisa.

— Você não sabe, Alan — protestou ela, angustiada com sua raiva.

— Sabe como ela é impressionável. É assim desde pequena. — Virou-se para Jenny: — Para ser sincero, Sra. Cooper, ficamos surpresos por ela ter sobrevivido à adolescência. Foi expulsa de duas boas escolas, só Deus sabe quantos garotos desajustados... Estava sempre se metendo em confusão.

A Sra. Crosby sucumbiu às lágrimas e disse:

— Não é justo...

Jenny disse:

— Não tenho motivos para falar com a polícia neste momento. Mas gostaria de dar uma olhada no apartamento de sua filha e falar com Mike Stevens.

Jenny deixou a residência dos Crosby com as chaves do apartamento de Anna Rose e o número do celular de Mike Stevens. Ligou para ele do carro, esperando encontrá-lo naquela mesma manhã, mas ele atendeu em um quarto de hotel em Lake District. Estava em uma viagem de trabalho de uma semana a uma usina de reprocessamento em Sellafield. Não havia nada a ganhar ficando em casa, disse: os pais de Anna Rose haviam falado com todos os amigos e conhecidos dela. Ele não conseguia pensar em mais ninguém para ir atrás.

Jenny disse:

— Sei que vai parecer um pouco estranho, Sr. Stevens, mas por acaso Anna Rose tinha acesso a material radioativo, como, por exemplo, Césio-137?

A resposta foi o que ela interpretou como um silêncio aturdido. Quando Mike Stevens recobrou a voz, disse:

— Por que está me perguntando isso?

— Porque traços dessa substância apareceram em outro caso que estou investigando.

— Alguma *morte*?

Jenny disse:

— Não entre em pânico. Não há relação alguma com Anna Rose além do césio. Só preciso saber se o material pode ter saído de sua usina.

— Meu Deus, não. Sabe alguma coisa sobre o funcionamento de uma usina nuclear? Tudo é feito por robôs.

— Está me dizendo que é impossível que ela tenha pego essa substância?

— A mesma probabilidade de você ter pego. O que é isso? O que acha que ela fez?

— Nada. Provavelmente são dois acontecimentos sem relação entre si. Mais uma pergunta: o que sabe sobre um amigo asiático dela chamado Salim?

— Nunca ouvi falar.

— A mãe dela o viu saindo de seu apartamento em outubro.

— De onde saiu essa história? Anna Rose não tem um amigo chamado Salim. Já estava saindo comigo em outubro.

— Desculpe tê-lo incomodado, Sr. Stevens. O Sr. ou a Sra. Crosby contarão o resto da história. Tente não se preocupar.

— Ei...

Desligou e discou o número da casa de Alison. Tocou sete vezes antes que ela atendesse com um "alô" cuidadoso.

— Achei que você pudesse estar na igreja — disse Jenny.

Alison ignorou o comentário.

— Então está viva, Sra. Cooper? Metade de Bristol está tentando falar com você. Todos acham que sabe de algo.

— Ainda não, mas estou trabalhando para isso. Já saiu na imprensa? Não ouvi nada.

— Nem um pio. Deve haver algum tipo de impedimento.

— Não sei se isso é assustador ou reconfortante. Preciso arrumar um dosímetro.

— Um o quê?

— O telefone de Andy Kerr deve resolver.

Andy atendeu a ligação no que parecia ser uma academia com música pop ruim e o barulho de pesos batendo ao fundo. Obviamente, ele não tinha namorada para mantê-lo ocupado em uma manhã de domingo. Ainda tinha o dosímetro no bolso de seu avental de trabalho, disse, mas todo o necrotério havia sido lacrado até ser descontaminado. Não achava que o deixariam entrar antes do meio da semana. Poderia ligar para Sonia Cane, mas soube que ela estava escrevendo um relatório reclamando que ele havia agido de forma imprópria ao não informar a Vigilância Sanitária imediatamente após descobrir radiação no corpo da Sra. Jamal.

— Do que ela tem medo? — perguntou Jenny.

— Da mesma coisa que eu: perder o emprego. Já fui orientado a não discutir o assunto com ninguém, nem com você, aparentemente.

— Eu não falo para ninguém. E então? Onde posso encontrar um dosímetro?

— Hoje?

— Seria útil.

Andy suspirou.

— Farei umas ligações.

Jenny pegou o crachá com dosímetro do técnico em radiografia de plantão no hospital Severn Vale. Ele não perguntou nada e Jenny não explicou nada. Ele tinha uma fila de pessoas para atender, e em seu trabalho o crachá era um equipamento-padrão e dispensável. Nem um pouco sofisticado quanto o aparelho manual de Sonia, consistia de um pedaço pequeno de filme fotográfico dentro de um crachá do tamanho de um cartão de crédito, com uma chave colorida. Quando exposto à radiação, o filme ficava em um tom mais escuro de verde.

O apartamento de Anna Rose, em um novo condomínio perto da estação Parkway, na zona noroeste da cidade, ficava a menos de 15 minutos de carro. Era uma área pontuada por edifícios comerciais, propriedades industriais e estradas de acesso. Sem charme, mas perto da autoestrada, e a menos de 20 quilômetros de Maybury. O prédio de três andares ficava em uma esquina. Cada centímetro da via estreita estava ocupado por carros estacionados. Não havia espaço, então Jenny deixou o carro bloqueando uma rotatória.

Havia duas chaves no chaveiro que os Crosby lhe deram. A primeira abria a porta do hall de entrada comunitário, e a segunda era da porta do apartamento de Anna Rose. Jenny verificou o dosímetro: ainda estava no verde mais claro.

Entrou no pequeno e extremamente organizado apartamento de um quarto. A porta dava direto para uma sala e cozinha conjugadas, mobiliadas com poucos móveis modernos. A janela dava para uma área aberta e sem muros, que havia sido criada para um novo edifício que nunca fora construído. O dosímetro permaneceu imutável. Ela andou pelo cômodo, olhando para uma estante cheia de livros acadêmicos, abriu gavetas, olhou no banheiro e fez uma busca cuidadosa no pequeno quarto, passando o dosímetro em cada canto, mas este permaneceu como estava.

Ficou aliviada e desapontada ao mesmo tempo, além de um pouco aborrecida. Sentou-se em uma das duas cadeiras da pequena mesa de pinho e parou para pensar. O que não havia encontrado era o mais interessante. Não havia maleta, mochila, computador, câmera nem celular. Não havia carteira, nem escova de dentes. Havia cabides vazios no armário, poucos pares de meias e roupas íntimas na gaveta da cômoda. Sem sinal de arrombamento na porta da frente.

A pilha de correspondência no balcão da cozinha e os poucos itens que havia visto sobre a mesa eram irrelevantes — contas ou folhetos de propaganda. Diferente de Nazim e Rafi, parecia que Anna Rose havia feito as malas e partido deliberadamente.

Jenny tentou evitar a tentação de especular, mas tinha um instinto que não podia ignorar, um sexto sentido que lhe dizia que aquela sala pertencia a alguém vivo e ainda no jogo. Nada cheirava a morte; o ambiente estava confuso, mas não pesado.

Olhou para o apartamento uma vez mais procurando alguma pista. Não havia nada. Nenhum caderno, nenhum pedaço de papel, nenhum lixo no cesto. Praticamente não havia nenhum rastro de Anna Rose além dos livros acadêmicos e alguns outros alinhados na estante. Jenny observou os títulos: todos leves, ficção ligeiramente maliciosa para mulheres jovens e algumas biografias de celebridades de quinta categoria. Anna Rose podia ser inteligente, mas não podia ser chamada de culta. Jenny achava estranho que uma jovem brilhante não tivesse nenhuma curiosidade intelectual além de seu objeto de trabalho, e a síndrome lhe pareceu um tanto quanto familiar. Ela voltou sua atenção a um pôster emoldurado — o único objeto que se aproximava de uma obra de arte no apartamento. Mal havia notado: a distância, parecia uma caricatura da Mona Lisa. De perto, era uma colagem de centenas de fotos de uma jovem e pouco vestida Britney Spears fazendo poses provocativas. Era inteligente, pensou Jenny, e imaginou que aquilo tivesse apelo tanto à cientista quanto à garota festeira que existiam em Anna Rose: sexy e sério ao mesmo tempo. Lembrou-se da visita a Sarah Levin: a jovem acadêmica que passava os dias com a cabeça ocupada com teorias de partículas, mas à noite voltava para casa e assistia à MTV e lia revistas fúteis. Essas jovens seguiam um padrão: tiveram de mão beijada um monte de coisas que a geração de Jenny não teve, mas sentiam-se estranhamente superficiais e sem formação por causa disso. Em que acreditavam? O que tinham para confortá-las em momentos de crise?

Verificou o dosímetro mais uma vez e trancou a porta do apartamento ao sair. O rastro de radiação havia esfriado, mas ela deixou o prédio certa de seu próximo passo.

* * *

Ninguém atendeu a campainha no apartamento de Sarah Levin. Jenny esperou no carro por mais de uma hora e tentou ordenar as teorias que invadiam sua mente em uma série de possibilidades plausíveis. Dado que todas tinham de começar com o roubo de material radioativo, não era fácil.

Havia começado a chover e ela estava cansada, sentindo necessidade de tomar um de seus comprimidos, quando um Fiat 500 azul-claro estacionou do outro lado da rua. Sarah Levin desceu carregando várias sacolas de supermercado e seguiu na direção da porta. Jenny chegou antes, interceptando-a na calçada.

— Dra. Levin, preciso lhe fazer mais algumas perguntas.

A jovem ficou surpresa e sentiu-se afrontada.

— Agora? Está brincando? Só passei em casa por cinco minutos e já tenho de sair novamente.

Chegou até a porta. Jenny foi atrás.

— É sobre Anna Rose Crosby. Sei que você a conhecia.

Sarah Levin parou e se virou, irritada.

— Tenho amigos advogados, eles não acreditaram que veio até minha casa. O que pensa que está fazendo?

— Ela está desaparecida.

— Eu soube.

— Sabe qual pode ser o motivo?

— E por que saberia? Eu era sua professora, não sua amiga. Eu realmente preciso ir. — Tirou as chaves do bolso.

Jenny disse:

— A família ficou muito surpresa por ela ter entrado no programa para recém-formados em Maybury. Disseram que você talvez tenha dado uma mãozinha.

Sarah Levin deu um suspiro dramático e jogou os longos cabelos louros para trás.

— Escrevo referências para todos os meus alunos. Não tenho ideia do que se trata tudo isso, e como você não parece ter a intenção de me dizer, vamos deixar por isso mesmo, certo?

Jenny estava prestes a lhe contar toda a história — a Sra. Jamal, o Césio-137, tudo —, mas um instinto lhe disse para se segurar. Havia pânico na expressão provocadora de Sarah Levin. E raiva. Jenny tinha conseguido sua negativa e, se fosse necessário, poderia usá-la contra ela depois.

Calmamente, disse:

— Você pareceu bem sobressaltada quando mencionei o nome dela.

— E isso não teria alguma coisa a ver com o fato de ter sido interceptada na porta de casa?

— Não tem ideia do que pode ter causado seu desaparecimento?

— Isso é ridículo. É claro que não.

— Quando foi a última vez em que estiveram em contato?

— Não sei. Acho que no verão passado.

— Diria isso sob juramento?

— Sinto muito, Sra. Quem-quer-que-seja, para mim já basta. Pode me pedir uma declaração por escrito, mas não pode me interrogar no meio da rua. Não sou idiota.

Passou pela porta e a fechou com força. Seu perfume continuou no ar. Se Anna Rose era bonita, Sarah Levin era linda. Não era simplesmente sua aparência. Era algo químico. Nenhum homem ou mulher seria capaz de passar por ela sem olhar para trás com lascívia ou inveja. Pelas fotografias que viu dele, Jenny presumiu que Nazim possuíra um pouco dessa característica também. Certamente ele era mais bonito do que o atual parceiro de Sarah Levin. Podia imaginar Nazim se apaixonando completamente por ela, sem se importar com os princípios religiosos que pudessem existir no caminho. E para uma garota que podia ter qualquer um, ele teria sido uma das opções mais interessantes.

Jenny correu de volta para o carro e pegou o celular.

— Alison, sou eu.

— Eu sei, Sra. Cooper. Dá para saber pelo toque.

— Não havia radiação no apartamento de Anna Rose.

— Oh, e isso é surpreendente?

Jenny desconsiderou o tom sarcástico.

— Acabei de falar novamente com Sarah Levin. Tive uma ideia, pode conseguir seus registros médicos?

— O quê? Sem seu consentimento?

— Sim.

Ao fundo, ouvia-se um latido de cachorro e o marido de Alison chamava por ela. Esta gritou para que esperasse, depois voltou, impaciente, para a conversa.

— Não é um pouco irregular, Sra. Cooper? Não teria de perguntar à testemunha?

— Dane-se o protocolo. Simplesmente pegue.

Jenny havia cruzado a cidade de carro e olhava pelo vidro riscado para a neblina na estrada, quando lhe ocorreu que havia mais uma pessoa ligada tanto a Nazim Jamal quanto a Anna Rose: o rude professor Rhydian Brightman. Ela sabia pouco sobre como funcionavam as universidades, mas imaginou que, em uma instituição fechada, as relações profissionais fossem intensas e muito pouco passasse despercebido pelos colegas. Brightman deve ter discutido o inquérito com Sarah Levin, nem que tenha sido apenas por preocupação com a reputação de seu departamento. Ele deve ter sabido sobre Anna Rose, e se foram mexidos pauzinhos a seu favor, era mais do que provável que ele tenha participado.

Parou em um posto de gasolina perto da autoestrada M4 e fez mais algumas ligações. Conseguiu localizar o porteiro de uma das residências estudantis, o qual disse que seu cargo não lhe permitia divulgar números particulares de funcionários. Jenny perdeu a paciên cia e disse que a menos que telefonasse de volta em cinco minutos com a informação, ele poderia esperar uma visita da polícia.

Foi o próprio Brightman que retornou a ligação e perguntou, hesitante, em que poderia ajudar. Jenny se desculpou por perturbá-lo durante o fim de semana e perguntou se poderiam se encontrar.

— O que quer saber, Sra. Cooper? Realmente não tenho nada a dizer sobre o que aconteceu com aqueles jovens.

Jenny disse:

— A mãe de Nazim Jamal foi encontrada morta na quinta-feira.

— Oh, pobre mulher.

Jenny fez uma pausa, calculando o próximo passo. Dane-se, por que não contar logo? Ele ficaria sabendo mais cedo ou mais tarde.

— Parece que ela pode ter recebido um visitante pouco antes de morrer. E havia traços de Césio-137 em seu corpo. O bloco de apartamentos onde vivia está sendo evacuado.

Ele ficou em silêncio por um instante.

— Bem, realmente não sei o que dizer.

Jenny disse:

— Tenho apenas algumas perguntas. Não vai demorar.

— Talvez seja melhor ir até meu escritório.

O professor Brightman estava esperando na escada em frente ao departamento de Física vestindo um casaco sujo e segurando uma maleta de couro surrado. Falando sobre amenidades, Jenny o acompanhou por corredores frios e desertos até seu escritório: uma sala pequena e bagunçada no segundo andar, com vista para a rua. Desocupando uma cadeira para ela, desculpou-se pela temperatura; por motivos econômicos, o aquecimento era desligado aos domingos. Sentaram-se sem tirar os casacos. Jenny mal conseguia sentir os dedos do pé.

Agitado, Brightman empurrou os óculos grossos para cima.

— Importa-se se eu perguntar que tipo de conversa é esta, Sra. Cooper? Meus empregadores normalmente pedem para ser informados se eu estiver sendo questionado por autoridades.

— Não é suspeito de nada, professor. Pode dizer o que quiser a eles.

Ele batia os dedos com ansiedade sobre a mesa.

— Prefiro que fique entre nós, por enquanto, se não se importar. Obviamente, se precisar que eu faça uma declaração oficial...

— Vamos dar um passo de cada vez, certo? O que me traz aqui hoje é uma aluna recente da universidade, Anna Rose Crosby.

— Eu me lembro dela. Não vai me dizer que...

— Não. Tudo o que sabemos é que desapareceu. Só estou interessada nela porque trabalha na indústria nuclear, e, como já lhe disse, o corpo da Sra. Jamal mostra sinais de contaminação radioativa.

Brightman franziu a testa, perplexo.

— Césio-137? Tem certeza?

— A Vigilância Sanitária confirmou. São 110 milisieverts.

Ele balançou a cabeça, atordoado.

— Como? Por quê?

— Não tenho ideia. Mas com o desaparecimento de Anna Rose, sua ligação com este departamento faz dessa uma linha óbvia de inquérito. Certamente concorda.

— Eu mal a conhecia pessoalmente — só supervisionava a pós-graduação nessa época —, mas era uma aluna perfeitamente normal, até onde eu sei. Césio-137? Não temos nada assim por aqui. Não sei se sabe como...

— Faço ideia. Não é o tipo de coisa que se encontra jogada por aí em uma universidade. Estou certa?

— Correto. Quantidades ínfimas para experimentos específicos, talvez, mas controlado bem de perto. Não temos nada aqui.

— Anna Rose Crosby participou do programa de treinamento da Maybury. Isso o surpreende?

— Não muito. Era uma aluna mediana, pelo que me lembro.

— Quis dizer mais pelo ponto de vista de seu caráter.

— Isso eu não teria como comentar. A Dra. Levin deve ter uma opinião mais formada a respeito.

— Eu tentei, mas ela parece não querer ajudar.

— Ah — disse Brightman na defensiva —, já falou com ela?

— A mãe de Anna Rose Crosby disse que a Dra. Levin ajudou sua filha a conseguir o emprego. Teve a impressão de que usou sua influência.

— Acho que ela pode ter alguns contatos. De vez em quando, fazemos palestras para estudantes apresentando a indústria.

— Não parece ter muita certeza.

— Não, estou apenas pensando no que me disse. A Dra. Levin ainda é nova no departamento. Não imagino que tenha tanta influência. E não é bem assim que fazemos as coisas por aqui.

Jenny analisou seu rosto. Ele parecia realmente confuso e perturbado com a direção em que as perguntas estavam tomando. Não lhe passou a imagem de um homem que mentiria bem. Era um acadêmico um pouco avoado, bastante atrapalhado. Havia manchas em seu casaco e sinais de que se cortava frequentemente com a lâmina de barbear. Ela conseguia imaginá-lo interpretando mal as pessoas, não conseguindo notar coisas acontecendo debaixo de seu nariz, mas não o via orquestrando algo por baixo dos panos.

— Os pais de Anna Rose acham que ela pode ter tido um namorado asiático no ano passado. Salim alguma coisa. Parece familiar?

Ele fez que não com a cabeça.

— Desculpe, mas como expliquei, não sou a melhor pessoa para responder isso.

— Talvez possa verificar com algum de seus colegas que tenham sido mais próximos dela. Até mesmo a Dra. Levin.

— Sim... Sim, claro — disse ele, distraído, com a mente claramente em outro lugar, pensando nos possíveis escândalos em que poderia se envolver.

Jenny hesitou, sentindo certa empatia pelo homem. Parecia impotente, simplesmente não era uma criatura política. Ela podia imaginar colegas mais recentes no departamento confabulando para tirá-lo de sua sala desarrumada ao menor sinal de má administração.

Assumiu um tom mais suave, movida pelo desejo de deixá-lo menos ansioso.

— Posso lhe perguntar algo que diz respeito ao seu conhecimento profissional?

— É claro.

— Tudo o que sei sobre Césio-137 até agora é que é perigoso, é um subproduto da indústria nuclear e existe em abundância perto de Chernobyl. Para que exatamente ele pode ser usado?

— Tem razão em mencionar o ex-bloco soviético — disse ele, rapidamente. — Presume-se que seja onde a maior parte da substância ilegal tenha sido originada... cientistas empobrecidos querendo ganhar uns trocados no início da década de 1990. Sim, pelo que li na imprensa popular, é o material escolhido para se fazer bombas sujas. Uma pequena quantidade no centro de uma bomba tradicional pode se espalhar sobre uma cidade, levada pelo vento, deixando-a inabitável por décadas. Terrível.

— Entendo.

Uma ideia mais clara começou a se formar em sua mente nada científica. Tinha uma vaga noção de que aquilo podia ser usado para contaminação, até mesmo para uma bomba localizada, mas nunca havia pensado em um alvo tão grande quanto uma cidade inteira.

Olharam um para o outro através das pilhas desarrumadas de livros e papéis e, pela primeira vez, Jenny entendeu a profundidade da preocupação dele.

— Tem ideia de como a Sra. Jamal pode ter sido contaminada? — perguntou ele. — Não consigo imaginar nada mais preocupante para os antiterroristas.

— Não — disse Jenny. — Mas um homem foi visto no local. Alto, branco, magro, por volta dos 50 anos. Ele se assemelha à figura vista deixando a residência estudantil onde vivia Nazim Jamal na noite de seu desaparecimento.

Brightman olhou para o vazio.

— Lembro da polícia ter mencionado algo assim na época. Uma aluna alegou tê-lo visto.

— Seu nome é Dani James. Ela prestou testemunho na abertura de meu inquérito na semana passada. Também disse que dormiu com Nazim na semana anterior.

— Eu vi uma reportagem... — Sua voz diminuía enquanto tentava entender esses fragmentos desconexos.

Jenny disse:

— Há indícios de que Nazim estivesse saindo com outra garota no fim de seu primeiro semestre, alguém bem-falante. Será que pode afirmar se era ou não a Dra. Levin?

Brightman voltou os olhos para ela.

— Perdão?

— Só fiquei me perguntando se ela e Nazim não tinham um caso.

— E o que lhe faz pensar isso? — Suas pupilas, dilatadas de surpresa, ficaram ainda maiores atrás das lentes grossas.

Jenny continuou:

— Sua mãe atendeu por engano a ligação de uma garota. É apenas um palpite, mas quem quer que tenha sido, deve saber algo sobre ele que não sabemos.

Brightman engoliu em seco.

Ela sabia que havia tocado em um ponto delicado.

— Para falar a verdade, eu os vi juntos uma vez — disse. Ele limpou a garganta. — Eu me lembro disso porque já me fizeram essa pergunta antes — deve ter sido no final de 2002 —, o advogado da Sra. Jamal.

O coração de Jenny acelerou.

— Alec McAvoy?

Brightman franziu a testa.

— Sim... um escocês.

— Ele perguntou se achava que Nazim e Sarah Levin tinham um relacionamento?

— Perguntou — disse, culpado. — E tudo o que consegui lembrar foi de um incidente. Foi no laboratório que fica neste corredor. Já nos acostumamos a ver essas coisas entre os alunos.

Jenny mal conseguia falar:

— O que contou a McAvoy?

— Que entrei e dei de cara com os dois. Eles se afastaram, como se estivessem se beijando. Lembro que ficaram envergonhados.

— Já falou com a Dra. Levin sobre isso?

— Não é o tipo de coisa de que se fala — respondeu, acrescentando, na defensiva: — Ela é muito competente. Foi estudar em Harvard com uma bolsa Stevenson e voltou com ótimas referências. — Sua expressão era quase de tortura. — Sarah não se meteria com nada de errado. É impensável.

Jenny respirou fundo.

— Se não se importar, gostaria de seu depoimento.

Seu corpo estava queimando. Ela não sentia mais frio.

DEZENOVE

As pessoas sempre comentavam sobre como Jenny aceitava más notícias com calma. Enquanto os outros sucumbiam às lágrimas com o anúncio de uma morte repentina ou uma tragédia inesperada, sua reação invariavelmente era o oposto. Mantinha uma serenidade não natural, seus olhos permaneciam secos, enquanto os mais emotivos gravitavam ao seu redor procurando consolo. Tinha uma perspectiva tão profunda, que diziam ser uma presença forte. Por muitos anos, acreditou que tinha mesmo uma imunidade singular ao luto, que simplesmente era mais forte do que a maioria. Foi apenas com 39 anos e com seu "episódio" (ela sempre se recusava a chamar de colapso) que percebeu a verdade. O Dr. Travis, o psiquiatra gentil que havia cuidado dela paciente e confidencialmente durante os meses mais dolorosos que se seguiram, a ajudara a entender que, depois de um certo patamar, suas emoções se internalizavam, não conseguindo chegar à superfície. Elas existiam e eram poderosas, mas ficavam confinadas em uma sala blindada nas profundezas de seu subconsciente. O truque era abrir a porta centímetro por centímetro para deixar os traumas armazenados — quaisquer que fossem — vazarem para fora para serem processados. Mas por mais que tentasse, ainda não havia encontrado a chave.

Havia sido enganada por Alec McAvoy. Ele sempre soubera que Sarah Levin e Nazim haviam se envolvido, mas nunca lhe disse nada.

Por quê? Havia comparecido a seu inquérito, ido atrás dela quando estava sozinha e lhe recitado poesia.

Quem era esse advogado torto e condenado que sabia como afetá-la e tocá-la, esse homem que, como nenhum outro, fez com que sentisse não estar sozinha? O que ele queria dela? Alison podia estar certa? Estaria ele se aproveitando de seu inquérito na esperança de salvar sua carreira arruinada? Ou suas motivações eram ainda mais sombrias?

Ela não sabia. Não tinha como saber. Seus instintos haviam secado; suas reações, entorpecido. A raiva, a fúria e a traição que deveriam estar emanando de si estavam presas bem no fundo, não deixando nada a que se apegar além de uma fina camada de lógica. Ele era anjo ou demônio? Flutuando no limbo, ela não tinha como saber.

Com a camada seca de consciência que lhe restou, resolveu voltar à terra firme. Confiaria apenas em seu intelecto, resistiria a todas as especulações e conduziria seu inquérito seguindo estritamente as regras. Seu erro foi permitir que seu precioso lado racional, que resistia a todos os ataques, fosse prejudicado. Enterrando bases profundas o suficiente, disse o Dr. Travis, você pode balançar, mas nunca cairá.

Nos últimos quilômetros de estrada antes de chegar a Melin Bach, ela se deu conta de que 40 minutos e mais de 30 quilômetros haviam passado em um instante. Os medos e as fantasias que normalmente a assolavam durante esse trajeto para casa no escuro haviam se dissolvido. Seus olhos seguiram os faróis e sua mente ficou tão imparcial quanto um relógio enquanto planejava sua estratégia. Agendaria a retomada do inquérito para o meio da semana. Emitiria intimações para as testemunhas logo pela manhã e prepararia interrogatórios detalhados que trariam à tona qualquer falha nos testemunhos. Não faria julgamentos e não tiraria nenhuma conclusão a não ser aqueles precisamente justificados pelo que ouviria. Passaria a se colocar em uma posição além das influências ou críticas e faria justiça de acordo com a lei. Era assim que construiria suas bases e recobraria a confiança que, como tão bem havia observado McAvoy, havia se esvaído dela.

Ela se permitiu um momento de desafio: talvez, sem saber, tenha se tornado mais forte.

As luzes do chalé estavam acesas e o caminho da frente, iluminado pela potente lâmpada halógena que instalara para o inverno. E havia um BMW azul parado em frente. Reconheceu o carro logo de cara: era de David, seu ex-marido.

Assim que ela se aproximou e estacionou, ele desceu do carro. Estava ainda mais magro e em forma do que da última vez que o vira, há mais de três meses. Vestia calças de algodão e uma camiseta por baixo de um confortável suéter de lã com gola em V. Quarenta e sete anos e seu cabelo ainda era de um castanho-escuro natural, o rosto tinha marcas suficientes para lhe dar seriedade, mas ainda havia uma juventude em seus traços. De alguma forma, conseguia a façanha de não envelhecer apesar de trabalhar 15 horas por dia como cirurgião cardíaco. Não era justo que continuasse bonito ao passo que ela murchava lentamente. Enquanto Jenny saía do carro, ele foi até ela, com seu comportamento naturalmente arrogante de sempre.

— Jenny. Estávamos imaginando onde você poderia estar. — Olhou-a daquele seu jeito, como se tudo a respeito dela fosse inevitavelmente resultar em algo meio risível.

— Desliguei o celular. As pessoas ficam me perturbando no fim de semana. — Ela olhou para a casa e viu Ross passar pela janela sem cortinas. — Achei que ele ficaria na sua casa esta noite.

— Sim... — deu um sorriso apaziguador —, mas ele decidiu estender um pouco a estada.

— Ele o quê?... Por quanto tempo? O que você andou falando para ele? — Ela ouviu a fragilidade em sua voz.

— Acalme-se, Jenny. Não vim aqui para nenhum tipo de confrontação. Pelo contrário. Está frio aqui fora. Por que não entramos?

Seguiu para o portão. Ela ficou parada.

— Quando ele decidiu isso? Achei que estivesse feliz aqui. A namorada mora aqui perto...

— Ele a vê na escola.

— A ideia era mantê-lo afastado da cidade. Ele não tocou em drogas desde que veio morar aqui.

— Ele cresceu muito desde o último verão. Provavelmente notei mais porque o vejo menos.

— Como isso aconteceu? O que o motivou?

— Podemos conversar sobre isso com calma?

— Estou perfeitamente calma, David.

— Você está tremendo.

Jenny fechou os olhos, dizendo a si mesma para não reagir.

— Só estou pedindo — disse com uma contenção forçada — que você me diga o que mudou. Deve ter falado com ele.

— Quer mesmo falar sobre isso aqui fora?

— Onde quiser.

Ela caminhou para a entrada.

David disse:

— Você quer que eu entre ou não?

— Seria uma boa ideia, já que está propondo levar meu filho embora.

A porta da frente estava entreaberta. Ela a escancarou e foi direto para a sala, tirando o casaco e o jogando sobre uma cadeira. David a seguiu, hesitante.

— Parece que ele está lá em cima — disse Jenny. — É melhor você fechar a porta.

Ficou parada, de braços cruzados, esperando uma explicação. David olhou para a sala com o piso de lajotas, pouca iluminação e janelas pouco vedadas, com uma expressão que dizia *não me surpreende que ele não queira ficar.*

— E então? — perguntou Jenny.

David se apoiou no braço do sofá com cuidado, como se isso fosse quebrá-lo.

— Serei sincero, Jenny. Ele está preocupado com você. Acha que está muito sobrecarregada para se preocupar com ele também.

— Ele disse isso?

— Sim.

— Porque não coloco o jantar na mesa todo dia às 6? Você trabalha ainda mais horas do que eu.

— Eu tenho a Deborah.

— Ela também trabalha.

— Ela começou a trabalhar meio período.

— Ah é? Você lhe deu alguma escolha?

David absorveu a pancada com um leve sorriso irônico.

— Foi opção dela, na verdade. Eu ia contar, ela está grávida.

— Ah... entendo. — Sentiu-se entorpecida. — Acho que devo lhe dar os parabéns.

— Obrigado. Não estava planejado, mas...

Jenny não respondeu. Apesar de ter ficado desesperada para se livrar de David no fim de seu casamento, parte de si ainda se ressentia da presença de outra mulher em sua vida. O fato de Deborah ter 20 e poucos anos, ser atraente, doce e submissa deixava tudo ainda mais irritante.

— Eu não pretendia surpreendê-la com isso hoje — disse ele, como se pedindo desculpas.

— Não precisa se sentir culpado por minha causa.

Mas ele se sentia. Ela podia ver no peso que havia se instalado ao redor de seus olhos.

No breve silêncio que se seguiu, os passos de Ross podiam ser ouvidos nas tábuas rachadas do quarto acima. Gavetas eram abertas e fechadas, a porta do guarda-roupas batia: o ruído provocado ao se fazer as malas às pressas.

— Achei que preferiria que eu fosse sincero — disse David.

Ela resistiu ao sarcasmo. Como a falta de sinceridade seria preferível? Esse era o seu modo de fazer o sofrimento que causava parecer uma escolha do outro. Ela imaginava que fosse uma técnica aprendida em seu trabalho, um método instintivo de se distanciar do sofrimento de seus pacientes e das mortes frequentes.

David disse:

— Ele não acha que você dá conta, Jenny. Não está sendo egoísta; morar aqui faz com que se sinta como um peso. Ficar e vê-la se esforçando tanto faz com que se sinta ainda mais culpado.

— O que faz com que ele pense que preciso me esforçar? Eu amo tê-lo aqui... Achei que estivéssemos nos dando bem.

— Nunca há nada para comer.

— Não é verdade...

— Não estou julgando. Eu mesmo não faria melhor.

— E por que ele mesmo não me diz isso? Podemos pedir para entregarem comida.

David suspirou e passou a mão em volta de seu pescoço musculoso.

— Pelo amor de Deus, Jenny. Você não está bem o suficiente para cuidar de alguém.

— O que você sabe sobre isso? Estou bem.

— Ele me contou sobre aquela noite. Sobre o estado em que chegou em casa.

— Era apenas cansaço.

— Ele teve de ajudá-la a deitar na cama. Você nem se lembra, não é? O que aconteceu? Tomou muito remédio?

Ela parou de sentir as mãos e os pés. Cada respiração tornou-se um esforço consciente enquanto seu sistema nervoso iniciou um bloqueio sistemático.

— Era tarde. Só isso.

— O que está fazendo, Jenny? Está indo ao médico? Pode não acreditar, mas eu também me preocupo com você.

— Eu estou me consultando.

— Que bom. Essas coisas podem ser superadas. Tenho colegas que me garantem que...

— Você fala de mim para os seus colegas?

— No passado...

Seu olhar entregou sua mentira.

— Só confidencialmente. É claro que quero saber o que pode ser feito por você.

— Ouvindo você falar, ninguém imaginaria que eu tenho um emprego onde é necessária muita responsabilidade, conduzo inquéritos, consolo famílias de luto...

— Sei que faz tudo isso. Mas ser firme no trabalho não é suficiente, não é? Você não precisa me provar nada, Jenny, e dinheiro não é problema. Só quero que fique bem. Assim como Ross.

— E essa é sua forma de me ajudar?

— Resolver o problema de outras pessoas não resolverá os seus.

Uma porta se fechou no andar de cima. Ouviram-se os passos de Ross descendo as escadas.

— Está sugerindo que eu desista de minha carreira e todo o resto?

— Por favor, não fale assim. Você sabe o que é certo, sei que sabe. E nosso filho tem seus próprios problemas para se preocupar. Ele precisa de segurança.

Ross chegou ao fim da escadaria.

— Estamos aqui — disse Jenny, o mais otimista possível, sem soar histérica.

A maçaneta levantou. Ele olhou para dentro, pálido e estranho.

— Oi, mãe. — Olhou para o pai.

— Está tudo bem, Ross. Já conversamos.

Jenny forçou um sorriso. As palavras não viriam.

— Pensaremos em algo para os fins de semana e tudo mais — disse David, mais para Ross do que para Jenny, e se levantou. — Agora temos de pegar a estrada, você deve ter trabalho a fazer.

Ross olhou para o chão.

— Até mais.

— Até logo, espero — disse Jenny.

Ele fez um gesto positivo com a cabeça, com os cabelos caindo nos olhos.

David seguiu para a porta, colocando a mão no ombro de Ross.

— Podemos dar um jeito nisso.

Os passos foram rapidamente para fora, o porta-malas fechado, o motor ligado, e David acelerou rua abaixo, deixando um silêncio tão absoluto quanto a escuridão da noite.

Jenny sentou-se em uma cadeira e ficou quieta, imóvel, desejando que pudesse sentir a vergonha que deveria estar acompanhando as imagens que passavam em sua mente: acordar de roupas, os comprimidos espalhados pelo chão, os rabiscos incoerentes em seu diário aberto ao pé da cama. Ele deve ter lido, é claro, pelo menos para ter alguma ideia do motivo de sua mãe ter chegado em casa cambaleando, incapaz até mesmo de ir para a cama. Ele devia saber sobre um homem chamado McAvoy, a culpa dela, seu desejo, seus fantasmas. Ele não contaria ao pai, é lógico; isso apenas aumentaria seu estado confuso por ter uma mãe semilunática. Guardaria para si.

E o pior de tudo é que David estava certo. Ela não tinha condições de cuidar de um adolescente que já tem seus próprios problemas. Havia se iludido ao pensar que Ross se endireitara sob seu teto, quando na verdade sua relativa calma era porque seu drama constantemente fazia sombra ao dele. Ela não havia lhe dado espaço, e sim o reprimido.

Parecia errado pensar em ironia, mas lembrou-se do que sua falecida mãe, que abandonara a própria família quando Jenny ainda estava na escola, dissera quando esta mencionou que queria se divorciar de David — que crianças se davam melhor com pais infelizes juntos do que com pais felizes separados. Como havia criticado esse pensamento. Como havia se ofendido com a ideia de que uma mulher oprimida e infeliz pudesse fazer algo bom para seus filhos. Outro axioma de sua mãe, elaborado a partir da amarga existência: *uma mulher que deixa a casa deixa tudo*. Talvez estivesse certa, afinal. Ela não havia passado por nada que o desmentisse, nem a Sra. Jamal.

O telefone tocou de repente e abalou seus nervos. Atendeu e se deparou com uma voz eletrônica informando que tinha mensagens no serviço de correio de voz. Em silêncio, aceitou a solicitação de escutá-las.

Eram oito. O investigador Pironi havia ligado duas vezes. Primeiro para enfatizar que o ocorrido no apartamento da Sra. Jamal era assunto da polícia, e em segundo para dizer que a investigação sobre a fonte de radiação era secreta. Haviam dito à imprensa que os funcionários vestidos de branco que foram ao bloco de apartamentos estavam procurando mais provas periciais. Havia duas ligações de jornalistas locais querendo informações, uma de Gillian Golder pedindo que Jenny lhe ligasse assim que possível, e duas de Simon Moreton, funcionário do Ministério da Justiça, responsável pelos juízes investigadores. Da maneira educada e falsamente amigável que adotou em suas declarações voluntariosas, pediu que lhe telefonasse "em caráter de urgência", deixando o número de sua casa. A última mensagem era de Steve, perguntando como ela estava e dizendo que gostaria de vê-la.

Ela rapidamente discou seu número, sem saber muito bem por que ou o que diria. Ele atendeu no segundo toque.

— Sou eu. Você deixou um recado — disse.

— Sim. Veja, eu... Eu não devia ter deixado as coisas daquele jeito naquela noite. — Havia uma certa urgência velada em sua voz, como se estivesse se torturando enquanto esperava sua ligação.

— Certo — disse ela, meio distante.

— Também tenho passado por alguns problemas, você sabe.

— Aham.

Uma pausa. Ele suspirou, impaciente consigo mesmo.

— O que eu estava dizendo sobre escolhas... vale para ambos os lados. Venho me escondendo por dez anos, tentando evitar o assunto.

Ela sabia que devia dizer algo significativo, que devia reagir ao que era dito nas entrelinhas, mas não conseguia saber do que se tratava.

— Que assunto? — perguntou.

— Comprometimento — disse ele. — O que eu acho disso. Como me sinto.

— Sei.

— Preciso falar com você, Jenny. Há algo que deve saber.

Ela foi acometida por um tremor, não de emoção, mas de exaustão.

— Steve, estou muito cansada...

— Jenny...

— David levou Ross embora.

— Oh. E você está sozinha?

— Não conseguirei ajudar em nada agora. Não venha até aqui... Preciso dormir.

— Jenny...

— Por favor, não. — Ela desligou e sentiu apenas alívio.

Estava tentada a destruir seu diário, jogá-lo na lareira e reduzi-lo a cinzas. Pegou-o no escritório e foi buscar fósforos, porém foi tomada por uma curiosidade enorme de ler a última coisa que escrevera, de passar os olhos sobre a loucura que fez seu mundo desmoronar.

Não sei o que aconteceu hoje à noite. Aquele homem... ele faz algo comigo. Nem o acho atraente — é tão desgastado. Mas quando olha em meus olhos, sei que não tem medo de nada. O que isso significa? Por que ele? Como se

Tinha uma lembrança parcial de ter escrito aquilo, de ter se sentado no escritório em sua casa, acometida de um senso de profundidade que não conseguia transpor para a página. Ouviu uma batida nervosa na porta. Ross entrou e disse que era tarde. Ela havia abraçado o diário enquanto ele a levava pelas escadas... Seu ombro havia se arrastado pela parede, ela havia hesitado, a subida era muito íngreme. E a partir daí não lembrava de mais nada.

Fechou o caderno com uma pontada de repulsa por si mesma, mas só conseguiu ficar olhando para os fósforos. Era capaz de escutar o Dr. Travis, há tempos, alertando para que tomasse as rédeas de sua imaginação e não deixasse as instabilidades fazê-la acreditar em coisas que não tinham sentido ou fazer conexões entre coisas que não existiam. "Mantenha-se presa à terra", ele teria dito. "Até o menor pedaço de terra é melhor do que todo o oceano." Pelos acontecimentos recentes, soava como um bom conselho, mas devia chegar o momento de seguir em frente, de partir para um novo território.

Como se... E o pensamento veio. Pegou uma caneta, abriu naquela página e completou a frase: *ele viesse me dizer algo que preciso saber.*

Era quase meia-noite. Levou o diário para o quarto e escondeu em sua gaveta especial. Quando foi para a cama e se protegeu do frio, percebeu que algo havia mudado. Pela primeira vez, em muitas horas, ela havia sentido uma ponta de sensação, de medo e raiva, e um quê, uma leve sugestão, de animação.

VINTE

VESTIU O TERNINHO PRETO QUE costumava reservar para ocasiões especiais: uma blusa de seda marfim, um colar prateado e sapatos elegantes de bico fino que apertavam seus dedos. Colocou um pouco de perfume nos pulsos e seu melhor casaco de caxemira preto. Engoliu um Xanax, conferiu a maquiagem e saiu em meio à neblina.

Ao sair da ponte Severn, ligou para o gabinete sabendo que Alison ainda não havia chegado e deixou um recado dizendo que teria de fazer uma parada no caminho. Desligou o celular e o jogou na bolsa. Passou sua saída de sempre e continuou até a próxima. Seguiu na direção do centro da cidade e do tribunal.

Do lado de fora, na escadaria, advogados cansados e um grupo de jovens preguiçosos e encapuzados com suas namoradas enfadonhas fumavam cigarros e evitavam os olhares uns dos outros. Passou por eles atraindo olhares e entrou no saguão, grata por ninguém ter mexido com ela. Atravessou a verificação da segurança e passou os olhos pelos advogados barulhentos, clientes, testemunhas e assistentes. Se fosse um tribunal municipal, reconheceria alguns rostos, mas ela nunca havia trabalhado com Direito Criminal, e o Tribunal da Coroa — onde eram julgados os casos criminais — lhe era um mundo estranho e ameaçador.

Desviou da multidão e olhou para a lanchonete lotada, mas não conseguiu ver o rosto de McAvoy. Teria olhado na sala dos consultores jurídicos, mas a timidez a impediu. Em vez disso, entrou na fila da recepção até que, depois de uma espera de dez minutos, a garota corpulenta atrás do balcão saiu do telefone e gritou pelo alto-falante:

— Sr. McAvoy, da O'Donnagh & Drew, favor comparecer imediatamente à recepção.

Constrangida, esperou na recepção observando os advogados e seus clientes discutindo e barganhando. Havia um clima de raiva malcontida: o ar estava cheio de palavras expletivas e os policiais que passavam andavam rapidamente, com os olhos fixos no chão. Perto de onde estava, uma jovem começou a choramingar e depois xingar violentamente um advogado que havia trazido más notícias. Duas outras garotas a seguraram quando ameaçou partir para cima dele. Ela brigou, conseguiu se soltar e enfiou as unhas no rosto dele até que um meirinho e um policial idoso vieram ao resgate do homem. Ele ficou ali parado, incrédulo, limpando o sangue de sua bochecha com um lenço amassado enquanto sua cliente ingrata era arrastada dali.

— Não foi você que tirou um homem honesto de seu trabalho, foi, Sra. Cooper?

Ela olhou para o outro lado e viu McAvoy se aproximando, carregando uma pilha desordenada de papéis debaixo do braço.

— Estou com um homem lá em baixo cuja vida está em minhas mãos — o advogado do tribunal é um imprestável —, então não posso demorar.

— Há algum lugar para conversarmos em particular? — perguntou ela. — Uma sala de reuniões?

— A esta hora da manhã? Seria muita sorte.

— Tem uma cafeteria na rua.

— Tenho de fazer um pedido de fiança em dez minutos. O cara vai me comer vivo se não o libertarmos: ele tem de pegar um avião na hora do almoço. — Olhou para o saguão e fez um sinal para que o seguisse. — Vamos ver o que podemos fazer.

Jenny o seguiu no meio da multidão que cheirava a pobreza e suor, e entrou em uma sala de audiência pequena e vazia. Os bancos dos advogados estavam cheios de volumosos arquivos e livros, sugerindo que um julgamento longo estava em progresso.

McAvoy olhou para o relógio sobre a porta.

— Temos cinco minutos.

Ela havia preparado um discurso e passado o caminho inteiro repetindo. Era a juíza investigadora de Sua Majestade, diria, uma funcionária do Judiciário incumbida de uma tarefa muito séria, e ele havia não apenas interrompido sua investigação, como também a havia enganado. Não contou que oito anos atrás havia descoberto fatos sobre Nazim Jamal que poderiam conter material referente ao caso. Se não se explicasse, precisaria de sorte para não ser acusado de obstrução da justiça pela segunda vez em sua duvidosa carreira. Ela se preparou, mas foi tomada por uma onda de raiva.

— Quem você pensa que é, McAvoy? O que está tramando? Falou com Brightman há oito anos. Você *sabia* sobre Sarah Levin e Nazim.

O sorriso se desfez. Ele olhou para a porta, depois novamente para ela com olhos de condenado.

— Não há nada para saber.

— Ele os viu juntos. O adolescente jihadista estava transando com uma garota branca que era a única pessoa que podia dizer alguma coisa sobre ele ter ido para o exterior. — Ela sentiu seu rosto queimar de raiva.

McAvoy deu de ombros.

— O rapaz era um hipócrita ou deu sorte. E daí? Sua pobre mãe já não havia sofrido o bastante? Era uma mulher muito conservadora.

— Sua mãe está *morta*.

— Estou tão chocado quanto você.

Ela deu um passo em sua direção.

— Por que mentiu para mim?

— Eu já disse. Ele era tudo o que ela tinha. Por que não deixá-la pensar que era a única mulher que ele amou na vida?

— Seu *cretino*.

Foi bater nele. McAvoy soltou os papéis, pegou em seu pulso e segurou com força.

— Está louca?

— Vá se foder.

Por reflexo, pegou uma caneta esferográfica da mesa à sua direita, levantou o braço e a fincou na lateral de seu ombro. McAvoy gritou de dor, largando seu pulso e levando a mão ao ombro.

— *Meu Deus.*

Jenny recuou, ofegante, ainda segurando a caneta na mão esquerda. McAvoy olhou para ela, trincando os dentes. Ele levantou a mão, acertando-a bem no meio da cara e a derrubando contra o banco dos réus. Jenny agarrou-se nas grades e se recompôs, mais atordoada do que ferida. Ela se virou e o viu recobrando o fôlego. Encolheu-se, esperando outro golpe, mas ele se inclinou e recolheu seus papéis espalhados no chão.

Com a mão no rosto dolorido, observou-o separando e verificando os documentos desordenados como se ela não estivesse ali, fazendo cara de dor por causa do ombro. Havia algo de obsessivo, até mesmo patético, no modo como olhava para os papéis.

— Eu o choquei, não foi? — disse Jenny, sentindo a adrenalina correr por suas veias. — Não esperava por isso.

— Acho que chocou a si mesma — disse ele, sem levantar os olhos.

— Sabia que se revelaria um mentiroso contumaz.

— E sabe o que você é? Um perigo para si mesma.

— E você é o quê? Um covarde? Está com medo que eu lhe coloque atrás das grades?

McAvoy misturou seus papéis sobre a mesa e se virou para encará-la.

— E por que faria isso?

— Por tentar se aproveitar de meu inquérito. Tentar usá-lo para restituir sua carreira falida. Não posso imaginar como deve ser humilhante ir de sócio figurão a assistente.

— Pelo menos eu nunca me abalei no tribunal — disse ele. — Ninguém pode dizer que eu hesitei.

Jenny já tinha pensado em quando ele revelaria que revirou o lixo e usaria seu passado contra ela. Foi um alívio. Agora podia ver quem ele realmente era.

— Você mentiu na caradura; isso é o melhor que pode dizer sobre si mesmo?

— Nunca menti para você. Tentei levá-la na direção da verdade.

— Ah, é?

— Eu dei pistas, provas que nunca conseguiria encontrar. Consegui Madog e Tathum.

— Como posso confiar em você? Como posso saber se Madog está dizendo a verdade? Pode ser apenas mais uma pessoa comprada por você.

— Você é a juíza, Sra. Cooper. Tente descobrir. Tenho de ir a uma audiência.

Assim que passou por ela, Jenny disse:

— Você parece aterrorizado.

Ele parou na porta e olhou para ela.

— Se você fosse uma mulher mais forte, talvez eu tivesse tido um pouco mais de coragem. Mas você é mesmo como uma flor muito frágil, não é, Jenny? Danificada, eu diria. Então, por que não fica fora disso? Você não dará conta.

— Você está cheio de merda.

McAvoy disse:

— Desculpe. Cometi um erro perturbando você. E, como disse, a Sra. Jamal já se foi, então por que se preocupar? — Deu um sorriso falso e se virou para ir.

Jenny disse:

— Ainda não explicou por que escondeu coisas de mim.

Ele hesitou mais uma vez, depois apareceu na porta e disse calmamente:

— Eu bebo, Jenny. Isso alivia meu fardo, mas faz com que eu confie menos nos outros do que em mim mesmo. Olho para pessoas que conheço há anos e as vejo mudar diante de meus olhos.

— No que estava *pensando*? O que *quer* de mim?

— Não é de seu interesse.

— Experimente.

Ele balançou a cabeça.

— Diga, Alec. Fique *você* fora disso.

Uma pausa.

— Uma prova, eu acho...

— De quê?

— De que Ele ainda não me pegou completamente.

— Quem?

— O autor de toda essa tristeza.

— Não está dizendo coisa com coisa.

— Não... — Ele a olhou rapidamente com olhos pálidos, os cantos vermelhos. — O que aconteceu no apartamento dela? Ouvi dizer que homens vestidos de branco ficaram lá o fim de semana todo.

Ela hesitou.

— Algo foi encontrado em seu corpo. Uma substância.

— Você confia neles? Quem sabe que truques sujos usarão? A Sra. Jamal era uma mulher muito inconveniente.

— Não sei bem em quem confiar.

Ele concordou, com tristeza.

— Talvez seja melhor não se meter nisso. Se vão enterrar a verdade, não se importarão em enterrá-la junto.

Seguiu pelo corredor lotado.

— Alec — chamou Jenny. Mas ele já se fora.

A expressão de McAvoy ficou nos seus olhos, como a visão de um homem prestes a se afogar. Ficou com uma sensação perturbadora de que aquilo não era nem o começo, de que ele tinha segredos mais obscuros para contar, mas que a tinha poupado para não arrastá-la junto. Ela o havia procurado com esperança de exorcizar um fantasma, mas voltou com vários. Podia ter se chocado ou humilhado com seu comportamento — praticamente como a garota que atacara o advogado —, mas a sensação de desconexão que sentiu era surpreendente. Sua mente, seu corpo e suas emoções pareciam ocupar três esferas diferentes que a desmantelavam.

Tão logo entrou, Alison levantou os olhos de sua mesa e sussurrou:

— Aí está você, Sra. Cooper. O Sr. Moreton está aqui. Eu o deixei entrar.

— Moreton? O que ele quer?

— Não me disse. Está esperando há mais de uma hora. — Havia um tom óbvio de censura em sua voz.

— Eu estava ocupada.

— Espere até ver o que chegou no fim de semana. — Alison apontou para uma pilha grossa de novos relatórios de óbito.

— Olho isso mais tarde.

Jenny se preparou e entrou em sua sala.

Moreton colocou o jornal de lado e a cumprimentou calorosamente, porém, com certa reserva.

— Jenny. Que bom vê-la novamente.

Estendeu a mão.

— Simon.

— Já faz bastante tempo. Quando foi, agosto?

— Deve ter sido.

Jenny fez de tudo para esquecer o coquetel oferecido no verão pelo ministério no Middle Temple Hall. Moreton havia bebido muito champanhe barato — assim como ela — e dera em cima de Jenny, mencionando várias vezes que sua esposa estava na França com as crianças. Ironicamente, a menção à família a impedira de se sentir tentada.

— Não recebeu meu recado no correio de voz? — perguntou ele.

— Cheguei em casa tarde, ontem — disse ela, tirando o casaco.

— Não faz mal. Fico feliz em ter uma desculpa para vir até aqui. — Ele deu um sorrisinho paquerador e se acomodou na cadeira.

— Já imagino o que o trouxe aqui. — Afastou sua cadeira da mesa, colocando-a em uma posição mais informal. — Suponho que tenha sabido da Sra. Jamal.

— Isso seria um eufemismo até mesmo para os padrões do serviço público. Mantive Gillian Golder e seu pessoal longe, não queria lhe causar nenhum estresse desnecessário, mas descrever o estado atual deles como de "medo irracional" não seria errado.

— Eles têm alguma teoria a respeito de onde possa ter vindo o césio?

— Teorias, sim; suspeitos, nenhum. Acho que prenderam algumas pessoas, inclusive uma de suas testemunhas.

— Anwar Ali?

— O nome me soa familiar. Mas tenho a impressão de que não estão fazendo progresso. — Deu de ombros e olhou para ela, esperando alguma contribuição.

— Imagino que estejam presumindo que a pessoa que a contaminou tenha alguma coisa a ver com seu filho... uma célula terrorista, talvez.

— Acho que é a principal linha de raciocínio.

— Eles acham que foi assassinato?

— Essa possibilidade está sendo considerada.

— Tudo o que sei é que ela havia se convencido de que estava sendo vigiada. Relatou isso à polícia. E perto da hora da morte, a esposa do zelador viu um homem suspeito na entrada do prédio, que passou e a empurrou. Minha assistente falou com ela; e deve ter dado uma declaração à polícia também.

— Sim, fui informado ontem dos pontos principais. — Batucou nos braços da cadeira com os dedos, um sinal de que estava sendo obrigado a tocar em um assunto contra sua vontade. — Olhe, sei tudo sobre a inviolabilidade do inquérito de um juiz investigador, mas eles estão esperando que compartilhe qualquer evidência que possa ter.

— Não tenho nada.

— Sei que adiou o inquérito para investigar novas linhas de interrogatório.

As últimas palavras de McAvoy ecoaram em sua cabeça. Ela podia mencionar Sarah Levin, Anna Rose, Madog e Tathum, mas como ficaria seu inquérito? Eles chegariam primeiro às testemunhas e as contaminariam como fizeram com a Sra. Jamal. *Deus*, ela já estava pensando como McAvoy. Por que não contava logo tudo e se livrava da responsabilidade?

— Bem — disse cuidadosamente —, elas lhe renderam algum fruto?

— Não — negou ela sem ao menos pensar.

Moreton ficou desapontado.

— Não é bem assim, não é, Jenny? Você andou investigando um carro, sua assistente pegou depoimento de uma testemunha.

— Você interrogou minha assistente? Não tem o direito de fazer isso. Minhas investigações são estritamente confidenciais.

Ele abriu as mãos em um gesto de inocência.

— Receio que em uma situação como essa, as regras tenham de ser um pouco mais flexíveis. Sei que você entende isso.

Com despeito, Jenny disse:

— Se foi mandado aqui para me ameaçar em troca de informações antes do meu inquérito, pode esquecer. Gillian Golder e seu pessoal podem assistir da galeria pública, como todos os outros.

— Em um caso normal, eu entenderia, mas tem alguém andando por aí com material radioativo. Quem sabe o que podem estar fazendo? Certamente não estão esperando ser pegos por seu inquérito.

— Não tenho nenhuma informação sobre a morte de Amira Jamal além do que já lhe disse. De qualquer forma, é assunto da polícia. Só estou preocupada em descobrir o que aconteceu com seu filho.

— Devo dizer que estou muito desapontado, Jenny. Principalmente nesse caso, esperava uma maior cooperação. Estamos todos juntos nessa empreitada.

— Sei que é frustrante para os seus amigos ter de aceitar que há algumas portas que não podem simplesmente sair derrubando, mas essa é uma delas. Não apenas tenho o direito, Simon, como o dever legal de conduzir um inquérito *independente*. Nem sei em que estava pensando, vindo aqui desse jeito. Você deveria estar do meu lado, não do deles.

Moreton ouviu pacientemente como se seu desabafo o estivesse convencendo de alguma forma.

— Serei sincero com você, Jenny. O MI5 acha que há argumentos para pedir um mandado para analisar essas premissas a partir da legislação antiterrorismo. Iam fazer isso ontem, mas os convenci de que você ofereceria voluntariamente algo que fosse útil.

— E eles fariam o mesmo por mim, não é? Não queriam nem liberar os arquivos de 2002.

— Posso sugerir que encontrem um meio de atender a esse pedido.

Jenny poderia ter pego o telefone e o atirado na direção de seu sorriso covarde de coitadinho, mas se segurou e conteve a fúria. Não apenas o Serviço Secreto, braço do Poder Executivo, tentava transformar a juíza investigadora num fantoche, como o homem cujo trabalho era defender o princípio da independência judicial estava fazendo de tudo para destruí-la. Toda aquela conversinha de cooperação amigável entre os braços do Estado significava apenas uma coisa: todo o poder ao mais poderoso. O Triunfo de um Único Objetivo.

Olhando para a expressão fraca de Moreton, com seu charme superficial, qualquer dúvida restante se dissipou.

— Se eu não fizer o meu trabalho como deve ser feito, Simon, não há Estado de Direito. Só resta o que é conveniente, o que está bem até que alguém seja rotulado como inconveniente. A Sra. Jamal não era conveniente, nem estava investigando a morte de seu filho de forma adequada. Eu certamente não sou conveniente, mas se você estiver em uma situação difícil, aposto que gostaria de me ter do seu lado.

Com uma ponta de arrependimento, Moreton disse:

— Se pelo menos todos os aspectos de seu caráter inspirassem tanta confiança.

— Retomarei o inquérito na quarta-feira. E ele não vai ser finalizado até que eu descubra o que aconteceu com Nazim Jamal.

Um ponto forte de Moreton era saber quando estava derrubado. Não fez ameaças, nem tentou induzi-la a nada, não alertou que pagaria na mesma moeda: Jenny o havia enfrentado e vencido. Com um aperto de mão frouxo e um adeus educado a Alison, ele saiu apenas com o nome e a profissão de Frank Madog.

Incentivada por sua vitória, Jenny foi até a recepção e seguiu o ruído da louça na cozinha. Alison, sentindo-se culpada, levantou os olhos enquanto preparava o chá.

— Posso lhe servir alguma coisa, Sra. Cooper?

— Contou a Moreton sobre Madog.

— Não tive escolha. Ele disse que eu tinha de contar.

— Contar o quê?

— Contar o que mais havíamos descoberto.

— Ele disse o que aconteceria se não contasse?

— Sinto muito, Sra. Cooper, mas quem sou eu para contradizê-lo?

— Poderia ter me esperado.

— Ele não deixou. Insistiu. Disse que haveria repercussão.

— Ele a ameaçou?

— Não exatamente.

— Disse por que queria essa informação?

— Não...

— Você simplesmente disse tudo sem relutar?

— Não foi bem assim. Ele disse que o Serviço Secreto o havia procurado e dito que Nazim e Rafi estavam envolvidos com terroristas. Acham que as mesmas pessoas podem até ter matado a Sra. Jamal.

— Ele deu alguma prova disso?

— Talvez se estivesse aqui...

— O que mais ele lhe disse? — Jenny interrompeu.

— Nada. Eu nem mencionei os registros médicos da Dra. Levin.

— Então não confiou nele *tanto* assim?

— Não sou advogada. Não sabia o que pensar.

— Com quem mais andou falando, Dave Pironi?

— É claro que não.

— É uma pergunta pertinente. Você reza com ele.

A atitude defensiva de Alison se transformou em raiva.

— Com todo o respeito, Sra. Cooper, isso é assunto particular e não é da sua conta.

— É da minha conta se afeta minha investigação. Já parou para pensar que ele pode estar usando você? Até onde eu sei, esteve envolvido pessoalmente no que aconteceu com Nazim Jamal. Seria apenas coincidência ter reaparecido e se tornado seu mentor espiritual?

— Não sabe do que está falando.

— Eu sei sobre sua filha.

Alison ficou paralisada e a encarou.

— Ah, é? E o que exatamente acha que sabe sobre a minha filha, Sra. Cooper?

— Escutei-a conversar por telefone com seu marido. Ela está morando com outra mulher. O que Pironi lhe disse? Que ela pode ser curada com o poder da oração?

— Vou lhe contar sobre minha filha — disse Alison. — Quando tinha 17 anos, um jovem a violentou. Pode chamar de estupro se quiser. Ela mal saiu de casa durante dois anos. E mesmo assim, não ficava sozinha em um cômodo com outro homem, nem com seu pai. E Dave Pironi não me procurou. Eu fui até ele. Eu o havia visto perder a esposa para o câncer e lidar com a ida do filho para o Afeganistão. Eu queria saber o que ele tinha que eu não tinha. Pode não se adequar à sua forma de ver o mundo, mas você deveria ser capaz de entender que a verdade nem sempre é aquela que você quer que seja.

A água da chaleira começou a ferver. Com as mãos trêmulas, Alison derramou água sobre seu saquinho de chá e colocou um pouco de leite.

— Fiz cópias dos registros da Dra. Levin. Ela foi diagnosticada com clamídia em abril de 2002. Tarde demais, pobrezinha. Perdeu as trompas de falópio.

VINTE E UM

— ONDE VOCÊ ESTAVA QUANDO aconteceu esse blecaute?

— No trabalho...

— Ficou inconsciente?

— Não exatamente. Meu coração começou a acelerar. Não parava. Eu não conseguia respirar, nem me mexer, por meia hora ou mais.

— E então me ligou?

— Sim.

— E depois?

— Tomei uns comprimidos e continuei trabalhando.

— Que comprimidos?

Jenny fez uma pausa e pensou em mentir, mas não conseguiu reunir a energia para enfrentar o interrogatório que inevitavelmente se seguiria.

— Xanax.

O Dr. Allen não mostrou surpresa na expressão. Simplesmente fez uma anotação.

— Junto com seus outros medicamentos?

— Não. Eu parei de tomá-los há vários dias.

— Por algum motivo em particular?

Jenny hesitou.

— Achei que esse seria mais eficiente, devolveria um pouco da minha paixão.

Ele fez um gesto positivo com a cabeça, com uma ponta de crítica.

— E funcionou?

— Acho que elevou tudo.

— Teve mudanças de humor?

— Não tenho certeza.

— Comportamento instável?

Ela tentou se lembrar dos últimos dias.

— Eu me senti motivada. Menos inibida... mas ansiosa, tensa.

— Sim, entendo por que fez isso. — Olhou para ela como se quisesse se desculpar por não estar lá para intervir.

Se eu fosse ele, estaria furiosa, pensou Jenny. *Certamente não viria correndo de Cardiff a Chepstow porque uma mulher irresponsável se livrou de seus medicamentos.* Mas foi exatamente isso que ele fez, e não foi a primeira vez. Sentia vergonha de si mesma. Sua estupidez parecia ainda mais imperdoável diante de sua presença benevolente e serena.

— Diga-me o que estava acontecendo imediatamente antes do ataque — disse o Dr. Allen.

Jenny contraiu os músculos.

— Briguei com minha assistente. Ela havia liberado informações que achei que não deviam ter sido liberadas... E depois a acusei de uma coisa... — sua voz se perdeu.

— Do quê?

Jenny forçou garganta abaixo a poça de saliva que se formou em sua boca.

O Dr. Allen sorriu com calma.

— Não precisa ter pressa.

— Ela teve um problema com a filha... Estava preocupada com isso. Eu fiquei irritada porque estava afetando seu trabalho, mas, no fim das contas, eu havia entendido tudo errado. Tirei conclusões equivocadas... e a magoei muito.

— Quer me dizer qual era o problema?

— Na verdade, não.

— Acho que deveria, Jenny. Pode ajudar.

Ela girou a cabeça de um lado para o outro, tentando aliviar a tensão na nuca.

— Tente — disse pacientemente.

— Não importa o que era, o que importa é o fato de que eu entendi completamente errado. Estava tão segura de mim... Por isso parei com os remédios, para recobrar minha segurança, o fogo... Senti-me tão *enganada.*

Ele anotou sua resposta.

— Vai contar ou não?

Jenny deixou escapar um suspiro nervoso.

— A filha dela é lésbica. Alison tem rezado com um homem na igreja para que ela seja curada. É um investigador em quem não confio. Eu disse que esse homem a estava usando e enganando. Mas, no fim das contas, sua filha vive com uma mulher porque foi estuprada quando era adolescente. E o investigador também havia passado por muito sofrimento. — Enfiou as unhas nos braços da cadeira. — Meu Deus, estou me sentindo tão melhor.

Ignorando seu sarcasmo, o Dr. Allen levantou os olhos do bloco de anotações e a observou cuidadosamente.

— Você a magoou e, o que é pior, sentiu que foi ludibriada por si mesma ao fazê-lo?

— Foi apenas um incidente. Provavelmente tem a ver com os medicamentos. Você já havia alertado que poderia acontecer.

— Agora está tentando fugir do assunto.

— Não estou fugindo de nada. Vim direto para cá.

— Então, se quiser minha ajuda, tem de me deixar ajudar. — Foi a primeira vez em que ela o escutou dizer algo próximo de uma repreensão. Continuou por esse caminho severo. — Trabalhou com Direito de Família por 15 anos, certo?

— Certo.

— Representava as autoridades locais, tirando a guarda de crianças vulneráveis de seus pais.

— Grande parte do tempo, sim.

Ele voltou algumas páginas de seu bloco.

— Sim, aqui está. E a primeira vez em que teve um ataque de ansiedade foi dentro de um tribunal. Estava lendo um relatório médico... Consegue lembrar de algo sobre o caso?

— Como posso esquecer? — Ela sentiu o coração bater mais forte. Fechou os olhos e respirou fundo, concentrou a mente na visão de um pôr do sol mediterrâneo. Ajudava um pouco, mas não muito. — Havia um menino de 8 anos, Patrick Lindsey. Tinha trabalhado várias vezes em seu caso durante dois anos. Sua mãe não estava colaborando, então o tiramos de sua guarda. Muitas crianças ficam felizes ao serem tiradas de um lar caótico, mas ele ficava tentando escapar e voltar. Não aceitei o conselho do assistente social e optei por não contestar o pedido da mãe para tê-lo de volta. No seu primeiro fim de semana em casa, ela ficou bêbada e jogou uma panela de água fervendo sobre ele... Eu estava lendo um relatório da unidade de queimados.

O Dr. Allen anotou rapidamente. Ainda escrevendo, disse:

— E você foi dos vulneráveis para os mortos — pessoas mortas que não podem ser ajudadas ou que, pelo menos, não podem ser prejudicadas por você.

— Hum. Talvez.

Ele levantou a caneta da página e a encarou com um olhar de intenso interesse.

— Não gosta de machucar as pessoas, não é, Jenny? Na verdade, eu diria que você faria quase qualquer coisa para evitar causar dor.

— Não tenho tido muito sucesso nisso.

— Quando falou de seu marido, sempre mencionou a arrogância, o modo despreocupado com que trata você e os pacientes. Sim, eu me lembro: uma vez disse que ficava furiosa porque ele se deixa afetar muito pouco pelos danos que, em sua opinião, causa.

— Um cirurgião cardíaco sem coração. Vai entender essa.

— Talvez apenas tenha se reconciliado com um fato básico da vida. Não se pode viver sem causar alguma dor. E realmente tendemos a nos casar com pessoas que tenham qualidades que nos faltam.

— Eu desprezo a atitude dele.

— Mas tenta imitá-la. Não é uma mulher submissa e maternal que vejo sentada nessa cadeira duas vezes por mês.

— Há um minuto, estava dizendo que eu não suporto machucar pessoas.

— Sua atitude defensiva me diz que toquei em uma questão delicada. As respostas emocionais das pessoas irrompem quando elas não podem mais aguentar o fardo que consciente ou subconscientemente colocam sobre si mesmas. Acredite, está se tornando claro que tem um enorme senso de responsabilidade por coisas além de sua capacidade de controle.

— Esse é um momento "eureca"? Não parece.

— O sonho que mencionou da última vez... as crianças desaparecendo do nada. E você não podendo fazer coisa alguma para ajudá-las. Isso a deixou aterrorizada.

— Não posso criticar sua lógica — ironizou Jenny.

— E a outra imagem que a assombra: a rachadura no canto do quarto de sua infância, a presença monstruosa e oculta em um cômodo secreto atrás dela. É o domínio que fica além do seu controle, onde acontecem as coisas horríveis.

Jenny deixou escapar um grande suspiro. Havia perdido a capacidade de se animar com possíveis revelações.

O Dr. Allen não se deixou abater.

— Tem escrito sobre o que em seu diário?

— Quase nada.

— Sério?

A simples menção do diário consumiu-a com uma outra, e mais poderosa, onda de vergonha. Nem cogitou contar-lhe que Ross havia encontrado o caderno. Ela mesma não conseguia lidar com a ideia. Conseguiu escapar com uma verdade parcial:

— Basicamente coisas sobre querer me sentir real novamente, conectar-me comigo mesma.

— Para encontrar o que não tem — disse ele, como uma afirmação, uma resposta que completava bem sua teoria.

Jenny sentiu-se desapontada, com uma sensação de já ter passado por isso muitas vezes. O Dr. Travis havia tido pelo menos meia dúzia de grandes ideias que não deram em nada.

— Vamos tentar a regressão.

— De novo? — disse Jenny, sem conseguir esconder o cinismo.

— Por favor, confie em mim — insistiu ele. — É para o seu próprio bem.

Foi pega de surpresa. Em oito meses de consultas, ele havia usado uma máscara de passividade. Isso era algo novo.

Feche os olhos e sinta seu corpo afundando na cadeira...

Ela se obrigou a fechar os olhos e se submeteu à velha rotina. Ele foi passando em voz alta os estágios graduais do relaxamento. Pés, tornozelos e pernas ficando pesados, mãos, braços, cabeça, tórax, depois abdômen, e por último os órgãos internos. Ao passo que ela ia cada vez mais fundo, a voz do Dr. Allen ia ficando mais fraca, mais remota, até que não passasse de um eco distante na escuridão reconfortante que era seu envelope de segurança entre o dormir e o acordar.

Ela queria escorregar lá para baixo.

— Fique comigo, Jenny — disse o Dr. Allen. — Está em total segurança. Nada pode acontecer com você aqui. Quero que volte àquele lugar onde já estivemos antes. Você é criança e está em seu quarto, no andar de cima da casa, brincando sozinha. Ouve a porta da frente bater, vozes alteradas. É o seu avô. Ele está gritando, berrando.

O corpo de Jenny se retorceu involuntariamente.

— Diga-me o que ele está gritando.

— Eu... eu não consigo ouvir.

— Não consegue ouvir as palavras?

— Não.

— Há outras vozes?

Uma pausa. Os olhos de Jenny se moviam de um lado para o outro dentro das pálpebras fechadas.

— É uma mulher... chorando, lamentando... Minha mãe.

— Ela está dizendo alguma coisa?

— Está gritando "não, não". Fica dizendo isso... repetindo várias vezes.

— E depois?

Jenny balança a cabeça.

— Só fica repetindo.

— E os homens? O que estão dizendo?

— Ficaram quietos. É apenas minha mãe... É apenas ela gritando. Sua voz está subindo as escadas.

— Como está se sentindo em relação a isso? O que está fazendo?

— Só quero sair... quero ir embora, sair dali.

— Por quê?

— Não sei... Só quero ir embora.

— Do que tem medo?

Saíram lágrimas do canto de seus olhos.

— Não posso... Não tem nada a ver comigo. Não é minha culpa.

— O que não é culpa sua?

— A gritaria... Não consigo aguentar.

— Por que seria culpa sua?

— Eu não quero... Odeio ficar aqui... *odeio*. Só quero ir embora.

— Para onde quer ir, Jenny? Diga-me, para onde iria?

— Não há para onde ir... Eles me veriam... Não há para onde... Não posso nem ir para... — Seu corpo se convulsionou violentamente, como se tivesse encostado em um fio elétrico. Foi levada de volta à consciência, olhando para o espaço com olhos arregalados e vazios.

O Dr. Allen lhe deu um momento.

— Não pode nem ir aonde?

Jenny piscou.

— Para a casa de Katy — disse, mudando o tom de voz, como se o nome não lhe fosse familiar.

O Dr. Allen tirou um lenço da caixa sobre sua mesa e lhe deu. Jenny enxugou os olhos, sentindo-se estranhamente vazia. Nem calma, nem ansiosa.

— Quem é Katy?

— Não faço ideia. — Ela conteve as lágrimas e estremeceu.

— Irmã, parente, amiga?

Jenny olhou para cima.

— Meu Deus, eu não sei. Irmã não é... — O Dr. Allen ficou olhando atentamente para o seu rosto. — O que foi?

— Seu avô chegou com más notícias que fizeram sua mãe chorar. Você disse que não era sua *culpa*. Estava se referindo ao que ele pode ter dito a ela?

— Não sei dizer... — Ela balançou a cabeça. — Assim que acordei, aquilo mal parecia real... Eu podia até estar inventando.

— Você tem um nome: Katy. Quero que descubra o que isso quer dizer.

— Eu já lhe disse...

— Por favor, faça o que estou pedindo. Farei disso uma condição para que volte aqui. Fará algo positivo por si mesma. Da próxima vez, quero saber sobre sua pesquisa. — Ele se voltou para o bloco de anotações e escreveu as instruções.

— Está perdendo a paciência comigo, não é? — disse Jenny.

— Nem um pouco. Você está apenas precisando de um empurrão. E também vai continuar tomando os remédios dessa vez. — Pegou o receituário. — Imagino que pegar mais leve no trabalho não seja uma opção, não é?

— Só se você me internar.

— Quando você é áspera, fico com a impressão de que está se sentindo vulnerável. Se quiser passar por normal, previna-se. Tente evitar respostas carregadas de emoção. — Bateu com o dedo na têmpora. — Sempre fará seus melhores julgamentos usando esta parte de cima.

Pegou os remédios na farmácia e tomou a primeira dose no banheiro feminino. Ambos eram novos para ela: um azul e um vermelho, como balinhas. Levavam-na a um mundo menos colorido. Tiravam-lhe a empolgação e qualquer senso de perigo. Sua atenção era tomada pelo imediato e mundano: os instrumentos do painel do carro, o chiado dos freios. Tinha ciência de suas emoções, mas eram reflexos pálidos do que havia experimentado durante os últimos dois dias. Voltou os pensamentos ao inquérito, e sem nenhum esforço consciente, eles se alinharam em ordem lógica como uma lista de tarefas esperando para ser executadas: ligar para membros do júri, enviar intimações para testemunhas, pesquisar a legislação. O Dr. Allen lhe dera a mente de um burocrata.

A sensação durou pouco. Ela não estava nem na metade do caminho para casa quando seu telefone tocou, sinalizando que havia uma mensagem. Olhou para a tela iluminada: "Ligue para mim. Urgente. Alec."

Foi como um golpe. As últimas palavras do Dr. Allen soaram como um sinal de alerta em sua mente. Ela podia ignorá-lo, vê-lo apenas uma vez: no banco de testemunhas. Seus dedos passaram pelo botão de ligar, mas o sinal falhou e desapareceu, poupando-a da decisão. Tinha os dez minutos até chegar em casa para se acalmar e analisar a situação.

Quando estacionou na entrada para carros ao lado da casa, já havia pensado em uma estratégia: ligar para Alison e lhe pedir para anotar qualquer recado de McAvoy. Dizer-lhe que o inquérito seria retomado na quarta-feira de manhã e solicitar que comparecesse para prestar testemunho. Manter tudo no nível profissional e a uma certa distância. Podia lidar depois com os sentimentos que ele lhe causara. Teria algo pelo que julgá-lo, uma visão mais clara de suas motivações.

Abriu o porta-luvas para pegar a lanterna que usava para atravessar os 10 metros até a porta da frente. Encontrou-a e estava procurando o botão para ligar quando o carro se iluminou. Assustada, olhou para a frente e viu a figura de um homem alto sob a lâmpada halógena que acende automaticamente tão logo alguém se aproxime da varanda. O rosto era irreconhecível devido à luz forte que vinha por trás, mas a silhueta era inconfundível: o casaco longo e escuro, o cachecol, os fios de cabelo despenteados. Ele ergueu a mão, fazendo um gesto que confirmou seu alerta. Presa pelos remédios, seu coração estava estável, mas um calor forte espalhou-se por seu peito, pelo pescoço e começou a atingir os lábios, como se o medo tivesse encontrado outro caminho para chegar à superfície.

— Sou apenas eu — gritou ele. — Alec. Está tudo bem.

Ela pensou em sair com o carro, esperando que desaparecesse, mas sabia que isso não aconteceria. Ele era do tipo capaz de passar a noite toda falando e de ficar dias sem dormir. Tinha a paciência de um prisioneiro e a determinação de um louco.

Deixou a chave no contato e saiu no vento cortante, segurando a lanterna de forma defensiva enquanto dava a volta no carro.

Parou perto da porta do carona, ainda a mais de 5 metros de distância dele.

— O que está fazendo aqui?

— Tenho algumas informações.

Passou o feixe de luz da lanterna sobre ele. Usava terno, gravata e sapatos limpos.

— Perguntei o que está fazendo *aqui*.

— Meu carro quebrou. Peguei um táxi.

— Vai ficar aí parado falando bobagem ou responder à minha pergunta?

Jenny apontou a lanterna para sua cara. McAvoy protegeu os olhos.

— Não queria falar por telefone... Descobri para quem Tathum estava trabalhando quando os garotos desapareceram.

— Gastou 40 paus com o táxi para me dizer isso?

— Não quis assustá-la. Se quiser, eu vou embora... É que... — Olhou para baixo, passou as mãos distraidamente pelos cabelos. Ela o ouviu soltar o ar como se estivesse cansado. — A verdade? São águas nebulosas, Jenny. Não sei bem se quer ir tão a fundo. Achei que seria melhor lhe contar aqui, longe de tudo. Pode tomar sua própria decisão. Sem pressão pública.

Lentamente, ela abaixou a luz de seu rosto, respondendo à sinceridade em sua voz. Se quisesse machucá-la, teria ido direto para cima dela, ou surgiria das sombras. Não teria enviado uma mensagem de texto, deixado um rastro.

— Certo — disse ela. — Estou escutando.

Destrancou a porta da frente e o acompanhou até a sala. Sem rodeios, sentou-se à mesa de jantar e fez um gesto para que ele se sentasse na cadeira à sua frente. Não ofereceu bebidas. Mesmo sob uma luz mais tranquila, McAvoy parecia cansado. Sombras escuras assombravam seus olhos. Seu rosto estava caído e havia áreas grisalhas nos pelos da barba. Fechou os punhos e se inclinou para a frente, de um modo que sugeria que havia agonizado muito, e por muito tempo, até chegar a uma decisão dolorosa.

— Lembra-se de Billy Dean, o detetive particular? — perguntou McAvoy. — Seu filho assumiu os negócios. Liguei para ele depois de nossa visita ao Sr. Tathum na semana passada e perguntei o que podia descobrir. Hoje de manhã, ele me ligou, pouco antes de você aparecer. — Deu um sorriso tenso. — Em 2002, Tathum estava registrado como autônomo. Ele declarou uma renda de 65 mil libras, e seus registros bancários mostram que veio na forma de três pagamentos provenientes da mesma conta. Essa conta estava em nome da Maitland Ltda., uma empresa de segurança privada com escritório na Broad Street, Hereford.

— Onde ele conseguiu essas informações?

— Acho que tem um contato na Receita Federal. O pai ganhava a maior parte de seu dinheiro com divórcios. De qualquer forma, até o ano anterior, a renda de Tathum vinha do exército. Aos 30 e poucos anos, acho que já havia sido dispensado.

— O que sabe sobre a Maitland?

— De acordo com o site, são especialistas em segurança particular. Hereford é onde fica o Serviço Aéreo Especial, então imagino que recrutem seus funcionários de lá. Acho que é algum tipo de tradição local: os ex-soldados saem de lá e ganham fortunas no setor privado.

— O que a Maitland poderia querer com Nazim e Rafi?

— Apenas foram pagos para executar o serviço. Se está me pedindo para especular, eu diria que eles tinham um grupo para raptos. Mas como saber para quem? Pode ser que os rapazes fossem suspeitos de terrorismo, e tenham dado sumiço neles. Ou podiam ser agentes cujo disfarce fora descoberto, e nesse caso, devem estar vivendo felizes da vida em condomínios na Austrália.

Jenny perguntou:

— Por que está me dizendo isso agora? Por que não guarda para o inquérito? Sabe que para mim é arriscado falar com uma testemunha. Qualquer um pode dizer que meu inquérito está comprometido e derrubá-lo.

— Bem, aí é que está, Jenny. Nenhum de nós sabe o que o outro pensa. Não mesmo. — Ele a encarou com um olhar triste e penetrante. — Já vi e fiz coisas ruins o suficiente na vida para saber que não devo levá-la para isso sem motivo. Cidadãos britânicos desapareceram em seu próprio estado... algum dia, será permitido que isso seja exposto? Pode me chamar de velho e cínico, mas eu diria que mais uma vida ou duas pesariam muito pouco na balança.

— Mas? — Ela sabia que havia um "mas", que a chama ainda acesa em seus olhos não se extinguiria tão facilmente.

— Você não é muito normal, não é? — O rosto desgastado de McAvoy enrugou-se formando um sorriso. — Meu ombro está doendo tanto que mal consegui erguer um copo o dia todo.

Nem um pouco arrependida, Jenny disse:

— Isso foi por mentir para mim. E para o seu governo, acho que ainda está mentindo.

Houve uma pausa. McAvoy abaixou a cabeça.

— É engraçado, Jenny: construí uma ótima carreira mentindo pelos outros. Os que estavam do outro lado sempre eram os maiores pecadores. Mesmo quando me pegaram e fui preso, toda a virtude estava comigo. Mas esse caso... Fiz armações em julgamentos, comprei e vendi testemunhas, ajudei assassinos a serem libertados e bebi para comemorar com a consciência limpa, mas esse *maldito* caso... — Ele balançou a cabeça e desviou o olhar. — E depois você apareceu como o Anjo do Desejo... como uma feiticeira... O que um fracassado como eu deve fazer com isso?

Jenny vacilou internamente. O ar saiu de seus pulmões. Sua parte visceral desejava que ele a tocasse, fizesse um mínimo contato para que ele pudesse sentir o próprio fardo e deixasse acontecer.

Sabia que ele podia sentir a mudança nela, ler o que estava escrito em seu rosto.

— Você é uma tentação. É isso que é — disse McAvoy. — Uma tentação doce e bela, tão sombria e condenada como eu. Não posso nem tocar sua mão por medo de...

— De quê? — disse Jenny.

Ele balançou a cabeça novamente.

— Vamos falar de outra coisa. — Engoliu em seco e continuou. — A Dra. Sarah Levin é uma garota linda, eu sei. Tinha 18 anos na época. Você deve falar com ela, certamente. Para onde quer que tenham ido Nazim e Rafi, devem ter sido interrogados, questionados quase até a morte. Não é coincidência que ela tenha falado com a polícia: não deve ter tido escolha. Imaginei isso há oito anos. A verdade pode ser arrancada dela agora? Ela tem de ser destruída também? Quanto risco deve correr?

— Por que ela estaria em sua consciência?

— Era uma criança inocente. Por que não seria?

— Não acha que a está idealizando?

— Comparada a mim, ela é a própria Virgem Maria.

— E o homem que ligou, o americano?

— Não tenho ideia, mas sei que quem levou esses garotos perseguiu a Sra. Jamal até a morte, mesmo que não a tenha matado pessoalmente.

— Nem sabe toda a história — disse Jenny, sentido uma compulsão irracional de compartilhar seu fardo. — Havia traços de radiação em seu apartamento e no corpo. Césio-137. — Assim que terminou de dizer, soube que havia falado demais. Conseguiu se conter e não mencionar Anna Rose.

— Para fazer com que parecesse um ato terrorista — disse McAvoy. — Malditos cretinos. Pelo menos, os criminosos normais só matam gente como eles. Não são tão perversos a ponto de machucar uma senhora. Apenas um governo herege e mães insanas podem denegrir tanto a alma de um homem.

Jenny fez um barulho fraco que era quase uma risada.

— O que foi? — perguntou McAvoy.

— O jeito como você fala.

— Como você dá sentido às coisas?

— Não dou.

— Deveria tentar ler poesia ou a Bíblia. De preferência, os dois. Acho que iria gostar.

— Quando fui ao tribunal, não queria machucá-lo... Não sei o que me deu.

— É uma boa questão...

O sorriso fraco, a nostalgia nos olhos. O rosto grisalho mascarando um espírito que já estava dentro dela, tocando-a, sabendo coisas que ela mesma não sabia sobre si.

— Diga-me que está falando a verdade, Alec — disse Jenny. — Jure que não está me usando ou sendo pago por alguém.

— O que posso dizer para convencê-la? Vim aqui para dizer que não está sozinha. Só isso. — Ficou olhando para ela. Parecia estar empregando cada gota de sua energia. — E que sei que a assusto, mas, se ajuda em algo, confesso que o sentimento é mútuo.

Levantou-se da cadeira e seguiu para a porta.

— Já vai embora?

— É melhor que eu vá, não acha?

— Quer uma carona?

— Não precisa. — Ele levantou a trinca, depois fez uma pausa. Por um instante, Jenny pensou que ele podia mudar de ideia, voltar e quebrar a tensão insuportável que havia entre ambos, deixar explodir a força reprimida.

Sem se permitir olhar para ela, disse:

— Quando esse caso estiver resolvido, posso vê-la novamente?

— Sim... sim, acho que devemos.

— Boa noite, Jenny. — Então, com o esboço de um sorriso: — Vejo-a no tribunal.

McAvoy saiu, fechando a porta com cuidado.

Ela puxou um canto da cortina e o observou caminhando. Permaneceu na janela um bom tempo depois que ele foi embora, desejando que voltasse, mesmo sabendo que isso não aconteceria.

Havia correspondência para separar, comida para cozinhar, recados na secretária, inclusive um pedido melancólico de Steve para que ligasse, dizendo que precisava lhe dizer uma coisa. Mas ela não conseguia pensar em nada a não ser em McAvoy. Ele fora embora com a promessa de retornar, mas deixou um profundo sentimento de incompletude para trás. Era como se tivesse ido até lá para fazer uma confissão e a adiado. O clima no chalé estava carregado por isso: havia algo que Alec McAvoy ainda precisava lhe contar, e isso estava pesando em sua consciência. Ela sabia.

Jenny acordou com palpitações, de forma abrupta, como se tivesse levado um chute nas costelas. Não havia rastro de nenhum sonho, apenas a sensação de ter sido perturbada por um som ameaçador. Imaginou passos do lado de fora, a respiração de um homem. Ficou imóvel e alerta por mais de 20 minutos, encolhendo-se a cada leve estalo e ruído da velha casa. Mas qualquer que tenha sido o fantasma que a incomodou, havia se recolhido a seu esconderijo. Nada se movia além da brisa. Suas pálpebras começaram a ficar pesadas, e ela ficou pensando em Ross, e em David dormindo profundamente ao lado de sua namorada grávida e feliz, e pensando sobre o que havia feito para ter sido atraída para um limbo tão solitário. "Acho que você faria quase qualquer coisa para evitar causar dor", havia dito o Dr. Allen, e no mesmo dia ela havia pego uma caneta — que ironia — e a fincado no ombro de McAvoy... McAvoy. Olhar para ele era como olhar para um espelho e ver o seu lado negro olhando de volta. Era isso, era essa a sensação: a ideia de que, conhecendo-o, poderia conhecer a si mesma.

VINTE E DOIS

Jenny acordou antes das 6 horas, com a impressão de que ainda havia muito a ser feito. O inquérito seria retomado em 24 horas e decisões cruciais precisavam ser tomadas. Apressando-se no chuveiro, sentiu uma ponta de culpa pelo momento quase íntimo que compartilhara com McAvoy e porque estava pensando mais nele do que em seu filho. Que tipo de mãe ela era? Reconhecendo os sinais de ansiedade — ponta dos dedos formigando e coração apertado —, correu para a cozinha gelada enrolada em uma toalha e engoliu duas de suas balinhas com o que havia no fundo de uma caixa de suco de laranja de uma semana atrás. Sentiu-se como uma viciada ao tentar engolir o líquido azedo. Os remédios novos pareciam mágica: foi só o tempo de se secar e se vestir, e já estava no comando. Sra. Jenny Cooper, juíza investigadora, com assuntos importantes para resolver.

Como café da manhã, comeu cereais murchos na mesa do escritório em sua casa enquanto procurava o site da Maitland. Encontrou-o nas páginas amarelas on-line e chegou a uma página praticamente anônima, mas que de alguma forma passava a ideia de exclusividade, e apresentava o mínimo possível de informações. O endereço do escritório era de Hereford, o que batia com o que McAvoy lhe havia dito. O coronel Marcus Maitland constava como diretor. As principais áreas de atuação da empresa eram "segurança particular internacional e nacional, avaliações operacionais e planejamento de segurança, e serviços de segurança estratégica". A explicação era limitada, e o jargão, denso e evasivo: poderia estar descrevendo uma consultoria de investimentos. Não havia menção a ex-integrantes do Serviço Aéreo Especial, nem a mercenários.

Só a palavra de McAvoy ligava a empresa a Tathum, mas mesmo que a ligação fosse fictícia, mesmo se a história de Madog sobre o Toyota preto fosse fantasiosa ou algo para desviar a atenção de outros fatos, ela se sentia obrigada a intimar o coronel Maitland como testemunha, mesmo que fosse apenas para provar que as alegações eram falsas de uma vez por todas.

Jenny imprimiu o modelo de uma intimação de testemunhas e o preencheu à mão, solicitando que Maitland comparecesse ao seu inquérito na quarta-feira, dia 10 de fevereiro. Era uma intimação de última hora, mas pelo menos o faria aparecer e prestar atenção. Em vez de chamar um mensageiro para pegar a assinatura na hora da entrega do documento, decidiu que seria mais seguro ela mesma ir. Testemunhas relutantes podem alegar que as intimações nunca chegaram. Não queria saber: se Maitland ou Tathum se recusassem a colaborar, ela os mandaria para a prisão por desobediência. Não havia muitas vantagens em ser uma juíza investigadora, mas o poder de subjugar os que se achavam acima da lei era uma delas.

Passava um pouco das 8 horas e mal havia clareado quando chegou a Hereford e estacionou em uma rua tranquila perto do escritório da Maitland, no centro da cidade. Não houve resposta quando tocou a campainha do conjunto que ficava no primeiro andar, nem sinal de luzes na janela. Entre matar o tempo na Starbucks a quatro portas de distância ou na catedral em frente, Jenny levantou a gola do casaco e atravessou a rua.

O coral ensaiava no interior grande e ressonante. Tinha cheiro de incenso, granito e carvalho polido. Grandes aquecedores de ferro geravam um calor que não aquecia muito, mas era bem-vindo. Ela andou pela nave, passou pelos transeptos, foi até a capela e se sentou, sem nenhum motivo aparente, em uma das fileiras de cadeiras de frente para o altar, ao lado do qual, protegendo o sacramento, brilhava uma chama eterna.

No silêncio, viu a imagem da Sra. Jamal. Havia dor em seu ros to enquanto falava do filho desaparecido. Jenny imaginou que seus últimos pensamentos foram os de se reunir com ele, de vê-lo novamente no lugar para onde as almas vão. Era uma ideia reconfortante que Jenny não conseguia sustentar. O lugar onde estava sentada foi construído principalmente pelo medo do inferno e da danação como se fosse resultado do amor de Deus. Ela raramente rezava, a não ser em momentos de desespero ou frustração, mas algo a havia tocado. Palavras surgiam do nada. Pediu pelas almas de Amira e Nazim Jamal e de Rafi Hassan.

— Por favor, Deus, não deixe que se percam.

A recepção era elegante e mobiliada com móveis caros, obras de arte originais de bom gosto e sofás de couro creme. Parecia pertencer a Londres, e não a um local afastado do interior. A recepcionista não tinha mais de 25 anos, era bonita e falava com uma voz clara sem nenhum pingo de sotaque local.

— Em que posso ajudá-la? — perguntou.

Apesar de estar usando seu melhor terninho e casaco, Jenny se sentiu desarrumada e pouco elegante perto da garota. Entregou o seu cartão.

— Jenny Cooper, juíza investigadora do distrito de Severn Vale. O coronel Maitland está? Gostaria de falar com ele.

— Não — disse a moça, pressentindo o perigo. — Ele não está no escritório hoje.

— Amanhã?

— Acho que ele já pode estar de volta. — A segunda mentira foi dita com menos segurança que a primeira.

Jenny enfiou a mão no bolso do casaco e tirou um envelope com a intimação e um protocolo de recebimento.

— É isso que eu chamo de serviço pessoal. Aqui está uma intimação para que ele compareça para testemunhar em meu inquérito amanhã. Já incluí até o dinheiro para o táxi; é uma solicitação legal. Se ele realmente não puder comparecer, pode entrar em contato com meu gabinete hoje para darmos um outro jeito. Pode assinar o canhoto?

— Bem, eu...

Jenny antecipou sua evasiva:

— Se não assinar, pode se tornar uma testemunha de que eu entreguei o documento — Jenny olhou para o relógio — às 8h42 de terça-feira, 9 de fevereiro, e terá de comparecer ao tribunal com ou sem ele.

Deu uma caneta à garota. Ela ficou olhando para Jenny por um instante, depois a pegou e assinou o recibo rapidamente. A assinatura estava ilegível.

— Pode colocar também sua impressão digital?

Ela fez o que foi pedido, corando de raiva ou constrangimento, Jenny não soube dizer. Assim que terminou, Jenny disse:

— Só mais uma coisa. Só preciso confirmar o endereço atualizado de um de seus funcionários, o Sr. Christopher Tathum.

A garota voltou os olhos rapidamente para a tela do computador.

— Vai me dizer que não pode revelar endereços particulares, não é?

— Sim — gaguejou a moça.

— Tecnicamente, eu poderia obrigá-la, mas vamos fazer desse jeito: eu lhe digo o endereço que tenho, e você me diz se estou errada.

Jenny repetiu o endereço de Tathum. A garota hesitou um pouco, depois digitou em seu teclado. Ao lado, Jenny viu subir uma lista de endereços.

— Algo a dizer? — perguntou Jenny.

A garota fez que não com a cabeça.

— Muito bem. Você vai garantir que o coronel Maitland receba sua carta hoje de manhã, não vai?

Jenny voltou para Bristol com um peso a menos nos ombros. McAvoy não havia mentido. Tathum *era* funcionário da Maitland, e se fosse necessário, existia uma testemunha que podia confirmar isso. Havia muitos obstáculos para serem vencidos no tribunal, mas pela primeira vez em vários dias ela sentiu que estava chegando perto de algo plausível. Voltara a confiar em McAvoy e começou a confiar em si própria.

Chegou ao gabinete sentindo-se segura o suficiente para lidar com Alison e pronta para resolver suas diferenças. Desde sua dolorosa bola fora no dia anterior, elas mal haviam se falado, a não ser para trocar algumas palavras, já que Jenny havia saído às pressas para sua consulta de emergência com o Dr. Allen. Preparou-se para uma recepção fria e aprontou um discurso conciliatório.

— Bom dia, Sra. Cooper — disse Alison com extrema formalidade quando Jenny entrou.

Ela notou que a sala estava surpreendentemente arrumada: as revistas sobre a mesa estavam organizadas, havia flores frescas em um vaso, as mensagens de inspiração haviam sido retiradas. Parecia... esterilizada.

— Bom dia, Alison — disse Jenny com uma ponta de pesar e pegou sua correspondência empilhada por ordem de tamanho da bandeja sobre sua mesa.

— Conseguiu falar com o seu filho a tempo?

Jenny demorou um pouco para lembrar da desculpa que dera quando saiu do escritório uma hora mais cedo do que o normal.

— Sim. Bem a tempo. Obrigada.

Passou os olhos nos envelopes, preparando-se para se desculpar. Se deixasse passar muito tempo, seria impossível: passariam o dia todo em silêncio.

— Olhe, Alison, sinto muito pelo que disse ontem. Eu não deveria falar da sua filha ou julgar sua vida pessoal. Estava irritada com Simon Moreton, não com você. Ele não tinha o direito de perguntar sobre informações confidenciais.

— Desculpas aceitas, Sra. Cooper — disse Alison, com os olhos fixos na mesa.

— Não precisava ter tirado os cartões.

— Não são apropriados ao local de trabalho. Não seriam tolerados na polícia. Não hoje em dia.

— Faça como achar melhor.

Instaurou-se um silêncio estranho. Nenhuma das duas sabia muito bem como terminar a conversa.

— Sei que às vezes perco o controle, mas nós duas sabemos que eu não iria muito longe sem você. — Jenny sorriu.

Alison continuou com o maxilar rígido de tensão.

— Posso ter sido tola em relação a Harry Marshall — disse Alison, referindo-se ao juiz investigador anterior, seu ex-chefe —, mas com David é diferente. Não que haja algo impróprio entre nós — acrescentou rapidamente. — Eu o vi passar por algumas das situações mais penosas que alguém pode enfrentar. Ele não é mentiroso, Sra. Cooper. Está fazendo o seu trabalho.

— Eu respeito isso, é claro, mas o dever de um juiz investigador é diferente do de um policial. Ninguém mais parece entender, mas meu dever, meu dever *legal* é fazer o que for preciso para chegar à verdade, não importa quem ache melhor que eu não o faça. Até que o ministro da Justiça pegue o telefone e me diga que estou demitida, preciso continuar investigando.

Alison concordou com a cabeça, sem muita convicção. No fundo, ainda era uma policial dedicada. Distinções legais e ideais elevados não eram para ela. Preferia o conforto de pertencer a uma tribo poderosa e tinha medo de agir por conta própria. Mas mantinha Jenny com os pés no chão, e é por isso que ainda estavam juntas depois de oito meses turbulentos. Jenny passou a precisar dela assim como uma árvore precisa de raízes.

Alison disse:

— Tem um recado daquela mulher do MI5. Quer que você ligue para ela. Acho que é sobre o relatório da Vigilância Sanitária que chegou ontem à noite. — Entregou a Jenny uma cópia impressa do documento intitulado "Avaliação Radiológica". Havia um carimbo que dizia "Altamente Confidencial".

Jenny foi direto aos parágrafos finais:

As partículas de Césio-137 encontradas no endereço estavam concentradas principalmente no tecido de uma poltrona. Várias partículas também foram encontradas nas áreas comuns do edifício e na pele da falecida, a Sra. Amina Jamal, notavelmente na parte inferior das costas e nas nádegas. É seguro e lógico concluir que a falecida foi contaminada pelo contato com a poltrona no período imediatamente anterior à sua morte. Não é possível, no entanto, dizer por quanto tempo as partículas estiveram presentes na poltrona ou no edifício. Provas circunstanciais sugerem uma contaminação recente: não havia rastros de contaminação nem no aspirador de pó no apartamento da Sra. Jamal, nem naquele utilizado pelo zelador do prédio nas áreas comuns.

Isto posto, sugere-se que a contaminação tenha ocorrido em algum momento durante os dias que precederam a morte da Sra. Jamal.

Alison disse:

— A polícia também não tem ideia do que aconteceu. Estão achando que foi alguém com quem seu filho se meteu. Alguns estão até dizendo que pode ter sido ele ressurgindo das cinzas. Há várias ideias mirabolantes à solta.

— Em uma poltrona? É como se alguém já contaminado tivesse sentado ali — disse Jenny.

— Imagine se foi Nazim — disse Alison. — Ela deve ter ficado chocada em ver o filho voltar do túmulo.

Jenny balançou a cabeça.

— Não. Isso não faz sentido.

— Por que não? Não há provas de que esteja morto. Tudo o que temos são duas visões contraditórias dele vivo, que apontam para duas direções diferentes. Ele pode até ter voltado para calar a boca de sua mãe. Esses jihadistas não ligam para a vida. Aquele que morre como um mártir e mais setenta de seus parentes têm passe livre para o paraíso.

Jenny percebeu que Alison entrara em contato com a fofoca que corre no refeitório da polícia e absorvera tudo. E, como sempre, a polícia havia inventado teorias que se adequavam a seus preconceitos: uma questão totalmente muçulmana, com um matricídio no meio, que os absolveria totalmente; sem necessidade de sentir culpa por se dobrar ao Serviço Secreto e deixar dois jovens desaparecerem do nada.

Jenny perguntou:

— Não mencionou o depoimento de Madog para ninguém, certo?

— É claro que não, Sra. Cooper — disse Alison, tomando como afronta. — Eu converso com meus colegas, mas não sou indiscreta.

— Eu não estava sugerindo...

— Sei que está botando fé em McAvoy, mas eu realmente não faria isso se fosse você.

— Ainda não lhe contei tudo. Há uma cadeia de provas se formando...

— Antes que me conte, acho que deve saber uma coisa sobre McAvoy.

— Ah, é?

Jenny sentiu certa irritação, mas resistiu ao ímpeto de rebater. Seria melhor não contar a Alison sobre a conexão com Maitland antes do inquérito. A última coisa que queria era sua melhor testemunha vazando para a polícia e para o Serviço Secreto antes de ser ouvida.

— Só para deixar claro o tipo de homem que ele é — disse Alison —, ele faz parte do grupo que está defendendo Marek Stich. O tcheco que matou um jovem guarda de trânsito em outubro. Não sei se ouviu o noticiário ontem.

— Eu tento evitar.

— Stich foi libertado. Não é de surpreender: tudo o que tinham eram algumas testemunhas que apenas o viram descendo a rua, afastando-se da cena do crime. Mas acontece que havia um carro que tinha parado atrás do de Stich. De acordo com outra testemunha, a motorista era uma mulher que deve ter visto tudo. O Departamento de Investigação Criminal nunca a encontrou, mas, na noite passada, receberam um telefonema anônimo. Uma mulher emocionada disse que Stich puxou o gatilho; ela havia visto. Estava indo prestar depoimento, mas no fim da tarde foi abordada por um homem com sotaque escocês, que a interceptou na entrada da escola do filho. Disse que se falasse alguma coisa, perderia seu filho. E isso na frente dele. Imagine, uma criança de 8 anos.

Outra história duvidosa para explicar o fracasso do Departamento de Investigação Criminal, foi o pensamento imediato de Jenny. Como devem ter odiado ver um advogado inoportuno, que achavam que desapareceria para sempre, voltar para humilhá-los.

— Tenho certeza de que isso será investigado — disse Jenny, procurando evitar outro confronto.

— Foi o que eu lhe disse, Sra. Cooper. Ele suborna testemunhas... encontra-as ou faz com que fiquem caladas. É só o que sabe fazer.

Evitando o assunto, Jenny disse:

— Falando em testemunhas, está tudo certo para amanhã?

Alison lhe empurrou uma lista, por sobre a mesa. Continha os nomes do sargento Angus Watkins, o policial que havia examinado os quartos de Nazim e Rafi em busca de sinais de arrombamento; do investigador Pironi; de David Skene, um dos agentes do MI5 ligado à investigação inicial; de Robert Donovan; de Madog; de Tathum; de Sarah Levin; do professor Brightman; de McAvoy; de David Powell, dono da locadora de veículos em Hereford; e de uma pessoa que ela não reconhecia, Elizabeth Murray.

Alison disse:

— É a senhora que acha que viu o Toyota. Você me pediu para ver se ela ainda estava por aqui. E está. Peguei seu depoimento quando voltava para casa ontem à noite. Está com 86 anos, mas ainda lúcida.

Passou outra folha para Jenny, contendo algumas breves sentenças nas quais a Sra. Murray disse algo além de ter visto um utilitário preto com dois homens dentro. Lendo aquilo, Jenny tentou, e não conseguiu, lembrar de ter pedido a Alison para rastrear a testemunha. Ficou imaginando o que mais pode ter esquecido ou deixado passar... Era McAvoy novamente, absorvendo toda a sua atenção, mesmo quando não se dava conta. E Alison sabia: podia ver no modo desconfiado e preocupado como olhava para ela, registrando seu lapso mental. Seu instinto de detetive lhe dizia que a mente de Jenny havia sido distorcida, que ela corria o risco de favorecer fatos loucos e sem lógica, de ignorar a verdade óbvia por estar fascinada por um homem corrupto e desonesto.

Alison disse:

— Eu entendo, Sra. Cooper. Sei o que é ficar impressionada com alguém. Veja eu e Harry Marshall... O homem ideal sempre é aquele que não pode ter. E o motivo é esse. É uma fantasia — o que você acha que quer.

Alison havia lido sua mente. Ela estava certa, era uma fantasia. Assim como Alison havia sonhado com Harry levando-a para um mundo mais gentil e melhor, Jenny imaginava McAvoy, um homem que já havia estado em lugares mais sombrios do que podia imaginar, destruindo seus monstros com um único golpe.

Mentindo para si mesma e para Alison, Jenny disse:

— Não se preocupe. Eu nunca poderia sentir nada por ele. O homem está acabado.

Alison deu um sorriso fraco, apenas parcialmente convencida.

— Fico feliz em ouvir isso.

Deixando-a com instruções para verificar testemunhas, garantir que os membros do júri tenham transporte seguro, e cuidar das inúmeras tarefas administrativas que, em outras categorias jurídicas, são realizadas por toda uma equipe, Jenny foi para a sua sala ligar para Gillian Golder.

— Jenny, finalmente. Já estava me perguntando se *você* não havia desaparecido. — Era para ser uma piada, mas não teve graça alguma.

— Deve ter falado com Simon Moreton — respondeu Jenny. — Eu disse a ele tudo o que sei, o que não é muito.

— Em suma, esse é o problema — disse Golder. — Nós estamos todos tateando no escuro, sem saber o que poderemos encontrar.

Jenny não gostou do "nós". Pareceu ameaçador.

Antecipando o que achava que viria em seguida, Jenny disse:

— Se está preocupada sobre meu inquérito estar invadindo a investigação criminal sobre a morte da Sra. Jamal, posso garantir que isso não acontecerá. Só estou interessada em saber o que aconteceu oito anos atrás.

— Mas podemos afirmar que os dois acontecimentos são totalmente independentes?

— Não tenho motivos para adiar mais, Srta. Golder. Sua organização e a polícia esgotaram a investigação criminal há anos.

— Vamos voltar para o mundo real por um instante, certo, Jenny? Meu pessoal e a polícia estão procurando desesperadamente pela fonte de material radioativo ilegal. E um dos principais suspeitos é o objeto de seu inquérito.

— Vocês têm evidências de que Nazim esteja vivo?

— Preferíamos que isso ficasse fora do noticiário até encontrarmos o filho da puta que estamos procurando. Mesmo se você não mencionar a Sra. Jamal, a imprensa vai cair matando. E isso é algo que pode nos afastar ainda mais do suspeito.

— Não vejo as coisas desse modo — disse Jenny. — O que vejo é você tentando se salvar de um possível constrangimento. Foi a sua organização que deixou o rastro esfriar. Pode ter servido aos seus propósitos na época — incentivando a discussão sobre a guerra e tudo o mais —, mas eu não serviria para o meu cargo se me deixasse influenciar por isso.

Com frieza, Gillian Golder disse:

— Acredite se quiser, não somos tão irracionais quanto você parece pensar. Sei que podemos encontrar um modo de interromper seu inquérito se realmente quisermos, mas talvez possamos chegar a um acordo razoável.

Golder fez uma pausa, esperando que Jenny caísse em sua armadilha por conta própria. Ela permaneceu em silêncio.

— Nossa proposta é a seguinte: a regra 17 das Regras do Juiz Investigador permite a um juiz investigador conduzir um inquérito fechado ao público se for de interesse da segurança nacional. Não sei que provas vai apresentar, mas consideramos Nazim Jamal e Rafi Hassan suspeitos de terem ligação com extremistas. Tendo em vista que a Sra. Jamal morreu em circunstâncias que sugerem ter tido contato com uma substância que só pode ser de interesse ou utilidade a um terrorista, acreditamos ter um argumento convincente, se não uma necessidade, de que seu inquérito seja conduzido em segredo.

— Entendo por que querem isso — disse Jenny —, mas acho que podem ter esquecido de alguns dos princípios básicos da justiça.

— Deixe-me colocar deste modo, Sra. Cooper — disse Golder —, temos advogados orientados e prontos para ir ao Supremo Tribunal esta tarde pedir um mandado que garantirá que a regra 17 seja aplicada corretamente.

Jenny sentiu a pressão. Não tinha dúvidas de que Golder estava falando sério e que os advogados do governo iriam até um juiz escolhido a dedo para dizer que provas de natureza muito sensível — de uma importância que um mero juiz investigador não entenderia — poderiam surgir e ameaçar a segurança nacional. O juiz, já acostumado com audiências fechadas em casos envolvendo terroristas, e habituado à negação de liberdades invioláveis — assim como o direito a permanecer calado e o direito do prisioneiro de conhecer as provas contra ele —, não teria problema em calar um juiz investigador. Jenny poderia relutar o quanto quisesse, mas aquela era uma batalha que nunca ganharia. Poderia apelar a Simon Moreton, no ministério, mas mesmo se ele pudesse ser persuadido a protestar em seu favor, seria jogado de lado por seus superiores. Tudo o que lhe restava era salvar o que pudesse da ruína.

Jenny arriscou a sorte mais uma vez.

— Não haveria necessidade de excluir o público se eu impusesse restrições informativas.

— Antes da internet, talvez, mas receio que não seja o suficiente — disse Golder. — Podemos permitir que os parentes mais próximos compareçam, mas com a condição de não relatar nenhuma parte dos testemunhos.

— Eu poderia mandar você para o inferno.

— Poderia, mas isso não ajudaria em nada, não é?

VINTE E TRÊS

ZACHARIAH JAMAL ERA UM HOMEM de 50 e poucos anos, extremamente sério, e tinha uma estranha semelhança com o filho. Muito bonito, compartilhava dos mesmos traços delicados e cabelos pretos. Jenny podia ver de cara por que havia se separado da finada ex-mulher. Ele era comedido, sereno, o oposto de alguém efusivo e emotivo. Sentou-se sozinho na ponta de uma das três fileiras de assentos atrás dos advogados, fileiras que na semana anterior estavam cheias de jornalistas sedentos por notícias e membros militantes da Associação Britânica pela Transformação Islâmica.

Jenny havia entrado em contato com ele logo depois de sua última conversa com Gillian Golder e o informado sobre os acontecimentos. Perguntou se gostaria de contestar o pedido e lutar por uma audiência totalmente aberta. Ele respondeu sem hesitar: não. Havia soado tão distante e indiferente que ela não esperava que comparecesse à audiência. No entanto, segundo Alison, ele estava esperando do lado de fora do salão quando chegou, pouco depois das 8 horas. Vendo-o pessoalmente, Jenny percebeu que o havia interpretado mal ao telefone. O sofrimento por trás de sua máscara severa era evidente. Casado pela segunda vez, e com uma nova família, ele deve ter tido pouca chance de ficar de luto por seu primogênito. Essa era sua oportunidade.

Como cortesia, ela havia ligado também para o Sr. e a Sra. Hassan, para dizer que sua presença seria bem-vinda. O Sr. Hassan lhe disse categoricamente que não estariam presentes, com ou sem repórteres. Havia uma raiva pouco contida em sua voz, o que Jenny interpretou como culpa. O Sr. Hassan se culpava pelo destino do filho. Se não tivessem brigado naquelas férias de Natal, se tivesse sido mais atencioso... Estava certa de que ele e sua esposa teriam gostado de comparecer, mas mesmo depois de quase oito anos, simplesmente não conseguiam encarar.

À frente de um salão comunitário quase vazio, mais acostumado a abrigar apresentações de dança e performances de fundo de quintal, ela sentiu um senso se responsabilidade quase insuportável.

A manhã já havia se provado traumática. Jenny havia chegado e encontrado mais de uma dúzia de policiais uniformizados cercando a entrada do salão. O sargento disse que haviam recebido ordens de evitar que jornalistas ou pessoas da comunidade tivessem acesso ao inquérito. Jenny reclamava com ele quando chegaram várias vans cheias de membros da ABTI e cenas de raiva e hostilidade se sucederam. Enquanto moradores locais observavam incrédulos, xingamentos e repetição de motes transformaram-se em violência. Policiais receberam socos e responderam com cacetadas e spray de pimenta. Temporariamente cegos e gritando de agonia, vários manifestantes foram presos e levados dali. O resto, em sua maioria, se dispersou. Apenas depois que Jenny ameaçou o sargento com diversos processos caso não colaborasse, ele permitiu que alguns remanescentes montassem uma vigília simbólica.

Muitas das testemunhas chegaram no calor da confusão. Protegida pela polícia, Alison havia conseguido levá-las até uma entrada lateral. Estavam agora encurralados em uma pequena sala, separada do salão apenas por uma porta. Maitland e Tathum ainda não haviam dado as caras, mas, para a surpresa de Jenny, todos os outros haviam respondido às intimações, incluindo McAvoy.

Além do Sr. Jamal, o outro único observador era Alun Rhys, o homem de campo de Golder, escondido no fim de uma fileira no fundo. Ela poderia exigir que saísse — a audiência era fechada e ele não tinha direito legal de estar presente —, mas um instinto lhe disse para deixá-lo ali. Ela queria analisar seu rosto, ver quando registrava surpresa, alarme ou até mesmo aprovação.

Extremamente grata pela nova medicação prescrita pelo Dr. Allen que estava segurando sua ansiedade com sucesso, voltou-se para os advogados. Yusuf Khan, representante da ABTI, estava ansioso para falar primeiro.

— Senhora, gostaria de protestar veementemente contra sua decisão de conduzir um inquérito fechado. A lei diz claramente que todos os inquéritos de juiz investigador devem ser conduzidos publicamente, a não ser que isso vá contra os interesses da segurança nacional. Aqueles representados por mim só podem concluir que é a presença deles que quer evitar.

— De jeito nenhum, Sr. Khan — interrompeu Jenny. — Você obviamente vai respeitar as restrições informativas que também foram impostas a esta audiência, de forma que posso dizer, sem medo de que isso saia daqui, que essas exigências partiram diretamente do Serviço Secreto. — Olhou para Rhys. — O que temem, que provas acham que podem afetar a segurança do país, isso não acharam adequado me informar. No entanto, decidi que seria preferível continuar sob essas circunstâncias do que não continuar.

— Mas isso é um absurdo — disse Khan. — Não se pode dizer o que fazer a um juiz investigador. Trata-se de um tribunal independente, e não político.

— Como estamos em um inquérito fechado, posso mais uma vez falar francamente e dizer que concordo plenamente.

O rosto de Rhys ficou tenso em reprovação.

Jenny continuou:

— Estou mais do que feliz pelo fato de gritarem suas objeções a plenos pulmões, mas se eu deixar o seu pessoal entrar agora, posso garantir que me impedirão de prosseguir com este inquérito. Não é o que achamos certo, mas sugiro que poupe sua energia para as testemunhas.

Ainda exaltado, Khan levantou o dedo.

— Já vou avisando: meus clientes enfrentarão qualquer tribunal e farão o que for preciso para tornar pública a transcrição deste inquérito. Não existe justiça conduzida em segredo.

Os dois advogados, Fraser Havilland representando o chefe de polícia, e Martha Denton, conselheira da Coroa, representando o diretor-geral do Serviço Secreto, pareciam levemente entediados e nada impressionados com a performance de Khan. Trevor Collins, o consultor jurídico modesto e insignificante, representante dos interesses da Sra. Jamal, era o único advogado a concordar com a cabeça.

Jenny disse:

— Obrigada, Sr. Khan. — E olhando para Alun Rhys, acrescentou: — Estou certa de que se não surgir nada que afete a segurança nacional, seu desejo será atendido.

A fisionomia de Rhys estava impassível. Jenny se deu conta de que ele estava estranhamente impotente: era um observador em um inquérito secreto sem nenhuma sanção a aplicar.

Ela se virou para o júri e agradeceu a todos pela paciência durante a semana em que o inquérito foi adiado. Para não alarmar Rhys nem nenhum dos advogados com o que poderiam ouvir, explicou em termos deliberadamente vagos que o adiamento havia sido necessário para se buscar novas linhas de investigação, com o resultado que conheceriam por meio de várias novas testemunhas. Pouco impressionados, os membros do júri responderam com olhares impacientes.

Quando Jenny virou-se para Alison para pedir que trouxesse a primeira testemunha, Fraser Havilland se levantou abruptamente.

— Senhora, antes que prossiga com os testemunhos, minha versada colega Srta. Denton e eu ficaríamos gratos se pudesse nos fornecer uma lista de quem são as testemunhas e, eu sugeriria, cópias de suas declarações. Trata-se de prática costumeira nos inquéritos modernos.

Sentada ao seu lado, Martha Denton ficou encarando Jenny com um olhar impassível.

Segura de suas bases, Jenny disse:

— Talvez seja costumeira, Sr. Havilland, mas não é obrigatória. Sugiro que dê uma olhada no caso *R. versus Juiz Investigador de Lincolnshire, ex parte Hay (1999)*. A divulgação de documentos aos advogados, incluindo declarações de testemunhas, é uma questão que cabe ao juiz investigador. — Ela se virou para os membros do júri: — O inquérito de um juiz investigador não é um julgamento, é uma investigação em nome da Coroa. Os advogados que representam as partes interessadas estão aqui apenas para prestar assistência e têm o direito de fazer perguntas. Não podem exigir que eu produza nada.

— Com todo o respeito, senhora — insistiu Havilland —, o caso *Bentley* de 2003 enfatiza que é preferível que o juiz divulgue a lista de testemunhas, especialmente em casos complexos.

— Não se satisfaz facilmente, não é, Sr. Havilland? Não apenas estamos conduzindo um inquérito fechado, mas agora seus clientes e o da Srta. Denton querem saber exatamente que testemunhas esta investigação vai apresentar. Acho que isso é chamado de querer matar dois coelhos com uma cajadada só.

Vários membros do júri sorriram.

Havilland permaneceu com a expressão inalterada.

— É chamado de bom exercício da profissão, senhora.

— Sou receptiva, mas não ingênua, Sr. Havilland — disse Jenny, sentindo uma onda de raiva que lutou para conter. — Receberá o que tem direito a receber e nada mais.

Havilland pensou em revidar. Foi impedido por seu consultor jurídico, que agarrou em sua manga e sussurrou para ele desistir.

— Muito bem, senhora — disse Havilland, e voltou ao seu lugar.

Martha Denton nem piscou. Analisava o rosto de Jenny, sondando suas fraquezas, esperando o momento certo.

Elizabeth Murray era a primeira testemunha a sair da sala e se sentar atrás de uma pequena mesa à esquerda de Jenny, que servia como banco de testemunhas. A mulher de 86 anos era frágil e curvada, mas andava com determinação e sem precisar de ajuda. Usando um elegante terninho azul-marinho e cabelo arrumado para a ocasião, ela estava disposta a aproveitar ao máximo seu momento sob os holofotes. Leu o juramento de forma clara e solene. Ninguém tinha dúvidas de que pretendia dizer a verdade.

— Sra. Murray — disse Jenny —, tem algum motivo para se lembrar da noite de 28 de junho de 2002?

— Sim, tenho — disse, sem hesitar. — Um carro grande, preto, ficou estacionado em frente à minha casa a noite toda, com dois homens nos bancos dianteiros. Quanto mais tempo passavam ali, mais desconfiada eu ficava. Por volta das 22h30, decidi chamar a polícia. Assim que peguei o telefone, ouvi darem a partida no motor. Fui até a janela e vi que haviam ido embora.

— Consegue se lembrar de que tipo de carro era?

— Uma minivan, acho que é assim que vocês dizem.

— Chegou a chamar a polícia?

— Não. Não achei que valeria a pena incomodá-los.

— Mas depois, no mesmo ano, recebeu uma visita? — perguntou Jenny.

— Isso mesmo. Um homem bateu em minha porta em dezembro, pelo que me lembro. Disse que representava a família de um jovem que havia sido visto pela última vez saindo de uma propriedade na minha rua, naquela noite. Estava indo de casa em casa tentando encontrar testemunhas. Eu lhe contei sobre o carro.

— E se lembrava precisamente do dia em que viu o carro, mesmo depois de seis meses?

— Sim. Foi na última sexta-feira de junho. Deve ter sido por causa daqueles homens; não consegui esquecer.

— O que têm os homens?

— Pareciam ameaçadores. Pude ver bem o que estava no banco do motorista. Era atarracado e tinha a cabeça raspada.

— E o que estava no banco do carona?

— Não consegui vê-lo bem. Acho que tinha o cabelo mais comprido.

Jenny reparou que Alun Rhys fazia anotações. Devia ser uma informação nova para ele.

— Viu em que direção foi o carro quando saiu da frente de sua casa?

— Na direção em que estava parado... para a direita.

Jenny fez um sinal para Alison, que distribuiu cópias de um mapa ampliado aos membros do júri e aos advogados. Mostrava a Marlowes Road, rua em que tanto a Sra. Murray quanto Anwar Ali moravam na época. A Sra. Murray confirmou que morava no número 102 do lado sul da rua. O apartamento de Anwar Ali, onde aconteciam os *halaqah*, ficava a cerca de 180 metros a oeste de sua casa, do lado norte, número 35. O ponto onde Nazim e Rafi teriam pego o ônibus para voltar ao campus fica a 27 metros a oeste da casa, do lado sul. A Sra. Murray confirmou que um ônibus que ia para o leste havia passado pela van estacionada assim que saiu do ponto; no entanto, quando questionada sobre se um ônibus havia realmente passado pouco antes de a van ir embora, ela não conseguiu se lembrar.

— Conseguiu ver quantas pessoas estavam na van quando ela partiu? — perguntou Jenny.

— Não. Eu não estava na janela nesse momento — respondeu.

— Além do detetive particular, mais alguém lhe perguntou sobre os acontecimentos daquela noite?

— Não. Nunca.

— Nenhum policial nunca bateu em sua porta?

— Não.

Nem Fraser Havilland, nem Martha Denton tinham perguntas para a testemunha. Trevor Collins também abriu mão de interrogá-la. Khan, que havia ficado muito empolgado durante o testemunho, interrogou-a durante vários minutos, tentando extrair qualquer detalhe que pudesse identificar os misteriosos ocupantes do carro. Elizabeth Murray fez o seu melhor, mas disse pouca coisa que Jenny já não soubesse. Depois de 15 minutos repetindo as mesmas perguntas sem resultado, Khan se sentou decepcionado. Havia sentido o gostinho de conspiração e estava sedento por mais.

O sargento Watkins, aposentado, era o próximo a sentar no banco das testemunhas. Homem grisalho com aparência mais velha que seus 57 anos, ele tinha uma barriga de cerveja que aparecia acima do cós da calça. Leu o juramento com a resignação cansada de um policial antigo para quem o mundo poderia oferecer um pouco mais de surpresas.

— Sr. Watkins, deu uma declaração em 3 de julho de 2002 após ter inspecionado os quartos de Nazim Jamal e Rafi Hassan. Voltou a lê-la recentemente?

— Sim, sua assistente me deu uma cópia — disse Watkins com um pesado sotaque de Bristol e apontou com a cabeça para Alison.

— Lembra-se de ter feito essas inspeções?

— Vagamente. Eu fazia parte da equipe de observação do investigador Pironi, e ele me pediu para ir até lá quando soubemos que os rapazes haviam desaparecido.

Jenny, com base na declaração, disse:

— E encontrou sinais de entrada forçada. Laptops e celulares haviam desaparecido de ambos os quartos, mas outros itens de valor, como o tocador de MP3 no quarto de Rafi Hassan, ainda estavam lá.

— Sim senhora.

— O que isso indica para você?

Watkins suspirou alto com os lábios fechados produzindo um som parecido com o de um cavalo velho.

— Pode ter sido um arrombamento, suponho, mas as marcas no batente da porta eram as mesmas nos dois quartos. Foi muita coincidência. Talvez estivessem tentando fazer com que parecesse que as portas foram arrombadas.

— No dia em que escreveu a declaração, não tinha ideia do que tinha acontecido com esses garotos: a testemunha que alega tê-los visto no trem em Londres não se apresentou até o dia 20 de julho.

— Exato.

— E qual foi a resposta da polícia às suas descobertas?

— Entreguei minha declaração ao investigador.

— Ao investigador Pironi?

— Sim.

— Não recebeu ordens para investigar um possível arrombamento?

— Não senhora.

— Ficou ciente de que, no dia 8 de julho, outra aluna que vivia no Manor Hall, a Srta. Dani James, deu uma declaração dizendo que havia visto um homem de casaco grosso e boné saindo da residência estudantil com pressa, por volta da meia-noite do dia 28 de junho, a noite em que os rapazes desapareceram?

— Eu e alguns colegas passamos pelas residências falando com os estudantes, então fiquei sabendo dessa história.

— Que medidas foram tomadas para encontrar esse homem?

Watkins balançou a cabeça.

— Não saberia dizer. A descrição não era muito detalhada, então acredito que não se tenha feito muita coisa.

— Esclareça uma coisa, Sr. Watkins. Havia uma consciência de que se tratava de uma grande investigação? Ficou preocupado com o paradeiro desses dois jovens?

— Até onde eu sabia, não havia sido cometido nenhum crime. Sabíamos, é claro, que eles andavam em más companhias, se é isso que quer saber. Provavelmente pensamos, na época, que eles haviam fugido para algum lugar.

— Você mesmo formou essa opinião ou ela lhe foi sugerida?

— Acho que o investigador Pironi deve ter dito. Ainda estávamos fazendo vigília, vendo quem entrava e saía da mesquita e do apartamento de Anwar Ali.

— Quando diz "más companhias", ao que exatamente acha que Nazim Jamal e Rafi Hassan foram expostos?

Watkins deu de ombros.

— O investigador devia ser a pessoa que lia os relatórios da inteligência. Meus colegas e eu apenas registrávamos os movimentos.

— Acreditava estar observando possíveis criminosos?

— Sim, principalmente naquela época. Não sabíamos o que poderia acontecer.

— Então é mais entranho ainda não ter havido uma grande perseguição.

Com um meio sorriso e uma olhadela na direção de Alison, Watkins disse:

— Acho que deixarei essa para o investigador Pironi responder. Eu era apenas um dos soldados de infantaria.

Não satisfeita, Jenny o pressionou:

— Que razões lhe foram apresentadas para o fato de não ter havido um esforço mais concentrado para encontrá-los?

— Nenhum, senhora. — Ele hesitou. — Acho que não é segredo que o MI5 estava envolvido, mas eu nunca tive nada a ver com eles.

Jenny pegou o arquivo em que constavam os registros das observações da polícia. Abriu na página que já havia marcado.

— Estava fazendo vigília na Marlowes Road na noite de 28 de junho?

— Não, senhora.

— Há uma entrada dizendo "sujeitos NJ e RH vistos deixando o número 35 da Marlowes Road às 22h22. Sujeitos seguem sentido leste, na direção do ponto de ônibus". Não está rubricado.

— Talvez não na transcrição. Deve haver as iniciais nos originais manuscritos.

— Destruídos há muito tempo, suponho.

— Não saberia informar. Seria necessário perguntar ao investigador.

— Farei isso. — Jenny tinha muitas perguntas para Pironi. — Obrigada, Sr. Watkins. Espere aí mesmo, por favor.

Fraser Havilland levantou-se com um olhar de empatia pela testemunha.

— Sr. Watkins, quando se reporta o desaparecimento de um adulto e não há evidências imediatas do envolvimento de alguma atividade criminal, qual é o procedimento-padrão da polícia?

— Podemos fazer muito pouco.

` Havilland virou para o júri com um olhar paciente que dizia *mas não é óbvio* e passou à pergunta seguinte.

— E havia evidência de algum crime?

Watkins fez que não com a cabeça.

— Nenhum sinal de violência.

— Então poderia dizer que seu procedimento foi criterioso além do normal?

— Eu diria que sim.

— Isso é tudo. — Havilland olhou de modo simpático para o júri como se dissesse que a convocação de Watkins para o banco das testemunhas tivesse sido uma perda desnecessária do tempo de todos.

Martha Denton mais uma vez não se dignou a fazer nenhuma pergunta, mas dessa vez Collins foi chamado antes de Khan, e o calado consultor jurídico, mais à vontade redigindo contratos do que interrogando, levantou-se com nervosismo.

— Sr. Watkins — disse Collins, engolindo as palavras e depois tossindo de nervoso —, sua declaração descrevendo os danos ao batente das portas dos dormitórios dos garotos não foi revelada à minha cliente, a finada Sra. Jamal, até quase um ano depois do ocorrido, e apenas porque foi solicitada pelo advogado que a representava naquele período. Qual foi o motivo?

— Eu não saberia responder, senhor.

Collins puxou sem jeito a aba dos bolsos do paletó.

— Esses danos poderiam ser interpretados como evidências de violência — disse ele, mais como uma declaração do que como uma pergunta. — Por que não foi iniciada uma investigação completa?

— Foi sim.

— Nada que fizesse jus ao nome. Não foi feita nenhuma análise pericial nos quartos, não foram recolhidas impressões digitais.

— Era uma investigação de desaparecimento e não de crime. São duas coisas diferentes.

— Pareceu muito pouco interessado no paradeiro de dois jovens que passou meses vigiando e vendo entrar e sair de reuniões políticas supostamente subversivas.

— Como eu disse, apenas fiz o que me pediram.

— Que foi, ao que parece, não se esforçar muito — disse Collins com uma franqueza que pareceu pegar os outros advogados de surpresa. Ele levantou ainda mais a voz: — Você e seus colegas receberam ordens de não procurar por Nazim Jamal e Rafi Hassan. Essa é a intragável verdade, não é, Sr. Watkins?

Watkins olhou para o júri com constrangimento.

— Essas são palavras suas, não minhas.

— Não tem resposta. É isso, Sr. Watkins? Ficaria satisfeito com a resposta da polícia se o desaparecido fosse seu filho ou sua filha?

Watkins olhou para Jenny, esperando ser resgatado.

— É uma pergunta perfeitamente adequada — disse Jenny.

Depois de uma pausa, na qual Watkins pareceu brincar com a ideia de seguir em outra direção, ele disse:

— Eu era um sargento, senhor. Um oficial não comissionado. Seria melhor fazer essas perguntas para os meus superiores.

Fraser Havilland e Martha Denton trocaram olhares e se agruparam com seus consultores jurídicos. As duas equipes planejaram algo em conjunto.

Khan balançou a cabeça, olhando para Watkins com claro desdém quando Jenny o chamou para interrogá-lo. A testemunha que ele queria era o investigador Pironi. Jenny também queria, mas ele teria de esperar o momento certo. Havia outros que ela precisava ouvir primeiro.

— Está dispensado. Sr. Watkins. — Ela se virou para Alison. — Robert Donovan, por favor.

Donovan foi para o banco das testemunhas pela segunda vez. Parecia esgotado; o pouco de tônus muscular que havia no rosto rechonchudo se foi, restando uma pele flácida nas bochechas e no queixo que o fazia parecer doente.

— Ainda está sob juramento, Sr. Donovan — disse Jenny. — Tenho apenas algumas perguntas para esclarecer o que foi dito em seu testemunho na semana passada. — Ela começou a olhar as longas anotações escritas a mão e encontrou o registro de seu testemunho. — Você nos disse que relatou ter visto dois jovens asiáticos no trem para Londres no dia 29 de junho porque reconheceu seus rostos de reportagens de jornal.

— Isso mesmo.

— Prosseguiu dizendo que a polícia chegou — à sua casa, suponho — com uma série de fotografias, entre as quais identificou Nazim Jamal e Rafi Hassan.

— Sim.

Jenny notou que Zachariah Jamal olhava atentamente para Donovan.

— E isso foi motivado por sua preocupação de que eles pudessem estar envolvidos em atividades ilegais?

— Sim, senhora.

Jenny fez uma pausa e estudou Donovan com cuidado. Ele ficava entrelaçando as mãos.

— Qual era sua ocupação naquela época, Sr. Donovan?

— Era contador, senhora.

— Em um escritório particular?

— Sim, senhora.

— Em abril daquele ano, foi investigado por delitos de fraude?

Khan e Collins trocaram olhares. Havilland e Denton não pareciam abalados; Havilland estava entretido com outro documento e Denton tomava notas pacientemente.

— Fui interrogado pela polícia, mas totalmente inocentado — disse Donovan. — Além disso, testemunhei contra vários de meus clientes e ex-parceiros de negócios que, no final, foram considerados culpados por fraude. — Sua resposta era pré-ensaiada, mas foi dita com segurança. Jenny notou algumas olhadelas na direção de Havilland, como se inconscientemente buscasse aprovação.

Jenny disse:

— Lembra se foi procurado pela polícia como suspeito entre 29 de junho e 30 de julho, a data em que prestou depoimento?

— Não lembro das datas exatas, mas é bem provável.

— Não vou contornar a questão, Sr. Donovan: fez algum acordo com a polícia no que diz respeito às acusações de fraude? Dar uma declaração dizendo ter visto Nazim Jamal e Rafi Hassan foi parte dele?

Havilland se levantou indignado.

— Senhora, como representante do chefe da força policial em questão, devo me opor a essa linha de interrogatório, a não ser que seja sustentada por provas palpáveis.

— Serão mostradas evidências que explicam a questão, Sr. Havilland. Só precisa ter um pouco de paciência.

— Em nome da justiça, devo lembrá-la de seu dever absoluto de manter a imparcialidade. Essa linha soa como um interrogatório planejado por um advogado defendendo uma das partes. Não é essa a maneira com que se espera que um juiz investigador conduza um inquérito.

— Posso lhe garantir, Sr. Havilland, que não tenho intenção alguma de comprometer minha imparcialidade — rebateu Jenny. — Se puder fazer o favor de me deixar continuar...

Havilland cedeu, relutante, dando um suspiro dramático ao se sentar.

— Sr. Donovan — disse Jenny —, por favor dê uma resposta direta: a polícia sugeriu que desse uma declaração identificando Nazim Jamal e Rafi Hassan?

— Não — respondeu Donovan, com uma força quase exagerada para ser convincente.

— E tem alguma prova de que fez essa viagem de trem? Talvez uma fatura de cartão de crédito?

— Paguei em dinheiro.

— E o ingresso do jogo de futebol para o qual estava indo?

— Também foi pago em dinheiro.

— Estava viajando com alguém que poderia confirmar seu relato?

— Não.

— Deve haver alguém que possa confirmar sua história.

— Podem tentar minha ex-mulher — disse Donovan, esperando conseguir um sorriso do júri.

Jenny tentou novamente sacudir seu relato sugerindo que ele pode ter se sentido tentado a se manifestar com a intenção de ganhar créditos com a polícia na época em que fora acusado, mas ele negou tudo. Sua declaração havia sido um gesto espontâneo de um cidadão preocupado, insistiu. Nada além disso.

Havilland decidiu não reforçar as insinuações de Jenny com mais perguntas, e Martha Denton fez o mesmo. Khan reprisou o ataque da semana anterior, dizendo que Donovan não sabia diferenciar um rosto asiático de outro, mas o júri pareceu visivelmente irritado pelo tom intimidador de Khan: quanto mais ele jogava pedras, mais tensas ficavam as expressões. Jenny aprendia aos poucos sobre os júris britânicos: não importava se sua pele era negra, branca, morena ou de qualquer outra cor, tinham uma aversão instintiva aos sentimentos. Era um paradoxo, mas em uma cultura obcecada com a manifestação pública de qualquer pingo de emoção, dentro de um tribunal o instinto de rejeitar qualquer demonstração aberta de sentimento ainda era grande.

Quando Khan ficou finalmente sem fôlego, Collins se levantou para fazer uma pergunta.

Balançando nervosamente uma caneta entre os dedos, disse lentamente:

— Está nos pedindo para acreditar, Sr. Donovan, que nunca lhe ocorreu que identificar dois possíveis terroristas — que é o que disse ter pensado serem — poderia ajudá-lo em seu próprio caso? Em caso negativo, não imagino que tipo de advogado o estava assessorando.

Donovan hesitou um pouco demais para parecer completamente sincero.

— Não posso dizer que tenha pensado nisso antes de fazer a declaração. Meu advogado pode ter dito algo depois.

— Sim, tenho certeza de que disse — disse Collins. E depois, como se falasse para si mesmo, acrescentou. — É o que eu teria feito. Sim, de fato. — Ele olhou para baixo por um instante, torcendo os lábios como se estivesse sofrendo um tique nervoso, então olhou novamente para a frente em uma explosão inesperada. — E mesmo não enfrentando nenhuma acusação, mesmo estando em uma audiência secreta sabendo que suas palavras nunca serão veiculadas, ainda não é homem o suficiente para admitir que sua declaração foi extraída em troca de favores? Foi uma mentira, não foi, Sr. Donovan?

O tímido havia se transformado. O júri se endireitou e prestou atenção. Observaram Donovan de perto enquanto tentava dar um sorriso indiferente e seu pescoço grosso e gordo ficava ainda mais roxo.

— Não — disse Donovan. — Eu os vi. Dois rapazes asiáticos. Eram eles. Tenho certeza que sim.

Quando ele deixou o banco de testemunhas e seguiu, grato, para a saída nos fundos do salão, Jenny lembrou a si que seu trabalho não era apenas seguir a linha que McAvoy havia estabelecido para ela. Era possível que Donovan estivesse realmente dizendo a verdade. Talvez tenha mesmo visto dois jovens asiáticos no trem; podiam ter sido Nazim e Rafi. Precisava manter a mente aberta.

Respirou fundo. *Fique calma*, disse a si mesma. *As pessoas estão contando com você para descobrir a verdade. Fique calma por elas.*

A Dra. Sarah Levin conseguia parecer ao mesmo tempo séria e naturalmente glamourosa. Recusou jurar sobre a Bíblia e escolheu apenas fazer a afirmação. Jenny imaginou McAvoy zombando dela. *Vamos ver o quanto é ateia quando receber o chamado eterno*, ele teria dito. *Preferiria ter o seu sacerdote esquecido ou seu cabeleireiro ao seu lado?*

— Dra. Levin — disse Jenny, tirando da cabeça o pensamento indelicado —, era estudante de Física no mesmo ano em que Nazim Jamal, não era?

— Sim, era.

— Iam a palestras e aulas juntos?

— Íamos.

— Tinha um quarto na residência estudantil Goldney, que não era a mesma de Nazim.

— Isso mesmo.

— E aproximadamente 12 dias depois que ele desapareceu, você deu uma declaração à polícia.

— Sim.

— Lembra-se do que disse?

— Disse que havia escutado uma conversa dele com alguns amigos asiáticos no refeitório sobre "irmãos" que haviam ido combater no Afeganistão. A conversa era sobre jihadistas lutando contra britânicos e americanos. Nazim parecia impressionado com a ideia. Eu não saberia dizer se estava apenas se exibindo ou não. — Deu de ombros. — Eram muito jovens.

— Quando foi isso?

— No verão. Maio, provavelmente.

— Ele alguma vez mencionou a você que pensava em ir para o Afeganistão?

— Não. Nunca.

Jenny fez uma pequena pausa, dizendo a si mesma para tomar as rédeas, seguir seu ritmo, trazer a verdade à tona.

— Dra. Levin, sua declaração à polícia estava datada de 22 de julho. Isso foi três semanas após o desaparecimento de Nazim Jamal e Rafi Hassan. O que estava acontecendo naquele período?

— Foi depois do fim do semestre. Fiquei na universidade por um tempo. Tudo havia sido frenético, mas assim que as coisas se acalmaram, acho que devo ter lembrado de ter ouvido aquela conversa.

— Os policiais estavam falando com os alunos, não é?

— Havia alguns por ali, sim. Nenhum deles falou comigo diretamente.

— Sei. E ao se lembrar da conversa, o que passou por sua cabeça?

— Acho que pensei que contar à polícia seria a coisa mais responsável a fazer.

— Você foi até eles ou eles foram até você?

— Havia um aviso no departamento de Física. Eu liguei para o número.

— É claro, nesse momento o Sr. Donovan já tinha dado sua declaração à polícia e a notícia havia sido publicada pela imprensa local.

— Eu sabia disso. Deve ter sido o que me estimulou.

Jenny olhou bem para Sarah Levin. Seus modos eram modestos, o comportamento de uma testemunha tentando fazer o melhor possível, mas havia uma fragilidade nela, uma tendência a dirigir as respostas para Havilland e Denton, e não para o júri, como se sentisse a influência da autoridade que os dois representavam. Mas ela não sabia quem eles eram. Não havia estado no tribunal na semana anterior e estava a portas fechadas na outra sala quando as apresentações foram feitas, no início da sessão.

Jenny perguntou:

— Conhecia bem Nazim Jamal, Dra. Levin?

Ela pensou um pouco antes de responder.

— Não muito.

— E no primeiro semestre na universidade? Era mais próxima dele nessa época?

Sarah Levin fez uma pausa e seu rosto foi tomado por uma certa tristeza. Baixou um pouco a voz:

— Sei o que vai dizer.

— Tinham um relacionamento, não é?

Sarah Levin olhou para o Sr. Jamal. A expressão dele era imutável e indecifrável.

— Nazim e eu tivemos um "relacionamento" muito curto, se é que se pode chamar assim... Era nosso primeiro semestre, a primeira vez longe de casa...

Jenny olhou para os advogados. Notou que Khan ficou um pouco perplexo com a confissão.

— Quanto tempo durou?

— Uma ou duas semanas... Não foi nada sério. Sabe como são as coisas quando se é estudante.

— Sei. Mas Nazim não estava passando por uma fase religiosamente ortodoxa nessa época? Estava usando roupas tradicionais e deixando a barba crescer, não estava?

Desconfortável, Sarah Levin disse:

— Eu realmente não quis causar nenhum constrangimento para sua família, foi por isso que não mencionei nada... Ambos tínhamos 18 anos. Não se sabe muito bem em que acreditar nessa época. Ainda é uma fase de busca de identidade.

— O que estou querendo dizer é que ele não teve nenhum pudor de dormir com você.

— Não pareceu ter, não.

— Ele conversou com você sobre suas crenças religiosas?

— Só para dizer que ninguém podia saber. Nem sua família, nem seus amigos asiáticos... Era tudo muito proibido. Excitante, suponho.

— Ele parecia um fanático religioso para você?

— Na época não. Certamente era praticante — rezava cinco vezes por dia —, mas em todos os outros aspectos, era apenas um jovem normal.

— Quem terminou o relacionamento?

— Ele não me ligou nas férias de Natal. O relacionamento foi simplesmente se extinguindo.

— Você sabia ou não que Nazim teve um relacionamento com outra aluna de seu ano, Dani James?

Sarah Levin confirmou com a cabeça.

— Fiquei sabendo na semana passada. Não tinha ideia.

— Ela acha que pegou clamídia dele. Teve uma experiência parecida?

Sarah Levin ficou tensa, seus ombros se enrijeceram de repente. Uma reação espontânea, pensou Jenny. Ela procurou uma resposta.

— Isso é relevante?

— Pode ser. Eu tive acesso a seus registros médicos, Dra. Levin.

A testemunha piscou e vacilou devido ao golpe inesperado.

— Sim, fui diagnosticada com a infecção alguns meses depois — disse, extremamente constrangida. — Não sei dizer se veio de Nazim.

— Mencionou isso a ele?

— Não.

— Ficou zangada por isso?

— Não no sentido que está sugerindo.

— Dra. Levin, a polícia sabia de seu relacionamento com Nazim?

— Não. Nunca mencionei a ninguém até agora.

— Percebe a importância dessa pergunta, não é? Este não é um julgamento criminal, eu não a estou acusando de nada, mas se, por exemplo, a polícia teve acesso a essa informação e estivesse tentando provar que ele e Rafi Hassan foram para o exterior, pode ter ido até você e perguntado se ele algum dia sugerira tal coisa.

— Sei o que está querendo dizer, mas não é o caso.

— Alguém do Serviço Secreto já falou com você ou a interrogou?

— Nunca.

Jenny encostou na cadeira com a sensação desagradável de que faltava alguma coisa. Que uma pergunta continuava sem resposta. Se fosse advogada, poderia interrogar Sarah Levin sem dó nem piedade sobre sua improvável falta de malícia no que diz respeito ao jovem que a feriu de forma tão íntima, mas não seria apropriado para uma juíza investigadora, pois a deixaria vulnerável a acusações de uso de rigor excessivo e parcialidade.

— Pode nos dizer, então, se Nazim alguma vez lhe disse alguma coisa que possa ter indicado o que aconteceu com ele?

Sarah pensou com cuidado na resposta.

— Não foi nada que tenha dito na época, mas pensando bem, vejo que estava com raiva. Não sei nem se ele sabia do que tinha raiva. Canalizou isso para a religião — ela lhe deu um senso de propósito, de particularidade, talvez —, mas ele era também inteligente e sensível...

— Acredita que tenha saído do país?

— Sou capaz de acreditar nisso — disse ela. — Ele pode ter visto como uma aventura.

— Ele alguma vez falou com você sobre Rafi Hassan?

— Não sabia nem quem ele era até ambos desaparecerem. Nazim nunca falou dele. Vendo agora, acho que vivia duas vidas. Eu não conheci a outra.

Jenny encerrou o interrogatório com uma sensação de dúvida mal resolvida. Enquanto Havilland se levantava para confirmar com Sarah Levin que todo o seu contato com a polícia havia partido de sua própria iniciativa, Jenny lutava contra o fato de que McAvoy havia guardado apenas para si a indicação do caso entre Sarah Levin e Nazim. Ela não acreditou na explicação de que ele queria proteger a Sra. Jamal da vergonha e do escândalo. Ele a havia empurrado na direção de uma complexa e sinistra teoria da conspiração, e para longe da pessoa com quem Nazim teve mais intimidade. Era como se não quisesse que Nazim e Rafi tivessem saído do país. Ele queria uma grande briga entre o bem e o mal; queria se colocar ao lado dos anjos e pedir pela redenção.

Quando Havilland terminou de polir a reputação da polícia, Martha Denton se levantou para interrogar pela primeira vez no dia.

— Dra. Levin, sei que todos entendemos seus motivos para não mencionar sua ligação íntima com Nazim Jamal até agora, mas tenho certeza de que entende a importância de dizer a este tribunal tudo o que possa esclarecer o ocorrido com ele. — Ela falou com uma suavidade reconfortante, sem sinal de ameaça ou impaciência.

— Claro que sim.

— E, é claro, qualquer informação que possamos ter sobre seu estado de espírito ajudará tanto a sustentar quanto a enfraquecer a hipótese de que ele tenha deixado o país por motivos religiosos ou políticos.

— Se pudesse, eu diria. Eu não sei no que Nazim estava pensando.

— Ele não falava com você sobre suas crenças religiosas?

— Não em detalhes. Sabia que ia para a mesquita, via que tinha livros sobre política e história, mas para dizer a verdade, não estava muito interessada.

— Não teve a sensação de que ele a estava usando?

— Na verdade, não.

— Não me parece segura... Ele era um jovem muçulmano radical transando com uma infiel. Era uma situação muito comprometedora para ele.

— Suponho que sim.

— Ele sentia culpa?

Sarah Levin olhou para o Sr. Jamal, cujo rosto finalmente começava a mostrar sinais de tensão. Depois de tantos anos de perguntas sem respostas, estava sendo obrigado a olhar dentro da mente de seu filho.

— Sim, acho que provavelmente sentia, mas era muito atencioso para falar disso comigo. Havia um conflito evidente.

— Um conflito entre extremos... foi essa a sua impressão?

— Ele era uma pessoa passional... Ninguém aprecia a real profundidade dessas coisas com tão pouca idade, mas pensando nisso agora, posso ver que ele era assim.

— E quando a largou, suspendeu todo tipo de contato?

— Completamente.

— Por que acha que ele fez isso?

— Sua religião deve ter prevalecido... Fiquei chateada, mas tentei seguir em frente.

— Foi muito prestativa, Dra. Levin — disse Martha Denton.

Como se quisesse demonstrar sua imunidade à beleza — agora ferida — de Sarah Levin, Khan começou a interrogá-la de forma agressiva, procurando atacar a noção de que Nazim reprimiu a paixão sexual e a transformou em raiva de fanático, chegando a sugerir que o caso fora uma invenção dela. Era como se o Nazim Jamal que ele imaginava estivesse acima do bem e do mal, mas que no fundo — como consequência direta de sua pureza espiritual — fosse inocente o suficiente para ser cruelmente seduzido.

Ouvindo as respostas sofridas de Sarah Levin, Jenny pensou pela primeira vez que ela pudesse estar mesmo apaixonada por Nazim: quanto mais era atacada pela injúria de Khan, mais parecia expor sua dor. Talvez ela se sentisse responsável por seu desaparecimento: uma bela sereia que, sem saber, o havia empurrado para seu destino fatal.

VINTE E QUATRO

JENNY MORDISCAVA UM SANDUÍCHE DE queijo meio empapado na pequena sala no andar de cima quando Alison bateu e deu a notícia de que as testemunhas que faltavam — Tathum e Maitland —, haviam chegado. Maitland havia pedido para ser ouvido antes, pois tinha de pegar um voo para o Oriente Médio na manhã seguinte. Jenny disse que ele seria ouvido ainda naquela tarde. Decidiu seguir a cadeia de evidências que ia de Elizabeth Murray vendo o Toyota até o escritório de Maitland antes de chamar McAvoy. Só então chamaria Pironi e Skene. Os testemunhos da manhã haviam exposto várias falhas na versão oficial dos acontecimentos: ela queria expor o máximo possível antes de chamar o investigador e o agente do MI5.

— Também tenho um pedido do investigador Pironi — disse Alison, um pouco constrangida. — Perguntou se o Sr. McAvoy pode esperar em outra sala. Ele está se comportando de um jeito meio estranho, aparentemente.

— Imagino que a coisa esteja muito intensa por lá — disse Jenny. — Certo, contanto que ele seja mantido afastado do salão onde os outros estão prestando testemunho.

— Obrigada, Sra. Cooper — disse Alison, e hesitou por um instante como se quisesse dizer mais alguma coisa.

Jenny olhou para ela.

— O que foi?

— Nada — Alison se virou para a porta.

— Não tem falado com Dave Pironi?

— Não... não tenho. Sério.

— Mas?

— Não deveria estar dando minha opinião. Ele fará seu próprio relato. Só espero que aquele verme do MI5 faça o mesmo. — Ela saiu correndo antes que Jenny pudesse pressioná-la ainda mais.

Mas Jenny não precisava saber de mais nada: Alison estava convencida de que qualquer falha que pudesse haver na investigação de Pironi não seria culpa dele. Como todo bom policial, ele estaria apenas seguindo ordens. Não tinha coragem suficiente para dizer isso no tribunal, portanto, havia filtrado a mensagem por meio de sua velha amiga. Era um fraco, pensou Jenny, e covarde. Ficar fechado na mesma sala que McAvoy deve ter sido um inferno para ele, como ver sua consciência em forma humana.

Madog gaguejou durante o juramento e ficou mexendo com os óculos enquanto Jenny fazia algumas perguntas preliminares, várias das quais teve de repetir. Depois de muitas tentativas, estabeleceu que ele tinha 59 anos e trabalhava como funcionário de pedágio na ponte Severn há 23 anos.

— Sei que já faz muito tempo, Sr. Madog, mas pode nos dizer se lembra de ter testemunhado algo incomum na noite de 28 de junho de 2002?

Ele olhou apreensivamente para os advogados, então voltou-se para Jenny.

— Está falando do carro preto?

— Se puder nos contar o que já disse em seu depoimento.

— Bem, era tarde, umas 11 horas. — Ele começou, um pouco inseguro. — Eu estava na cabine quando um carro preto parou. Havia dois caras brancos na frente, e dois rapazes asiáticos atrás.

Suas respostas foram recebidas com uma profusão de sussurros entre os advogados. Martha Denton e Havilland viraram-se para discutir com seus respectivos consultores jurídicos, e logo formaram um grupo maior, coletivo. Alun Rhys, no entanto, não esboçou nenhuma reação.

Jenny perguntou:

— Que tipo de veículo era?

— Um desses grandes, com sete lugares. Acho que era um Toyota. Um Toyota preto.

— Pode descrever os ocupantes com mais detalhes?

Com um pouco de estímulo, Madog descreveu com alguma dificuldade o motorista com a cabeça raspada, o homem de rabo de cavalo e os dois passageiros assustados, encolhidos no banco de trás. Durante o testemunho, Jenny notou que os olhos do Sr. Jamal se arregalaram de surpresa e sua postura resoluta dava lugar a uma expressão de ultraje.

Jenny disse:

— Você recolhe o pedágio de centenas de veículos todos os dias. O que havia de diferente nesse Toyota para chamar sua atenção?

— O comportamento do motorista, sabe? Não pediu por favor, não disse obrigado, praticamente arrancou o troco da minha mão. E um dos rapazes no banco de trás me olhou de um jeito que nunca vou esquecer. Tinha barba, mas algo nele lhe fazia parecer muito mais jovem, como um garoto.

— Meirinho, pode mostrar ao Sr. Madog fotografias de Nazim Jamal e Rafi Hassan?

Alison deixou sua mesa na lateral da sala, pegou duas fotografias grandes e levou até a testemunha. Ele olhou para ambas e confirmou com a cabeça.

— Parecem com eles. — Apontou para a fotografia da esquerda. — Foi neste que eu reparei.

Alison verificou a etiqueta impressa atrás da fotografia.

— Este é Nazim Jamal.

O Sr. Jamal olhava diretamente para Jenny, horrorizado e com muita expectativa, esperando as peças se juntarem.

— Viu os ocupantes desse veículo novamente, Sr. Madog?

— Receio que sim...

Imóvel, Jenny notou, Alun Rhys estava sentado ereto, sem demonstrar nenhum pingo de surpresa. Era como se soubesse o que viria a seguir.

— Prossiga, Sr. Madog.

Lutando contra os nervos, Madog conseguiu contar sobre seu encontro com o passageiro de rabo de cavalo no sábado seguinte. Disse ao júri que o homem havia jogado tinta spray no cabelo de sua neta e como não parecia nervoso ao fazê-lo. Ele não demonstrou nenhum tipo de sentimento, disse Madog.

— Contou à polícia sobre esse ataque à sua neta?

— Não tive coragem. Eu não a colocaria em risco, não é?

— Viu esse homem novamente?

Madog fez que não com a cabeça.

O estômago de Jenny revirou. Olhou para Alison, que deu de ombros. Madog ficou esperando na mesma sala que Tathum por pelo menos 15 minutos até ser chamado para testemunhar. Ele deveria se lembrar de seu rosto, mesmo sem o rabo de cavalo. Ela poderia chamar Tathum para o tribunal e pedir para Madog identificá-lo, mas o risco era muito grande. O tribunal superior fazia cara feia para identificações na corte — as circunstâncias em que ocorriam eram consideradas artificiais e perigosamente coercivas — e tendia a tratá-las como inadmissíveis. Mas a menos que Madog identificasse Tathum, um elo importante na cadeia de evidências poderia ser rompido.

Ela decidiu aguardar. Pediria a Madog para permanecer no salão depois de seu testemunho e o chamaria de novo depois que ele assistisse à fala de Tathum.

Jenny convidou os advogados a interrogarem. Havilland passou a palavra para Martha Denton, que se dirigiu a Madog com um sorriso entretido.

— Alega se lembrar dos detalhes sobre um único carro e de seus ocupantes quase uma década depois do ocorrido.

— Não exatamente... — Olhou para Jenny. — Um camarada me perguntou sobre isso depois, deve ter sido em julho daquele ano.

— Ah, é? E quem era ele?

— Acho que seu nome era Sr. Dean. Disse que era um detetive particular.

— Contratado por quem?

— Posso ajudar com isso, Srta. Denton — disse Jenny. — O Sr. Dean estava sendo instruído pelo advogado da Sra. Jamal na época.

— Entendo. — O consultor jurídico de Martha Denton pegou em seu cotovelo e sussurrou algo. Ela sorriu, depois voltou a apontar o dedo para a testemunha. — E esse advogado seria o Sr. Alec McAvoy? Um homem que, em dezembro de 2002, foi preso por tentar obstruir a justiça? Então presumo que o Sr. McAvoy estivesse na prisão naquele momento.

— Eu não sabia nada disso — disse Madog.

Desejando ter mantido a boca fechada, Jenny disse:

— Ouvirá o testemunho de McAvoy no decorrer do inquérito. Pode dirigir essa pergunta diretamente a ele.

— Certamente farei isso. Deu um depoimento escrito a esse investigador, Sr. Madog?

— Eu não queria dizer nada na época, por causa da minha neta.

— Por que ele foi falar justamente com você?

— Ele sabia que tipo de carro procurar e que nele estariam dois rapazes asiáticos. Queria saber se algum dos funcionários do pedágio havia visto algo.

— Ah, então ele perguntou especificamente se você havia visto um veículo grande e preto com dois homens brancos e dois jovens asiáticos dentro?

— Sim, perguntou.

— Ele lhe pagou, Sr. Madog?

— Não. Nada.

— E ele insinuou o incidente com sua neta e a tinta?

Madog fez que não com a cabeça.

— Eu nunca contei sobre isso.

— Entendo. Então, quando falou pela primeira vez sobre o suposto incidente?

— Semana passada, quando me pediram para dar uma declaração.

Martha Denton fez uma expressão de confusão.

— Sejamos claros sobre isso, Sr. Madog. Alega que estava muito assustado para contar à polícia sobre um ataque cruel à sua neta de 6 anos, mas ao mesmo tempo ficou feliz em falar com um detetive particular que surgiu do nada?

— Não sobre minha neta. Eu já disse, não mencionei essa parte.

Martha Denton ficou olhando para o alto, como se estivesse tentando entender sua resposta, e não conseguindo. Então, com um erguer de ombros indiferente e um breve "Ah, bem...", voltou para o seu lugar.

Jenny viu dois membros da primeira fileira do júri trocarem olhares. Martha Denton havia feito com que eles se sentissem espertos e Madog parecesse um tolo.

Havilland não tinha perguntas a fazer. Contentou-se em alinhar-se ao ataque de Martha Denton. Sentindo um progresso para sua causa, Khan conseguiu reparar parte dos danos que Jenny havia causado ao estabelecer que Madog não tinha nenhuma razão crível para mentir sobre o que viu e sobre seu encontro subsequente com o motorista de rabo de cavalo, exceto se tivesse sido subornado. Madog insistiu que nunca havia recebido dinheiro e que havia dito apenas a verdade. Nem todos os membros do júri pareceram convencidos.

Collins não tinha perguntas para a testemunha. Madog saiu com pressa do banco das testemunhas, querendo escapar o mais rápido possível.

Interrompendo-o no meio do caminho, Jenny disse:

— Se puder esperar no salão até o fim da tarde, Sr. Madog... Pode ser chamado novamente para responder a outras perguntas.

Jenny observou a reação de Rhys. Ele permaneceu impassível. Presunçoso. Ela se permitiu fantasiar um pouco: talvez ainda pudesse levantar dúvidas o suficiente, colocar perguntas estranhas o bastante para levar o júri a tomar uma decisão corajosa que o chocaria. Embora o teor dos testemunhos tivesse de permanecer em segredo, o veredicto do júri não seria reprimido. E o júri de um juiz investigador tinha o poder único de expor suas descobertas em forma de narrativa. Se decidissem que Nazim e Rafi foram levados contra sua vontade e que a investigação oficial foi negligenciada, ou reprimida deliberadamente, poderiam verbalizar.

Os oito homens e mulheres acima de qualquer suspeita, que atualmente sofriam de graus variados de tédio e aborrecimento por terem de executar seu dever cívico, tinham o poder de incitar uma tempestade.

A próxima testemunha era David Powell, proprietário da locadora de veículos que Jenny e McAvoy visitaram em Hereford. Baixo e corpulento, falou com sotaque carregado da fronteira e não tentou disfarçar sua impaciência por ter sido tirado do trabalho. Olhou feio para Jenny com o mesmo desdém desconfiado que ela imaginava que reservava a todas as autoridades.

Sim, sua empresa tinha um Toyota Previa preto em junho de 2002, disse, mas seus registros mostravam que o veículo havia sido alugado de 20 a 23 de junho, e depois apenas no dia 6 de julho. No dia 28, havia ficado no pátio frontal da loja. Quando Jenny sugeriu que ele poderia ter alugado o carro sem manter registro em papel, Powell respondeu com um sonoro "não". Se os registros diziam que não foi locado, então não foi locado. Ponto-final.

Jenny mudou o curso das perguntas.

— Tem um cliente regular chamado Christopher Tathum, não tem?

— Não tão regular — resmungou Powell.

— Trouxe detalhes sobre os carros que ele já alugou?

Ele confirmou com a cabeça e desdobrou uma folha de papel que tirou do bolso da jaqueta. Alison pegou e entregou a Jenny. Impressa em papel sulfite, era uma lista gerada por computador das transações feitas com "Tathum, C. Sr.". A primeira era a locação de um Audi sedã em dezembro de 2001. Passando os olhos pela lista, Jenny viu que Tathum havia alugado o mesmo veículo meia dúzia de vezes nos dois anos seguintes, normalmente por períodos de uma semana. Havia apenas uma locação do Toyota listada: março de 2003.

Jenny disse:

— Tem amizade com o Sr. Tathum?

— Não particularmente.

— Não faria nenhum favor especial a ele? Uma locação em dinheiro, por exemplo?

— Não.

Jenny o olhou fixamente enquanto fazia a pergunta seguinte.

— Ele, ou alguma outra pessoa, falou com você ou com seus funcionários sobre esse veículo?

Evitando seu olhar, ele resmungou:

— Não, senhora.

Era pouco para continuar, apenas uma insinuação de que ele estaria mentindo, mas alimentou sua raiva. Ela não conseguiu resistir em fazer uma observação para o júri.

— Tem certeza de que disse toda a verdade a este tribunal, Sr. Powell?

— Tenho.

Depois que Khan fez algumas perguntas especulativas, todas respondidas com negativas, Jenny pediu que Powell se juntasse a Madog na galeria pública vazia. Era como uma peça de teatro — alinhar os elos da cadeia para manter a história viva na mente dos jurados —, mas de uma forma que Jenny sentia que se justificava. Desde que Donovan dera seu implausível testemunho, ela estava lutando contra as suspeitas cada vez maiores de que os acontecimentos haviam sido arranjados. Teve escrúpulos em manter as identidades de Elizabeth Murray, Tathum e Maitland em segredo até serem chamados ao banco das testemunhas, mas nenhum deles havia provocado em Alun Rhys nem um pingo de preocupação aparente. Ela precisava pressionar mais. Seu peito se apertava só de pensar. Tinha de combater o pânico com determinação.

Tathum não se apressou ao ir da sala onde aguardava até o banco das testemunhas. Vestindo terno e gravata, ele podia ser confundido com um homem de negócios. O que o entregava como ex-militar eram os ombros largos e um certo olhar predatório. Jenny olhou para Madog, esperando detectar sinais de ansiedade: ele tocou o rosto e coçou o pescoço. Pequenas pistas, mas não o suficiente para tranquilizá-la.

Tathum pegou a Bíblia e leu o juramento com a postura relaxada que ela imaginou que tenha adotado ao se apoiar na janela do carro de Madog. Sentiu uma antipatia instintiva e visceral por ele, uma repugnância que sabia que apenas a enfraqueceria se deixasse transparecer.

— Sr. Tathum — disse, tendo confirmado seu nome e endereço —, pode contar ao tribunal para quem estava trabalhando no final de junho de 2002?

— Pelo que me lembro, para ninguém.

— Então como se sustentava?

— Eu havia deixado o exército um ano antes. Tinha uma pensão militar e fazia alguns trabalhos esporádicos. Ainda faço.

— Que tipo de trabalhos?

— Segurança particular é o termo técnico — ele dirigiu sua explicação ao júri. — Guarda-costas, em linguagem leiga.

Era naturalmente confiante, não tinha medo nenhum de que o júri soubesse quem e o que ele era.

— Quem foi seu principal empregador durante aquele ano?

— Fiz vários trabalhos para uma empresa chamada Maitland Ltda. Fiz a segurança de executivos do petróleo britânicos na Nigéria e no Azerbaijão.

— Ficava armado durante esse tipo de trabalho?

— Eu não teria muita utilidade se não ficasse.

Apesar de protegida pelos medicamentos, os batimentos cardíacos de Jenny aumentaram e seu diafragma ficou apertado. Ela se irritou.

— Usava um outro estilo de cabelo na época, não é, Sr. Tathum? Usava um rabo de cavalo?

— Sim, usava — respondeu, sem hesitar.

Jenny travou; sua franqueza a deixou desconcertada.

— Vamos falar sobre o dia 28 de junho daquele ano. Pode dizer onde estava nesse dia?

— Provavelmente em casa ou o que havia dela. Comprei uma casa toda arruinada quando saí do exército e a estava reformando.

— Ele sorriu para o júri. — Transformou-se no trabalho de minha vida.

Eles não reagiram. Nem sorriram, nem franziram a testa. Havia apenas uma vaga sensação de cautela ao charme experiente de Tathum.

Jenny endureceu.

— Dois homens foram vistos ocupando os bancos da frente de uma minivan Toyota preta naquela noite, na Marlowes Road, Bris tol. O mesmo veículo, ou similar, foi visto cruzando a ponte Severn por volta das 11 horas. O motorista era um homem branco, atarracado, com cabeça raspada; o carona, também branco, usava rabo de cavalo. Havia também dois jovens asiáticos no banco de trás. Você estava nesse veículo, Sr. Tathum?

Tathum sorriu e balançou a cabeça.

— Não, não estava.

— Em diversas ocasiões, alugou carros da empresa do Sr. Powell em Hereford. Estava usando um desses veículos naquele dia?

— Não. Eu tenho meu próprio carro, que uso quando não estou trabalhando.

Suas negativas não eram surpresa, mas Jenny estava perturbada pela profundidade de sua confiança. Não conseguia acreditar no fato de ele não se abalar com nenhuma questão que ela levantasse. A expressão de questionamento do júri lhe dizia que eles, aos poucos, estavam começando a juntar dois e dois, mas ainda não havia nenhuma prova sólida a que pudessem se apegar.

— No sábado seguinte, o Sr. Madog, funcionário do pedágio da ponte Severn que notou o Toyota, diz ter sido abordado por um homem de rabo de cavalo, que reconheceu como sendo o motorista daquele veículo. Esse homem disse ao Sr. Madog que ele "não o havia visto", e depois jogou tinta spray nos cabelos de sua neta de 6 anos de idade, que estava no carro. — Jenny olhou nos olhos de Tathum e se sentiu mais fraca. — Esse homem era você?

Ele respondeu com um olhar de espanto genuíno.

— Não, senhora.

— Pode dizer onde estava naquele dia?

— Acho que também em casa.

Tudo do que precisava era algo para envolvê-lo em uma frágil cadeia de provas circunstanciais, apenas um pedacinho de algo sólido. De canto de olho, viu o Sr. Jamal. Seu rosto fora tomado por uma raiva contida, querendo que ela conseguisse. Agora era a hora. Não tinha mais nada a perder. Olhou para Madog atrás dos advogados.

— Sr. Madog — disse. — Não estou lhe pedindo para fazer uma identificação formal, mas pode dizer se reconhece esta testemunha?

Atemorizado, Madog se encolheu, depois, nervoso, fez que não com a cabeça.

— É muito importante que pense bem e não se sinta intimidado, Sr. Madog. Deixe-me reformular: você reconhece esta testemunha como o homem que alega tê-lo abordado quando estava com sua neta?

Erguendo-se timidamente a uma posição arqueada, quase em pé, Madog disse:

— Não. Não é ele.

Um terrível e familiar entorpecimento tomou conta dela. Continuou mecanicamente, como uma observadora imparcial. Mal absorveu uma palavra do interrogatório feito por Havilland, e depois por Khan, a não ser ter registrado que Tathum havia sobrevivido sem nenhum arranhão. Tathum esquivou-se de todas as alegações e perguntas acusatórias feitas por Khan e desceu do banco das testemunhas com a mesma frieza com que entrou.

O testemunho de Maitland demorou menos de dez minutos. Um enérgico e educado ex-coronel do Serviço Aéreo Especial, ele confirmou que tinha uma empresa especializada no fornecimento de ex-soldados como guarda-costas e seguranças a executivos endinheirados e governos estrangeiros. Tathum era um deles, e havia feito três trabalhos no ano de 2002. Nenhum, explicou com o tom confiante e indiferente de um oficial do alto escalão, envolvia a escolta de dois jovens estudantes universitários asiáticos de Bristol, passando pela ponte Severn.

Eram quase 16 horas quando Maitland saiu do salão com Tathum. Seria um momento natural para pedir um recesso e avaliar as ruínas do dia, mas Jenny não suportaria mandar o júri para casa sem tê-los convencido. Seria um risco, mas talvez fosse o momento certo de apresentá-los a McAvoy. Ele seria ousado, cheio de especulações extravagantes e conjecturas, mas pelo menos faria o júri prestar atenção.

— Agora chamaremos o Sr. McAvoy, por favor — disse a Alison.

Sua assistente a olhou como se esperasse que ela soubesse o que estava fazendo, depois foi até os fundos do salão para chamá-lo na sala da frente, para onde havia sido banido na hora do almoço. Depois de uma pausa estranhamente longa, Alison voltou anunciando que, segundo o policial que guardava a porta da frente, McAvoy havia deixado o local há uma hora.

— Oh — disse Jenny, tentando sem sucesso disfarçar uma onda repentina de pânico. — Bem, então acho que devemos encerrar por hoje e ver se conseguimos trazê-lo de volta amanhã, no primeiro horário.

Martha Denton interferiu:

— Posso incomodá-la por um momento, senhora, de preferência, em particular?

— É uma questão de justiça que quer discutir?

— É mais uma questão de procedimento, mas nada que o júri precise saber neste estágio. Estou certa de que devem estar ansiosos para ir para casa após um dia longo.

Seu comentário foi recebido com uma onda de risadas agradecidas.

— Muito bem — disse Jenny, e lembrou o júri de não discutir o caso durante a noite, nem com membros próximos das famílias. Começaram a pegar os casacos e as bolsas antes mesmo de ela terminar, e saíram ansiosos, com uma pressa quase indecorosa.

— Pois não, Srta. Denton? — disse Jenny ainda tentando aceitar que McAvoy a havia abandonado.

Martha Denton havia tirado várias cópias de um documento. Alison entregou uma a Jenny. O resto foi distribuído entre os outros advogados.

Denton disse:

— Em nome de um melhor esclarecimento, meus clientes sentiram que David Skene deveria fazer uma declaração estabelecendo o conteúdo de seu testemunho. Como verão, levanta uma importante questão legal, mas meus clientes estão confiantes de como deve ser resolvida.

— Espere um pouco, Srta. Denton.

Jenny passou os olhos na breve declaração de três parágrafos.

Sou David Skene, ex-agente da inteligência empregado pelo Serviço Secreto. De 2001 a 2004, fui incorporado à equipe antiterrorismo. No início de julho de 2002, pediram-me para liderar uma unidade que se juntaria aos policiais do Departamento de Investigação Criminal, em Bristol, que investigavam o desaparecimento de dois estudantes universitários muçulmanos, Nazim Jamal e Rafi Hassan. Jamal e Hassan eram frequentadores regulares da mesquita Al Rahma, então vigiada pela polícia seguindo informações da inteligência que sugeriam que o mulá residente, Sayeed Faruq, e alguns de seus seguidores, incluindo um estudante de pós-graduação, o Sr. Anwar Ali, estavam agindo como recrutadores para a organização islâmica Hizb-ut-Tahrir.

Durante as semanas seguintes, meu colega, o Sr. Ashok Singh, e eu interrogamos uma série de estudantes e funcionários da universidade, bem como parentes próximos dos dois desaparecidos. Não conseguimos reunir nenhuma prova significativa que indicasse seu paradeiro. O Departamento de Investigação Criminal teve mais sucesso. Obteve, em especial, o depoimento da então estudante, hoje Dra. Sarah Levin, dizendo que havia escutado Jamal, no refeitório da universidade, glorificando jovens radicais britânicos que foram combater como jihadistas no Afeganistão. Um cidadão comum, o Dr. Robert Donovan, veio depois a público e alegou ter visto Jamal e Hassan em um trem para Londres na manhã de 29 de junho. Enquanto a polícia continuava a operação de investigação, o Sr. Singh e eu fomos deslocados para outras tarefas, embora tenhamos mantido contato regular com o Departamento de Investigação Criminal de Bristol.

Em agosto de 2002, recebemos informações de fonte segura que corroboravam a teoria de que Jamal e Hassan haviam realmente saído do país com a ajuda de um grupo islâmico radical. Essa fonte foi considerada extremamente confiável e a natureza, não o teor, das informações foi repassada ao Departamento de Investigação Criminal. Isso levou a um relaxamento gradual da operação de investigação. O teor dessas informações continua classificado como altamente confidencial.

Jenny terminou de ler o documento, percebendo que havia caído em uma armadilha da qual não havia escapatória. Uma onda de náusea subiu até a boca de seu estômago.

— Vamos ouvir o teor dessas informações?

— Creio ser improvável. Fui informada de que a fonte ainda é extremamente confidencial e qualquer revelação poderia comprometê-la seriamente. Estou certa de que sabe que a lei é muito clara a respeito, mas para responder a qualquer pergunta que possa ter, preparei um breve documento.

O consultor jurídico de Martha Denton já estava entregando cópias de estatutos da década de 1960. O conhecimento de Jenny a respeito de leis de segurança nacional era superficial, para dizer o mínimo. Martha Denton começou a lhe dar uma aula.

Desde o caso pioneiro de *Conway versus Rimmer* (1968), explicou ela, provas podem ser negadas ao tribunal se o secretário de Estado estiver convencido de que tal ato é predominantemente de interesse público. Isso até Jenny sabia. O que ela não havia se dado conta, no entanto, era como a definição de "interesse público" havia se tornado ampla. Os casos eram claros: agora era considerado de interesse público proteger fontes vulneráveis ou importantes da inteligência e, ao que parecia, provas que pudessem ser usadas para identificá-las.

Denton disse:

— Não preciso nem dizer, o secretário de Estado está convencido de que a declaração de nossa fonte realmente se enquadra nesse caso, e uma ordem de sigilo de provas por interesse público estará no tribunal pela manhã.

Jenny deu uma olhada rápida nas páginas do Jervis e encontrou uma passagem que parecia sugerir que os juízes investigadores, assim como os outros juízes, tinham o direito de ver as provas que o secretário de Estado desejava que permanecessem em sigilo, para determinar se realmente passavam no teste do interesse público. Denton estava preparada com uma bateria de precedentes, todos com casos em que uma mera "olhadela" do juiz nas provas já seria inapropriado. Esse era um desses casos, insistiu Denton: a prova em questão era tão confidencial que nem mesmo um dos juízes investigadores de Sua Majestade poderia vê-la. Se Jenny se recusasse a concordar, o inquérito teria de ser adiado, e a questão, apresentada ao Supremo Tribunal.

— Vamos esquecer a lei por um instante, Srta. Denton — disse Jenny. — O que está me dizendo é que há provas de que Nazim Jamal e Rafi Hassan deixaram o país. Oito anos se passaram, e vocês nunca disseram às famílias quais são essas provas, e ainda hoje não pretendem fazê-lo?

— Com todo respeito, as famílias foram informadas de que as evidências indicavam que seus filhos haviam deixado o país. Mas receio que nem as famílias possam ter acesso a informações tão confidenciais, em particular, as famílias de suspeitos de serem extremistas.

Khan não conseguiu conter a raiva:

— Senhora, isso é uma ofensa. Deve insistir em ver essas supostas informações, e se lhe for recusado, brigar em todos os tribunais até que a justiça seja feita. — Apontou um dedo acusatório para Martha Denton. — Seus clientes, o Serviço Secreto, são as pessoas que reclamam que jovens muçulmanos estão sendo seduzidos por extremistas, e ela ainda se pergunta por quê? Essas pessoas não são respeitáveis, são a polícia secreta. Ela realmente acha que esconder essa informação é de *interesse público*? Vou lhe dizer no que o público está interessado: em uma justiça legítima e aberta.

— Entendo seu ponto de vista, Sr. Khan — disse Jenny. Precisava de tempo para pesquisar, reunir argumentos tão poderosos quanto os de Martha Denton. — Adiarei o inquérito e continuarei essa discussão amanhã cedo.

Martha Denton se recusou a ser silenciada.

— Não sei se será necessário. Dado que meus clientes pretendem ir diretamente ao Supremo Tribunal se você se posicionar contra eles, novas discussões seriam, para ser franca, inúteis. Além disso, até onde pude apurar, não há prova alguma de que Jamal e Hassan estejam realmente mortos, certamente nenhuma sobre as quais o júri possa dar um veredicto.

O humor de Jenny, que já não era dos melhores, piorou.

— Srta. Denton, fiz uma requisição especial para conduzir este inquérito e continuarei até que seja concluído. Se, quando todas as testemunhas forem ouvidas, o júri não for capaz de chegar a um veredicto, que assim seja. Enquanto isso, não serei e não poderei ser distraída por você ou qualquer um que represente. Está me entendendo?

Martha Denton ergueu os ombros, indiferente. Não se importava mais com o que Jenny pensava.

Enquanto Denton e Havilland reuniam seus papéis, e Khan e Collins se aproximavam do Sr. Jamal para expressar sua indignação, Jenny notou Alison perambulando perto da porta da sala onde estavam as testemunhas. Reconhecia a expressão de indecisão carregada de culpa da assistente, característica frequente das duas semanas traumáticas do primeiro caso em que trabalharam juntas no verão passado. No mundo de Alison, existiam as pessoas boas e as pessoas más, e quando as categorias ficavam indistintas, ela ficava irritada e confusa.

Jenny observou seu olhar e viu que ambas estavam lutando com o mesmo pensamento. Seria mais fácil o inferno congelar do que Skene ou qualquer outro agente da inteligência ser convencido a dizer a verdade durante esse inquérito. Mas do outro lado da porta estava o investigador Pironi, um policial de carreira com alguns anos para servir antes de se aposentar. Ele seria honrado e corajoso o suficiente para arriscar esse futuro confortável? Alison usaria a pouca influência que tinha para persuadi-lo?

O consultor jurídico de Martha Denton foi para a sala das testemunhas. Alison ergueu a mão para impedi-lo e desapareceu rapidamente atrás da porta. David Skene apareceu alguns segundos depois. Após vários instantes, Alison acompanhou com um olhar na direção de Jenny e um leve aceno de cabeça.

Pironi escolheu o local: um estacionamento pequeno e deserto que dava para uma área de floresta que não era visível da estrada. Estava escuro e já começava a esfriar, embora a luz da lua fosse suficiente para Jenny distinguir as duas silhuetas no banco da frente do carro de Alison. Por um instante, eles pareceram abaixar a cabeça e rezar. Jenny pensou ter visto os lábios de Pironi se movendo e os ombros inclinando levemente para a frente e para trás, como se buscasse orientação de Deus. Alison colocou uma mão consoladora sobre seu ombro.

Eles conversaram por quase vinte minutos. Enquanto esperava, Jenny tentou ligar várias vezes para McAvoy, mas não teve sucesso. Seu telefone estava desligado. Ousou imaginar que ele pudesse estar seguindo uma pista, fazendo acordos, pressionando, descobrindo provas que revelaria com um floreio arrogante, causando espasmos de fúria em Martha Denton e Alun Rhys.

Virou-se ao ouvir o som da porta do carro se fechando. Pironi correu até seu carro e saiu devagar. Alison esperou até as luzes sumirem na noite antes de cruzar os quase 10 metros de chão enlameado e entrar no carro de Jenny. Ficou em silêncio por um instante, depois se recompôs, com as mãos apoiadas no colo.

Ela trouxe o cheiro de seu carro e um traço de Pironi. Jenny sentiu como se estivesse se metendo na intimidade dos dois.

— Ele não quis dar uma declaração sob compromisso de honra — disse Alison calmamente. — Fazer isso é como fazer o juramento, e é necessário jurar dizer *toda* a verdade.

— Ele não faria isso?

— Está tentando ser fiel a seus princípios, Sra. Cooper.

— O que achou que faria no tribunal?

— Ele teve a impressão de que provavelmente não seria chamado.

— E quem disse isso?

— Ele não disse exatamente... Olhe, ele realmente não é o culpado de nada disso. Está sendo colocado em uma situação impossível. Não consegue ver? Foi apenas o fato de ter um grande senso moral que o trouxe aqui.

— Melhor se converter tarde do que nunca.

— Não é assim. Sabe que não é.

Jenny cortou o tom insolente de sua voz.

— O que ele disse?

— Tudo o que vou lhe dizer deverá permanecer em *off*.

Jenny conteve o impulso de fazer uma brincadeira. Ela se deu conta de que a consciência religiosa de Pironi era mais elástica do que sua igreja, sem contar o seu salvador, gostaria.

— Certo. Diga logo.

— Ele não minimizou a importância da investigação dos desaparecidos. Ele tentou encontrá-los, mas o MI5 estava certo desde o princípio de que haviam saído do país.

— O que Donovan viu foi verdade?

— Ele não mencionou Donovan.

Jenny tirou suas próprias conclusões.

— O que mais?

Alison suspirou.

— Ele tinha dois policiais em um carro na frente do *halaqah*. Definitivamente não viram um Toyota preto. Não conseguiriam nem mesmo enxergar a casa da Sra. Murray: a rua faz uma curva. Ele mandou um policial à garagem de ônibus, onde encontrou o motorista. Ele não se lembrava dos dois rapazes terem embarcado naquela noite, embora soubesse quem eram por causa das outras noites.

— Ele fez uma declaração?

— Sim... Mas foi para o alto escalão da cadeia de comando. Ele não sabe o que aconteceu com ela.

— Algum outro depoimento se perdeu?

— Não. Mas aparentemente as coisas ficaram meio caóticas por uns tempos. O MI5 já parecia ter certeza de que os rapazes haviam deixado o país. Não pareciam muito preocupados com o fato de Dani James ter visto o homem saindo da residência estudantil. Poderia ter sido qualquer um, diziam.

— O que Pironi acha?

— Sentia que estavam escondendo coisas dele. O MI5 pedia que lhes repassasse tudo o que tivesse, mas não retornavam o favor, é claro. Sentia-se mal pelas famílias, especialmente, pela Sra. Jamal.

— Fico feliz em saber disso. Alguma teoria sobre o que aconteceu com ela?

— Ele também está sendo mantido afastado. O braço antiterrorista da Scotland Yard assumiu o caso.

— Não estou vendo muito esclarecimento. O que ele tinha a dizer sobre McAvoy?

Alison olhou para baixo.

— Ele não queria muito falar sobre ele.

— Não discutiram as acusações contra ele?

— Eu tentei — disse Alison, um pouco frustrada. — Não duvido que tenha agido de boa-fé. Ele não é assim.

— O que isso quer dizer? Que a testemunha que se manifestou havia sido comprada? Ele não acredita que tenha sido uma coincidência justo quando McAvoy começava a descobrir?

— Não sei, Sra. Cooper. Realmente não sei.

— Mas eu sei — disse Jenny.

— Há muitas possibilidades — protestou Alison. — Já pensou que a Sra. Jamal pode ter informado sobre seu filho? Pense nisso: ela avisa a polícia que está preocupada que esteja envolvido com extremistas, e logo em seguida ele desaparece.

— E oito anos depois ela salpica poeira radioativa em si mesma e pula da janela?

— Não. Os companheiros de Nazim voltam para acabar com ela e fazem parecer suicídio.

— É nisso que Pironi acredita?

— É uma teoria tão boa quanto qualquer outra.

Fez-se um silêncio constrangedor, Alison alimentando sua mágoa pelos erros de Pironi e Jenny remoendo e desejando ter um alvo pronto para o qual direcionar sua raiva. Era o cheiro de loção pós-barba barata que sentia em Alison. Pironi havia suado em bicas enquanto contava o pouco que tinha a revelar.

— Eu preciso ir — disse Alison.

— Espere um pouco — disse Jenny. — O que aconteceu com McAvoy hoje à tarde?

— Ele estava se comportando de modo estranho, aparentemente. Dave disse que começou a falar sozinho, como um bêbado, só que ele não cheirava a bebida, pela primeira vez na vida. Acho que ele não seria uma testemunha muito boa.

— O que estava dizendo?

Alison balançou a cabeça.

— Dave tentou falar com ele, mas nada fazia sentido. Ficava murmurando algo sobre o demônio e um americano.

VINTE E CINCO

Jenny esperou até que Alison saísse do estacionamento, então pegou as balinhas em sua bolsa e engoliu uma dose preventiva três horas antes do que deveria, para derrubá-la pela noite toda.

O que aconteceu com McAvoy? Ele não podia estar ficando louco. Era mais forte que isso. Construiu uma carreira baseada no fato de se adaptar à insanidade dos outros, entrando e saindo das mentes de criminosos e policiais, jogando com suas ilusões. Ele não podia tê-la decepcionado, não agora. Seu comportamento estranho deve ter sido uma farsa, uma tática para irritar a oposição.

Tinha mencionado um americano. Era a pessoa que ligou ameaçando colocá-lo em um *ataúde*? McAvoy sabia mais sobre esse homem do que contou? Ele guardou outros segredos, especialmente sobre Sarah Levin, e agora Jenny pensava a respeito. Levin tinha sua própria conexão com os EUA: o professor Brightman havia mencionado que ela ganhara uma bolsa Stevenson em Harvard. Isso poderia ser deixado de lado como uma simples coincidência, mas quando se leva em consideração seu relacionamento com Anna Rose, torna-se uma conexão sólida.

Havia semelhanças sinistras entre as duas jovens: como aconteceu antes com Sarah Levin, Anna Rose teve um namorado asiático; ela também era muito bonita. Mas ao mesmo tempo havia diferenças significativas. Pelo que Jenny soube a seu respeito, Anna Rose tinha uma personalidade notoriamente diferente da de sua mentora. Era determinada e inteligente, mas ingênua e ainda estava em formação, em busca de uma identidade. Seus pais adotivos ficaram surpresos com o fato de ter ganho uma vaga no programa de estágios em Maybury, como se nunca a tivessem concebido como uma profissional, como se tivesse que haver alguma pegadinha. Jenny lembrou do rosto dos Crosby quando os viu pela primeira vez no necrotério: a aura de terror misturada com resignação. Viva ou morta, parecia que já consideravam ter perdido Anna Rose.

Então veio à sua memória. Um único rosto entre todos os que vieram ver o corpo da indigente naquele dia. O homem era alto, esguio, tinha uns cinquenta anos, um rosto bronzeado, envelhecido. Havia notado seu sotaque: transatlântico. Disse ser um executivo cuja enteada desapareceu enquanto viajava pela Europa, sendo vista pela última vez em Bristol. Ele não se encolheu ao ir até a gaveta aberta e olhar para a face do cadáver. Ela ficara intrigada. Uma voz perversa em sua mente havia dito: *ele está acostumado com a morte*.

Jenny acendeu a luz e pegou seu telefone e o caderno de endereços todo amassado, cheio de folhas soltas, no qual havia anotado o número residencial dos Crosby. Discou; ninguém atendeu. Curvou-se para a frente, derrubando valiosos fragmentos de papel no assoalho do carro, e encontrou o número de Mike Stevens espremido no canto de uma divisória. Depois de diversos toques, a secretária eletrônica atendeu. Ela começou a deixar uma mensagem.

— Alô. Sra. Cooper? — A voz entrou abruptamente. Ele parecia agitado.

— Sim. Não se preocupe, não são más notícias.

— Certo...

— Só estava ligando para perguntar uma coisa. Pode parecer irrelevante, e muito provavelmente é, mas sabe se Anna Rose teve alguma coisa a ver com um americano, mais velho, em torno de cinquenta anos?

Ele ficou em silêncio.

— Sr. Stevens?

— Sabe quem é esse homem?

— Não. Você sabe?

Ela escutou sua respiração, rápida e ofegante.

— De onde está ligando?

Mike Stevens morava em um pequeno chalé ao final de uma fileira de casinhas de pedra conjugadas nos arredores de Stroud, um tipo de cidade-mercado ao sul de Gloucestershire que foi renovada e agora tem lojas de comida saudável e de cozinhas planejadas. Ele abriu a porta, deixando a corrente de segurança suspensa, e olhou bem para o rosto de Jenny antes de deixá-la entrar. Assim que ela passou pela porta, ele imediatamente fechou todas as trancas.

— Está tudo bem com você? — disse Jenny.

Ele deu de ombros e fez sinal para entrar.

A porta da frente dava acesso direto a uma sala de estar aconchegante, com um conjunto de móveis antigos e um tapete com estampa de mau gosto.

— Eu alugo este lugar — disse, como que pedindo desculpas.

Vestia calça e camisa da mesma cor, que devia ter usado para trabalhar. Embora a casa estivesse fria, gotas de suor brilhavam em sua testa. Jenny não tirou o casaco e sentou-se no sofá.

Mike sentou em uma cadeira de frente para ela. Seu rosto estava tenso e cansado.

— O que posso fazer por você? — perguntou.

Jenny disse:

— Quando veio ao necrotério com os Crosby, havia um homem, alto, de terno e gravata. Era americano...

Ele fechou os olhos por um momento, então piscou.

— Meu Deus... — sussurrou.

— O quê?

Mike olhou para ela com olhos arregalados, assustados.

— O que foi, Mike? — insistiu Jenny. — É importante. Pode ter conexão com um inquérito que estou conduzindo.

— Que inquérito? Quem morreu?

— Dois rapazes mulçumanos desapareceram. Isso foi há mais de sete anos. Ambos cursavam o primeiro ano da faculdade em Bristol. Um deles estudava Física.

Jenny esperou enquanto ele a olhava fixamente e processava a informação. Depois de um tempo, ele disse:

— Alguém veio aqui na noite passada... Passei o dia inteiro tentando lembrar onde o havia visto antes.

— O americano?

Ele confirmou e colocou as mãos na cabeça, segurando as lágrimas.

— O que foi, Mike?

— Eu acordei no meio da noite... *fui* acordado... com um joelho no peito e uma arma contra minha cabeça.

Foi a vez de Jenny ficar em silêncio.

— Esse homem... tinha um sotaque americano. Disse "diga-me onde diabos ela está ou acabará em um ataúde". Eu disse que não sabia... Ele me deu um soco forte, aqui. — Abriu sua camisa e revelou um enorme hematoma que se estendia por toda a parte superior de suas costelas. — Não conseguia respirar. Achei que ele fosse me matar.

Jenny agradeceu a Deus por seus comprimidos. Um intenso calor se espalhou por seu peito e seu pescoço, mas ela ainda conseguia pensar e manter a razão.

— O que ele fez depois?

— Não queira saber.

— Conte-me, por favor.

Ele desviou o olhar e concentrou-se num ponto no teto, juntando as suas forças.

— Ele segurou meu nariz... E urinou na minha boca, até que eu engasgasse. — Seus olhos repentinamente ficaram avermelhados. — Então foi embora.

— Ele disse mais alguma coisa?

Mike fez que não com a cabeça.

— Você falou com alguém?

— Ia chamar a polícia hoje à noite, mas não queria usar o telefone... Estava tentando descobrir... Quem diabos é ele?

— Não sei. Vamos falar um pouco sobre Anna Rose. Tem alguma ideia de onde está?

— Não.

— Como ela estava se comportando antes de partir?

— Parecia bem, a mesma de sempre... Um pouco quieta, talvez.

— Desde quando?

— Há mais ou menos um mês, creio.

— E esse cara asiático que os pais viram com ela no outono passado? Salim alguma coisa.

— Era só um colega de faculdade. Fazia algum tipo de pósgraduação.

— Conhece ele?

— Perguntei por aí.

— Falou com ele?

— Deixei algumas mensagens no celular.

— Sabe onde mora?

— Tentei ligar para a universidade. Eles não fornecem dados pessoais.

— Vou falar com eles. — Jenny fez uma anotação para lembrar de ligar. — Lembra que falei com você antes sobre a possibilidade de ela ter conseguido material radioativo.

— Sim. O que era?

— É uma longa história, mas traços de Césio-137 foram descobertos em um apartamento em Bristol. — Fez um breve resumo sobre a luta da Sra. Jamal para conseguir que fosse aberto um inquérito, e sua repentina e violenta morte. — Parece que o césio pode ter sido trazido para dentro por alguém que foi contaminado.

— Anna Rose passava todo seu tempo em um escritório. Não tinha autorização nem para chegar perto de nada que fosse perigoso.

— Tem certeza?

— Absoluta. Está fora de questão.

— Parece estar irritado. Por que essa pergunta irritou você?

— Não sei...

— Sim, você sabe.

Ele olhou para baixo, na direção do feio tapete estampado.

— Não é possível, há tanta segurança. Mas ela era tão... Parou, relutante em completar o pensamento.

— Tão o quê?

— Tão... *inocente*, eu acho. E todo homem naquele lugar tinha atração por ela. Era impossível não ter.

— Está dizendo que ela se aproveitava disso?

— Ocasionalmente.

A mente de Jenny se adiantou, juntando as peças para chegar ao que ele não conseguia dizer.

— Você teme que ela tenha sido convencida a fazer algo, tenha sido usada por alguém?

Ele deu de ombros.

— Claro, pensei a respeito. Não tenho pensado sobre muitas outras coisas.

— Alguma teoria?

— Fiquei torcendo para que ligasse. Ela disse que me amava; eu acreditei nela.

— Acha que está viva?

Ele levou um momento para responder.

— Ela vem pegando as mensagens ou pelo menos seu celular tem recebido. Eu teria contado à polícia, só queria falar com ela antes.

— Os pais sabem?

Uma pausa. Ele fez que não com a cabeça.

— Pode dar o número para mim? — Revirou sua bolsa procurando o caderno de endereços. — Quem mais tem?

— Não sei. É um celular no meu nome que lhe dei, para que mantivéssemos contato.

Jenny passou-lhe a caneta e o observou enquanto escrevia os números com uma caligrafia reta, meticulosa. Ele era confiável, não era feio, mas também não era grande coisa. Imaginou que fosse de uma família de professores ou funcionários públicos, pessoas que viviam dentro de limites bem-estabelecidos. Podia entender o motivo de Anna Rose ter se sentido atraída por ele — era seguro —, mas a jovem que havia descrito não ficaria com ele por muito tempo e ele sabia disso. Aproveitou sua sorte, até esbanjou dinheiro em um celular extra, mas este era o momento em que seria finalmente forçado a abandonar a fantasia. Onde quer que estivesse, Anna Rose não voltaria para ele.

Jenny bateu os olhos em uma fotografia emoldurada, pendurada na parede em cima da televisão: Mike, vestindo um jaleco de laboratório, posava com um troféu de vidro, "Trainee do ano de 2004" escrito na base, com letras douradas. Ela notou um objeto, que agora lhe era familiar, preso em seu bolso.

Jenny disse:

— Você por acaso teria um dosímetro em casa?

Ele subitamente levantou a cabeça. Ela percebeu a preocupação em seus olhos e soube que sua teoria estava correta: ele não fora trabalhar naquele dia. O mau cheiro no cômodo era devido ao confinamento prolongado.

— Percebeu antes de sair esta manhã — disse ela. — Ele estava contaminado... E você não podia ir trabalhar porque isso seria detectado em você. Há monitores de radiação por todos os cantos, certo?

Ele confirmou em silêncio.

— Qual é o grau? — disse Jenny, percebendo que o pânico que havia sentido no tribunal mais cedo estava voltando.

— Duzentos milisieverts. Estava na urina dele.

Jenny disse:

— E deveríamos ficar aqui?

Mike disse:

— Aqui em baixo é seguro o bastante. Eu não subiria as escadas... Não sei o que fazer.

— Você não tem ideia do tipo de conexão que esse homem pode ter com Anna Rose? — perguntou.

— Não.

— Vai ter de chamar a polícia.

— Deveria ter feito isso hoje de manhã.

— Não fez nada de errado. Você vai ficar bem. — Ela tentou sorrir. — Só faça um favor para mim... Espere uma hora antes de ligar. Preciso ir para outro lugar e não quero ficar enrolada com a polícia a noite toda.

Seus olhos apontaram para o telefone sobre o aparador.

— Uma hora?

Jenny disse:

— Por favor, Mike. Vou tentar encontrar Anna Rose, está bem? Gostaria de falar com ela antes deles.

— Como? Aonde você vai?

— Quer vir comigo?

Ele pensou por um instante, então fez que não com a cabeça.

— Se chegar a algum lugar, ligo para você.

Ele concordou, parecendo um pouco mais confiante agora que havia definido uma linha de ação. Jenny sabia que tinha no máximo meia hora de vantagem. Ele esperou dez minutos antes de pegar o telefone e contar tudo para a polícia.

Jenny foi na direção da ponte Severn dirigindo por estradas menores e olhando para o retrovisor em busca de perseguidores fantasma. Uma chuva pesada, com alguns flocos de neve, batia contra o para-brisas. Ela discou o número de McAvoy repetidas vezes, sem sucesso. Seu telefone estava desligado. Ele estava fora de seu alcance. Considerou entrar em contato com Alison e pedir-lhe para tomar outro depoimento de Sarah Levin, mas um instinto lhe disse que isso não levaria a lugar algum, que qualquer história que Sarah ainda tivesse para contar permaneceria guardada até algo muito maior fazê-la ceder.

Esperou por 15 minutos na recepção vazia da delegacia de Chepstow até o sargento Owen Williams voltar do *pub*, de onde o havia tirado com sua enigmática ligação. Ele a cumprimentou com um sorriso simpático, conformado, enquanto tirava o casaco molhado.

— Sra. Cooper. Nunca há um momento de tédio com você, não é?

— Sinto muito. É só mais um daqueles casos em que não posso confiar nos rapazes do outro lado do rio.

— Só posso ajudar se estiver na minha jurisdição.

— Alguns elementos estão.

— Contanto que dê para colocar no relatório. — Olhou para o relógio. — Não vai demorar muito, vai? Ainda não paguei a minha rodada.

— Vou falar rápido.

Ela o seguiu pela porta que levava à sua sala, um cubículo de 3m x 3m cheio de prateleiras de ferro com caixas-arquivo empoeiradas. O computador ficava em uma mesa separada, protegido por uma capa de plástico. Dava a impressão de ser um objeto que só era descoberto em ocasiões especiais. Enquanto Williams pendurava cuidadosamente seu casaco no aquecedor, Jenny lhe contou uma versão reduzida dos recentes desdobramentos em sua investigação. Ele ainda não sabia sobre a morte da Sra. Jamal e ficou chocado, mas não surpreso por não ter sido informado da presença de uma substância radioativa na cena do crime: sua delegacia ficava somente a uns 20 quilômetros do centro de Bristol, mas, para a polícia inglesa, podia muito bem estar do outro lado do mundo. Eles tratavam seus colegas galeses com uma indiferença que beirava o desprezo, e o sentimento era mútuo.

Escutou em silêncio, alisando seu grosso e grisalho bigode enquanto ela fazia um resumo das evidências que a levaram a procurar por Anna Rose. Ele mal sabia sobre seu desaparecimento, muito menos sobre sua conexão com uma usina nuclear que ficava bem em frente à sua delegacia, mas do outro lado do estuário.

— Esse maldito lugar fica a 3 quilômetros daqui — disse Williams.

— E você sabe para onde a maré leva o lixo que sai dali... direto para a foz do rio Wye, do lado galês. Aqui. Eles negam, é claro. Mentirosos desgraçados.

— O namorado me deu o número de um celular que ela tem usado. Acredita que possa estar pegando as mensagens.

— Onde? Não há nada que eu possa fazer se ela estiver na Inglaterra.

— Pense assim: da última vez que Nazim e Rafi foram vistos, estavam cruzando a ponte para o País de Gales. Já existem provas que justificariam a investigação criminal do caso como um sequestro, e Anna Rose é uma potencial testemunha.

— Entendo... — Estava começando a se interessar pela ideia.

— Tudo de que preciso é que fale com a companhia telefônica e descubra a última localização conhecida para este número.

— Para quando você quer?

— Para agora?

— Está brincando? Não dá para fazer isso num passe de mágica, Sra. Cooper. É necessário pagar. Essas empresas fazem você vender as calças por uma busca rápida: se custava 1 penny, eles cobram 5 paus. Não posso autorizar o uso de tanto dinheiro.

— Bem, e quem pode?

— Posso tentar o superintendente, mas não apostaria nisso.

— Então colocaremos na conta do meu gabinete.

— Posso ter isso por escrito?

— Posso escrever com sangue, se quiser.

Williams olhou para ela com uma preocupação fraternal.

— Sra. Cooper, sabe que não me importo em assumir alguns riscos por você de vez em quando, mas só enquanto estamos do mesmo lado. O número de telefone e a localização dessa garota podem ser classificados como informação ligada a um ato de terrorismo. Nesse caso, seria um delito grave não fornecê-la às autoridades competentes.

— Você é a autoridade competente.

— E tenho de seguir o protocolo... Submeter-me à hierarquia de comando. O que estou dizendo — posso chamá-la de Jenny? — é que, não importa o quanto eu adoraria sair na frente daqueles pilantras ingleses, desta vez não dá para manter em segredo.

— Tudo bem. Só me dê alguns minutos de vantagem.

Rastrear a última localização de um celular era um procedimento novo para Williams. Ele ligou para vários colegas, conversando exclusivamente em galês, e descobriu que as operadoras só atendiam tais solicitações quando eram feitas por determinados oficiais de cargos superiores. Outro telefonema rendeu o nome de um amigável inspetor de Cardiff a quem Williams convenceu, contando mais meias-verdades do que gostaria, a intermediar a solicitação. Então vieram 15 minutos de barganha com um funcionário mal-humorado da operadora de celular, que começou com o preço de dez mil libras. Williams conseguiu abaixar para seis mil libras. A partir daí, o funcionário não quis mais negociar.

Que droga, pensou Jenny. Não havia como seu minúsculo orçamento cobrir esse gasto, não importava o valor que ele pedisse.

Sacou o cartão de crédito de seu gabinete e rezou para que o pagamento fosse aceito. Não foi. Apenas depois de outra irritante ligação, dessa vez para a Visa, e com promessas de uma garantia pessoal, a transação foi aprovada.

Depois de mais de uma hora de bajulação e persuasão, Jenny conseguiu a informação que queria. O telefone de Anna Rose esteve conectado à rede pela última vez 48 horas antes. Foi localizado em uma área — com precisão de 90 metros — cujo núcleo ficava em um trecho da Harlowe Road, no limite norte do centro de Bristol. Naquela ocasião, ficou ligado por menos de dois minutos. Também havia sido ativado por um período igualmente breve, na mesma localização, três dias antes.

— Espero que essa droga tenha valido a pena — disse Williams, ao desligar.

— Vou mandar a conta para o Departamento de Investigação Criminal — disse Jenny. — Certamente vão querer fazer a prisão.

— Bem, mande minhas lembranças, está bem, Jenny? E já que vai estar lá, aproveite também para dar-lhes um belo chute nas bolas.

Passava das 22 horas quando Jenny cruzou a ponte Severn, pegando a estrada para Bristol. Ela lutou para conter a tentação de ligar seu próprio celular e tentar chamar o número de McAvoy uma última vez, mas não conseguiu. Procurava o botão para desligar, quando o aparelho tocou. Seu coração deu um pulo quando olhou para a tela: NÚMERO DESCONHECIDO.

— Alô? — O sinal estava fraco. Ela esperou roendo as unhas pela resposta de McAvoy.

— Sra. Cooper? Investigador Pironi. Acabei de falar com Mike Stevens.

Merda.

— Já era hora — disse Jenny.

— Quem diabos é esse americano?

— Diga-me você.

— Você tem falado com McAvoy. Ele sabe.

— Bem, pergunte a ele.

— Onde ele está?

— Passo.

Pironi perdeu a paciência.

— Você sabe qual é a pena por omitir esse tipo de informação.

— Não omiti nada. Já contei à polícia tudo que sei.

— Qual polícia?

— A de Chepstow.

— Deus do céu. Que diabos de brincadeira é essa, Cooper? A divisão antiterrorismo, o MI5, a polícia, estão todos procurando por Anna Rose Crosby. É possível que haja alguém por aí montando uma bomba suja.

— Eu já juntei quase todas as peças.

— Se estiver escondendo alguma coisa de mim...

— Proponho um trato. Tanto faz quem encontrar Anna Rose primeiro, nós dois falaremos com ela.

— Acha que vão permitir que qualquer um de nós dois chegue perto dela? Você é mais louca do que eu imaginava.

Jenny disse:

— Sinto que é um homem com a consciência perturbada, Sr. Pironi. Se não tivesse lavado suas mãos oito anos atrás, a Sra. Jamal poderia ainda estar viva, e talvez Anna Rose Crosby ainda estivesse indo a festas. Por que não faz o que é certo e descobre se nenhum de nós dois pode mesmo conseguir o que quer?

Houve uma breve pausa, então Pironi disse:

— Tenho uma razoável suspeita de que você omitiu informações a respeito de atividades terroristas. Aconselho que vá à delegacia de polícia mais próxima e se entregue.

Jenny disse:

— Mandaram que fizesse isso, os mesmos figurões que ordenaram que enquadrasse McAvoy?

— Ouviu o que eu disse.

— Deve pensar muito bem a respeito das pessoas para quem trabalha. Não tenho certeza se ir à igreja está dando conta do recado.

Jenny dirigiu até a área onde Anna Rose estava quando pegou suas mensagens. Cobertos de neve derretida, os edifícios vitorianos alinhados ao longo da Harlowe Road eram manchados pelo reflexo cor de ferrugem das luzes de rua. Ela passou lentamente por uma sucessão de lojinhas baratas fechadas, diversos *pubs* decadentes e uma loja de conveniência caindo aos pedaços. Parou em um beco e correu de volta para a loja, com o casaco cobrindo os cabelos.

Um velho asiático, usando um casaco de lã por cima de outro e luvas sem dedos, assistia a um filme de Bollywood em uma TV minúscula precariamente equilibrada no balcão de cigarros. Depois de enfiar a mão na bolsa e retirar um cartão amassado, Jenny apresentou-se e disse que procurava por uma jovem atraente que pode ter sido vista recentemente naquela loja.

O idoso olhou de soslaio para o cartão manchado pela chuva. Ela deu um sorriso amável sabendo que muitos na comunidade asiática viam os juízes investigadores com demasiada desconfiança. Os hindus tradicionais opunham-se às necropsias, assim como muitos muçulmanos.

— Ela é uma potencial testemunha — disse Jenny. — Uma jovem com seus 20 e poucos anos, cabelos louros curtos, inteligente, muito bonita, você a teria notado.

O homem entortou a boca e balançou negativamente a cabeça. Jenny disse:

— Tenho certeza de que esteve nesta rua dois dias atrás. Provavelmente parecia ansiosa, desconfiada das pessoas.

Isso pareceu despertar sua memória.

— Garota inglesa?

— Sim. Você a viu?

— Não tenho certeza. Talvez. Há locais de hospedagem familiar por aqui. — Apontou para o leste com seu polegar. — Muitos jovens ficam neles, a maioria, estrangeiros.

Ele devolveu o cartão a Jenny.

— Obrigada. Fico muito agradecida.

O idoso franziu a sobrancelha, tossiu ruidosamente e voltou a assistir à TV.

O primeiro dos locais aonde foi, o Metropole, ficava em um antigo casarão vitoriano com a pintura descascando e uma única lâmpada pendurada na entrada. Ela se aproximou do decadente balcão de recepção, atrás do qual se sentava uma mulher magra com pés de galinha precoces, e passou uma descrição de Anna Rose. A recepcionista reagiu com um olhar desinteressado e então explicou, com um pesado sotaque do Leste Europeu, que a maioria dos hóspedes do hotel eram trabalhadores estrangeiros. Jenny notou que as placas coladas na parede atrás do balcão estavam escritas em polonês. O Metropole era uma pensão para trabalhadores. Anna Rose não era do tipo que se hospedaria lá.

A água gelada penetrava pela sola de seus sapatos enquanto ela desviava da multidão de pedestres e subia as escadas do Hotel Windsor, que ficava do outro lado. O estabelecimento se considerava mais sofisticado que seus vizinhos, mas suas medíocres tentativas de parecer grandioso provavelmente o deixavam mais cafona. Os sofás de chita no lobby estavam manchados e desconjuntados; o desgastado tapete estava remendado com fita adesiva. Jenny apertou a campainha no balcão vazio. Um homem baixo e gordo, vestindo um colete azul-marinho manchado e uma gravata combinando, surgiu do escritório dos fundos com os olhos vermelhos de cansaço. Usava um crachá de plástico onde estava escrito "Gary, subgerente". Sua irritação por estar sendo perturbado diminuiu ao ver uma mulher razoavelmente bonita. Deu um sorriso obsceno.

— Boa noite, senhora. Em que posso ser útil?

Jenny apresentou o cartão que havia mostrado ao funcionário da loja e contou rapidamente sua história. Mudando facilmente de solícito para pegajoso, Gary disse que achava que nenhum dos hóspedes batia com a descrição.

Jenny detectou um tom de incerteza.

— Tem certeza disso? E o pessoal do turno da manhã? Há alguém para quem eu possa ligar?

Ele coçou a cabeça e pensou novamente.

— Teve uma garota que ficou aqui por uns poucos dias, mas tinha o cabelo preto, curto, tipo um corte militar.

— Como se chamava?

— Sam, Sarah... alguma coisa assim. — Buscou no computador.

— É essa: Samantha Stevens.

— Ela ainda está aqui?

— Fechou a conta esta noite. Faz mais ou menos uma hora.

Fazia sentido. Se ela havia pego as mensagens esta noite, certamente existiriam várias deixadas por Mike. Ela saberia sobre o americano e que ele estava vindo atrás dela.

— Tem alguma ideia de para aonde foi?

— Sei que pegou um táxi. Ouvi quando ligou para chamar um.

— Apontou a cabeça para um telefone público parafusado à parede atrás do balcão.

— Levava muita bagagem?

— Só uma mochila, creio. Parecia com pressa. Ela está metida em alguma confusão?

Fingindo não ter ouvido a pergunta, Jenny pegou o aparelho e apertou o botão de rediscagem. A ligação foi atendida por uma funcionária da PDQ Companhia de Táxi. Com a paciência curta, Jenny exigiu saber até onde a última corrida desde o Hotel Windsor tinha ido. A atendente, uma mulher hostil com voz rouca de fumante, alegou que as regras a proibiam de fornecer "informação confidencial sobre os passageiros".

Jenny disse:

— Vou deixar claro para você: você não tem escolha. Não tenho dúvida de que seu escritório é uma merda, mas mesmo assim é melhor que uma cela de prisão.

Gary saiu de trás do balcão e fez um gesto pedindo-lhe que lhe desse o telefone.

— Permita-me...

Jenny relutantemente passou o aparelho.

— Ei, Julie, meu amor — ronronou. — É o Gary. Olhe, querida, estou com a moça agora, fazendo o que posso para ajudar. Então por que não conta o que ela quer saber ou pode ser que passemos a recomendar outra companhia de táxi a nossos hóspedes.

Jenny ouviu a atendente soltando um resmungo mal-humorado e dizendo a Gary que a corrida tinha sido para a rodoviária da Marlborough Street, no centro da cidade.

Ele desligou o telefone todo sorridente e perguntou se havia mais alguma coisa que pudesse fazer para ajudar, com os olhos apontados para os seios de Jenny.

— Não, obrigada. Você já ajudou bastante. — Puxou o casaco para cobrir seu peito. — Vejo você por aí, Gary.

Quando abria a porta para sair, viu o reflexo dele no vidro: balançava a língua para ela como um lagarto faminto.

VINTE E SEIS

JENNY NÃO REPAROU NO SEDÃ Lexus azul-escuro escondido dois carros atrás dela enquanto dirigia na direção do centro da cidade. A chuva gelada havia evoluído para grandes flocos molhados de neve, que começavam a grudar. Estava sem fluido no limpador de para-brisa e as luzes da rua vistas pelo vidro sujo pareciam um caleidoscópio. Abriu caminho pelo trânsito pesado na Haymarket, por pouco não atropelou um bêbado que atravessava a rua sem atenção, acendeu os faróis e virou repentinamente na Marlborough Street.

Parou em uma zona de estacionamento proibido e correu para a rodoviária. Com exceção de meia dúzia de gatos-pingados com cara de cansaço que esperavam por um táxi, o lugar estava deserto. Os únicos ônibus que se podiam ver estavam estacionados para passar a noite. Uma grade de ferro cobria a janela da bilheteria. Jenny correu por entre as filas de veículos parados: não havia sinal de uma jovem de mochila.

Lutando contra o medo crescente de que Anna Rose houvesse escapado por entre seus dedos, Jenny voltou até a tabela de horários. Notou um homem vestindo um macacão descendo de um carro vazio com um aspirador de pó. Correu na sua direção, puxando seu cartão molhado e amassado do bolso do casaco.

— Com licença... — Sem fôlego, entregou-o a ele. — Sou juíza investigadora. Procuro por uma jovem que pode ter vindo para cá há mais ou menos meia hora. Cabelo preto curto. Mochila.

O faxineiro, um indiano com olhos pesados e a expressão cansada de um homem resignado a uma vida inteira de trabalho mal pago e sem graça, olhou com desconfiança para o cartão.

— Você a viu?

Cauteloso, o faxineiro disse:

— Creio que não.

— Algum ônibus partiu na última meia hora?

— O ônibus para Londres deveria ter saído às 22h45.

Jenny olhou para o relógio: eram 22h51.

— Esse era o único?

— Até onde sei.

— Ele segue direto?

O faxineiro deu de ombros.

— Nunca viajei nele.

Jenny correu de volta para o carro, seus delicados sapatos de trabalho escorregavam na fina camada de neve. A barra de suas calças estava molhada, os dedos do pé doíam de tanto frio. Ao sentar-se no banco do motorista, ligou o aquecedor na potência máxima, derrapando a traseira do carro enquanto se distanciava da calçada. Cinquenta metros atrás dela, o Lexus, que estava parado, ligou o farol baixo e a seguiu.

A estrada principal para fora da cidade rapidamente se alargou e se transformou na estrada M32. Jenny acelerou pela pista vazia até chegar a 120 quilômetros por hora, marcando um novo caminho na lama deixada pela neve derretida. "O que fazer mesmo que ela tenha pegado o ônibus?," ela se perguntou. Poderia segui-lo pelos 193 quilômetros até Londres, mas o que faria depois? Mesmo que Anna Rose estivesse a bordo, não teria motivo para cooperar, e só Deus sabe o que carregava na mochila. A coisa mais racional a se fazer teria sido chamar a polícia e reivindicar seu direito de tomar um depoimento tão logo Anna Rose estivesse a salvo sob custódia. Se a impedissem, poderia voltar munida de um mandado expedido pelo Supremo Tribunal e insistir. Fria, molhada e extremamente exausta, sentiu-se tentada. O celular estava logo ali em sua bolsa. Poderia estar falando com Pironi dentro de segundos.

Uma outra voz, mais persuasiva, disse-lhe para não se deixar seduzir, pois nunca conseguiria falar com Anna Rose se a polícia a pegasse primeiro. Seria expulsa, impedida de falar e ameaçada de demissão caso mostrasse que poderia causar problemas. Todo o poder do Estado no combate ao terrorismo seria usado contra ela.

Jenny afundou ainda mais o pé no acelerador. O ponteiro quase alcançou os 145 quilômetros por hora.

Nos limites da cidade, pegou a pista à direita e fez uma curva para entrar na M4. A estrada descia em direção à escuridão. Seus olhos doíam com o esforço de enxergar através dos arcos de poeira marcados no para-brisa. Toda luz que se aproximava a deixava cega em relação à estrada.

Tensa, havia percorrido quase 25 quilômetros quando um par de faróis traseiros de um ônibus de viagem surgiu em meio às trevas. Corria a exatos 110 quilômetros por hora pela pista da esquerda e jatos de lama espirravam por trás de seus enormes pneus. Mantendo a pista do meio entre ambos, Jenny dirigiu ao seu lado, tentando distinguir o rosto dos passageiros, mas tudo o que conseguia identificar pelas janelas embaçadas do ônibus era o tremeluzir das telas de TV atrás dos bancos.

O carro foi preenchido por uma luz piscante. Surpresa, Jenny olhou pelo retrovisor. Um veículo grande e agressivo, a centímetros de distância de sua traseira, piscou seus faróis mais uma vez. Com a visão ofuscada, deu uma guinada à esquerda para pegar a pista central e um respingo de lama do ônibus a acertou em cheio quando uma Range Rover passou por ela em alta velocidade. Instintivamente, pisou no freio e distanciou-se do ônibus. Um som de buzina veio de trás; mais um par de faróis surgiu, forçando-a a virar repentinamente para a esquerda. Ela mal viu o Lexus acelerando para longe quando a traseira do Golf tocou seu lado direito. Por um breve momento, o carro deslizou pela rodovia em diagonal. Ela virou drasticamente o volante, bateu na quina traseira do ônibus, rodou por longos, demorados e graciosos 180 graus e foi parar no acostamento, com a frente do carro apontando para a estrada. Um caminhão enorme passou voando, buzinando insistentemente enquanto desviava para não acertá-la.

Feliz simplesmente por ainda estar viva, girou a chave na ignição, ligou o motor e engatou a primeira marcha. Os pneus da frente rodaram em falso na grossa camada de neve, até que desatolaram e o veículo saiu patinando. Vários carros lotados passaram correndo pela pista, buzinando. Esperando por um espaço entre a parede de faróis que se aproximava, Jenny pisou fundo, jogou o carro para a esquerda e aumentou a velocidade para 90, 110, 120 quilômetros por hora...

Correu de forma precária sobre a camada de neve na estrada por quase 2 quilômetros e alcançou o caminhão que quase a havia acertado. Ela o ultrapassou e, ao surgir à sua frente, viu os característicos faróis traseiros do ônibus. Ele dava seta para a esquerda e entrava na via de acesso para um posto de gasolina. Jenny cruzou as duas pistas e, por poucos centímetros, conseguiu pegar a saída.

No topo de uma ladeira, ela seguiu as placas para a parada de ônibus e caminhões. O veículo havia estacionado no canto à extrema direita do terreno, que tinha o tamanho de um campo de futebol. Atravessou a neve em seu Golf, passando por fileiras de caminhões estacionados para o pernoite, e contemplou a perspectiva de ficar cara a cara com Anna Rose. E se ela se recusasse a falar? Ou saísse correndo? Teve a sensação de que agulhas quentes espetavam seu peito e seus braços.

Foi em direção ao lado esquerdo do ônibus. Estava a menos de 30 metros de distância quando a porta de passageiros se abriu. No mesmo instante, dois vultos correram para fora das sombras: homens ágeis e fortes vestindo uniformes paramilitares pretos e quepes. Enfiaram as mãos em suas jaquetas ao chegar na porta do ônibus e entraram com violência. Jenny pisou com força nos freios e derrapou até parar, observando através das janelas embaçadas o movimento frenético dos corpos. Ouviu trechos de gritos abafados e de pessoas falando alto. Uma pessoa magra, impossível de se identificar, foi empurrada pelo corredor entre os assentos.

O brilho de uma luz refletida em metal chamou sua atenção. Rapidamente olhou para a esquerda e viu uma silhueta alta e magra surgir entre duas carretas. Vestia jeans e uma jaqueta, e usava um boné com a aba abaixada, cobrindo o rosto. Parou na esquina e olhou brevemente para ela.

Era ele. O americano. O homem que foi ao necrotério procurar pela enteada desaparecida. Voltou a atenção para o ônibus. Levantou as duas mãos e fez mira enquanto os dois homens arrastavam seu prisioneiro escada abaixo.

Algum tipo de reflexo fez com que Jenny pisasse no acelerador e fosse para cima dele. Uma rajada de luz laranja saiu do cano de sua arma, seguida de outra; muitas outras vieram da direção do ônibus. O americano cambaleou e apoiou a mão na lateral da carreta. Jenny passou por ele fazendo a curva e depois parou.

Dez metros à sua esquerda os dois homens jogaram uma mulher pequena e de cabelos curtos pretos no banco de trás de uma Range Rover, entraram e saíram passando por cima da calçada arrebentando a fina cerca que separava o estacionamento da estrada à sua frente.

Uma frota de carros policiais e outros veículos sem identificação chegou menos de dois minutos depois. Logo em seguida, surgiu um helicóptero, que iluminou o local do alto com uma série de holofotes. O estacionamento foi lacrado. Jenny foi agregada aos histéricos passageiros do ônibus e a meia dúzia de caminhoneiros desnorteados. Todos foram revistados e seus celulares, câmeras e outros equipamentos eletrônicos, confiscados antes de serem conduzidos ao posto de gasolina. Jenny recusou-se a seguir e estava reclamando com um policial, dizendo ser uma juíza investigadora a serviço, quando viu o investigador Pironi, com Alison a reboque, caminhando nervosamente em sua direção.

— Eu cuido dessa mulher, soldado — gritou para o policial, balançando suas credenciais.

O policial relutantemente deu um passo para trás.

Pironi rosnou:

— Acha que é mais importante que tudo isso? Alguém está correndo por aí com uma bomba suja e você está brincando de detetive.

— Tenho o direito legal de falar com Anna Rose.

— Tem o direito de permanecer calada, Sra. Cooper. Obstruindo a investigação...

Jenny gritou:

— Vi o americano. Estava bem ali. — Apontou para a carreta. — Atirou nos homens que levaram Anna Rose.

Pironi ficou em silêncio por um momento.

— Para onde ele foi?

— Partiu logo depois deles. Acho que foi atingido.

— Fique aqui.

Pironi correu até o canto da carreta.

— Qual é o problema dele? — perguntou Jenny a Alison.

— Ele recebeu ordens para enquadrar você.

— De quem?

— É uma boa pergunta.

— O que quer dizer com isso?

— Ele não sabe. Veio de cima.

— E você está aqui para quê? Apoio moral?

— Achei que ele precisava conversar.

Pironi voltou. Olhou para Alison, depois para Jenny, com medo e indecisão nos olhos.

— Conseguiu ver o rosto dele?

— Eu o vi no necrotério dez dias atrás. Alegava ser um executivo que procurava pela enteada desaparecida.

Pironi olhou para a neve suja abaixo.

— Você não esteve aqui. Suma.

Jenny disse:

— E o meu carro?

— Dê-me as chaves. Espere aqui.

Ela lhe entregou.

— Vai me dizer quem é esse homem?

— Não temos a mínima ideia.

Os acontecimentos do posto passaram repetidamente por sua cabeça como um segmento perturbador do telejornal. Depois de todo seu esforço, eles chegaram a Anna Rose antes. E tanto já devem tê-la tirado de circulação quanto, a esta altura, já devem ter silenciado Sarah Levin. Jenny nada sentiu além de um vazio de sensações. Como sua própria jornada interior frustrada, seu inquérito chegou ao pé de uma montanha impossível de escalar.

Uma fina crosta de neve encobria o chão do lado de fora de Melin Bach. A tempestade de mais cedo havia passado, deixando o ar morbidamente calmo. A noite era a mais quieta que já havia visto. Até a madeira da estrutura da casa havia parado com seu resmungo silencioso. Só ouvia o som de sua respiração e de seus passos no chão de ladrilho. Vestida confortavelmente com uma camisola e uma blusa de lã, ela estava agitada, indo e vindo da sala de estar para o escritório, buscando em sua mente algum argumento ou legislação que pudesse manter seu inquérito vivo. Já havia ultrapassado o território coberto pelos livros. Eles discorriam grandiosamente sobre o poder do juiz investigador em recorrer às instâncias superiores para que emitissem ordens solicitando que se preste testemunhos ou a entrega de documentos. Mas presumiam um processo justo, um sistema legal que não se dobrasse à pressão política, juízes imparciais que vissem todas as agências do Estado de forma equitativa. Eles não apresentavam soluções para truques, subornos, negativas oficiais e mal-entendidos propositais.

Eram 4 da manhã quando sua mente finalmente cedeu à exaustão. Ela desmoronou em uma cadeira e tentou descansar o corpo ainda agitado. *Não há nada mais a ganhar com isso*, disse a si mesma. *Você tentou, fez mais do que qualquer outro juiz investigador jamais faria.* Lentamente, seus músculos começaram a relaxar e ficar pesados. *Algumas coisas simplesmente estão fora do seu alcance; liberte-se disso, Jenny.*

Suas pálpebras começaram a se fechar. Tentou se levantar, com a intenção de ir para a cama, mas em vez disso pegou no sono, logo dormindo pesadamente.

Parecia que apenas alguns instantes haviam passado quando foi dolorosamente acordada pelo telefone. Desorientada, pegou o aparelho e murmurou um rouco "alô".

— Jenny? É Alec. — A voz de McAvoy estava calma e sóbria.

— Meu Deus. — Jenny bateu os olhos no relógio. eram quase 4h30. — Onde você se enfiou?

— Não achei que fosse procurar por mim hoje... Tinha umas coisas para fazer.

Os pensamentos vieram até ela em uma onda de confusão.

— Preciso de você. Tem de testemunhar amanhã. Preciso que fale sobre o americano. Sabe de alguma coisa, não é?

— Tenho muitas coisas para contar, Jenny. Muitas. Poderia encher um livro. — Parecia cansado.

— Alec... Está tudo bem com você? Pironi disse a Alison que você não parecia bem.

— Ah. Esse foi um diagnóstico físico ou espiritual?

— Vou chamá-lo ao tribunal para ouvir seu testemunho. Há uma chance de que possa ser convencido a mudar de opinião, pelo menos para que conte quem o forçou a interromper a investigação original Talvez até admita ter recebido ordens para prender você.

— Até parece.

— Acho que ele teve uma crise de consciência. Aconteceu algo hoje à noite... — Ela se controlou. — Eu conto depois que você testemunhar. Você vai, não?

McAvoy ficou em silêncio.

— Alec, ouça o que vou dizer, ouça. Você tem de ir. Comecei a achar que não havia esperança, mas sempre há alguma, não é? Alec?

— Sempre há esperança.

— E quando tudo isso acabar, conversaremos?

— Sim. Boa noite, Jenny.

— Boa noite... Alec — *Você não me disse por que ligou* era o que queria dizer, mas ele já havia desligado. Poderia ligar-lhe de volta, mas estragaria o momento. Além disso, sabia o que ele queria dizer, podia sentir: que não estava sozinha. Ele estava com ela.

VINTE E SETE

DE SEU ESCRITÓRIO NO PRIMEIRO andar, Jenny podia ouvir os gritos dos manifestantes do lado de fora. A multidão de jovens asiáticos raivosos aumentou para mais de trinta, mas a polícia ainda estava em maior número. Ainda não havia sido publicada nenhuma linha sobre o inquérito nos jornais, e nada fora dito no rádio nem na televisão. O rapto de Anna Rose e o tiroteio em um posto de gasolina à beira da estrada também não chegaram aos noticiários. Aos olhos do resto do mundo, nada daquilo tinha acontecido.

Alison bateu na porta e entrou, com cara de quem ia se desculpar.

— Não há sinal do Sr. McAvoy ainda, nem de Dave Pironi. Deixei outro recado para a Dra. Levin. Ela sabe que deveria estar aqui.

— E Salim? Conseguiu rastreá-lo?

— Consegui um endereço e um número de telefone na secretaria da universidade. Ele não está atendendo. Conversei com seu professor, que disse que faltou às duas últimas avaliações.

— Quando foi a última vez que o viu?

— Há aproximadamente três semanas.

Jenny resistiu à suspeita de que estivesse sendo deliberadamente privada de suas testemunhas.

— O que quer fazer? — perguntou Alison. — Deveríamos ter começado há 15 minutos. A Srta. Denton está ficando impaciente.

Jenny usou de suas minguadas reservas de energia. A exaustão, combinada à incontrolável angústia com a possibilidade de tudo sair do controle, ameaçava sobrepujar o efeito dos remédios. Seu coração martelava os pulmões.

— Tenho de falar uma coisa para o júri — disse, levantando-se de sua mesa. — Continue tentando falar com McAvoy e Pironi. Quem sabe? Talvez estejam vindo para cá juntos.

Alison ergueu as sobrancelhas.

— Já aconteceram coisas mais estranhas...

Martha Denton se levantou apressadamente logo que Jenny tomou sua posição no centro do tribunal.

— Podemos conversar antes de os membros do júri entrarem?

Jenny não viu razão para recusar. Ela notou que o Sr. Jamal, nesse dia, parecia estar mais velho, resignado.

Denton mostrou um documento.

— Você não ficará surpresa em saber que o secretário de Estado expediu uma ordem de sigilo de provas por interesse público abrangendo toda informação relativa ao paradeiro de Nazim Jamal e Rafi Hassan, no período imediatamente posterior ao seu desaparecimento.

Alison entregou uma cópia a Jenny. Esta bateu os olhos no texto impessoal.

Jenny disse:

— Suponho que se eu exigir ter acesso a essa informação, irão me negar.

— Se ajudar, há um juiz do Supremo Tribunal que no momento está em Bristol e pode ficar à disposição esta tarde.

Com seu julgamento à prova de recursos já escrito, Jenny não hesitou.

— Tenho uma série de outras testemunhas para chamar, Srta. Denton. Tomarei minha decisão quanto a esta ordem quando tivermos ouvido os testemunhos.

Com olhar de surpresa, Denton disse:

— Certamente, se não pretende contestar essa ordem, o curso correto seria solicitar que o júri emitisse um veredicto aberto o mais rápido possível. A declaração do Sr. Skene no mínimo confirma que a inteligência considera os jovens desaparecidos fora do país. Não é uma prova concreta, mas, até onde vejo, é a melhor evidência que poderemos conseguir.

— Se eu não puder vê-la, não há prova alguma, Srta. Denton — disse Jenny, provocando um gesto de aprovação de Khan.

Denton prontamente respondeu.

— Senhora, embora seja extremamente incomum, o veredicto proferido por um juiz investigador pode ser reformado, e um novo inquérito, solicitado, quando há clara insuficiência de provas. E embora seja frustrante, sem ter acesso ao conteúdo desses documentos, o júri não poderá chegar a nenhum outro veredicto aceitável que não o aberto.

Jenny disse calmamente:

— Srta. Denton, meu júri apresentará o veredicto de sua escolha, apenas depois que tiver tido acesso a todas as provas necessárias. Isso pode ou não incluir os seus supostos documentos.

Alison apareceu na porta da sala que dava para o lado direito do salão e sussurrou:

— A Dra. Levin está aqui.

— Traga o júri para dentro, por favor — disse Jenny. — E então seguiremos com a Dra. Levin.

Martha Denton olhou para Alun Rhys e jogou-se em seu assento. Rhys encarou Jenny com um olhar ameaçador, mas não havia nada que pudesse fazer além de sentar e observar. Os membros do júri reassumiram seus lugares e Sarah Levin saiu da sala ao lado.

Ela alternou o olhar, com apreensão, entre Jenny e os advogados enquanto sentava-se no banco das testemunhas.

— Você permanece sob juramento — disse Jenny. — Pedi que voltasse para nos ajudar com algumas questões secundárias que podem ser de interesse. Alguém da polícia ou do Serviço Secreto falou com você ou entrou em contato desde seu testemunho de ontem?

— Não.

— Alguém lhe disse o que pode ou não dizer ao testemunhar?

Ela balançou a cabeça.

Jenny não estava convencida, mas tentou não demonstrar. Havilland e Denton teriam um sobressalto com a menor sugestão de parcialidade.

Usou um tom conciliatório.

— Tinha uma bolsa Stevenson, não? Depois de se formar, conseguiu uma bolsa de estudos para fazer doutorado na Universidade de Harvard, nos Estados Unidos.

— É verdade.

— Foi uma das 12 pessoas que conseguiram naquele ano.

— Sim.

— Tinha algum contato nos Estados Unidos antes de se formar em Bristol?

— Não — respondeu Levin, um pouco apreensiva.

Jenny seguiu pressionando.

— Um homem por volta de seus 40 anos foi visto saindo de Manor Hall à meia-noite do dia 28 de junho, a noite em que Nazim e Rafi desapareceram. Na descrição de Dani James, usava um casaco azul e boné. Carregava uma mochila ou sacola de viagem. Sabe quem era esse homem?

— Não tenho ideia.

— Conheceu algum americano nessa época que bata com essa descrição?

— Não...

— Não pareceu ter tanta certeza.

— Não, não mesmo.

— Na semana passada, um homem descrito de forma similar, apenas alguns anos mais velho, foi visto deixando o edifício onde morava a mãe de Nazim Jamal, poucos minutos depois de morrer. Teve contato com algum americano de 50 anos recentemente?

Martha Denton bateu as mãos na mesa à sua frente enquanto levantava-se afobada.

— Senhora, que possível relevância isso poderia ter em relação aos eventos ocorridos há oito anos?

— Srta. Denton, devo lembrá-la de que eu decido o que é relevante, não você.

— Se fui corretamente informada, a morte da Sra. Jamal é, no momento, objeto de uma investigação policial. É apenas meu dever lembrá-la de que qualquer especulação feita neste tribunal sobre esse assunto corre o risco de influenciar o júri, invalidando seu veredicto.

— Sente-se, Srta. Denton. E não me interrompa novamente.

Os membros do júri sorriram. Martha Denton acatou a ordem com um olhar venenoso.

Jenny voltou sua atenção à testemunha.

— Não respondeu à minha pergunta, Dra. Levin.

— Posso respondê-la muito bem. Não conheço um homem que bata com essa descrição.

— Mas conhece Anna Rose Crosby, não?

Alun Rhys endireitou-se na cadeira, atento.

— Sim... — hesitou Sarah Levin.

— Pode por favor contar ao júri quem ela é?

— Ela é... era uma aluna do meu departamento. Formou-se no verão passado.

— E você a ajudou a conseguir um emprego como estagiária na indústria nuclear no outono passado.

— Era sua professora. Redigi suas referências, como é de praxe.

— E tem ciência de que ela está desaparecida há quase um mês?

Sarah Levin olhou ansiosamente para o banco dos advogados. Alun Rhys deixara seu assento e cruzava o salão indo na direção deles.

— Sabia disso, sim.

— Está ciente de que, no ano passado, ela se envolveu com um rapaz asiático, um aluno de pós-graduação da universidade, chamado Salim Hussain?

— Não... não sabia.

— E tem alguma ideia do motivo pelo qual o mesmo homem americano possa estar procurando por ela desde que desapareceu?

Sarah Levin balançou a cabeça, olhos fixos em Rhys, Denton e Havilland. Seus consultores apressadamente se reuniram.

— Não tem nenhuma ideia, Dra. Levin?

— Já disse. Não.

— Sério? Talvez refresque sua memória se eu disser que esse homem parece ter sido contaminado com uma substância radioativa que você com certeza conhece muito bem...

Denton interrompeu:

— Senhora, pelo que sei, o interrogatório não pode continuar seguindo essa linha.

— Já lhe disse, Srta. Denton.

Rhys debruçou-se sobre a mesa atrás dela, passou-lhe ordens adicionais e apressou-se em sair do salão.

Denton ficou paralisada, com a expressão de indignação substituída pela de perplexidade.

— Senhora, fui instruída a informá-la — falava como se mal pudesse acreditar no que estava prestes a dizer — que a Dra. Levin é suspeita de um crime e será detida imediatamente.

— Ela é testemunha em uma investigação legal. Qualquer tentativa de interferir em seu testemunho será considerada desacato ao tribunal.

Rhys entrou violentamente pelas portas de trás do salão, abertas por dois oficiais uniformizados, um sargento e um policial.

— Desculpe-me, senhora — gaguejou o sargento. — Tenho ordens de prender a Dr. Sarah Levin.

— Você pode esperar até que ela termine de prestar testemunho ou será acusado de desacato — disse Jenny, irritada.

— Vá em frente — mandou Rhys.

Os dois policiais marcharam até o banco das testemunhas.

Jenny liberou sua fúria sobre eles:

— Não ousem interferir nos procedimentos deste tribunal.

Vestindo a máscara sem emoções comum aos homens uniformizados que seguem ordens, os dois policiais pegaram a aterrorizada Sarah Levin e a levaram do banco de testemunhas. Emudecida e com uma raiva inútil, Jenny observou enquanto a retiravam do salão. Quando saíam, o investigador Pironi segurou a porta para eles.

— Sr. Pironi — disse Jenny com um tom de voz um pouco mais alto que um sussurro —, vai me contar o que está acontecendo?

Das profundezas de sua bolsa, pescou os dois comprimidos de Xanax cobertos de sujeira que havia guardado — fingindo para si mesma não estarem lá — para grandes emergências. Engoliu os dois e esperou exatos dois minutos para que fizessem efeito antes de chamar Pironi. Alison se arrastou atrás dele. Jenny havia passado do ponto de se opor. Nenhuma quebra de protocolo poderia deixar a situação mais absurda.

Jenny olhou para ele.

— Bem?

— Não faço ideia, Sra. Cooper — disse, impassível. — O que aconteceu lá dentro não tem nada a ver comigo. Acho que pode marcar essa para o MI5. E o que tenho para lhe contar não tem nada a ver com eles. Ainda não.

Jenny apertou com as mãos a cabeça, que doía.

— Do que está falando?

— Mais ou menos há uma hora, recebi uma ligação do Sr. McAvoy. Ele alega ter encontrado os restos mortais de Nazim Jamal e Rafi Hassan. Passou-nos uma localização ao norte de Herefordshire. — Pironi engoliu em seco. — E citando o que disse: "Tathum, aquele cretino de coração negro, segurou essa informação até seu último e miserável suspiro."

Pironi ligou para Jenny com notícias sobre Tathum enquanto ela e Alison subiam por uma trilha íngreme e cheia de lama. Ficava a quase 2 quilômetros da estrada mais próxima, passando por uma densa e opressiva plantação de pinheiros. O corpo foi encontrado em um galpão de sua fazenda com buracos do diâmetro de uma tigela de sobremesa nas coxas, onde tiros rasgaram a carne. Um lado de seu rosto estava afundado e seu braço direito quebrado em vários lugares. A arma foi encontrada do lado de fora, na grama. McAvoy era procurado por suspeita de assassinato. Jenny não conseguia pensar em nada para dizer e desligou com um abafado "obrigada".

Elas chegaram a uma pequena clareira formada por diversas árvores caídas. Jenny e Alison observaram em silêncio enquanto dois peritos varriam suavemente a terra para revelar o salto de um sapato, uma tíbia, retalhos de roupa semidecompostos e um relógio pendurado em um osso do pulso. Quando se removeu mais terra, a pélvis de um segundo corpo emergiu gradualmente, também virada para baixo. Em um trabalho meticuloso, vértebra por vértebra, foi descoberta a espinha e, finalmente, a curvatura do crânio.

— Jesus Cristo — disse o sargento, ofegante. — Olhe para isto. — Apontou para a base do crânio, com a mão coberta pela luva.

Jenny se inclinou para a frente em direção à fraca luz para ver um ferimento de entrada de bala perfeitamente redondo.

— Pelo menos deve ter sido rápido — disse Alison sem convicção.

O momento da morte, talvez, mas o preâmbulo deve ter sido demorado. Foram uma hora e meia dirigindo desde Bristol e uma caminhada longa e solitária até o topo da colina para chegar ao local da execução.

Algo se agitou em Jenny: uma amarga satisfação por Tathum ter sofrido tanto quanto, senão mais, do que suas vítimas. Estava feliz pelo que McAvoy havia feito. Ela se lembrou dele parado no salão comunitário no primeiro dia do inquérito, com o vento soprando em seus cabelos, e dos versos que recitou:

— Oh, passaria toda a noite em prece, para curar todos os teus males... minha triste Rosaleen.

Ela o veria novamente. Tinha de vê-lo.

VINTE E OITO

ERA MANHÃ DE SEXTA-FEIRA. GILLIAN Golder e Simon Moreton sentaram-se ao lado de Alun Rhys na retomada do inquérito secreto. Vieram se certificar de que o acordo seria mantido. Foi só depois de longas e tensas negociações, e de conseguir a aprovação pessoal do Sr. Jamal e dos Hassan, que Jenny relutantemente concordou com os termos: não haveria menção a Anna Rose Crosby ou à investigação em andamento que a envolvia; tampouco se mencionaria a Sra. Jamal ou a investigação policial sobre a suspeita de seu assassinato; e, por fim, como a Dra. Sarah Levin estava sob proteção policial enquanto auxiliava o Serviço Secreto em suas investigações, seu testemunho seria apresentado na forma de uma declaração a ser lida em voz alta para o júri. Em troca, Golder concordou que, após a conclusão do inquérito, Jenny receberia todas as informações esclarecendo por que as medidas de sigilo foram necessárias e o que aconteceu com Alec McAvoy.

O Dr. Andy Kerr tirou fotografias detalhadas dos dois esqueletos completos, e cópias foram apresentadas ao júri, que ficou horrorizado. Ele declarou que os testes de DNA e registros dentários confirmavam que os restos mortais eram de Nazim Jamal e Rafi Hassan. Os jovens morreram de maneira similar: receberam um único tiro de um projétil de 9mm, que perfurou a base do crânio. Ambos tinham ferimentos de saída idênticos, com 7 centímetros de diâmetro, na testa.

Um perito em balística, Dr. Keith Dallas, confirmou que a mesma arma de fogo foi utilizada para matar os dois. Dois cartuchos Corbon DPX 115 gramas vazios foram encontrados nas imediações dos corpos. Eram balas de ponta oca projetadas para expandir com o impacto: os cérebros de Nazim e Rafi teriam sido literalmente expelidos de seus crânios.

Nem Denton nem Havilland fizeram perguntas a essas testemunhas, deixando Collins e Khan extraírem até o último detalhe desagradável. Quando não havia mais dados repulsivos a serem revelados, Alison leu a declaração de Sarah Levin para o júri.

Eu sou a Dra. Sarah Elizabeth Levin, domiciliada ao número 18C da Ashwell Road, em Bristol. Esta declaração é verdadeira, salvo melhor juízo, e estou ciente de que, se for oferecida como prova, estarei sujeita a ser processada legalmente caso tenha deliberadamente afirmado algo que saiba ser falso ou não acredite ser verdadeiro.

Em outubro de 2001, eu cursava o primeiro ano de Física na Universidade de Bristol. Perto do fim do mês, fui a uma festa da faculdade, onde fui abordada por um americano que se apresentou como Henry Silverman. Ele me disse ser um professor de Química que realizava uma pesquisa confidencial para uma empresa anglo-americana de equipamentos militares. Estimo que tinha entre 40 e 45 anos na época. Era gentil e encantador, e eu me sentia lisonjeada por ter sua atenção.

Vários dias depois, Silverman me telefonou e perguntou se poderia encontrá-lo para discutir uma "questão profissional". Ele disse que o chefe do meu departamento, o professor Rhydian Brightman, havia lhe passado meu número. Nós nos encontramos em uma noite de sexta-feira depois das aulas, em uma cafeteria perto de Goldney Hall, onde eu morava na época. Foi nesse encontro que ele me contou que também ajudava o governo americano a coletar informações sobre estudantes muçulmanos britânicos suspeitos de envolvimento em atividades extremistas. Disse estar procurando por uma "jovem brilhante" para trabalhar com ele e que seus empregadores poderiam me ajudar bastante. Alegava ter ajudado outros estudantes a conseguir bolsas em universidades americanas de ponta, e disse que poderia fazer o mesmo por mim. Até então, meus estudos eram financiados com empréstimos e senti-me tentada pela perspectiva de poder saldar minhas dívidas e estudar no exterior. Disse a Silverman que pensaria a respeito e o encontrei em outra ocasião, no restaurante do Hotel du Vin, no centro de Bristol, antes de concordar em trabalhar para ele.

Em nosso terceiro encontro, dessa vez em uma cafeteria na Whiteladies Road, ele pediu que eu prestasse atenção especial em Nazim Jamal, um dos alunos do meu ano. Disse que Nazim estava envolvido com uma organização chamada Hizb ut-Tahrir e que, junto de outros estudantes, frequentava uma mesquita radical. Contou-me que o mulá era um homem chamado Sayeed Faruq, suspeito de ser um agente de recrutamento para grupos terroristas. Silverman disse que foram interceptados e-mails nos quais Nazim e um amigo próximo, um estudante de Direito chamado Rafi Hassan, discutiam formas de "executar um 11 de Setembro britânico". Ele admitiu que poderia ser simplesmente um caso de fantasia juvenil, mas enfatizou que ambos se encaixavam perfeitamente no perfil conhecido das pessoas que a al-Qaeda vinha recrutando. Quando perguntei a Silverman por que pensava que eu me aproximaria de Nazim, respondeu que Nazim gostava de ver garotas louras bonitas na internet. Disse-lhe naquele mesmo instante que não tinha intenção em me prostituir, mas ele me assegurou não ser isso que me pedia. Eu só deveria tentar conversar com ele e tornar-me sua amiga. Silverman me ofereceu 500 libras em dinheiro e prometeu mais pagamentos se, e quando, eu trouxesse informações.

Aproximar-me de Nazim foi mais fácil do que o previsto. Fiz um exercício prático com ele no laboratório e criou-se uma ligação entre nós. Ele não era nada como eu esperava.

Frequentou uma boa escola e descobri que tínhamos muitos interesses em comum. Nas semanas seguintes, trabalhamos muitas vezes juntos e passamos a gostar um do outro de verdade, embora Nazim não se sentisse confortável sendo visto comigo em público. Na última semana do semestre, no começo de dezembro de 2001, convidou-me para subir até o seu quarto e acabamos passando a noite juntos.

Mantivemos contato durante as férias e nosso relacionamento continuou no semestre seguinte. Na época, estava extremamente apegada a Nazim e quase já havia me permitido esquecer a razão daquela relação ter começado. Mas Silverman começou a me ligar em janeiro, pressionando por informações. Durante a primavera, Nazim e eu ficamos mais próximos. Passávamos várias noites juntos durante a semana, embora ele se sentisse muito confuso com isso e levantasse para rezar ao amanhecer, mesmo comigo no quarto. Não conversávamos muito sobre religião ou política, mas podia notar pelos livros que lia e pelos sites que visitava, que se dedicava muito à causa do Islã. Diversas vezes o ouvi por acaso conversando com amigos muçulmanos sobre Israel e a Palestina e sobre a guerra no Afeganistão. Nas poucas ocasiões em que tentava conversar a respeito de suas crenças, ele mudava de assunto e dizia ser irrelevante ou que eu não teria interesse em ouvir. Cada vez mais, sentia que Nazim tinha duas vidas, uma que compartilhava comigo, outra, com seus amigos muçulmanos, e que ele nunca deixava ambas se cruzarem. Por isso, não tinha muita coisa a contar para Silverman, que ficou frustrado pela falta de avanços. Ele passou a me ligar quase todos os dias para dar sugestões sobre como eu poderia fazer mais perguntas. Até disse que eu deveria conversar com Nazim sobre converter-me ao islamismo.

Eu ficava cada vez mais desconfortável com a situação e, para ser sincera, procurava uma forma de sair dela quando, bem no fim do semestre, Nazim disse que queria terminar nosso relacionamento. Ele não deu nenhum motivo, mas estava vi-

sivelmente chateado. Lembro-me de pensar que parecia que havíamos sido descobertos e alguém o mandou se afastar de mim.

Contei a Silverman o acontecido e ele ficou furioso. Disse ter informações de que Nazim e vários amigos seus vinham conversando sobre atacar uma das quatro usinas nucleares no estuário do Severn. Em um fim de semana qualquer, haviam sido seguidos enquanto dirigiam até a usina de Hinkley Point, e depois para Maybury. Ordenou que eu não aceitasse um não como resposta. A essa altura, estava morrendo de medo dele e não tinha a quem pedir ajuda.

No começo do segundo semestre, tentei reatar com Nazim, mas ele passou a me tratar com hostilidade, e dizia que eu devia me afastar dele. Silverman reagiu dando-me diversos aparelhos de escuta em miniatura, e disse que eu devia escondê-los no quarto de Nazim. Essa foi a única vez em que me prostituí. Fui vê-lo tarde da noite e implorei para me deixar entrar. Passamos a noite juntos, mas ele me fez jurar que não contaria a ninguém. Na manhã seguinte, ele estava chorando: havia perdido a hora de sua oração matinal e colocou a culpa em mim. Disse que eu era uma puta e havia sido mandada pelo demônio para tentá-lo. Estava muito emotivo e saiu do quarto enquanto eu me vestia. Fiquei com raiva dele e aborrecida comigo mesma. Tranquei a porta e revirei os seus papéis. Encontrei um com anotações que ele havia feito em um de seus encontros religiosos e percebi que no verso havia uma lista de horários e lugares. Lembro do primeiro item: depósito de combustíveis de Avonmouth. Fotografei a página com a minicâmera digital que Silverman tinha me dado.

Ele ficou muito satisfeito com a lista e disse ser uma prova de que Nazim e seus amigos pretendiam sequestrar um caminhão-tanque e jogá-lo contra uma das quatro usinas. Até especulou que planejavam realizar múltiplos sequestros e esperavam abrir um buraco em um reator com a explosão. Queria saber mais. Eu lhe disse que havíamos terminado, mas ele insistiu que ficasse o mais próxima de Nazim que pudesse. Nenhum detalhe era pequeno demais. Mudanças de comportamento, a menor alteração de visual... Ele queria saber tudo.

Fiz o que me foi pedido. Durante o mês de junho, contatei Silverman quase todos os dias. Observei enquanto Nazim ficava cada vez mais distraído e reservado. Faltava às aulas e perdia as palestras. Não falava comigo nem com nenhum dos outros alunos. Fiquei preocupada e perguntei a Silverman o que aconteceria com Nazim. Ele não respondeu. Só me disse para continuar fazendo os relatos.

Em meados de junho, estava convencida de que Nazim realmente havia se envolvido em uma conspiração terrorista. Então aconteceu algo que mudou minha opinião. Do nada, ele me parou no corredor — acho que foi no dia 24 — e desculpou-se por ter agido tão mal comigo. Seu comportamento estava completamente alterado: era a primeira vez em semanas que o via sorrir. Perguntei se estava bem. Ele disse que sim. Então tocou minha mão e foi embora. Nunca mais nos falamos novamente.

No sábado, 29 de junho de 2002, Silverman telefonou e combinamos que me pegaria do lado de fora de Goldney Hall. Levou-me até Bristol Downs e me entregou um envelope com cinco mil libras dentro. Contou-me que Nazim e Rafi Hassan haviam sido presos — não disse por quem — e que eu não deveria contar nada para ninguém. Não fez ameaças específicas, mas nem precisava: sua postura disse tudo que eu precisava saber.

Mais ou menos uma semana depois, ele ligou novamente e instruiu-me a dar uma declaração à polícia, dizendo ter ouvido Nazim conversar com seus amigos muçulmanos no refeitório sobre ir lutar no Afeganistão. Disse para eu não falar muito. Não ousei desobedecê-lo.

Ele entrou em contato mais uma vez, no final de julho. Disse estar saindo do país para trabalhar no exterior, mas que cum-

priria sua promessa. No primeiro semestre do terceiro ano de faculdade, recebi um formulário para me candidatar a uma bolsa para estudar em Harvard. Fui bem-sucedida: estudei lá por três anos e completei o doutorado em 2007.

Não sei o que aconteceu com Nazim Jamal ou Rafi Hassan. Do pouco que Silverman contou, fiquei com a impressão de que haviam sido presos pelo Serviço Secreto. Ao ser melhor informada a respeito da situação política, supus terem sido levados sob custódia por autoridades norte-americanas e deportados para algum outro país, mas não tenho como provar isso.

Estou agora sob proteção do Serviço Secreto britânico e presto esta declaração por livre e espontânea vontade, sem receber nenhuma recompensa ou favorecimento em troca.

Khan deu um tiro no próprio pé.

— Senhora — disse, mostrando-se completamente incrédulo —, está realmente insinuando que o conteúdo dessa declaração não pode ser relatado ou levado ao conhecimento de qualquer pessoa além dos familiares mais próximos das vítimas? Se o que a Dra. Levin diz é verdade, não há palavras para descrever o nível de corrupção que isso representa.

Collins, sentado ao seu lado, concordou com a cabeça. Havilland ajeitou-se desconfortavelmente em sua cadeira. Martha Denton tinha uma expressão de total indiferença.

— Não estou insinuando nada, Sr. Khan. A forma como cada um de nós se comporta com uma arma apontada para a cabeça é uma questão de foro íntimo.

Khan não conseguia aceitar.

— Recuso-me a ficar calado. Pretendo usar de quaisquer meios possíveis para tornar público o testemunho que ouvimos.

Jenny sentiu os olhos de Golder, Rhys e Moreton sobre ela. Percebeu que o muro de silêncio construído para proteger o inquérito nunca seria derrubado. Um mandado de prisão imediata aguardava qualquer editor de jornal ou apresentador de telejornal que desobedecesse à ordem. Se Khan quisesse espalhar o que ouviu, ficaria relegado a usar um megafone e um palanque improvisado, ou um canto escuro da internet, onde competiria com malucos e teóricos da conspiração por atenção.

— Faça o que achar melhor, Sr. Khan — disse Jenny, e passou a fazer a recapitulação para o júri.

O veredicto de homicídio veio acompanhado de uma sensação de anticlímax. Não houve o sentimento de a batalha ter sido vencida pela Justiça, nem uma onda de satisfação pela verdade ser tornada pública para o mundo. No lugar, ficou um momento discreto em que todas as pessoas presentes sentiram-se culpadas, como se tivessem contribuído tacitamente para encobrir um mal monstruoso e poderoso demais para ser confrontado. O desagradável sentimento de cumplicidade foi reforçado quando Jenny lembrou o júri de que cada palavra que ouviram deveria permanecer em segredo absoluto, mesmo de seus familiares mais próximos.

Ela não conseguia decidir se havia encoberto a verdade ou a enterrado mais fundo.

Enquanto os membros do júri se levantavam de seus assentos, ela olhou para o Sr. Jamal. Ele enxugou as lágrimas do rosto, fez um breve gesto de aceitação com a cabeça e foi para o fundo do salão, onde policiais aguardavam para escoltá-lo até seu carro. Não era nenhum consolo, mas Jenny sentiu que ele estava grato por isso não ir a público.

Khan não chegou a tanto. Saiu furioso e anunciou aos que o aguardavam que seus irmãos haviam sido assassinados por agentes americanos e britânicos. Um pequeno tumulto se formou. Houve brigas e prisões, cabeças rachadas e gritos de dor, mas sem nenhum jornalista para testemunhar.

Jenny encontrou-se com Golder e Rhys no restaurante do santuário de pássaros. Sentaram-se perto da janela de frente para o lago. O sol desaparecia aos poucos do céu e os flamingos arrastavam-se na água com suas fluorescentes penas cor-de-rosa.

— Gosta de pássaros? — perguntou Gillian Golder, despejando adoçante em seu chá com leite.

— Da maioria. Você não?

— Desde que não sejam encardidos — disse Golder. — Acho que todos os pombos de Londres deveriam ser exterminados.

— E quem limparia sua sujeira? Prefere que sejam os ratos?

Alun Rhys interrompeu:

— O que quer saber, Sra. Cooper?

Jenny deu um gole em seu café morno. Havia muitas coisas que queria saber, mas confiava muito pouco nos dois.

— Quem é Silverman?

Golder respondeu:

— Até onde pudemos averiguar, é um agente americano que opera fora dos canais tradicionais de cooperação. Parecia ter acesso ao nosso setor de inteligência, mas não sabíamos nada sobre ele ou suas atividades.

— Está negando que tenha qualquer informação sobre ele?

— Era uma época assustadora. A apreensão dos americanos era compreensível e nós preferimos não fazer nada a respeito. Não que isso seja justificativa para execução sumária, que fique claro.

Jenny continuou cética.

— Se acreditavam ter identificado terroristas, por que não simplesmente os entregaram a vocês ou os deportaram?

Golder e Rhys trocaram olhares. Golder disse:

— Ainda estamos trabalhando nisso. Tudo o que temos no momento é o pouco que Alec McAvoy nos contou. Aparentemente, Tathum confessou que ele e seu colega, morto depois no Iraque, se serve de consolo, levaram os dois rapazes de Bristol até a floresta, onde se encontraram com Silverman. Ele passou a maior parte da noite os interrogando, não obteve nada além de negativas e então atirou em Hassan como um incentivo para que Jamal falasse. Aparentemente não causou o efeito desejado.

— Vocês mantêm contato com McAvoy? — Jenny tentou não demonstrar seu entusiasmo.

— Ele fez uma única ligação para a polícia. Não houve comunicação além disso.

— Ele será processado?

Os leais servidores da Coroa entreolharam-se novamente.

— Essa é uma decisão que depende de diversos fatores — disse Rhys —, o mais importante é saber se ainda está vivo. A polícia encontrou um veículo ontem que acreditamos ser dele.

— Onde?

— No estuário, em Aust, perto da ponte.

Jenny olhou para os pássaros e disse a si mesma que seria um truque armado por McAvoy. Estava ganhando tempo, era só isso, desviando a atenção deles enquanto planejava seu próximo passo. Ele não a abandonaria agora, havia prometido...

A voz áspera e monótona de Golder interrompeu seus pensamentos:

— Fomos informados pela polícia de que ele também é procurado por ter ligações com outro caso de suspeita de homicídio. Recentemente articulou a defesa do proprietário de uma boate, um tcheco chamado Marek Stich, que matou a tiros um jovem guarda de trânsito e milagrosamente foi declarado inocente. A namorada de Stich desapareceu pouco depois de seu julgamento. Ela era ucraniana. Aparentemente, o Departamento de Investigação Criminal trabalha com a teoria de que o famoso corpo roubado do necrotério local na semana passada era o dela.

— Isso não pode estar certo...

— Não estou autorizada a comentar — disse Gillian Golder. — Sugiro que fale com a polícia.

Ele não faria isso. Não poderia... Mas por que outra razão fora ver a indigente naquele dia? Agora ela lembrava: ele lhe contou uma história, que nunca voltou a mencionar, sobre ter um cliente cuja filha desaparecera. Era mentira: o cliente era Stich. Deve ter mandado McAvoy identificar o corpo, cruelmente trazido de volta pela maré. Mas isso não era ilegal, não era cumplicidade, era só o que qualquer advogado criminalista faria por seu cliente. McAvoy não deve ter tido nada a ver com o assassinato, nem com o roubo do corpo.

— Presumo que gostaria de ouvir nossas considerações sobre a Sra. Jamal? — Golder interrompeu seus pensamentos.

— Sim — disse Jenny, distraída.

— Supomos que Silverman esteja envolvido em sua morte. Nossa suspeita é de que a perspectiva de haver um inquérito público o tenha deixado muito nervoso. Pelas informações que conseguimos reunir, ele não é uma pessoa das mais estáveis. Não temos evidências concretas de que a tenha forçado a tirar a roupa e beber meia garrafa de uísque, mas parece uma explicação tão plausível quanto qualquer outra.

— Por quê? Ela não sabia de nada.

— Ela pode ter conhecido a Dra. Levin. Pode ter se aproximado dela, mexido com sua consciência, tê-la convencido a falar.

— Mas ele conhecia Levin. Poderia ter falado diretamente com ela.

— Acreditamos que deve ter falado — disse Rhys. — Ele se livrou da Sra. Jamal apenas para manter a casa em ordem, por assim dizer.

— E Anna Rose?

Rhys voltou-se para Golder, que escolheu com muito cuidado suas palavras.

— Até onde sabemos, Silverman reapareceu no começo do ano passado, depois de um longo período no Oriente Médio. Ele voltou a falar com Sarah Levin, procurando outra jovem para trabalhar para ele.

— Na mesma universidade?

— É o lugar onde tinha contatos — disse Golder. — Mas achamos que seus planos dessa vez eram bem diferentes — e fez uma pausa para pensar em quais palavras usaria. — Digamos apenas que, apesar das aparências, alguns de nossos primos americanos ainda alimentam uma frustração em relação ao Britistão, como gostam de nos chamar. Eles acreditam que ainda precisam nos livrar à força do que veem como uma complacência no que diz respeito aos indivíduos mais radicais incluídos em nossa população muçulmana. Anna Rose deveria agir mais como uma agente provocadora do que como informante.

Golder olhou para Jenny como se dissesse ser o máximo que poderia falar.

Jenny não estava satisfeita.

— Ele a estava usando para armar para cima de Salim Hussain. Ela deveria fingir que tinha como conseguir os itens necessários para montar uma bomba suja, mas na verdade quem os fornecia era Silverman. E daí? Ela se assusta e foge?

— Sabe que não estamos autorizados a revelar.

— O que Silverman quer? Quais são seus objetivos? Ele certamente não ia deixar que explodissem uma bomba radioativa...

— Seguindo sua linha de pensamento puramente hipotética, acredito que não, mas o valor como propaganda política seria, bem... incomensurável. E tenho certeza de que nossos colegas americanos ficariam mais do que felizes em nos aconselhar sobre as medidas necessárias para se evitar qualquer outro evento futuro.

— O que aconteceu com ele? Vocês também o pegaram?

Gillian Golder olhou para o relógio.

— Receio que tenhamos de ir.

Tomou um grande gole de chá e levantou-se da mesa. Disse a Rhys que o encontraria do lado de fora e foi em direção ao banheiro feminino.

Ligeiramente constrangido, Rhys disse:

— Quanto ao Sr. McAvoy, será que você sabe para quem poderia ser isto? Foi encontrado em seu carro.

Ele retirou do bolso do paletó um saco plástico utilizado para coleta de provas, com uma folha de papel pautado dobrada. Escritas a mão com uma caligrafia elegante, a tinta escorrendo como se molhada por chuva ou lágrimas, estavam as palavras "Minha triste Rosaleen".

— Posso?

— Claro — disse Rhys, meio sem jeito. Abriu o saco plástico e lhe entregou o bilhete.

Ela se virou para o lado oposto, fingindo precisar dos últimos vestígios de luz do sol que entravam pela janela para conseguir ler. Os versos estavam dispostos em extrema perfeição:

Corre para o mar minha canção
Qual águas de um rio em frenesi
Ao dar em divina inspiração
Minha alma a ti!

Espalha ao mundo enquanto me esvaio
Onde acabam o novo e o senil
Que aquele cujo sangue era raio
Não mais se viu.

Concede-lhe justa sepultura
Em teu seio faz-lhe um lar terno
Ele chora pelas almas impuras
Até no inferno.

— Isso significa alguma coisa para você, Sra. Cooper? — disse Rhys. — Sra. Cooper...?

Durante todo o sábado, Alison passou a Jenny, em doses homeopáticas, pedacinhos de informação que colheu junto a seus ex-colegas do Departamento de Investigação Criminal. Ela descobriu que fotografias da namorada desaparecida de Marek Stich pareciam ser compatíveis com as da indigente e que o próprio Stich fora preso por suspeita de assassinato. McAvoy estava sendo procurado como cúmplice do crime de "ocultação, subtração ou destruição" de cadáver. Seus cartões de crédito e sua conta bancárias não eram movimentados há 48 horas, e seu telefone não havia sido usado desde a última ligação que fez a Pironi. Havia relatos não confirmados de um homem de meia-idade, bem-vestido, ter sido visto andando pela calçada ao longo da ponte Severn no final da manhã de sexta-feira, mas ninguém testemunhou um suicídio. No Departamento de Investigação Criminal ainda apostavam que ele apareceria dentro de algumas semanas para fazer um acordo: forneceria provas contra Stich em troca de sua imunidade.

Mas Jenny sentiu que ele havia partido, não por sentir-se frustrado ou desesperado, mas para receber de bom grado seu julgamento. Exatamente de que forma ele a havia tocado, o que a breve presença dele em sua vida havia significado, ela ainda não conseguia compreender. Mas não tinha dúvidas de que, em breve conseguiria.

EPÍLOGO

JENNY ATRAVESSOU O PÁTIO DA fazenda de Steve. Encontrou-o trabalhando na horta atrás do celeiro, com uma multidão de pássaros famintos despedaçando as minhocas e os insetos que apareceram quando ele remexeu a terra preta. Estava concentrado demais na natureza física de sua tarefa para perceber que ela o observava encostada na cerca. Depois de fazer uma fileira inteira de buracos, um sexto sentido o levou a olhar para trás.

— Jenny, há quanto tempo está aí? — Secou a testa na manga da camisa xadrez.

— Faz algum tempo. Parecia que você estava a quilômetros de distância.

— Estava. — Fincou a pá na terra e saiu da horta.

— Desculpe por não ter tentado falar com você — disse ela. — Vi que deixou uma mensagem dias atrás. Estive ocupada com algumas coisas no escritório.

— Eu imaginei.

Encostou-se no lado oposto da cerca — fora de seu alcance, ela reparou —, apertando os olhos devido à intensidade dos raios de sol de inverno. Havia perdido peso, dava para ver os ossos do maxilar marcando seu rosto, os olhos levemente fundos. Parecia pensativo.

— Ross ainda está com o pai? — disse Steve.

— Sim... Não sei, talvez seja melhor ele ficar na cidade por enquanto. Não sou a melhor companhia para ele.

— Você disse que David o levou.

— Foi culpa minha... Ross me encontrou em um estado não muito bom uma noite dessas. Teve de me colocar na cama.

Steve arrancou uma lasca de madeira da cerca castigada pelo tempo.

— Quer falar sobre isso?

— Você deve estar cansado de eu sempre procurá-lo para fazer terapia. Já está na hora de eu me controlar sozinha.

Ele olhou para Jenny.

— Posso dizer uma coisa?

Ela fez que sim com a cabeça.

— Você fica tensa quando ele está por perto. É como se a responsabilidade a deixasse com medo.

Ela deu de ombros.

— E deixa. Ele é meu filho.

— Do que você tem medo?

Jenny balançou a cabeça, sentindo o aperto na garganta que significava que estava segurando as lágrimas.

— Se eu soubesse...

Steve aproximou-se e passou delicadamente a mão em seu rosto.

— Você não precisa se controlar, Jenny, precisa se soltar.

— Até parece... Uma juíza investigadora com incontinência emocional. Isso inspiraria confiança.

— Tem de tentar... E acredito que você queira.

Passou a mão pelos cabelos dela, acariciou seu pescoço e roçou os lábios em sua bochecha.

Foi bom ficar assim perto de novo, sentir o calor da pele dele. Jenny disse:

— Na mensagem, você disse que tinha algo para me falar.

— Tinha, mas eu não esperava...

Ele fechou os olhos, tentando encontrar as palavras.

— Não sei como você se sente — disse Steve —, se quer ficar comigo ou... mas eu quero ficar com você, Jenny. Passei meses tentando não dizer, mas tenho de fazê-lo. Estou apaixonado por você.

Ela ficou chocada.

— Não está falando sério.

— Você já tem problemas o bastante para eu ficar dizendo coisas que não sejam sérias. — Ele beijou suavemente sua testa. — Pronto, já disse. Agora é com você.

Distanciou-se e pegou sua pá.

— Prometi a mim mesmo que terminaria esta parte antes do almoço. Quer ficar?

— Eu estava indo visitar meu pai.

— Oh... Não sabia que ele ainda estava vivo.

— Está em uma clínica de repouso em Weston. Preciso perguntar uma coisa sobre o passado. Ordens médicas.

— Então é melhor ir... Mas se vai me dar um fora, prefiro que acabe com meu sofrimento agora.

Jenny olhou para o céu azul acima.

— Posso voltar depois.

— Vai ficar?

— Sim. Gosto disso... Parece o dia para um novo começo.

Nos últimos cinco anos, a vida de Brian Cooper tinha sido um quarto de solteiro de 2,5 x 3 metros no segundo andar de um enorme casarão com paredes de pedrinhas, em uma rua bem próxima da praia. Ele tinha apenas 73 anos e era fisicamente saudável, mas aos 60 e poucos, a demência havia chegado, e sua segunda esposa, uma mulher pela qual Jenny nunca sentiu nenhuma afeição, levou menos de um ano para largá-lo na clínica e encontrar outro homem que a levasse em cruzeiros baratos pelo Mediterrâneo. No começo, muitos vinham visitá-lo, mas à medida que os momentos de lucidez de Brian foram ficando cada vez mais raros, esse número foi se reduzindo a algumas poucas pessoas dedicadas. Jenny não o via desde a véspera de Natal, quando ele jogou seu jantar na televisão por acreditar que era sua primeira esposa, a mãe de Jenny, quem apresentava o noticiário.

A enfermeira avisou que poderia encontrá-lo um pouco quieto. Estava tomando comprimidos novos para ajudar no controle de seu comportamento cada vez mais errático e explosivo. Jenny costumava se sentir desconfortável com a forma como a clínica sedava os pacientes mais complicados, mas acabou aceitando não haver outra alternativa.

Bateu na porta e a abriu.

— Oi, pai.

Estava sentado sobre as mangas da camisa, com a cadeira de frente para uma janela de onde se via a rua abaixo. Estava limpo e barbeado, com o cabelo muito bem-cortado.

— Pai? É a Jenny.

Ela se aproximou do canto da cama, ao lado de sua cadeira, e sentou.

— Faz algum tempo que não o vejo. Como vai?

Ele deu uma olhadela, desconfiado. Sua boca começou a se mexer, mas não produziu nenhum som. Então, parecendo ter perdido o interesse, voltou o olhar para uma gaivota que pousara no peitoril segurando um pedaço de pão de hambúrguer com o bico. Ele sorriu.

Jenny disse:

— Você parece bem. Como se sente?

Não houve resposta. Raramente havia, mas o especialista lhe disse para continuar a falar com ele como um adulto pelo tempo que ela pudesse aguentar. Sempre havia uma chance de que alguma coisa estivesse sendo absorvida, ele disse. Ela saberia quando ele parasse completamente de entender. Jenny procurou por sinais de que a reconhecia e notou um semblante infantil, quase travesso, em seu rosto ao ver a gaivota arrancando um pedaço do pão preso sob seus pés.

— Pai, preciso lhe perguntar algo. Tenho tentado lembrar de algumas coisas de quando era pequena. Achei que seria bom registrá-las para Ross, juntá-las com as fotografias antigas... Algo que ele possa mostrar para os filhos dele algum dia.

Brian concordou com a cabeça, como se entendesse perfeitamente.

Ela procurou em sua bolsa e retirou várias polaroides antigas que havia encontrado em uma caixa de sapatos mais cedo. Mostrou-as para ele: fotos dela com 4 ou 5 anos em um balanço no quintal atrás de sua casa, Brian sorrindo, empurrando-a com uma das mãos e segurando o cigarro com a outra.

— Eu me lembro de você pendurando o balanço. Foi um presente de aniversário, não?

— Sim, era seu aniversário. Você era uma pequena risonha. Olhe para você. — Pegou a fotografia de sua mão e fixou os olhos nela.

Jenny teve um surto de entusiasmo:

— Lembra disso?

— Esse era o vestido que minha mãe fez para você. Ela trabalhou duro nele, custou sua visão, ela disse.

Eram frases batidas, palavras que já havia ouvido milhares de vezes, mas tinham sido estimuladas pelas fotos, não jogadas ao acaso como a maior parte das poucas coisas que ele dizia atualmente. Jenny tinha de atacar enquanto podia.

— Droga, devo ter esquecido de colocar na bolsa. Havia uma que encontrei com Katy escrito no verso. Não consigo imaginar quem era ela...

— A prima Katy?

Prima? Jenny só conseguia se lembrar de três primos, e todos eram meninos.

— Katy é minha prima? Tem certeza?

— A filhinha do Jim e da Penny.

Jim e Penny eram o irmão de Brian e sua esposa. Eles só tiveram um filho, um menino dez anos mais novo que Jenny.

— Não acho que isso esteja certo, pai.

Brian deixou a fotografia cair no chão.

— Você não consegue uma xícara de chá neste lugar nem que esteja morrendo de sede.

Jenny a pegou.

— Não me lembro de nenhuma Katy. Jim e Penny só tiveram Christopher, não?

— Canalha pegajoso de terno e gravata. Sua mãe pensava que ele tinha dinheiro. Ah!

Outro refrão familiar, mas dessa vez desconexo. Ele se referia ao corretor imobiliário que fugiu com a mãe de Jenny.

— Não estou falando sobre a mamãe agora — disse Jenny. — O que aconteceu com a prima Katy?

Uma segunda gaivota juntou-se à primeira no peitoril e roubou o que restava do pão em seu bico. Brian gargalhou.

— Pai, é importante. Preciso saber.

Seus olhos perderam o brilho e pareceram ficar marejados.

— Pai, por favor, tente.

Segurou-lhe o braço e o balançou. Puxou-o violentamente, seus músculos eram rígidos como o aço.

— Você se lembra, Risonha — disse ele. — Você a matou.

agradecimentos

ESCREVER O PRIMEIRO LIVRO é um ato de pura especulação. Então, se não der certo, você pode dizer a si mesmo: pelo menos eu tentei. Escrever o segundo, com um prazo a cumprir e as pessoas esperando por seu manuscrito com expectativa, é uma empreitada bem diferente. Felizmente, no meu caso, essas pessoas me deram muito apoio e incentivo. Um agradecimento especial a Greg Hunt, meu sincero agente, que me estimulou a escrever romances com a declaração infalível de que "ninguém é levado a sério até escrever um livro", e a Zoë Waldie, minha agente literária, que me deu sábios conselhos. Muito obrigado também a Maria Rejt, com tantos dons raros, entre eles a capacidade de transmitir sua grande sabedoria das formas mais sutis e respeitosas, e para toda sua equipe amável e extremamente profissional.

Agradeço também às outras mentes criativas em minha animada e complexa família que me apoiou incondicionalmente. Minha mãe e meu padrasto, ambos escritores, estão sempre à disposição com o conhecimento do que é necessário para retornar todos os dias à tarefa solitária de colocar uma palavra após a outra. Meu pai, músico, prova-me sistematicamente que pode existir uma cabeça equilibrada sobre ombros artísticos. Minha esposa e meus filhos, espectadores diários dos muitos altos e baixos da vida de um escritor, tornam tudo possível.

O livro de Ed Husain, *The Islamist* (Londres: Penguin, 2007), foi de grande ajuda no entendimento da mente do jovem muçulmano radical. Trata-se de leitura essencial para quem procura compreender como jovens criados no Ocidente podem ser seduzidos por extremistas e também se livrar deles.

Por último, obrigado a todos os amigos e colegas de meus tempos de advogado, os quais contribuíram com suas experiências e histórias, especialmente James McIntyre, que não deixa dúvidas de que a verdade é sempre mais estranha do que a ficção.

Este livro foi composto na tipologia Sabon,
em corpo 11/15, e impresso em papel off-white no
Sistema Cameron da Divisão Gráfica da Distribuidora Record.